KELDER KIND

KRISTIEN DIELTIENS

— DE EENHOORN —

PROLOOG

De gangen waren leeg, de deuren gesloten. Iedereen sliep, behalve de man met de witte bundel in zijn armen. Hij liep haastig naar buiten, over het grasveld, langs de rozenserres en de brede gracht, naar de stallingen. Een paar kikkers kwaakten, maar de paarden bleven stil toen hij de staldeur opende. Ze kenden hem, de man die hen iedere dag zadelde of hun teugels aan de koets vastmaakte. Ze herkenden de geuren van zijn lichaam en de zoetigheid die hij altijd op zak had. Ze wisten hoe zijn hand voelde als die hun neus streelde en zachte klopjes gaf op hun flanken. Hij praatte tegen hen wanneer hij de kleurige, wollen tressen in hun manen vlocht of met de pasvorm ruitpatronen aanbracht in hun vacht.

Ditmaal bracht de man onrust met zich mee. Zijn blik was schichtig, zijn adem snel en snuivend als een opgejaagd hert in de Hubertusmaand.

Zijn kleren waren onopvallend en in een onbestemde kleur bruin. Een groene zijden sjaal bedekte de helft van zijn gezicht, alsof hij de warme zomernacht niet voelde.

In zijn armen hield hij het kind dat die nacht moest sterven. Het was amper drie jaar oud. Het droeg een nachthemd van gebleekte lakenstof en het was blootsvoets. Zijn gezicht was melkwit en donkerblonde krullen plakten tegen het bezwete voorhoofd. Een schoudertje was ontbloot en toonde de pokkeninenting die onlangs was gezet.

De man legde het slapende kind in het hooi van een lege paardenbox en keek ernaar. Het herinnerde hem aan een kerstnacht lang geleden toen hij het kindje Jezus in de kribbe mocht leggen. Het beeldje lachte naar hem en hij lachte terug. Nee, hij mocht niet aan vroeger denken. Alles was nu. Nog een paar minuten, en het zou voorbij zijn. Het hooi zou het bloed opslorpen en niemand zou onraad bespeuren.

Een paar uur eerder was er in deze box immers een veulen geboren. De merrie en haar jong waren overgebracht naar een ruimere stal. Het bloed van de jongen zou zich vermengen met het bloed van het veulen. Morgen pas bracht de stalknecht het hooi naar de mesthoop. Tegen dan zou het kind al begraven zijn.

Het kind in het hooi wist nog van niets. Het trok even met de mondhoeken alsof het wilde glimlachen. Een van zijn beentjes trilde, als een vleugje wind over stilstaand water. Droomde het? Van buiten drongen er geluiden naar binnen. Een fluisterstem, een vrouw die zacht lachte. De donkere man trok zich haastig terug achter de schutting. Ze mochten niet binnenkomen. Niet nu.

De stemmen werden zachter en verdwenen in de richting van de serres.

De man trok de omslagdoek iets hoger zodat alleen zijn ogen zichtbaar bleven. Het mes dat hij uit zijn vestzak haalde, voelde warm aan.

Het kind zou niet wakker worden, wist hij. Door de avondpap was een sterk extract valeriaan geroerd. Het kind zou sterven in zijn slaap. Niemand zou rouwen om hem. Hij was niet meer dan een vergissing.

De olie in de lamp flakkerde. Alsof er ergens een deur openging en de lucht zich verplaatste tot bij het licht.

Nu moest het gebeuren. Het lemmet blonk. De punt van het mes zou even gemakkelijk door het lijfje gaan als door gekoelde boter.

Heel even opende het kind de ogen, zwevend tussen slapen en waken in. Het zag de man met de donkere doek, de opgeheven hand en het glanzende mes en in zijn blik kwam herkenning. Het kind glimlachte.

'Er bestaat geen echte waarheid,
maar wel een waarheid
die steeds dieper en rijper wordt.'

— Georg Wilhelm Friedrich Hegel, Duits filosoof 1770-1831 —

Het is zover. Vandaag dood ik een mens. Alles moet vol-
trokken zijn voor vier uur vanmiddag. Om vijf uur vertrekt de postkoets aan het raadhuis, slechts vijf minuten wandelen van de Hoftuin.

Mijn verhaal is ten einde. Ik ben moe.

Wie dit schrift in handen krijgt, zal de waarheid kennen. Mijn
verhaal. Hij kan ermee doen wat hij wil. Voor mij maakt het
niet veel meer uit. Ik begin aan mijn laatste reis.

Het schrijven verliep moeizaam. Welke woorden heb je nodig
om je diepste gevoelens weer te geven? Hoe schrijf je over de
noodlottige dagen en uren die je schaduw langer en donkerder maakten? Welke woorden kies je om te beschrijven dat
lelijkheid, als een loodzware rugzak, je verhindert de juiste
weg in het leven te kiezen?

Er bestaat geen lelijker man dan ik. Mijn hazenlip trekt mijn
bovenlip naar boven zodat mijn mond altijd in een driehoek
openstaat en mijn ongelijke tanden en vaak ontstoken tand-
vlees zichtbaar zijn. Mijn neus is plat en de punt ervan lijkt
vastgeplakt aan mijn bovenlip. Een van mijn ogen trekt naar
beneden. Soms druppelt er gele etter uit, die alleen kan worden gestopt met kompressen van kamille en *ogentroost*.

Mensen wenden hun blik af als ze me voor het eerst zien. Behalve kleine kinderen. Zij blijven naar me kijken tot een volwassene hen ruw aan de hand meetrekt. Ik ben zo lelijk dat iemand me ooit zei dat ik een zonsverduistering kon veroorzaken.

Als ik naar buiten ga, zwijgen de merels en de katten verlaten hun jongen. Zo is het en zo was het. Ik leerde in het donker te blijven. Mijn eigen schaduw te worden.

Mensen beweren dat je altijd de keuze hebt om iets wel of niet te doen. Dat is een leugen. Ik had nooit de keuze. Als ik had mogen kiezen, zou mijn leven er anders hebben uitgezien. Mijn vader zou in leven zijn gebleven en hij zou een liefdevolle vader zijn geweest. Zo iemand die aan het ontbijt een te hard stuk brood verbrokkelt in warme, zoete melk en je dan voert met kleine hapjes, zelf meehappend om je aan te sporen te eten. Zo'n vader die je bemoedigende klopjes op je billen geeft als je voor de eerste keer naar school gaat, – met een lei en een griffel in je schoudertas – en die, als je 's avonds thuiskomt, naar je luistert. Een vader die bij het vuur verhalen vertelt van verre horizonten, terwijl jij je nestelt in de warmte van zijn oksel. Een vader die warme blikken werpt op zijn vrouw en haar gebogen nek kust, terwijl zij het deeg kneedt. Een vader die je leert hoe je een vrouw moet liefhebben en die zegt dat je de beste zoon van de wereld bent.

Had ik mogen kiezen, dan had ik eruitgezien als een grote, sterke man en werd ik geliefd en gevreesd om mijn moed.

Ik zou ingelijfd worden in het grote leger van Napoleon Bonaparte en zou zonder aarzelen iedere vijand doden en mijn keizer trouw dienen tot de laatste snik.

Men zou me bewonderend aankijken. Ik zou mooi zijn, gekust door de sterren, met donkerblond haar strak naar achteren gekamd en licht krullend bij de slapen. Standvastige, blauwe ogen met een heldere blik, een huid die zijn kinderlijke zachtheid niet kon verliezen en die niet ontsierd werd door oneffenheden of moedervlekken. Een neus, groot en rechtlijnig als het sierlijke handvat van een mahoniehouten kast. Met daaronder volle lippen die de hele dag vroegen om te worden gekust.

Mijn moeder zou dagelijks horen wat voor een wonder van een kind zij op de wereld had gezet en mijn vader zou worden benijd omdat geen enkele andere vader zo'n knappe zoon had.

De vrouwen zouden ons bezoeken, zogezegd om met mijn moeder recepten uit te wisselen. Ze zouden hun geparfumeerde zakdoekjes achteloos bij me laten vallen. Zo hadden ze een reden om terug te komen, met hoop in hun blik en met de stille wens dat ik hen bij hun smalle leest vast zou grijpen om hen te kussen zoals alleen in boeken wordt beschreven.

Niet dus.

Als kind dacht ik dat ik alles had om gelukkig te worden.

Alles, was vooral mijn moeder. Haar handen die me zalfden, haar stem die me troostte, en de geur van rozen die met haar verbonden was.

Jaren later werd Rosika mijn alles.

De doden waren mijn bondgenoten.

De hemel was mijn aarde. De gestorvenen verwelkomden me en maakten me duidelijk dat ik geen schepsel van de duivel was, ook al beweerde mijn stiefvader hét tegendeel.

De heiligen waren mijn vrienden. Zonder hun aanwezigheid, hun raadgevingen, hun tekens en hun aanmoedigingen zou ik nooit volwassen zijn geworden.

Drie dingen stonden mijn geluk in de weg: mijn stiefvader, mijn verminking en Vlinderhuid.

De eerste jaren van mijn leven lijken in mijn herinnering vaag en bleek, als het gerimpelde vel op gekookte melk. Maar sommige dingen zal ik nooit vergeten.

Ik weet niet anders dan dat ik door mijn moeder werd gedragen.

Ik zat op haar schoot of ze droeg me op haar arm of op haar rug. De keren dat ik op mijn voeten stond, waren zeldzaam. Als ze een nieuwe broek voor me naaide, stond ik op een krukje. Ze mat de lengte van mijn benen. Haar handen waren altijd zacht en ik hield me vast aan haar schouders. Nooit kon ik vallen bij haar. Haar armen waren zachte kussens.

Haar gezicht was een voortdurend veranderend landschap waar ik niet genoeg van kreeg.

Als ze op het land werkte, bond ze me in een fleurige doek op haar rug. Iedere beweging van haar, maakte ik mee. Terwijl ze zong, zwegen de nachtegalen. Als ze zich bukte, zag ik – door stoffen bloemen gedragen – de grond, de akkers met de aardappelen en haar graaiende handen in de roodbruine aarde. Als ze rechtop stond, zag ik de hemel met de verblindende zon, de vele vegen blauw en het uitgelijnde licht. Ik rook haar vochtige nek en drukte mijn neus in haar gevlochten haar. Ik zag de wolken waarin voorbijtrekkende vogels verdwenen, en in de verte zag ik het einde van de wereld. Mijn vader had me verteld dat de horizon scherp was als een mes.

'Je mag nooit zo ver gaan, Manfred,' zei hij. 'Daar stopt de wereld.'

'Waarom?' vroeg ik.

'Daarom. Als je tot het einde gaat, val je in het diepste en donkerste ravijn dat er bestaat.'

Dus bleef ik weg van de horizon. De zilveren berken omringden me als wachters. Alleen het gespikkelde zonlicht mocht zottebollend door. Nooit was de wereld zo groot als de eerste jaren van mijn leven.

'Laat dat kind toch op zijn voeten staan,' zeiden de vrouwen in moeders buurt. Ze verwende me te veel, werd er gefluisterd.

'Hij is nog niet sterk genoeg,' antwoordde mijn moeder, zonder haar werk te onderbreken.

'Zal ik hem even van je overpakken?' vroeg iemand wel eens.

'Ik draag hem zolang het nodig is.'

Ze klonk beslist en ik weet nog goed hoe veilig ik me voelde toen ik al woorden verstond. Ik moest er alleen voor zorgen dat ze me bleef dragen. Dat deed ik door te klagen over pijn in mijn buik, die ophield als ze me optilde.

Mijn moeder heette Elena.

Mijn vader heb ik maar zes jaar gekend. Hij was een schrijver die er maar niet toe kwam om zijn eerste boek te schrijven.

'Het verhaal zit nog in mijn hoofd,' zei hij, 'maar ooit komt het eruit en schrijf ik het allermooiste boek.'

Mijn vader heette Gottfried.

Mijn moeder geloofde hem, net als ik. Hij oefende 's avonds met zijn vertelsels en dan week ik niet van zijn zijde. Ik keek naar zijn mond en zag de mensen in zijn verhalen over zijn lippen de keuken binnenwandelen.

Mijn vader kwam uit een onooglijk gehucht, Colmberg, vlak naast Ansbach in Beieren en omdat hij ergens zijn brood mee moest verdienen, was hij samen met zijn ouders en nog honderd andere gezinnen uit de streek geëmigreerd naar Hongarije. Hij werd huizenbouwer in Backa Palanka en leerde daar mijn moeder kennen. Zij kwam uit een gezin van landbouwers en wist alles van zaaien, groeien, bloeien en snoeien. Daarom wist ze ook wat ze met haar zwakke zoon moest doen. Ik groeide en bloeide in haar handen, als een scheut in een potje. Mijn moeder was mijn grond, mijn vader de lucht die ik ademde.

Alles was groot aan mijn vader. Zijn gestalte, zijn handen, zijn neus en zijn snor. Als hij praatte, kon hij het klokkengeluid in de oude toren overstemmen en als hij lachte, trilden de muren van ons huis.

Hij droeg me op zijn schouders als we naar de kerkdienst gingen. Hij wees naar de torenspits in de verte en vroeg: 'Manfred, zie je daar die grote kerktoren?'

Ik zag de toren aan het topje van zijn wijsvinger en knikte.

'Jij bent tien keer groter dan de kerk. Jij bent mijn kleine koning. En later zul je een grote koning worden. Dan zul je zo groot zijn dat je in de hemel kunt binnenkijken,' zei hij en zijn lachende mond veranderde zijn snor in een vogel die wou opvliegen.

Ik voelde me groeien, mijn lichaam werd te klein voor mijn trotse hart.

Ik was hun kleine koning en ooit zou ik de hemel kunnen binnenkijken. Ik besefte niet dat ik toen in de hemel was.

Ons huis was net als de andere huizen. Wit, gekalkt leem tussen het houten gebinte, een donker, strooien dak dat als een laaghangende hoed het zonlicht tegenhield, en kleine vensters met donkergroene ruitjes, die net voldoende licht binnenlieten om je veilig te weten.

In de omheinde tuin groeiden rozenstruiken zonder doorns, want ik mocht me niet prikken als ik mijn moeder hielp met rozenbottels plukken voor de thee en de moes. In de zomer bedekten klimrozen de hele voorgevel. Niemand kan zich voorstellen hoe sterk de geuren waren die ik opsnoof. Alles rook naar mijn moeder en haar rozen.

Achter ons huis begon het uitgestrekte berkenbos.

'Berkenbomen zijn een zegen,' zei mijn vader. 'Ze dragen toverij in hun kruin. Je mag ze pas omhakken als je er zeven keer omheen bent gelopen. En de koekoek roept niet eerder of hij moet jong berkenloof hebben gegeten. Als hij dan drie maal koekoekt, weet je dat er slecht weer op komst is. Dan kunnen we het hooi op tijd binnenhalen voor de regen het beschimmelt. En met een koekoek in de buurt weet je dat je liefje je trouw blijft.'

Dan kuste hij mijn moeder en zong het lied over de koekoek.

Groen is gras, groen is gras, onder mijnen voeten.
'k Heb verloren mijn beste vriend, waar zal ik hem zoeken?

Hé daar! Een plaatsje maken voor de jongedame.
En de koekoek op het dak, zingt een lied op zijn gemak.
Oh, mijn lieve Augustijn. Deze dame zal het zijn.

'Wie is Augustijn?' wilde ik weten.

'Aha, dat is een heilige van lang geleden. Hij verstond de kunst om vrouwen te controleren op de versheid van hun appels of peren. Daarna legde hij zich te rusten onder een vijgenboom waar hij droomde van God en andere heerlijkheden. En vervolgens verkondigde hij dat iedere mens verantwoordelijk is voor zijn eigen wil en zijn eigen kwade daden. De heilige Augustijn is een beetje zoals ik.'

Ik begreep er niet veel van, maar ik zag wel dingen die overeen kwamen met zijn verhalen. Ik zag hem nooit in appels of peren knijpen, maar als hij in de herberg bleef hangen, legde mijn moeder het bidprentje van de heilige Augustinus bovenop het stapeltje. 'Dan komt hij zeker terug naar huis,' zei ze, 'en blijft hij niet hangen bij een andere vrouw om haar fruit op versheid te controleren.'

Ik zag ook dat de berkenbomen echt toverij droegen onder hun lichtgroene hoed. De twijgen zwaaiden met lichtpaarse handjes een goede morgen. Na de middagsoep rustten de takken onder een doorschijnende deken van zilver en oker, en als ik 's avonds in bed werd gelegd, dekten ze zichzelf toe in tinten van violet en oranje licht tot de nacht alle kleuren uitveegde. Iedere ochtend verliet mijn vader voor zonsopgang het huis, samen met de andere mannen uit het dorp. Hun karren waren gevuld met houten latten, riet en strobussels. Ze bouwden huizen voor de families die nog uit Beieren zouden overkomen. Mijn vader was de beste strodekker in de streek. Ik kon hem met mijn ogen volgen tot hij achter de heuvels was verdwenen. Daarna kon ik bij het open raam nog enkele minuten zijn luide stem horen, want hij zong altijd hetzelfde lied als hij de paarden mende.

Op enen boom een koekoek, simsaladim bombas salado saladim
op enen boom een koekoek zat.
Daar kwam een jonge jager, simsaladim bombas salado saladim
daar kwam een jonge jager aan.
Hij schoot die arme koekoek, simsaladim bombas salado saladim
hij schoot die arme koekoek dood.
Maar als een jaar verlopen, simsaladim bombas salado saladim
maar als een jaar verlopen was.
Toen kwam de koekoek weder, simsaladim bombas salado saladim
toen kwam de koekoek weer daar.
Hij floot de arme jager, simsaladim bombas salado saladim
Hij floot de arme jager uit.

De laatste regels van het lied hoorde ik in flarden. Maar in mijn hoofd zong de koekoek verder.

Ik hoorde wanneer mijn vader 's avonds terugkwam. Hij zong nog steeds van de koekoek.

In ons dorp was een kleine school waar kinderen vanaf zes jaar leerden lezen en schrijven in het Duits en het Hongaars. Een strenge *paap* met een witte baard gaf godsdienstlessen. Ik was bang van hem en opgelucht dat ik net als de andere jongste kinderen met de moeders mee naar het veld mocht.

Als mijn vader 's avonds thuiskwam, waste hij zich eerst aan de pomp. Ik werd door mijn moeder op een krukje naast hem gezet, mijn voeten raakten nauwelijks de grond. Ik reikte mijn grote vader de handdoek en het klompje zeep aan. Ik keek toe hoe hij zich zorgvuldig waste en droogde. Ieder plooitje van zijn lichaam werd onder handen genomen.

Daarna aten we galuska met warme melk en honing aan de beukenhouten tafel in de keuken. Mijn moeder schepte het uit een grote koperen ketel die nog van haar moeder was geweest en waarvan iedere deuk een eigen verhaal had. De grootste bluts kwam door haar vader. Zijn vrouw had hem met de ketel op het hoofd geslagen omdat hij te lang in de herberg was gebleven en de volgende ochtend slaapdronken naar de kerk was gewaggeld. De ketel schommelde op tafel door de bluts en in de glans van de koperpoets meende ik het gezicht van mijn overleden grootvader te zien. Hij waggelde nog steeds.

Mijn moeder maakte de knoedels met ganzeneieren, wit meel en pompwater en ze waren de lekkerste van het dorp. De vrouwen wilden weten hoe ze de galuska bereidde. Wat was haar geheime recept? Alleen ik wist het. Bij het kneden van het deeg, stak ze onder de deegplank het bidprentje van de heilige Elisabeth van Thüringen. Volgens mijn moeder waren haar voorouders afkomstig van de heilige en ik geloofde haar. De heilige Elisabeth was een Hongaarse, getrouwd met een Duitser. Net als mijn moeder. Elisabeth bakte brood voor de armen ook al werd haar dat verboden. Toen ze bij de brooduitdeling werd betrapt, opende ze haar schort. In plaats van broden lagen er rozen in. Elisabeth was al eeuwen dood, maar mijn moeder had me haar verhaal ontelbare keren verteld.

'Wie deeg kneedt met Elisabeth in de buurt, zal steeds brood hebben en liefde die nooit verzuurt,' zei ze beslist.

Mijn moeder had voor alles een heilige klaar. De heiligenprenten waren nog van haar moeder geweest en ze waren waardevol. Iedere heilige was met fijne zwarte lijntjes op grof papier gegraveerd. Sommige prenten waren ingekleurd. Mijn moeder had de heiligen als huwelijksgeschenk gekregen. Ze leerde me hun namen en vertelde over hun gruwelijke levens, want de meesten waren de marteldood gestorven. En iemand die wordt doodgemarteld, krijgt later in de hemel een gouden stoel naast Jezus.

Iedere avond voor het slapengaan, vertelde mijn vader een verhaal zonder einde. Ik denk dat hij oefende voor het boek dat hij moest schrijven en waarop de hele wereld ongeduldig wachtte. Iedere keer begon het anders, en iedere keer hield ik mijn adem in omdat ik hoopte op een goede afloop. De slaap kwam niet, want ik zat gevangen in een verhaal dat niet af was. Dus probeerde ik zelf een einde te verzinnen, maar omdat ik niets van eindes kende, lukte het me niet.

Soms vertelde mijn vader over kinderen die in het bos werden achtergelaten door een stiefmoeder. De kinderen vielen in handen van een heks. Ze konden ontsnappen en vonden de weg terug naar huis, maar hoe het ze daarna verging, weet ik niet. Ik kreeg een hekel aan het woord *stief*.

Mijn vader vertelde ook over een meisje dat werd gevangen gehouden in een toren. Haar vlechten waren zo lang dat ze als touwladder konden worden gebruikt. Een prins bezocht haar en in de kleine torenkamer leefden ze in het geheim van de liefde. Een liefde die nooit stopte en keer op keer werd 'geconsumeerd', wat dat ook wilde zeggen. Ik wist alleen maar dat de liefde warm was, me beschermde, overal aanwezig was en dat ze verhulde hoe ik er in werkelijkheid uitzag.

Als ik zeurde om een verhaal helemaal tot aan het einde te mogen horen, gaf mijn vader steeds hetzelfde antwoord: 'Een sprookje mag nooit eindigen, Manfred. Dan is het geen sprookje meer.'

Mijn vader had gelijk. Aan een sprookje over liefde mag geen einde komen. Alles moest zichzelf eindeloos herhalen. Zoals het lied van de koekoek die nooit echt dood ging. Zoals mijn vader die het lied iedere dag opnieuw zong en de tonen liet uitsterven in de bocht waardoor ik dacht dat hij nooit stopte met zingen.

Ik kon toen onmogelijk weten dat mijn leven allesbehalve een sprookje zou worden.

Als ik de slaap niet kon vatten, kreeg ik van mijn moeder haar rozenkrans. Ik kon nog niet tellen, maar gewoon met mijn vingers over de bolletjes gaan, maakte me slaperig. Het was geen gewone krans. Een rozenkrans had vijftig kleine en vijf grote kralen. Die van mijn moeder had er zestig kleine en zes grote. Daarom was het een geluksketting, zei ze.

'Jij bent er en dat is al heel wat, Manfred. De rozenkrans heeft me geholpen. Jij bent het mooiste wat ons is overkomen,' zei ze.

'Niet die krans, maar ik heb ervoor gezorgd,' zei mijn vader fier. Mijn moeder schudde het hoofd. Haar kin trilde alsof ze huilen wilde, maar hij hield vol.

De volgende dag nam hij ons mee naar de rotsige heuvel iets buiten het dorp. Deze keer was het niet mijn moeder die me droeg. Ik zat op de schouders van mijn vader en torende boven alles en iedereen uit, ik was de koning te rijk. Toen we boven waren, kon ik de huisjes van Backa Palanka zien. Ze waren niet groter dan de kruimels die mijn moeder aan de vogels voerde. Ik hoorde het razen van de waterval en mijn vader wees naar de woeste rivier aan de andere kant van de heuvel. Hij hield me stevig vast en toonde me de duizelingwekkende diepte.

'In deze rivier ben ik gesprongen toen ik hoorde dat jij op komst was.'

'Waar was ik dan?'

'Je was nog ver, je had nog een lange weg te gaan. Maar je moeder en ik wisten dat je eraan kwam. We telden de dagen en het waren er precies genoeg om een schommelwieg te timmeren die niet kon omvallen en om wol te spinnen en dekentjes te breien.'

'Bij wie was ik toen?'

'Bij alle heiligen in de hemel.'

'Wat deed ik daar?'

'Je oefende en je oefende tot je alles wist wat je moest weten.'

'Wat moest ik weten?'

'Dat wij hier op jou wachtten.'

'Waarom sprong u in het water?'

'Omdat een man aan zijn vrouw moet bewijzen dat hij moedig is. Als hij uit die rivier water schept, en zij drinkt het op, dan krijgt ze een mooi en sterk kind dat gezegend is door de heilige Christoffel.'

Mijn moeder kreeg tranen in de ogen en zei: 'Gottfried, je hoeft niet alles te vertellen.'

Ik was me er niet van bewust hoe lelijk ik was. Als je door je moeder wordt gedragen, ben je altijd mooi.

Ik herinner me wel hoe lastig ik het vond dat de andere vrouwen zeurden omdat ze me altijd droeg. Ik was al te groot, zeiden ze. Het werd tijd dat ik op eigen benen stond. Ze hield me zwak in plaats van me aan te sterken.

Mijn moeder bleef me koppig dragen. Op haar rug leefde ik dichter bij de hemel dan bij de aarde en ik bevond me niet op gelijke hoogte met de kinderen van mijn leeftijd die de rokken van hun moeder allang waren ontgroeid.

Omdat ik het zeuren van de vrouwen hinderlijk vond, weigerde ik hen aan te kijken. Als ze probeerden om me van mijn moeder over te nemen, beet ik.

Ik was een kleuter, te klein om dingen te begrijpen. Maar ik wist dat de vrouwen een hekel aan me hadden. Ze keken me nooit langer dan drie tellen aan, onmiddellijk ging hun blik naar iets naast of boven me. Misschien had ik toen al het vermoeden dat mijn hemel op aarde spoedig zou verdwijnen? Misschien moest ik daarom alle liefde uit mijn ouders persen? Er mocht geen druppel verloren gaan.

Het noodlot kwam onaangekondigd.

Op een regenachtige nazomerdag stortte het dak in waarop

mijn vader het riet klaar legde. Hij was op slag dood. Hij heeft het niet geweten, want hij glimlachte en zijn mond stond half open alsof hij juist had geroepen: 'Mijn kleine koning, jij bent nog groter dan het dak van het huis waarop ik zit!'

Ze brachten hem op de kar naar huis en buren waakten drie dagen. Ook de strenge paap met de witte baard kwam. Hij droeg een lange zwarte jurk en een groot gouden kruis, bezet met edelstenen. Hij zong en bad en dronk rode wijn. Ik bleef uit zijn buurt, want hij had een blik die je een binnenstebuitengevoel bezorgde. De vrouwen bakten in de hete as kruisvormige doodskoeken gemaakt van ganzeneieren, geitenmelk en roggemeel en ze bestrooiden ze met karwijzaad. Ze deelden de koeken uit aan iedereen die mijn vader kwam groeten. Hij groette niet terug en ik werd onrustig. Ik huilde, maar wist niet waarom. Niemand troostte me, iedereen weeklaagde.

Het waren de eerste drie dagen van mijn leven dat ik niet werd gedragen. Ik stond op mijn voeten, alleen, op de lemen vloer in de slaapkamer en keek hoe mijn moeder schreiend de voeten van mijn vader kuste. Tussen zijn tenen stak het bidprentje van Lazarus, maar het hielp niet. Mijn vader stond niet op.

De grond was hard, koud en vochtig en de kilte steeg van mijn voeten naar mijn hoofd. Ik keek naar de vloer en voor het eerst zag ik dat ik voeten en benen had.

Mijn vader lag op gebleekte lakens en tegen de gekalkte muur boven zijn hoofd hing het beeld van de gekruisigde Christus die zijn ogen gesloten hield voor zoveel verdriet. Op zijn hoofd een kroon van doornen zonder rozen. Op mijn vaders hoofd een kroon van frisse rozen zonder doornen, ze maakten het witte verband bijna onzichtbaar.

Mijn moeder praatte en praatte maar. Ik probeerde haar duidelijk te maken dat hij niet zou antwoorden. Ze zag me niet. Ik pakte haar handen vast en drukte ze tegen mijn wangen, maar ze rukte zich los. Ik kroop op haar schoot, stak mijn kleine hand in haar mond om haar te doen zwijgen, maar ze duwde me van zich af. Ik trok de linten van haar schort los en ze merkte het niet eens. Ik beet in haar wang en ze gaf me een tik. Mijn eerste tik. De hemel viel op mijn hoofd. Ik plaste in mijn broek, ze zag het niet en een buurvrouw met ruwe handen ververste me en berispte me omdat ik te groot was voor zulke kinderachtigheden.

In mijn hoofd zong de koekoek, maar hij zong triest alsof hij zijn boom was kwijtgeraakt. Mijn vader moest het lied zingen en terug thuiskomen.

Ik probeerde zijn mond open te maken, maar vrouwenarmen trokken me weg. Ik gilde en schopte om me heen, en een paar mannenarmen namen me over en hielden me gevangen. Toen ik zweeg, lieten ze me los en ik ging naast mijn moeder op de bank zitten met de punt van haar schort in mijn handen.

Voor de kist werd dichtgetimmerd, gooide mijn moeder kruiden op de buik van mijn vader. Negen blaadjes salie, zodat ze zijn gezicht in haar dromen kon blijven zien. Een bol knoflook om de wormen te verjagen. Drie stengels van de engelwortel – om na de begrafenis in contact te blijven met hem –, en een handvol havervlokken opdat hij geen angst zou hebben bij de overgang naar de dodenwereld. Het was de eerste keer dat ik mijn moeder zag praten met een dode, en er zouden nog meerdere gesprekken volgen.

Bij het begrafenismaal waren er aardappelen met uien, zure room en laurier voor iedereen. De ganzenlever had een nacht in knoflookmelk gestaan om de duivel weg te houden, en was daarna gespoeld en gebakken in ganzenreuzel opdat mijn vader tijdens zijn vlucht naar de hemel niet gestoord zou worden. Er werd een varken geslacht. Daar werden worstjes met mierikswortel en broodkruim van gemaakt. Er waren ook grote rode paprika's gevuld met spek en venkelzaad. Daarna was er appeltaart en rozenbottelthee. Ik at niets en hield mijn moeder in de gaten. Ook zij at niets.

De dag na de begrafenis stonden mijn voeten nog steeds op de grond. Mijn moeder tilde me niet meer op. Als ik mijn handen

naar haar uitstrekte en jengelde om gepakt te worden, antwoordde mijn moeder: 'Manfred, stop ermee. Alles is anders nu.'

Mijn God, ja, hoe waar werden haar woorden …

De dorpsraad was onverbiddelijk. Er waren te weinig huizen voor de kolonisten en een week na de dood van mijn vader arriveerden er vijftig nieuwe gezinnen uit Beieren en Lotharingen. We moesten verhuizen naar het vrouwenhuis. Ons huis was ons huis niet meer. Er lagen vreemden in het bed van mijn ouders. Het water uit de pomp was voor kinderen die niet op krukjes zaten met zeep in hun handen. En de rozenstruiken bloeiden verder zonder ons. Ik voelde me verraden.

Mijn vader had me achtergelaten met een hoofd vol onaffe verhalen. Ik voelde me verlaten.

Mijn moeder keek steeds naar de scherpe horizon waarachter het diepste en donkerste gat ooit lag. Ik voelde me verstoten.

Op het kleine kerkhof vlak bij de berkenbossen, waar mijn moeder haar gezicht verborg in een zakdoek, stampte ik op mijn vaders graf. Hij moest weten hoe boos ik was. Door zijn schuld was ik ook de handen, de rug en de zorg van mijn moeder kwijt. De woede raasde door me heen.

De berkenbomen keken toe hoe ik stampte. Ze waren hun kleuren kwijt, nooit meer zag ik hun twijgen als wuivende handjes. De koekoek zong niet meer. Misschien was hij weggevlogen naar de scherpe horizon waar geen terugkeer van mogelijk was.

Men zei dat het goed was in het vrouwenhuis. Hoe kon dat, als alles wat goed en vertrouwd was, verdwenen was? Mijn moeder sliep in een kamer met tien andere vrouwen: alleenstaanden of weduwen zoals zij. Ik sliep in een kinderslaapzaal. Het rook er naar pis en ongewassen lijven. Op de binnenplaats stond maar één pomp voor achttien kinderen. De vrouwen waren lui en kibbelden de hele dag. Ze kookten om beurten. Ik at alleen de warme maaltijd als mijn moeder goulash met rode bonen maakte. Mijn moeder had me als zuigeling gevoed met oeverloos geduld en kleine hapjes aangedikte melk, want zuigen kon ik niet. Toen ik tanden kreeg, plette ze mijn warme maaltijden zodat ik niet hoefde te kauwen.

De vrouwen berispten me, zeiden dat ik verwend was en dat ik nooit een man zou worden. Ik werd mager en knokig en kreeg groeischeuten. De kinderen meden me of lachten me uit.

Mijn moeder praatte iedere avond met mijn vader. De kruiden op zijn buik misten hun uitwerking niet. Mijn vader was niet bang, hij was nog heel dichtbij en hij gaf mijn moeder raad als ze erom vroeg.

Ze zag niet hoe het mij verging. Ik was nog steeds boos op mijn vader. Hij was de oorzaak van alle ellende. Als mijn moeder kaarsen aanstak en met mijn vader sprak, stak ik mijn hoofd onder haar schort. Zijn schuld, hij had erom gevraagd. Ik wilde nooit meer aan mijn vader denken.

In het vrouwenhuis besefte ik voor het eerst hoe lelijk ik was. Zolang mijn moeder me droeg, had niemand iets over mijn uiterlijk durven te zeggen. Nu kon iedereen bij me.

Gretl, de vrouw die over de voorraadkast waakte, klakte met haar tong als ze me zag en maakte kruistekens. Ze siste: 'Ga weg, jongen, ga weg.'

Lotte, die altijd zwanger was, draaide haar hoofd weg als ik voorbijkwam en prevelde: 'Mijn lot ligt in uw handen o Heer, maar waak erover dat mijn kind geen monster wordt.'

Ik begon te beseffen dat ik een monster was. Iemand die nergens bijhoorde en op wie geen enkele wet van toepassing was.

In het vrouwenhuis waren de meeste kinderen ouder dan ik. Als mijn moeder in de keuken bezig was, grepen de jongens me vast. Soms waren ze met z'n tienen. Zingend droegen ze me naar de boomgaard. Ze bonden me vast aan een van de knoestige appelbomen. De meisjes juichten, sprongen op en neer en spoorden de jongens aan nog meer gekkigheid met me uit te halen. Ze hielden een scherf van een spiegel voor mijn gezicht en dwongen me te kijken. Ik wist wel hoe ik eruitzag, maar opeens zag ik mezelf door de ogen van de anderen. Het oudste meisje van de bende, Jozefa, had de leiding over de 'spelletjes'. Haar wensen werden altijd ingewilligd door Hans, de oudste jongen. Hij had witte wimpers en witte haren, maar zijn stem was donker. Iedereen vreesde zijn knokige vuisten.

'Wie het hazenmonster gedurende twintig tellen in de ogen durft te kijken, mag me zoenen op de wang.' Jozefa keek Hans uitdagend aan. Hij knipperde met zijn stekelige wimpers.

'En als ik het tot dertig kan uithouden, waar mag ik je dan zoenen?' vroeg hij schor. Jozefa wees lachend naar haar mond. Ze miste een voortand.

'En wat als ik het hazenmonster honderd tellen in de ogen kijk?' Jozefa giechelde en wees naar haar groezelige rok.

Hans ging voor me staan en pakte met een hand mijn kin vast zodat ik mijn blik niet kon afwenden. Ik rook zijn zurige ongewassen lijf. Alle kinderen kwamen rond de boom staan, en telden. Maar een paar konden tot honderd tellen.

Hans staarde me recht in de ogen. Zijn blik boorde gaten in mijn ziel. Ik probeerde mijn ogen te sluiten, maar daar stak Jozefa een stokje voor. Zij wilde dat Hans haar zou kussen op de plaats die ze had aangewezen. Ze hield mijn oogleden open. Het duurde eeuwen en bij elke tel werden de gaten in mijn ziel groter.

Na honderd tellen stuurde Hans de andere kinderen naar binnen en eiste zijn beloning. Niemand maakte mij los. Ik keek toe hoe Jozefa schaamteloos haar rok optilde en hoe Hans onhandig het hoekje tussen haar benen bekeek en aanraakte.

Kussen deed hij niet. Hij had genoeg aan kijken. Zijn oren en gezicht werden zo rood dat het wit van zijn haren en wimpers licht leek te geven. Ik huilde.

Een voor een kwamen de andere kinderen terug. Ze hadden meer interesse in mijn tranen dan in wat Hans onder de rokken van Jozefa uitvoerde.

'De haas huilt,' zei de jongste.

'Hij is nog lelijker zo,' zei iemand anders.

Ik probeerde los te komen. Ik wilde zeggen hoe vies ze waren met het aangekoekte snot onder hun neusgaten en met hun smerige handen en vieze nagels. Ik was altijd schoon en ik geurde naar de rozenzeep van mijn moeder. De geuren van zweet en rozen gaan niet samen.

Ik durfde niets te zeggen, want ik wist ondertussen dat mijn stem niet om aan te horen was. Ze klonk als verroest koper, zeiden ze en de klanken kwamen uit mijn neus in plaats van uit mijn mond. Woorden waar een v, w, p, b en m in voorkwamen, probeerde ik te vermijden. Maar de naam van mijn moeder moest ik wel uitspreken. Mutti klonk als utti en de kinderen riepen het me na. Het klonk als een schimpscheut.

Hoe meer ik zweeg, hoe meer ik hoorde. Ik kon het gefluister van stemmen verstaan op honderd meter afstand en ik kon lippen lezen, nog voor ik dat met letters kon.

Toen ik geen weerstand bood, werden de pestkoppen driester. Behalve *haasje-kijken* speelden ze ook *monstertje-pak*. Ze plukten bladeren en gras en propten alles in mijn mond. 'Vooruit, eten!' riepen ze en ze sprongen als hazen rond de boom. Daarna werd ik losgemaakt en ze bonden me in hurkzit vast zodat zij haasje-over konden spelen. Soms duwden ze mijn gezicht in de modder omdat ze een hekel hadden aan de scheur in mijn mond.

Pas na twee maanden ontdekte mijn moeder de pesterijen. Op een dag waren de kinderen me vergeten los te maken. Ik stond vastgebonden aan de boom, met bladeren in mijn mond. Mijn moeder riep mijn naam, maar ik kon niet antwoorden. Toen ze me vond, huilde ze en ik wist dat er eindelijk iets zou veranderen. Die avond stak ze drie kaarsen aan en sprak met mijn vader terwijl ik erbij zat. Ik stak mijn hoofd niet onder haar schort, want ik voelde dat er iets belangrijks ging gebeuren. Voor het eerst sinds mijn vaders dood trok ze me op haar schoot. Haar handen streelden mijn hoofd; maar ze voelden anders aan, ze waren ruwer geworden in het vrouwenhuis. Mijn moeder vroeg mijn vader om raad. Wat moest ze doen? De kaarsen knetterden, dus mijn vader gaf antwoord. Mijn moeder luisterde gespannen, haar handen waren vuisten.

De volgende dag bond ze zwijgend onze kleren in haar bloemendoek, samen met wat dierbare spulletjes. We verlieten het vrouwenhuis zonder afscheid te nemen.

Op één november, de dag van de heiligen, vertrokken we naar Beieren, het land van mijn vader. Mijn moeder droeg een strooien luifelhoed met onder het striklint het bidprentje van de heilige Christoffel. Ze droeg mij een eind en vervolgens moest ik zelf een stukje wandelen, want we moesten drie mijlen verderop zijn, waar de postkoets naar Beieren wachtte op reizigers. Er was maar plaats voor acht. Wie te laat kwam, moest een week wachten op de volgende koets.

Vanaf haar rug zag ik het prentje waarop Christoffel zich inspande om een wilde rivier over te steken met een kind op de rug. Het kind leek zwaarder te wegen dan ik. Ik vroeg niet waarom ze dit prentje had uitgekozen. Ik wist dat Christoffel de beschermheilige van de reizigers was en dat het water van de rivier voor mooie kinderen zorgde.

'Waarom gaan we naar Beieren?'

'Omdat ik wil dat je het goed hebt.'

'Ik heb het goed,' zei ik, maar ik wist dat het niet waar was.

'Manfred, ik moet geld verdienen.'

Daar had ik geen antwoord op.

'Ik wil niet dat iemand je ooit nog haas of monster noemt.' Ze hijgde en zette me terug neer. Het bloed in mijn benen tintelde.

'En wat als ze me in Beieren ook zo noemen?'

'Als je onder de mensen bent, moet je je hoofd gebogen houden. Kijk de mensen niet recht in de ogen. Ze zullen zwijgen.'

Ze besefte dus nog niet dat volwassenen al zwegen als ze me zagen. Alleen kinderen durfden het aan te zeggen wat ze van me vonden. Opeens wist ik dat mijn moeder me nooit meer zou kunnen beschermen tegen anderen. Ik wist het zomaar en zij wist het niet. Ik kneep in haar handen en schudde het hoofd.

Ze hurkte voor me neer, keek me in de ogen en legde haar handen op mijn schouders. Er klonken tranen in haar stem toen ze zei: 'Vader wil dat je wordt geopereerd. Ik wil het ook. In Beieren wonen de beste dokters, zegt vader. Ik zal sparen voor de operatie. Daarna zal niemand je nog uitmaken voor haas of monster.'

'Wat gaan de dokters met mij doen?'

Het woord opereren deed me huiveren. En ik had nog nooit een dokter van dichtbij gezien.

'De spleet in je lip wordt dichtgenaaid en je neus wordt rechtgezet.'

'Ik wil het niet.'

'Ik wil het. Het is voor je eigen goed.'

'Doet het pijn?'

'Alle veranderingen doen pijn.'

Het was een hele schok voor me dat mijn moeder iets aan me wilde veranderen. Mijn hazenlip moest weg. Ik moest worden dichtgenaaid. Het zou pijn doen. De kleine koning in me verschrompelde.

Mijn vader was voor niets in de rivier gesprongen. Of misschien had mijn moeder niet van het water gedronken. Ik durfde het niet te vragen.

We liepen steeds verder naar de scherpe horizon waar ik vast en zeker van de wereld zou donderen.

We kwamen iets te laat aan. Bij het postkantoor stond al een groepje mensen en ik voelde aan de greep van haar hand dat mijn moeder zich druk maakte. In totaal stonden er zeven mensen. De koetsier was duidelijk: ofwel mijn moeder, ofwel ik. Iedereen knikte. Ze hadden meteen gezien dat ik anders was, ook al droeg ik een sjaal om mijn mond en keek ik naar de toppen van mijn schoenen. Een man nam het voor ons op.

'De jongen is klein en tenger. Als we allemaal een klein beetje opschuiven ...'

'Hij kan op mijn schoot,' zei mijn moeder haastig.

De mensen morden. Een vrouw droeg een kleine hond in een mand: ze had ervoor betaald dus had hij recht op een volwaardige plaats. Wij moesten maar wachten op de volgende postiljon. Maar de man hield voet bij stuk. Hij droeg een duur kostuum van fijne snit en zijn buishoed was gemaakt van kortharige, donkergrijze marterbont. Misschien gaf dat de doorslag. We mochten mee. Ik vond het niet erg dat ik de hele rit op de schoot van mijn moeder moest zitten.

De reis naar Ansbach duurde tien uur en de man – hij stelde zich voor als heer Hennenhofer – praatte met mijn moeder alsof ze al jaren kennissen waren. Hij had ook een zoon, zei hij. Hij wist wie de beste dokters waren en waar je voor het minste geld de beste verzorging kreeg. Hij was Rijnvaarder en handelde in stoffen en bont. Hij gaf mijn moeder een paar adressen waar we tijdelijk een logement konden vinden. En hij gaf haar ook goede raad voor het vinden van degelijk werk.

Vanaf haar warme schoot zag ik door het kleine raampje het landschap voorbijglijden. De berkenbomen maakten plaats voor dennen en eiken. Angstvallig hield ik de scherpe horizon in het oog, want ik wilde niet vallen in het donkere niets. Gelukkig verdween de einder achter hoge huizen. Ik zag voor het eerst winkels en koetsen met opgetuigde paarden. Tijdens de rusttijden bleef ik bij de paarden en ik ontdekte dat ze niet bang voor me waren. Ze snuffelden aan mijn handen en aan mijn gezicht en mijn hazenlip hinderde hen niet.

In Ansbach stapten we uit en dankzij de goede tips van heer Hennenhofer vonden we het huis in de Pfarstrasse waar kamers werden verhuurd.

We belden pas aan toen het donker was. De huisbewaarder bekeek me niet, hij had alleen oog voor mijn mooie moeder.

We kregen kamers op de benedenverdieping. De twee hoge ramen vooraan zagen uit op de rustige straat. Onze slaapkamer achterin keek uit op een kleine binnentuin. We hadden een eigen kookruimte en een wasplaats zodat ik niemand onder ogen hoefde te komen. In de linde woonde een vogel die niet koekoekte. Maar wat niet was, kon nog komen.

Het huis stond op een boogscheut van de Johanneskerk. Mijn moeder beschouwde dit, en de ontmoeting met heer Hennenhofer, als een goed voorteken.

Van 's morgens vroeg tot 's avonds laat liep mijn moeder door de stad op zoek naar werk. Ik bleef alleen achter, wachtte op de koekoek en speelde met de heiligenprenten uit haar kleine bijbel. Ik legde ze soort bij soort. Als de heiligen me lief aankeken, kregen ze een apart plaatsje op de zachte kussens van de bank. De strenge heiligen bleven op hun stapeltje liggen en de heiligen waar ik een hekel aan had, moesten op de plankenvloer met hun gezicht naar beneden liggen. Ik legde er kiezels op zodat ze er niet stiekem vandoor konden. Of ik ging erop staan en stampte op hun platte gezichten. Er kwamen kreukels in de prenten. Ze begonnen meer en meer op mij te lijken. Met gekreukte, platte neuzen.

Ik praatte met de goede heiligen en ze begrepen me. Ze kwamen tot leven en lieten me geloven dat alles goed zou komen. Ik mocht mijn kamer niet verlaten, dus ik zag mijn nieuwe wereld vanuit het raam en vanuit heiligenogen. De koekoek bleef zwijgen.

Dat mijn moeder mooi was, las ik van de gezichten van de mannen. Op straat namen ze hun hoge hoed af als we passeerden.

Hun ogen namen haar gretig op en ik merkte dat ze hun hoofd omdraaiden als we voorbij waren. Dan stak ik mijn tong uit.

Na een week vond ze werk bij een begrafenisondernemer, een vage kennis van heer Hennenhofer.

Otto von Bielefeld was een lange, magere man met dezelfde huidskleur als zijn kaarsen. Hij had het voorbije jaar gouden zaken gedaan, vertelde hij, want er was een epidemie van tuberculose geweest. In de periode van onze aankomst was er een grote kindersterfte door de mazelen.

Mijn moeder werd de eerste bloemenkransmaakster die variatie bracht in de kransen. Voor gestorven kinderen maakte ze boeketten van witte rozenknopjes en bleke viooltjes. Voor iemand die net gehuwd was, koos ze rode anjers en camelia's uit en voor iemand die een respectabele leeftijd had bereikt, combineerde ze paarse chrysanten met blauwe hortensia's en gardenia's.

Toen de winter kwam en de dagen kort werden, nam ze me iedere dag mee naar het donkere huis van Otto. Ik kreeg de opdracht om de afgevallen bloemblaadjes te verzamelen en te drogen tussen vloeipapier en dit te verzwaren met dikke boeken. Later zou ze die op doop- en huwelijkskaarsen plakken. Ik mocht er dan wel monsterachtig uitzien, mijn handen waren fijn en mooi gevormd en ik kon de fijnste bloemblaadjes oppakken zonder ze te kwetsen.

Omdat ze niet bang was van de doden, mocht mijn moeder na een tijd helpen bij het wassen en opbaren van hun lichaam en haar aanwezigheid bij de waakstondes was welkom. Ze waste de bleke lijven met evenveel toewijding als ze mij waste: ik zat op een stoel vlakbij en gaf haar de zeep en de droogdoekjes aan. Voor het eerst zag ik naakte mensen en ik was verwonderd hoe sterk ze allemaal op elkaar leken.

Na het wassen en zalven zat mijn moeder in de hoek van de kamer waar ze bad voor de gestorvenen. In plaats van haar witte kanten kapje, droeg ze een kleine zwarte luifelhoed met een strik aan de zijkant. Ze bond haar zwarte sleep aan de voorkant zoals alle weduwen deden. Toch leek ze veel mooier dan vroeger.

's Avonds hielp ik haar de stompjes kaars te smelten en nieuwe kaarsen te dompelen in hete was waar ze rozenolie door vermengde. Sinds de komst van mijn moeder geurde het veel beter in de dodenkamers. Door haar kreeg zelfs Otto, de doodgraver, een lichte blos op zijn bleke wangen.

Tijdens die eerste winter in Beieren vierde ik mijn zevende verjaardag. Mijn moeder onderwees me zelf in lezen en schrijven. Ik had de letters vlug onder de knie en ik was blij dat ik de namen van de heiligen kon lezen. Ik was een slim kind, zei mijn moeder, ik leerde snel. Mijn wereld was goed. Ik leefde in het halfduister, vlak bij mijn moeder, in een geur van kaarsen en bloemen. Alleen mijn moeder mocht me aankijken. Haar ogen waren mijn beste zalf, de gaten in mijn ziel groeiden langzaam dicht.

In het duister van de dodenkamers schonk niemand aandacht aan mij. Om me heen klonk het fluisterend bidden, het hartverscheurend treuren of de rustgevende stilte. Alles kreeg de geur van oud en nieuw verdriet: wierook, kaarsvet, kamfer en gedroogde bloemen.

Thuis hoorde ik het gekibbel van gekreukte heiligen die op het goede stapeltje wilden liggen, met hun gezicht naar boven. Maar ze bleven waar ze waren. Omgekeerd. Alleen ik wist waarom. Ze keken me misprijzend in de ogen. Zij waren beter en mooier dan ik. Ze hadden een hekel aan mijn gezicht, daarom had ik een hekel aan het hunne.

Over de operatie werd geen woord meer gezegd, al verdwenen er regelmatig stuivers in een spaarpotje. Mijn moeder hield nog steeds van me. Van mij alleen. En zo moest het blijven.

Zes maanden na de dood van mijn vader begon mijn moeder weer te zingen. De lente moest nog beginnen en veel te vroeg zette ze de vensters open zodat alles wat buiten was, naar binnen kon en omgekeerd. Ze knikte naar mensen die ze tegenkwam en haar glimlach bleef.

De wereld ging open voor mijn moeder. Ik zag het aan de blikken van de mannen als ze een gestorvene kwamen groeten. Dan gluurden ze biddend naar de wakende vrouw in de hoek van de kamer. Ze kochten dubbel zoveel kaarsen, die mijn moeder gewillig aanstak. Daarna bedankten de mannen haar uitvoerig voor de waakstondes en ze vroegen terloops naar haar naam. Ze stopten haar een extra stuiver toe om bij haar in de gunst te komen. Ik wist dat ik mijn moeder ooit zou moeten delen, maar ik verdrong de gedachte.

Ik zorgde ervoor dat ik naast haar stond als ze een gesprek aanknoopten en ik liet haar hand niet los. Ik keek naar de punten van mijn schoenen zodat niemand me meer dan drie tellen in de ogen kon kijken. Als ze me zagen, schrokken ze. Er waren er zelfs die achteruit deinsden. Een man vroeg zonder blikken of blozen: 'Hoe kan een mooie vrouw als u zo een monsterachtig kind krijgen?'

Mijn moeder trok me dicht tegen zich aan en antwoordde rustig: 'Mijn zoon werd door dezelfde God als u geschapen. Voor mij is hij de mooiste van alle kinderen.'

Na die woorden was ik voor even gerust. Maar ik bleef het maar niets vinden dat ze stuivers in een potje stak. Iedere dag telde ik de centen. Ik kon tot twintig tellen en ik wist dat er al drie hoopjes van twintig stuivers konden worden gelegd. Hoeveel stapeltjes nodig waren voor de operatie, wist ik niet. Gelukkig ging het sparen moeizaam, en ik maakte de stapeltjes hoger zodat het er steeds maar drie bleven. Ik wilde niet onder het mes, ik was voor mijn moeder immers de mooiste van alle kinderen. Misschien maakte een operatie mij onherkenbaar voor haar. Misschien werd haar liefde dan minder. Misschien moest ik dan naar school. Een school met kinderen die tot honderd konden tellen en je vastbonden aan appelbomen en je gezicht in de modder drukten. Alles moest blijven zoals het was. Dus vroeg ik hulp aan mijn vader. Hij moest mijn moeder duidelijk maken dat een operatie geen enkele zin had. Nu ik kon lezen, legde ik de juiste heiligenprentjes bij de kaarsen. Omdat mijn moeder had gezegd dat de dokter eerst mijn neus eraf zou snijden om die daarna recht te zetten, legde ik de heilige Eligius bij de grote kaars. Hij was een hoefsmid die ooit een paardenpoot had afgehakt om er in alle rust een hoefijzer in te slaan. Daarna zette hij gewoon de poot terug tegen het been en het paard draafde zoals het nooit eerder had gedaan.

Eligius en mijn vader moesten mijn moeder duidelijk maken dat mijn scheve, platte neus heel goed werkte.

Mijn vader antwoordde niet, misschien hoorde hij me niet. Zoiets weet je nooit met doden. Ze zijn soms in gesprek met andere doden. Misschien was mijn vader in de hemel eindelijk het boek aan het schrijven waarop de wereld al eeuwen wachtte. Misschien vertelde hij aan alle hemelbewoners de eindes van de sprookjes die ik nooit had gehoord. Of zong hij het lied van de koekoek op enen boom.

Het mocht niet helpen, mijn vader was ondertussen zo doof als een kwartel geworden en misschien had ik in de plaats van Eligius beter voor Johannes van Damascus gekozen. Een heilige van wie men de rechterhand had afgehakt. Op het prentje keek hij schuin naar boven, zodat onze blikken elkaar nooit kruisten. Hij had een gouden schijf achter zijn hoofd en hij was een van de zeldzame heiligen die het duidelijk verdiende om heilig te zijn. Ik vroeg me af of ik ook heilig kon worden. Als ik zo een gouden schijf zou dragen, zou niemand aandacht schenken aan mijn hazenlip. Maar waar vond je zo'n schijf?

Het mysterie maakt de mens

— *Italo Calvino* —

Kaspar

De straten waren wit. Een fijn laagje sneeuw bedekte de verraderlijk gladde straatklinkers. Het ijzelde al twee maanden en het was nog niet eens Kerstmis.

Isolde tilde haar rokken een beetje op zodat ze een beter zicht had op de straatstenen. Haar knooplaarsjes waren al helemaal doorweekt. Ze had haast, maar de gladheid dwong haar voorzichtig te zijn. De kortste weg was door de Hoftuin. Daar was het gebeurd, zeiden ze. Bij het monument van de dichter.

Ze was bang in het donker, maar ze ging toch. De schemer liet zich verjagen door een veel te vroege nacht, de wandelwegen waren niet meer zichtbaar en onverwachte obstakels op het pad deden haar schrikken. Groenblijvende struiken zagen eruit als de silhouetten van de poederpruiken van voorname dames. De in vorm geknipte heesters waren net versieringen van gesponnen suiker op een bruiloftstaart, maar de naakte takken leken op grijpgrage armen …

Het huis van de heer Meyer was maar een paar straten van de Hoftuin verwijderd. Het aanbod van haar verloofde om haar te begeleiden had ze afgeslagen. Ze moest er alleen naar toe. Kaspar wilde met haar praten over wat er was gebeurd bij het monument. De klok van de Johanneskerk sloeg zes uur toen ze de deurklopper drie keer liet vallen. Vrouw Meyer zelf deed de deur open. Ze nam de besneeuwde kapmantel van Isolde over en hing hem bij de kleine haard te drogen.

'Hij ligt boven,' zei ze en ze wees met haar puntige kin in de richting van de trap. Zelfs nu, in deze ongelukkige situatie, kon vrouw Meyer niet verbergen dat ze een hekel had aan haar kostganger.

In de kamer trof Isolde dokter Heidenreich aan en de heer Meyer die druk bezig was zijn ovalen brilletje op te poetsen.

Ze keken op toen ze binnenkwam, maar zeiden niets.

'Hoe is het met hem? De burgemeester zei dat hij naar mij had gevraagd.'

'Het gaat wel,' zei de dokter. 'Hij is niet levensgevaarlijk gewond. De snee is niet diep. Hij is vooral geschrokken, denk ik. Een goede nachtrust zal hem deugd doen. Binnen een week is hij weer de oude.'

'Hij is gewoon een aansteller,' zuchtte de heer Meyer. Hij draaide zich naar het raam waar het licht van de gaslantaarn de sneeuwvlokken verlichtte. 'Kaspar maakt van een mug een olifant. Heeft hij van in het begin gedaan.'

Isolde liep naar het smalle bed in de hoek van de kamer. De houten vloer kraakte, maar de ogen van Kaspar bleven dicht.

'Ik hoorde het slechte nieuws van mijn vader en die had het op zijn beurt van de burgemeester gehoord. Ik ben onmiddellijk gekomen. Is het goed dat ik even blijf?' Zonder het antwoord af te wachten, schoof ze een stoel bij het bed.

Heer Meyer schokschouderde en keek verveeld de andere kant uit. Hij vond het niet goed, maar in aanwezigheid van de dokter leek het ongepast om dat duidelijk te maken. Vrouwen zouden zich niet met mannenzaken mogen inlaten, dacht hij.

'Ik moet ervandoor.' De dokter voelde nog even de pols van Kaspar. 'Als ik kan, kom ik vanavond nog eens langs. Vrouw Heidenrat kan ieder moment bevallen van een tweeling en dat mag ik niet overlaten aan de vroedvrouw alleen.'

Hij nam even zijn hoed af voor Isolde en verliet de kamer.

Heer Meyer maakte geen aanstalten om haar alleen te laten met Kaspar, ze wist dat ze geduld moest hebben. Ze mocht Meyer niet. Hij was een pedante leraar die zich laatdunkend over zijn pupil uitliet. Hij was niet ouder dan dertig, maar had het voorkomen van een gezette vijftiger. Hij gaf haar het gevoel dat ze een onnozel wicht was, in plaats van een vrouw van tweeëntwintig.

Isolde keek naar het bleke gezicht van Kaspar. Hij zag er heel jong uit. Je zou hem niet ouder schatten dan vijftien, maar hij was eenentwintig. Ze scheelden nauwelijks een jaar, woonden in dezelfde stad, kenden dezelfde mensen, maar hun levens waren verschillend als dag en nacht.

Er leek niet veel leven meer in Kaspar te zitten, alleen aan zijn licht trillende vingers kon ze zien dat hij niet dood was. Zijn gezicht was nat van het zweet, zijn donkerblonde haren plakten tegen het voorhoofd. Zijn mond stond een beetje open, maar hij leek nauwelijks te ademen.

De pendule op de ladekast tikte de tijd en de stilte weg.

Heer Meyer ging pas weg toen zijn vrouw hem riep. De geur van zuurkool en gebakken ham kwam de kamer binnen en Isolde besefte dat ze niet meer had gegeten sinds vanmiddag. Zou Kaspar gewacht hebben tot hij alleen met haar kon zijn? Hij opende de ogen en keek haar aan. Ze zag angst. Herkende hij haar? Ze hadden elkaar de voorbije maanden niet meer gesproken of gezien na een woordenwisseling. Kaspar kon niet tegen ruziemaken, en hij had haar niet meer opgezocht. 'Het leven is te kort om ruzie te maken,' had haar moeder altijd gezegd. Ze had gelijk. Kaspar had dood kunnen zijn en dan had ze de rest van haar leven de ruzie als een last met zich meegezeuld.

'Kaspar? Ik ben het, Isolde. Burgemeester Binder zei dat je me wilde spreken?'

Hij knikte en zijn vingers trilden onbedaarlijk op het gesteven laken dat tot onder zijn oksels was opgetrokken. Je kon nog net een stuk van het verband zien ter hoogte van zijn borst.

'I ... Isolde, i ... ik heb het gedaan.'

Het kostte hem veel moeite. Zijn adem rook zurig en op zijn bovenlip parelden zweetdruppeltjes tussen de donshaartjes.

'Wat dan, Kaspar? Heb je jezelf dit aangedaan?'

Hij schudde zacht het hoofd.

Er klonk geluid op de gang. De vloer kraakte, alsof iemand zich stil hield voor de deur.

'Zeg het me, Kaspar.' Ze boog zich tot vlak bij zijn mond.

'Ik ... ik heb gedaan ... wat je hebt gevraagd. Voor we ruzie maakten.'

Hij sloot de ogen en even dacht ze dat hij in slaap was gevallen. De dokter had hem morfine gegeven tegen de pijn. Ze dacht na. Hij had iets gedaan wat zij had gevraagd. Wat kon het zijn?

'Heb je werk gezocht, Kaspar?'

Hij schudde het hoofd, nauwelijks zichtbaar.

'Heb je een andere woonruimte? Heb je gevonden wat je zocht?' Hij bleef schudden en ze zag dat er tranen uit zijn ooghoeken tot op het kussen rolden.

'Ik ... ik heb alles geschreven in sch ... schrift. Dagboek. Neem het m ... mee.'

Ze keek hem niet-begrijpend aan en toen zag ze zijn uitgestrekte vinger. Hij wees naar de grond, naar het vloerkleedje onder haar voeten.

'Een schrift? Hier?'

Hij knipperde met de ogen en even trok er een pijnlijke grimas over zijn gezicht. De verwonding leek toch erger dan heer Meyer en de dokter deden uitschijnen.

'Heer Me … Meyer, mag het niet z … zien. Hij weet … van het d … dagboek. Hij zocht het. Was boos. Ik wi … wilde het niet geven.'

Isolde schoof het vloerkleedje weg en zag de loszittende plank. Het kostte wel wat moeite om ze op te tillen en om het schrift zonder scheuren uit de smalle holte te halen.

'Mee … meenemen. Thuis lezen. Meyer ma … mag niet weten. Ben niet leu … leugenaar.'

Het kostte hem zoveel moeite om die paar woorden uit te spreken, dat het zijn adem deed versnellen.

'Isolde, ik heb … heb het niet gedaan.' Zijn stem verflauwde.

'Wat heb je niet gedaan, Kaspar?'

'Ik heb niet … niet mezelf pijn gedaan.'

Ze wilde antwoorden toen de deur openging. Ze kon nog net het schrift onder haar omslagdoek verbergen. Heer Meyer leidde dominee Fuhrmann binnen. Fuhrmann was aardig, wist Isolde. De dominee boog zich over de jongen en klopte zacht op zijn hand.

'Kaspar, ik zal voor je bidden. Vragen aan God dat hij je spoedig beter maakt. Ja?'

Kaspar reageerde niet meer en enkele minuten tikten in stilte weg. Tot Kaspar opeens de ogen opensperde, alsof hij in de hoek van de kamer iets vreselijks zag. Zijn stem klonk vreemd, bijna alsof ze aan een andere mens toebehoorde.

'Ze wacht. Ze wacht op mij. Ik moet weg. Nu weg! Geen tijd meer. Ik moet nu op reis!'

'Hij droomt,' zei de dominee.

Kaspars hoofd viel opzij.

'De morfine doet zijn werk,' zei heer Meyer.

De zuurkoollucht in de kamer werd sterker.

'Ik hoorde dat Kaspar iets had gekregen?' vroeg de dominee en Isolde spitste de oren.

'Ach, het stelt niets voor. Een lila buideltje met een briefje, zonder betekenis,' antwoordde heer Meyer. Hij haalde het tasje uit zijn colbertzakje en plooide het briefje open.

'Hier. In spiegelschrift geschreven. Een klein kind kan zien dat het door Kaspar zelf is geschreven. Hij is gek op spiegelschrift.'

'Vreemde geschiedenis,' mompelde de dominee.

'De politie onderzoekt de kwestie, maar het is verloren tijd. Kaspar is niet de onschuldige knaap waar iedereen hem voor houdt.' Ze verlieten samen de kamer en terwijl Isolde haar mantel aantrok, hoorde ze heer Meyer tegen de dominee zeggen: 'De dokter bevestigt mijn vermoeden. Kaspar heeft zichzelf gestoken. Daarom is de wonde niet diep. Het mes lag nog in de Hoftuin. Hij wilde weer eens in het middelpunt van de belangstelling staan. Sinds zijn pleegvader niet meer naar hem omkijkt, voelt hij zich benadeeld.'

Ze wachtte het antwoord van de dominee niet af, maar knalde de deur dicht.

Isolde wist het weer. Bij hun laatste ontmoeting, enkele maanden geleden, ze was net met haar vader naar Ansbach verhuisd, had ze Kaspar gevraagd om alles op te schrijven.

'Kaspar, schrijf! Ieder woord, iedere gedachte, iedere herinnering, hoe klein ze ook is. Zodat er niets verloren gaat van je leven in het donker.' Ze had het hem gesmeekt.

Ze hadden in de moestuin gewandeld. Kaspar had haar fier zijn naam in waterkers getoond die hij twee weken eerder had gezaaid.

De letters waren goed leesbaar. Hier en daar waren er blaadjes platgelopen en Kaspar zei dat de poes stoute poten had.

'Kaspar, ga je nu je eigen naam opeten?' vroeg ze plagend.

Hij kon er niet om lachen en antwoordde: 'Ik wil mijn naam niet opeten, want ik heb hem nog maar pas. Het is alsof ik zelf nog steeds in de grond zit. Ik ben niet meer dan een kiemend zaadje. Wat zou ik graag een boom zijn. Torenhoog, met mijn takken tot aan de hemel en in de herfst mijn armen vol met rode appels.'

Ze had het verdriet in zijn stem gehoord. Daarom had ze hem gevraagd om alles op te schrijven. Misschien zou hij zich beter voelen als hij besefte hoeveel hij al had geleerd en dat hij groots was op zijn manier.

'Ik wil het wel opschrijven, Isolde, maar ik weet niet of ik zoveel woorden ken. De woorden die vertellen wat er toen in me leefde, zijn nog niet uitgevonden. Ik kan ze voelen, maar niet zeggen. Ik had toen nog geen woorden, Isolde. Ik kreeg alles wat ik nodig had, maar geen woorden. Ik vond het niet erg, want ik wist niet wat ik miste. Nu vind ik het vreselijk. Iemand heeft me een leven met woorden ontstolen. Iemand heeft mij leeggemaakt.'

Tranen in zijn stem. Kaspar huilde vlug, niemand had hem dat kunnen afleren. Als hij geëmotioneerd geraakte, leek hij op een kind dat zich had verbrand aan een kom hete melk.

'Het spijt me, Isolde. Ik weet dat een man zijn tranen moet bedwingen, maar het zijn tranen die ik lang geleden had moeten huilen,' zei hij. 'Ik heb verdriet gespaard.'

Het huis was leeg toen ze thuiskwam. Emiel was in de achterkeuken bezig, ze rook erwtensoep. Haar vader zat vermoedelijk in 'De jachthoorn' en haar verloofde moest voor een paar dagen het land uit en zou pas binnen twee weken komen. Ze had morgen nog genoeg tijd om de gastenlijst voor hun huwelijk op te maken. Ze vond het fijn om alleen te zijn en te lezen wat Kaspar had geschreven.

Het zag er niet uit als een dagboek. Het was omwikkeld met een omslag in marokijn, maar binnenin zag het eruit als een keukenschrift waarin de vrouw des huizes de dagelijkse uitgaven bijhoudt. Als je erin bladerde, leek het op een oefenschrift van een scholier. Op de eerste bladzijde stonden reeksen vervoegingen van Latijnse werkwoorden. Daarna volgden wat kantjes met de monoloog van Brutus, en zijn moordplannen op zijn vader Caesar. Misschien had de heer Meyer er daarom geen aandacht aan besteed, ook al was hij op zoek gegaan naar alles wat Kaspar schreef. Brieven aan haar, aan zijn pleegvader, het dagboek.

Isolde bladerde verder.

Het dagboek begon heel onverwacht. Op bladzijde zeventien.

Even onverwacht als Kaspars leven was begonnen.

Kaspar was zestien, misschien zeventien jaar, toen hij in de wereld verscheen. Niemand wist precies waar en wanneer hij geboren was. Hij wist het zelf niet eens. Hij wist niets. Zelfs niet dat hij een mens was. Hij stond daar opeens op het stadsplein in Neurenberg. Op pinkstermaandag 1828.

Veel mensen genoten van een vrije dag buiten de poorten. Wie nog in de stad was, deed een middagdutje met de luiken gesloten, want het was erg warm voor de tijd van het jaar.

De huishoudster had ook een vrije dag en Isoldes vader was met zijn paard naar de bossen op de heuvel getrokken om uit te waaien.

Ze zat in het prieel te lezen toen Emiel, de huisknecht, haar naar de voordeur riep.

'Juffrouw Isolde! Er staat een gek voor de deur. Hij wil uw vader zien. Hij herhaalt steeds dezelfde zin. Hij wil niet weggaan.'

Omdat haar vader niet thuis was, liet ze zich overhalen om naar de deur te gaan.

Daar stonden de schoenlappers Beck en Weickmann en een zonderlinge knaap, klein van gestalte, in versleten boerenkleren. Hij zou omgevallen zijn als de mannen die hem op het plein hadden gevonden, hem niet hadden ondersteund.

'Wille ruiter worden als mijn vader,' brabbelde hij altijd maar door. Hij keek niemand aan, maar staarde naar zijn schoenen. Er druppelde bloed uit.

De knechten brachten verslag uit van hun wonderlijke vondst. Ze wisten niet hoelang de jongen op de Unschlittplatz had gestaan. Hij stond daar, roerloos zoals de plataan een paar meter verder. Hij hield zijn armen voor zich uit en zijn licht gebogen benen stonden wat uit elkaar, misschien om in evenwicht te blijven. Hij had een starre blik die naar niets of niemand keek. Hij zag niets, hoorde niets en bewoog minder dan de boom naast hem. In zijn hand had hij twee brieven, de vingers er stijf omheen geklemd.

Schoenlapper Beck had de vreemde jongen als eerste gezien en hij had hem gevraagd wie hij was en waar hij moest zijn. De jongen gaf geen teken.

Een idioot, dacht Beck en hij had de brieven uit de geklemde hand getrokken. Ze waren geadresseerd aan de heer ritmeester van het vierde eskadron bij het zesde *Schwolische* regiment te Neurenberg.

'Ritmeester? Dan moet je bij de heer von Wessenig zijn.'

De jongen reageerde nog steeds niet, maar hij wankelde en hij zou zijn omgevallen als Beck hem niet had opgevangen. De jongen rook muf, naar een zolder die nooit wordt verlucht. Zijn laarzen waren tot op de zool versleten.

'Kom, ik breng je naar de nieuwe poort waar de ritmeester woont.'

Zo was het gegaan. De jongen bleek niet in staat om te lopen, dus had de schoenlapper hem hardhandig meegetrokken, en daarna op zijn rug meegesleept, het plein over, de lege straat door, tot aan het huis van de ritmeester en Isolde.

'Wat moet er nu gebeuren met hem?' vroeg Weickmann.

'Het is een gek,' zei Emiel. 'En een boerenkinkel. Hij stinkt. Laat hem niet binnen, juffrouw Isolde. Uw vader zou dit niet goedkeuren.'

Isolde en haar vader waren het zelden met elkaar eens. Genoeg reden om de huisknecht de opdracht te geven de jongen naar de stalling van haar vader te brengen.

De schoenmakers hadden niet overdreven. De jongen kon amper lopen en de mannen schopten ruw tegen zijn hielen om hem te doen stappen. De jongen huilde zonder geluid. Hij leed pijn. Isoldes medelijden, maar ook haar nieuwsgierigheid waren gewekt.

Het werd een hele klim, de stallingen waren iets hoger gelegen, vlak bij de poort. De jongen weigerde te lopen. Hij bleef wachten tot iemand hem vooruitstampte. Het was niet om aan te zien, dacht ze. Een dier werd beter behandeld.

Toen de jongen het stro in de paardenbox zag, stiet hij een kreet uit. Hij snoof als een veulen dat zijn stal rook, stortte zich met open armen op het stro en viel prompt in slaap. Na vijf uur sliep hij nog en ook toen haar vader 's avonds kwam kijken, kreeg niemand hem wakker.

De jongen leek een dode zak meel. Haar vader schudde hem hardhandig wakker en gaf hem klappen in het gezicht. De jongen opende de ogen, hield ze opengesperd en keek naar een punt in de verte. En weer zei hij: 'Wille ruiter worden zoals mijn vader.'

Ze zag toen voor het eerst zijn blauwe ogen en het viel haar op dat hij fijne handen had. Geen boerenkinkel die handenarbeid had gedaan.

Haar vader wilde de jongen weer door elkaar rammelen, maar

ze hield hem tegen. 'Doe hem geen pijn, vader.'

Er was iets aan de jongen dat haar bedroefd maakte. Ze kreeg eenzelfde gevoel wanneer een storm pas ontloken bloemen van hun stengel deed knappen. Zelfs in een vaas waren ze achteraf niet meer te redden. Of wanneer de kat naar één jong niet omkeek en ze machteloos moest toezien hoe het poesje doodging. Wat was er met de jongen dat haar zo bedrukte? De boerenkleren die hij droeg, pasten hem niet. Ze zag het bloed aan zijn schoenen en er kwam geen woord over zijn lippen.

Vooral de blik in zijn lichtblauwe ogen zou ze nooit vergeten: leeg en naar binnen gericht. Hij begreep niets, en toch zag hij er niet uit als een idioot. Ze legde haar hand op zijn hand en hij reageerde niet. Een gek zou brullen als een gekwetst dier, of wild van zich afslaan. En toch kon je moeilijk zeggen dat dit wezen een mens was. Het was meer een omhulsel dat het voorkomen van een jongen had.

Ze kon niet zeggen dat hij lelijk was. Zijn trekken waren gelijkmatig en hij had zachte, mooi gevormde lippen. Zijn huid was blank, bijna rozig als van een baby, met lichte dons op kin en bovenlip. Zijn haren waren donkerblond en glanzend en lagen licht gekruld, als bij een kind, rond zijn voorhoofd. Het blauw van zijn ogen had dezelfde tint als de wilde cichorei langs de wegen.

Maar in zijn ogen zat geen ziel, en daarom kon ze hem niet mooi noemen. Voor het eerst stelde ze zich de vraag: kan een mens geboren worden zonder ziel? Kan je je ziel kwijtraken? En kon je ze in dat geval ook weer terugvinden? Iets in de jongen raakte haar, want ze nam zijn hand steviger vast en ze besefte dat dit alles een betekenis had. Hoe kon ze toen vermoeden dat hun levens zich in elkaar zouden vervlechten?

'Wie ben je?' vroeg ze.

Hij opende zijn mond en weer hoorde ze zijn toonloze stem.

'Wille ruiter worden als vader. Wille ruiter worden als vader.'

Hij bleef de zin herhalen als een mechaniekje. Zoals de snuifdoos van haar vader. Iedere keer als hij het deksel opende, hoorde je een melodietje. Wist de jongen zelf wat hij zei?

'Fräulein, hij kan gevaarlijk zijn,' fluisterde Emiel. 'Misschien heeft hij hondsdolheid, de pest of de rode koorts.' Hij deinsde terug. 'Misschien is het wel een wolfskind!'

Die gedachte boezemde hem nog het meeste angst in. Een paar jaar geleden leefde er in de nabije bossen een verwilderde jongen die tijdens de koude winters naar de boerderijen kwam om kippen levend op te eten. Als de boeren hem wilden grijpen, viel hij aan en beet. De jongen was waarschijnlijk als vondeling achtergelaten in het bos en een roedel wolven had zich over het kind ontfermd. Met veel moeite kon men het kind vangen. De stompzinnige jongen werd opgenomen in een zwakzinnigentehuis waar hij iedere nacht huilde als een wolf. Hij bleef zijn verzorgers bijten wanneer ze hem benaderden. Uiteindelijk overleed hij een paar maanden later aan de mazelen. Zolang hij bij de mensen verbleef, leerde hij niets van alles wat een mens behoorde te kennen. Hij bleef op handen en voeten lopen en weigerde alle voedsel, behalve vlees dat hij met zijn sterk vergroeide hoektanden losscheurde van het bot. Maar Isolde besefte dat ze niet bang hoefde te zijn, ze had eerder een gevoel van herkenning. Alsof dit vreemde wezen er altijd was geweest en ze had geweten dat hij eens voor haar deur zou staan. Was het voorbestemd?

De ogen van de jongen dreigden weer dicht te vallen, en de ritmeester bleef maar vragen op hem afvuren.

Isolde probeerde zich een beeld van zijn afkomst te vormen. Hij droeg een grove vilten hoed. De binnenkant was gevoerd met gele zijde en de buitenkant bezet met rood leder. Een hoed zoals men in steden droeg. Voeten, vol bloedblaren, zaten in gescheurde, halfhoge laarzen met hoge hakken en ze waren beslagen met hoefijzers en spijkers. Ze waren te klein en van eenvoudige makelij, zoals stalknechten dragen. Hij had een linnen boerenhemd aan met daarover een gebleekte vest van steenrood, gespikkeld linnen. Zijn mantel leek op een wambuis, maar was het niet. Iemand had de kraag eraf geknipt. De lichtgrijze broek paste bij een rijknecht of een jager. Kortom, zijn hele pak was samengesteld uit verschillende puzzelstukken waar je kop noch staart aan kreeg.

Behalve de twee brieven had Kaspar een bijbel en een ouderwetse rozenkrans bij zich. En wat moest ze denken van de bidprentjes met de vreemde titels: *Geestelijke Schildwacht, Geestelijk Vergeet-mij-nietje* en vooral: *Kunst om de verloren tijd en de kwalijk doorgebrachte jaren in te halen.* Een onbegrijpelijke vingerwijzing naar de vondeling? Hadden deze attributen wel een betekenis? Wie had ze met de knaap meegegeven?

De sneeuwvlokken werden dikker. Emiel kwam binnen en gooide nieuw hout op het vuur. Hij dekte de tafel voor een persoon. De grote klok in de gang sloeg acht.

Haar honger was weg, haar gedachten waren bij Kaspar. Morgen moest ze terug. Hier klopte iets niet. Zoals Kaspar erbij had gelegen. De smekende blik in zijn ogen met de boodschap: geloof me, Isolde. Heer Meyer, die de dominee liet komen alsof Kaspar stervende was. Zijn bewering dat Kaspar zichzelf de wonde had toegebracht en Kaspar die het ontkende. De dokter die had gezegd dat hij binnen de week weer de oude zou zijn. Nee, het was niet juist.

Ze ging bij het vuur zitten, met haar voeten in de pelszak, want de wandeling naar huis had haar voeten in ijsklompen veranderd.

Ze pakte het schrift voorzichtig vast en keek naar het mooie handschrift van Kaspar. Ze kende niemand die zo gracieus letters en woorden kon schrijven als hij. Een dans op papier. Volmaakt in schoonheid en harmonie. De woorden die hij schreef, ontroerden haar.

Aan mijn moeder

Ik ken u niet. Kent u mij?

Ik denk iedere dag aan u en vraag me af wie u bent, en waarom u me heeft weggegeven.

Er moet een reden zijn dat u niet langer voor me kon zorgen.

Kon ik u, al was het maar een keer in mijn leven, ontmoeten. Daarna mag ik sterven.

Isolde zei dat ik een dagboek moest schrijven.

Ik wil het doen voor haar, maar ook voor u, mijn moeder. Misschien wilt u me ooit leren kennen. Zal ik dan de juiste woorden vinden om u te vertellen wie ik was?

Isolde zegt dat ik het verhaal over mijn leven ook voor mezelf moet schrijven, maar het is moeilijk. Ik krijg er hoofdpijn van. Hoe schrijf ik over de tijd dat ik nog geen woorden kende?

Ik zal Isolde alles laten lezen als mijn verhaal ten einde is, voor ik het aan u geef.

Hopelijk is ze niet ontgoocheld dat ik van de hak op de tak spring.

Heer Meyer wordt er zo boos om. Van hem leerde ik de zin 'van de hak op de tak springen'. Het is een grappige zin, maar ook verwarrend. Want zo gaat het er in mijn hoofd aan toe. Ik kan de deeltjes van mijn leven niet in de juiste volgorde vertellen, in mijn hoofd zit alles door elkaar. Mijn kamer en kleren houd ik altijd heel netjes, dan is er toch iets van mij dat geordend blijft.

Er zitten twee Kaspars in mij. Kaspar één wil alles proberen te schrijven van vroeger en van toen hij voor het eerst woorden en gedachten verzamelde.

Kaspar twee is wat hij nu is en nog moet worden.

Niemand begrijpt me als ik zeg dat Kaspar vroeger veel gelukkiger was dan nu.

Ik wil het Isolde graag uitleggen, maar ik weet niet of dat kan. Maar u, mijn lieve moeder, zult me begrijpen.

Ik ben nu al enige tijd onder de mensen. Ze hebben me alles geleerd wat ik moet weten. Ik heb alles wat ik nodig heb om te overleven, maar toch … Iedereen heeft iemand. Ik heb alleen mezelf.

Ik heb niemand iets misdaan, en toch ben ik bang. Iemand wil mij kwaad doen, maar men gelooft me niet.

Toen ik pas bij de mensen was, moest ik alles nog leren.

Ik ben bij vele mensen geweest, in verschillende huizen. Overal leerde ik iets bij.

Eerst was ik bij bewaker Hiltel, in de gevangenis. Door hem wist ik dat er nog mensen bestonden in de wereld.

Daarna hebben heer Daumer en zijn vrouw me in huis genomen. Daumer leerde me lezen en schrijven en nog veel andere dingen. Hij probeerde ook druppels en verdunningen en medicijnen op me uit. Ik was vaak ziek in zijn huis.

Toen werd heer von Tucher mijn voogd. Maar omdat hij niet zelf voor me wilde zorgen, moest ik naar Johann en Klara Biberbach. Wat ik daar leerde, durf ik nu nog niet te schrijven. Misschien later. Ik krijg het benauwd als ik eraan denk.

Maar door mijn voogd leerde ik Philip, mijn pleegvader kennen. Hij komt niet meer en beantwoordt mijn brieven niet. Ik begrijp het niet. Hij zegt tegen iedereen dat ik een bedrieger ben. Hij heeft me geplaatst bij de heer Meyer. Die krijgt veel kreutzers om voor mij te zorgen en hij zegt ook dat ik een bedrieger ben.

Zal ik ooit mijn moeder terugzien? Is het waar wat de mensen over mij zeggen? Schrijven de kranten de waarheid over mij? Hoe kan dat, als ik zelf niet eens weet wat de waarheid is?

Alleen Isolde en rechter Feuerbach geloven me.

'Jouw waarheid is even belangrijk als die van een ander,' zegt de rechter.

Het begin

Als ik schrijf over vroeger, komen er dingen naar boven die ik niet wil. Ik was geen mens. Ik was minder dan een dier. Zelfs geen plant was ik. Een plant richt zijn bladeren naar de zon, maar ik leefde in het donker.

Nu weet ik dat mijn huis niet groter was dan een kooi. Zo een die men bij het circus gebruikt om een wild dier in vast te zetten. Maar dan zonder tralies. De zoldering was gebogen en laag. De vloer was koud en er was een smalle opening niet breder dan mijn hand, waardoor een streep licht naar binnenviel. Er was een ketting die vastgemaakt was aan een ring in de muur en aan de riem rond mijn middel. Alles was gewoon.

*Ik was **het**.*

*Donker, **het** slaapt.*
*Licht, **het** ruikt, **het** eet, **het** drinkt.*
*Donker, **het** slaapt.*
*Donker en licht, **het** is, maar weet nog niets.*

Voeten, handen en stro.
Donker, koud en deken.
Licht, warm.

Niets is alles.

Alles is niets.

Kijken naar niets.

Luisteren naar niets.

*Voelen naar iets, naar **het** in het stro.*

Voelen aan paard, aan deken.

Ruiken aan iets, aan brood.

Ruiken aan handen en voeten.

Bijten in brood, trekken aan brood.

Drinken van water.

Ruiken aan alles.

***Het** wacht.*

***Het** wacht op niets.*

Ik houd van Isolde en zij houdt van mij. Zij doet alles voor me. Ze is de zus die ik graag wil.

Ik maak schilderijtjes voor haar. Een fruitmandje in waterverf. Of ik schilder een bloem op het deksel van een houten kistje. Daarin bewaart ze al haar brieven. Ze bewaart alles wat van mij komt.

Een keer vroeg ze me om werk te zoeken als klerk. Zodat ik op eigen benen zou staan. Het maakte me boos. Ik moest toch niet werken? Iedereen zorgde voor me. En ik had een rijke pleegvader die me mee naar Engeland wilde nemen. Ik wilde haar niet meer zien. Nu heb ik er spijt van.

Ze is de enige die me heeft gekend. Mijn pleegvader liet me in de steek.

Isolde was erbij toen ik geboren werd in de wereld. Ze heeft mijn leraren en opvoeders gekend, maar het meest heb ik van haar geleerd. Toen wist ik nog niet dat we bijna even oud waren. Ik wist niets.

Ze is de eerste vrouw die ik zag. De enige mens die me niet als een circusaapje beschouwde.

Isolde weet het nog niet, maar ik heb werk gevonden. Eerst als boekbinder en nu als klerk in het grote gerechtsgebouw in Ansbach. Ik mag er documenten kopiëren in mijn mooiste handschrift en men is zeer tevreden. Heer von Feuerbach heeft ervoor gezorgd, voor hij uit mijn leven verdween.

Ik ben op zoek naar de waarheid, zei hij. Ik zal de waarheid vinden, zei hij en ik geloofde hem.

Mijn handschrift wordt iedere dag mooier, het schrijven gaat goed.

Ik ben nu niet meer boos op Isolde. Ik wil een man worden, op eigen benen staan. Ik ben eenentwintig jaar, het wordt tijd dat ik een vrouw zoek en een gezin sticht. Ik wil een vrouw die goed ruikt. Naar zoete melk of broodpap of chocola. Ze mag niet naar rozen ruiken. Het maakt me ziek. Ze moet ook netjes zijn en alles in orde houden.

Hoe maak je een gezin?

Ik vroeg het ooit aan Isolde, maar ze lachte. Waarom lachte ze?

'Isolde, wil je met mij een gezin maken?' vroeg ik haar.

Ze lachte weer, pakte mijn handen vast en zoende mijn wang. Ik veeg-

de haar kus weg. Ik houd er niet van. Kussen laten sporen na zoals de slakken op het tuinpad. Ze ruiken naar een binnenstebuiten wereld.

'Ik kan niet met je trouwen, Kaspar, dat weet je. Ik ben al verloofd. En om een gezin te maken, moet een man verliefd zijn op een vrouw en zij op hem.'

'Wat gebeurt er als ik verliefd word op iemand?'

'Dan zul je haar altijd willen zien en aanraken. Je wilt met haar praten en alles met haar delen.'

'Ook mijn kamer en mijn spullen en mijn bed?'

Na een bed van stro was een bed met lakens en kussens het heerlijkste wat mij overkwam in de wereld van de mensen. Dat was toen ik bij heer Daumer mocht wonen, na mijn gevangenistijd.

In dat bed, tussen zachte lakens, leerde ik te dromen.

Ik heb lang gedacht dat dromen echt waren. Dat ik 's nachts een ander leven met andere mensen leidde dan overdag. Toen ik een keer droomde over vrouw Daumer, dacht ik dat ze echt die nacht in mijn kamer was geweest. Ik heb haar de volgende dag gezegd: 'Vrouw Daumer, u mag 's nachts niet meer in mijn kamer komen en mijn handen aanraken en me zoenen op mijn mond.'

Toen heeft heer Daumer ruzie gemaakt met zijn vrouw en het duurde lang voor zij en ik wisten dat het een droom was geweest. Maar voor alle zekerheid heeft heer Daumer toch een slot op de deur gezet zodat zijn vrouw 's nachts niet naar buiten kon.

Op mijn strozak heb ik nooit gedroomd.

Nu weet ik dat je altijd kunt dromen.

Ik vroeg Isolde wat ik moest doen als ik een geliefde had gevonden.

'Kaspar, je zult met haar in een groot bed liggen, haar omarmen en zoenen. En van het een komt het ander. Zo maak je een gezin.'

Ik antwoordde niet. Isolde mag niet weten dat ik mijn bed met niemand wil delen. Mijn dromen mag niemand van me afpakken. En een hele nacht zoenen ... Nee, ik ben geen slak. En wat wil dat zeggen: 'van het een komt het ander'?

Ik wilde nog iets aan Isolde vragen, maar ik deed het niet. Ik weet al dat je niet alle vragen mag stellen. Sommige vragen maken mensen verlegen. Of ze gaan lachen en giechelen. Daar heb ik een hekel aan.

Dus stel ik de vraag aan dit dagboek.

Kan ik alleen verliefd worden op een vrouw? Kan het ook op een man zijn? Of op een kind?

Mijn pleegvader wilde dat ik naast hem sliep, in zijn grote bed met het stoffen baldakijn waarop gouden sterren staan en met gordijnen die dicht kunnen zodat niemand je kan zien als je slaapt. Mijn pleegvader kuste me en zei dat ik de liefste jongen ter wereld was. Hij streelde mijn huid en zei dat ik zacht was. Zijn bed is heel, heel groot. Er kunnen vele mannen in, zei hij.

Toch kon ik er niet in slapen. Hij lag te dicht bij mij. Zijn hand raakte me en daardoor kon ik niet dromen en dat vond ik vreselijk. Want mijn dromen zijn alleen van mij. Niemand mag ze afpakken.

Dat heb ik niet aan Isolde verteld.

Mijn bed is mijn wereld, zei ik tegen haar. In mijn bed komen mijn dromen. Ze vertellen alles. Over lang geleden, toen ik klein en gelukkig was.

'Kaspar, schrijf alles op,' zei ze, voor de zoveelste keer.

'Waarom?' vroeg ik.

'Om niets te vergeten.'

'Waarom mag ik niets vergeten?'

'Omdat de mensen willen dat je alles vergeet.'

'Waarom willen ze dat ik alles vergeet?'

'Omdat ze niet willen dat jij te weten komt wie je bent,' zei ze.

Ik wil niets vergeten, zei ik, en toch vergeet ik alles. Alles van vroeger. Er komen gaten in mijn hoofd. Door het vlees dat ik moet eten. Ik wil het niet, het ruikt naar doodgaan. Je moet je bord leeg eten, zegt vrouw Meyer. Een mens hoort vlees te eten, zegt heer Meyer. Anders ben je een slappeling. Als ik later een gezin heb, eet ik alleen nog wittebrood bestrooid met karwijzaad en chocolade, of het appelgebak van vrouw Meyer en ik drink water of gezondheidscacao.

Na het gesprek met Isolde moest ik huilen. Wat ze zegt, is juist. Ik weet niet wie ik ben. Zal ik het ooit weten?

Ik weet niet wie mijn moeder is. Of mijn vader.

Heb ik zussen? Dat zou leuk zijn, zussen hebben. Gelukkig is er Isolde.

Isolde zuchtte en staarde in het vuur. Deze openhartigheid had ze niet verwacht. En wat hij schreef over zijn pleegvader verontrustte haar. Kaspars pleegvader had er uitgezien als een rijke, een beetje wufte dandy. Er waren nog steeds dingen waarvan ze als vrouw het fijne niet wist.

Kaspar had de eerste maanden na zijn aankomst evenveel geleerd als een gewoon kind tijdens de eerste twaalf levensjaren. Maar op een bepaald moment was hij niet meer geëvolueerd. Zijn emoties, de vragen die hij stelde, hoe hij reageerde op onbekende situaties, hij leek een kind aan de rand van de puberteit. Kaspar bleef nadenken over alles, zonder zijn kinderlijke onschuld te verliezen. Maar iedere dag bracht het leven nieuwe vraagstukken, waarop hij onmiddellijk de antwoorden wilde weten. Ze deden hem twijfelen, gaven hem kopzorgen en maakten hem zwaarmoedig.

Isolde had de grootste moeite om het schrift naast zich neer te leggen, maar ze moest eerst iets eten. Emiel had het avondmaal, dat bestond uit koud everzwijngebraad met aardperen, pruimen op siroop, kummelbrood en oude kaas, in de warme keuken klaargezet. Ze nam een paar hapjes en dronk een glas moezelwijn. Ze hongerde meteen weer naar het dagboek van Kaspar. Het was wonderlijk om alles te lezen. Hoe het er in zijn hoofd aan toeging. Ze had nooit kunnen vermoeden, hoe vreemd alles voor hem was. Alles was nieuw. Alles.

Kaspars eerste dag en nacht. Niemand begreep hoe de vreemde jongen zolang kon slapen. Hij scheen geen last te hebben van het stugge stro waarop hij lag en hij voelde de prikkende muggen niet die de paardenstal bevolkten. Zijn armen en benen stonden vol beten. De bloedblaren aan zijn voeten waren vers. Emiel weigerde 'de zot' te verzorgen. Dus had Isolde met een natte doek de wonden aan zijn voeten schoongemaakt, zonder dat hij wakker werd. Ze was verbaasd dat zijn voetzolen, toen de bloedkorsten verdwenen waren, eruitzagen als de voeten van een peuter. Geen eelt, maar een huid als van een perzik. Voeten die nauwelijks de grond hadden geraakt. Slechts één reis hadden ze gemaakt. Van een onbekende plaats naar Neurenberg. Roze teennagels die nooit eerder schoenen hadden gezien. De voetzool was vlak en zacht, zonder holte, zoals bij kinderen die nog op handen en voeten kropen. Ook zijn handen waren fijn en welgevormd, met verzorgde nagels. Hij kon onmogelijk een wolfskind zijn. Ze had naar zijn hoektanden gekeken. Geen wolfstanden, maar een mooi, gelijkmatig gebit. Hij had een beetje baardgroei, maar het melkdons op zijn kin was niet ouder dan twee dagen. Iemand had hem onlangs geschoren.

Toen de vondeling steeds weer in slaap viel, kreeg haar vader er genoeg van. Hij haalde er de burgemeester en de politie bij en in hun aanwezigheid schudde hij de jongen hardhandig wakker, ondanks haar protesten.

De jongen bleef met gestrekte benen in het stro zitten en keek met lege blik naar zijn tenen die hij voorzichtig bewoog.

'Een idioot,' zei de ritmeester.

'Een stompzinnige landloper,' opperde het hoofd van de politie. Naast hem noteerde de klerk van de rechter alles wat er werd gezegd.

'Een interessant geval,' zei burgemeester Binder. 'Breng hem naar de gevangenistoren en vraag hoofdbewaker Hiltel om hem goed te verzorgen. Ik zal onderzoeken of er iemand in de omliggende gemeentes als vermist vermeld staat. En ik zal mijn klerk de opdracht geven het verslag met de eerste postkoets naar rechter Anselm von Feuerbach in Ansbach te laten brengen. Hij moet beslissen hoe het verder moet met deze knaap.'

De jongen kreeg de volgende weken onderkomen in de Vestnertoren, de gevangenis voor landlopers en kleine criminelen, waar hij dagelijks bezocht werd door Hiltel, de burgemeester en Isolde. Ze was erbij toen de burgemeester de jongen voor het eerst ondervroeg.

'Wie ben je? Wat is je naam? Wie zijn je ouders? Waar is je huis?'

Elke vraag werd beantwoord met: 'Wille ruiter worden als vader'.

Maar toen de burgemeester een krukje met daarop een vel papier en een potlood aanbood, kwam er iets van herkenning in de blik van de jongen. Hij nam het potlood aan en schreef heel langzaam een naam: *Kaspar Hauser.*

'Zo, jij heet Kaspar Hauser en iemand heeft je dus leren schrijven. Dat is al heel wat.' De burgemeester was zichtbaar verheugd. 'Dat betekent dat jij niet uit de hemel bent komen vallen, en dat er iemand in het land voor ophildering kan zorgen. Ik laat een plakkaat opmaken ter bekendmaking van deze vondeling en laat die aan de poort van het raadhuis bevestigen.'

Een dokter kwam de vondeling onderzoeken en stelde vast dat de benen van de jongen licht misvormd waren. Hij wees naar de knieholtes: ze lagen tegen de grond aangedrukt.

'Een normaal bewegende mens kan zo niet lang blijven zitten. Het bewijst dat deze knaap voor een heel lange tijd in deze houding heeft gezeten of gelegen.'

Ze boden de jongen die vermoedelijk Kaspar heette, een bord met vlees en kool aan en de jongen viel prompt in zwijm. De geur van het vlees was ondraaglijk voor hem. Hij verdroeg alleen brood en water.

'Zou het kunnen dat deze jongen lange tijd gevangen werd gehouden?' vroeg Binder. De dokter knikte en de eerste tip van een diepe tragedie werd opgelicht.

Isolde zuchtte. Toen hadden ze nog geen vermoeden van het kwaad dat Kaspar boven het hoofd hing.

Waarom heeft mijn moeder niet voor me gezorgd? Waarom gaf ze me weg? Waarom hield mijn vader haar niet tegen? Waarom mocht ik hun kind niet zijn?

Het woord 'waarom' maakt pijn in mij, het snijdt op de plaats waar mijn hart is. Kan een hart kapotgaan?

'Alles vergängliche ist nur ein Gleichnis'

— *J.W. Goethe, Faust II* —

Manfred

Toen kwam hij: Conrad Christian von Berger. Ik voelde het, wist het en zag het. Hij was anders dan de anderen. Er liep een rilling over mijn rug. Ik pakte de hand van mijn moeder vast en kneep de nagels van mijn vingers in haar vlees tot ze zich met een 'ai!' lostrok.

Von Bergers overleden vrouw lag in de koele bidplaats en mijn moeder had een krans gemaakt van blauwe en paarse bloemen. Ze zat in de halfduistere hoek met haar handen gevouwen in haar schoot en bad. Maar ik zag haar stiekem kijken. Hij leek op mijn vader, was zelfs iets groter en hij stond kaarsrecht bij zijn dode vrouw. Hij had dezelfde donkerblonde krullen als mijn vader, maar ze lagen niet wild op zijn hoofd. Een scheiding in het midden hield de krullen in bedwang. Zijn ogen hadden hetzelfde bleke blauw, maar ze misten het plagerige licht dat mijn vader had. Het was een mooie man, zelfs ik zag dat, maar zijn schoonheid stootte me af.

Misschien voelde ik als kind al aan dat ik me nooit in de wereld van mooie mensen thuis zou voelen. In het kaarslicht zag hij eruit als een marmeren beeld. Zijn trekken waren edel en voornaam en hij straalde een grote kracht en rust uit. Maar ik voelde de dreigende dwingendheid.

Hij had geen aandacht voor mijn moeder en dat was op zich al vreemd, want mijn moeder vulde de kamer met haar schoonheid. Het moet haar ook zijn opgevallen, want voor het eerst sprak zij als eerste een man aan na de wake.

'Heer von Berger, was de krans naar wens? Of had u liever rozen of lelies gehad?'

Hij bekeek haar nauwelijks toen hij zich verwaardigde haar te antwoorden: 'Het is goed zo. U wist wat mijn vrouw nodig had.'

Hij verborg zijn mooie gezicht in beide handen. Zijn wezen straalde treurnis uit, maar ik voelde dat hij niet echt was; hij deed alsof hij rouwde. Mij kon je niet om de tuin leiden, ik wist wat verdriet was. Deze man was gevaarlijk. Dat voelde ik met mijn ogen dicht.

Bij de dode vrouw lagen geurloze bloemen. Een boeket van gedroogde hortensia's, laurier en paarse anjers. De vrouw zag er oud uit, maar mijn moeder zei dat ze niet ouder was dan veertig. Ik kon nergens gelukslijnen ontdekken op haar gezicht. Ik had ondertussen wel geleerd hoe ik een dodenmasker moest lezen. Ik had al zoveel doden gezien. Elke dag een. Ze waren me lief, want ze keken me nooit aan. Soms kwamen ze binnen met open ogen, maar hun weggevlogen ziel had hun blik meegevoerd.

Mijn vader was gestorven met een glimlach en een stille uitroep van verwondering rond zijn mond. Hij werd lachend begraven en men zegt dat de avondskoekoeksbloem alleen maar bloeit op het graf van een glimlachende dode, wat een hele geruststelling was voor mij vanwege die koekoek.

Toen deed Conrad von Berger iets wat nog niemand eerder had gedaan. Hij legde zijn hand op mijn hoofd, streelde even het haar uit mijn gezicht, keek me intens en onderzoekend aan en vroeg: 'Is dit uw zoon?'

Er was geen afschuw te lezen op zijn gezicht, hij deinsde niet terug, maar keek me doordringend, bijna liefdevol aan alsof hij ieder stukje van mijn gezicht wilde zien.

Er ging een tweede koude rilling over mijn rug en ik voelde mijn hart kloppen in mijn hazenlip. Met zijn duim tekende hij een kruisje op mijn voorhoofd en ik veegde het er met mijn hand weer af. Zijn blik scheurde de gaten in mijn ziel weer open, ik wist dat ik hem nooit mocht vertrouwen. Ik was te oud om kind te zijn.

Mijn moeder glimlachte en ik wist dat hij een plaats in haar hart had veroverd. Hij raakte mij aan, maar vervloekte me niet. Hij bleef naar me glimlachen, maar sprak niet tegen mij. Hij droeg korrels ijs in zijn blik, maar mijn moeder zag ze niet. Ik wist dat zijn glimlach er alleen maar was om mijn moeder voor zich te winnen.

Hij kwam drie keer per dag bidden en ik voelde steeds sterker het dreigende gevaar. Een keer kneep ik, zonder dat iemand het zag, heel hard in de hand van de dode vrouw. Ik hoopte haar zo te wekken uit de dodenslaap, zodat ze met hem terug naar huis zou gaan. Ik probeerde de heilige Lazarus tussen haar magere tenen te steken, maar hij schoof er telkens tussenuit. Ik trok aan haar grijze, opgerolde vlecht, zodat de knot op haar hoofd loste, want mijn moeder had me gezegd dat de haren na de dood bleven groeien, maar veel hielp het niet. Ze bleef dood. En hij bleef komen.

Mijn moeder bloosde iedere keer als hij haar aankeek en ze wachtte onderdanig tot hij haar zou aanspreken. Ik probeerde haar aandacht te vangen, hield me ziek, maar in plaats van zelf ook thuis te blijven, liet ze me achter bij mijn heiligen en ging door met haar werk in de rouwkamer. Ik wist dat ze hem weer zou ontmoeten. Boven mijn lelijke hoofd hadden ze een band gesmeed.

Na de begrafenis van zijn vrouw bleef hij een paar weken weg. Mijn moeder keek aldoor naar de deur en kon haar teleurstelling niet verbergen als er iemand anders binnenkwam. Ze wist waar hij woonde en ze deed haar boodschappen daar in de buurt.

Na twee maanden stond hij opeens voor de deur van ons huis. Mijn moeder fleurde helemaal op.

'Als u het goed vindt, wil ik graag samen met u en uw zoon bidden voor de gestorvenen,' zei hij.

Hij was predikant, dus niemand zag er graten in dat ze samen baden. Maar ik wist wel beter. Hij wilde gewoon bij haar zijn.

Vanaf de zijlijn kon ik hem gadeslaan. Zonder dat hij het merkte, legde ik een voor een de heiligenkaarten neer. De heilige die bovenaan kwam te liggen als Conrad von Berger *amen* zei, na het gebed, zou me iets duidelijk maken. Het werd de heilige Stanislaus. Op de prent stond Stanislaus naakt afgebeeld met vier adelaars boven het hoofd. In zijn bloedende lichaam stak een zwaard. Hij werd vermoord door een koning.

Alles werd me duidelijk. Ik moest stoppen met kwaad te zijn op mijn vader. We hadden elkaar nodig. Mijn vader had me altijd zijn kleine koning genoemd. En ooit zou ik een grote koning worden, maar daarvoor moest je een moedig man zijn. Conrad von Berger moest uit mijn leven. Hij verdiende een zwaard in zijn lijf. Maar hoe kwam ik aan een zwaard?

Mijn moeder en Conrad ontdekten dat ze iets gemeen hadden: het gebed en de behoefte om in een geestelijke wereld te vertoeven. Zij sprak vol vuur over haar geloof in God, en over haar contacten met de geestelijke wereld. Hij sprak over zijn kerk en zijn preken en zijn behoefte om God te dienen. Ze hadden God gemeen. Toen mijn moeder besefte dat hij een andere God liefhad dan die van haar was het al te laat.

En ik had nog steeds geen zwaard om hem te vermoorden.

Drie maanden later was het zover.

'Manfred, het wordt tijd dat je weer een vader krijgt.'

'Heb je met vader gesproken?' wilde ik weten.

Ze schudde het hoofd en ik werd nog ongeruster. 'Ik wil geen andere vader. Ik heb er een.'

'Manfred, ik wil dat er iemand mee voor je zorgt. Ik kan het niet alleen. Ik wil ook iemand die me liefheeft en die voor mij zorgt.'

'Ik zal voor je zorgen.'

In haar blik was liefde en droefheid te zien. Ze had niet genoeg aan mijn liefde en dat ik voor de rest van mijn leven voor haar wilde zorgen, drong niet tot haar door.

Stanislaus was een domme, onbetrouwbare heilige. Na een stamp van mijn voet, vloog hij onderaan het stapeltje en toen viel mijn oog op de heilige Conradus van Konstanz. Hoe kon ik hem over het hoofd hebben gezien! Hij stond afgebeeld als bisschop met een kelk in de hand en uit zijn mond kroop een spin. De spin was in het Heilige Bloed gevallen, en de dommerik had het insect uit respect voor de lijdende Jezus opgedronken, waarna het beest levend uit zijn mond kwam gekropen. Sindsdien droeg de spin een kruis op haar rug. De heilige moest verdwijnen.

Ik had een gloeiende hekel aan insecten, vooral aan spinnen, want ik was doodsbenauwd dat ze tijdens mijn slaap in mijn open hazenmond zouden kruipen.

Dit was een duidelijk teken. Conrad was een dikke kruisspin: hij mocht mijn leven niet in.

Dezelfde avond scheurde ik de heiligenprent van Conradus van Konstanz in ontelbare, kleine stukjes en omdat ik niet wilde dat mijn moeder ze zou vinden, at ik ze een voor een op. Ik was ervan overtuigd dat Conrad mij niets zou kunnen maken. Hoe verkeerd kan een kind denken …

Mijn vader was een jaar dood, toen ze trouwden in de St. Gumbertuskerk, een kerk die mijn moeder vreemd was. Ze was rooms-katholiek opgevoed. Conrad von Berger kwam uit een streng evangelisch luthers gezin, zoals de meeste mensen uit de streek. De dienst werd geleid door de hulppredikant. Mijn stiefvader kon immers moeilijk zijn eigen huwelijksdienst inzegenen.

Weer veranderde mijn leven snel. Mijn moeder had het juist toen ze zei dat alle veranderingen pijn doen.

We verlieten de gehuurde kamer die me zo na aan het hart lag en trokken in bij mijn stiefvader. Ik weigerde zijn naam hardop te zeggen, want dan gaf ik aan dat ik hem in mijn leven toeliet.

Zijn huis stond iets buiten Ansbach, op weg naar Colmberg. Een gunstig teken, zei mijn moeder. Mijn vader was immers opgegroeid in deze streek en Conrad von Berger had hem gekend, beweerde hij. Van de familie van mijn vader was er niemand overgebleven.

Het huis stond vlak bij de heuvels en was te groot voor ons drieën. Iedere kamer leek onbewoond, hoewel alles kraaknet onderhouden was. De meubels waren zoals mijn stiefvader: groot, donker, kaarsrecht en zonder ziel. Ik miste de onge-boende, grove meubels van ons huis in Hongarije. Ik verlangde naar de boerentafel waarop mijn moeder wortels en aardappelen sneed. Ik wilde de grote linnenkast terug waarin mijn vader onze namen had gekrast en streepjes had gezet om mijn groei aan te geven. De kast waarin al onze kleren samen opgevouwen lagen als een verbond dat niet te doorbreken viel. Het was voor het eerst dat ik besefte dat er iets achter me lag dat nooit zou terugkomen. Alsof de oude meubels van mijn ouders de dragers waren van mijn herinneringen.

Een kleine ronde tafel, met mahonie in ruitvormen belegd en leeuwenpootjes onderaan de gebogen tafelpoten, vond ik mooi. In de zonnige kamer stond ook een rode zitbank waarin bovenaan in het hout bloempatronen waren uitgesneden. Het werd mijn moeders vaste plek als ze niet aan het werk was.

Aan de voorkant van het huis, naast de voordeur, lag de kamer van mijn stiefvader. Als hij ze verliet, deed hij de deur op slot.

'Wat is er in deze kamer?' vroeg ik.

'Niets voor kinderen. Hier mag je nooit naar binnen. Heb je dat goed begrepen, Manfred?' Hij stak de sleutel in de zakken van zijn zwarte velours kamerjas.

Toen hij weg was, keek ik door het sleutelgat, maar ik zag alleen een donkere kast zoals in de andere kamers. Ik voelde dat in die kamer de geheimen lagen opgeborgen die hem maakten tot de man die hij was. Wanneer hij weg was, probeerde ik de klink, maar de deur bleef op slot. Ooit zou ik hier naar binnen gaan, wist ik.

In de woonkamer stonden enkele leunstoelen. Ze hadden hoge houten ruggen zonder kussens en armleuningen die je leken te willen insluiten. Ik bleef altijd op de rand van de stoel zitten zodat ik niet gegrepen kon worden.

Boven de haard hingen kruiselings twee zwaarden. Ik glimlachte en mijn stiefvader zag het.

'Manfred, van die zwaarden blijf je af, hoor je me? Ze zijn scherp en veel te gevaarlijk voor kinderhanden.'

Ik knikte, maar mijn glimlach werd groter. Met twee zwaarden kon je iemand doden, wist ik en daar had ik de hulp van die domme Stanislaus niet voor nodig. Hij bleef onderaan de stapel. Van de heilige Conradus hoefde ik niet meer bang te zijn, die had ik opgegeten.

Dan was er ook nog de kelder. Ik moet iets hebben voorvoeld, want ik ontweek de kelderdeur. En tegelijkertijd werd ik ernaartoe gezogen.

Op een keer stond de deur halfopen. Ik kon de stenen trap zien die naar beneden leidde en enkele uitgeholde treden en het pikzwarte donker: een gat waarin je kon verdwijnen. Voor altijd.

'Wat is er daar?' vroeg ik mijn moeder.

'De kelder. Je weet toch wat een kelder is?'

Natuurlijk wist ik wat een kelder was. Het huis in Hongarije had er ook een, met een klein venstertje dat net boven de grond uitkeek. Mijn moeder bewaarde er de pompoenen en de uien, en drukte er de zuurkool aan in aardewerk potten. Ze legde er het zaad en de pitten te drogen, die het volgende jaar nieuwe bloemen en groenten zouden opbrengen. Ik ging er soms naartoe als ik niet wilde gevonden worden. Een kelder als een veilig hol dat geurde naar nu en morgen. De warme oksel van een huis.

Zo zag deze kelder er niet uit.

'Wat is er daar?' Mijn stem moet dwingend hebben geklonken, want ze gaf geprikkeld een korte snok aan mijn arm.

'Houd ermee op, Manfred. Het is een gewone kelder.'

Ze zag aan mijn gezicht dat haar antwoord me niet beviel, dus trok ze me mee de kelder in.

'Kijk zelf maar.'

Ik stribbelde tegen, maar ze was sterker.

De treden waren glad en beneden hing een geur van doodgaan. Het was er inktzwart, zelfs mijn schaduw was niet zichtbaar. Mijn moeder stak een kaars aan. Er was niets te zien en toch ook weer wel. Er lag stro op de grond en er waren ijzeren ringen in de muur gemetseld. Mijn angst was terecht. Een kelder die niets bewaarde, was een plaats die je moest vrezen.

Ik rukte me los en holde de trap op, terug naar het licht.

Mijn stiefvader stond in de deuropening. Hij torende wijd-beens boven me uit, met een fijne glimlach om zijn mond. Zijn ogen lachten niet.

'Hier moest ik naartoe van mijn vader als ik me niet gedroeg.' Toen wist ik waarom ik die kelder haatte. Hij bewaarde angst, verdriet en eenzaamheid, vastgeklonken aan de ijzeren ringen in de muur. In de hoeken bij de deur hing een spinnenweb met een kruisspin erin. Ik huiverde.

Mijn moeder ging niet meer naar Otto.

Ik miste de stille aanwezigheid van de doden en hun rust die als een veilige deken aanvoelde. Ik vroeg haar niets, maar liet haar ook geen seconde alleen. Ze had haar hart verloren en niets was zo erg als dat. Haar handen waren leeg, maar dat wist ze zelf nog niet. Ze keek op naar Conrad. Ik zag alleen maar een toren, zonder deur of venster.

Mijn stiefvader eiste dat ze het huis kraakhelder hield, want een rein huis was de afspiegeling van een reine ziel. De vloe-ren moesten om de twee weken met licht rijnzand worden ge-schuurd en vervolgens geboend met honingkleurige bijenwas. Hij zei dat ik moest meehelpen en mijn moeder bond lappen onder mijn schoenen zodat ik de vloeren kon schoonwrijven tot ze glansden. Een keer per maand moesten de meubelen met donkere was worden ingewreven en opgeboend.

Mijn moeder deed alles zonder morren en bracht het huis tot leven. Ze naaide gordijnen en legde tafelkleedjes. Ze haakte lapjes en borduurde kussens met bloemmotieven. Ze legde een moestuin aan en zaaide rozen en reukerwten langs het hek. De bijen kwamen vanzelf. Ze schikte bloemen in vazen en zong zacht liederen voor zich uit. Even hoopte ik nog dat ze in staat was om Conrads hart te doen smelten.

Ze was achtentwintig jaar, maar zag eruit als een jong meisje. Hij was de veertig al voorbij en zag eruit als een van de heiligen die ondersteboven onder een kiezel lagen. Ze mochten nooit meer meedoen als ik een vraag stelde.

De krans van schijnheiligheid om zijn hoofd, de ijskoude blik in zijn ogen en de glimlachende dreiging op zijn knappe gezicht maakten me steeds wantrouwiger. Ik bleef op mijn hoede. De zwaarden hingen te hoog, ik kon er niet bij. In de kelder was er nog die ene, dikke kruisspin.

De eerste twee maanden was hij vriendelijk en behulpzaam. Hij raakte mijn moeder aan zoals hij zijn bijbel aanraakte. Behoedzaam en met toewijding en respect. Zij was gelukkig met iedere aanraking van zijn hand en ze bloosde als een kind.

Hij kuste haar nooit in het bijzijn van een ander en daar was ik blij om.

Maar al vlug leerden we zijn ware aard en zijn wetten kennen.

Na een paar maanden kreeg de krans van heiligheid barsten en ook mijn moeder zag het, al deed ze alsof er niets aan de hand was.

Na die eerste keer had hij mij nooit meer aangeraakt en dat was maar goed ook. Zijn handen waren even koud als die van de lijken die ik samen met mijn moeder had gewassen.

'Hij is koud,' fluisterde ik in haar oor, toen hij ons niet kon horen.

'Ik zal hem warm voor je maken,' fluisterde ze terug.

'Hoeft niet,' antwoordde ik, maar ze luisterde al niet meer. Hij kwam de kamer weer binnen en zij legde haar handen in die van hem en keek hem innig aan. Een beetje zoals ze mij altijd bekeek als ik net gewassen was en schone kleren aanhad.

Er lag een zweem van een glimlach om zijn mond toen hij met gedempte stem zei: 'Ik hoop dat God ons zegent met een kind.'

Mijn moeder bloosde en ik werd rood van woede. Een kind? Een ander kind dan ik? Hier onder hetzelfde dak? Een kind dat me zou vastbinden aan een appelboom en dat tot honderd kon tellen?

Ik liep naar buiten en rende door het bos, de heuvels op, tot ik niet meer kon en me liet vallen tussen de varens. De stilte van het bos troostte me. De bomen keken op me neer en fluisterden me geruststellende woorden toe. In het bos mocht ik zijn wie ik was en de gedachte aan een ander kind verdween uit mijn hoofd. De lente brak aan en overal droegen de bomen bloesems. Als het enigszins kon, verdween ik achter het huis het bos in en de heuvel op naar het kasteel van Colmberg. In de buurt van het kasteel was een broedplaats van herten waar ik afgeworpen rendiergeweien vond. Ik verzamelde de geweien en verstopte ze in een hol onder blootliggende wortels van een eeuwenoude eik. De stapel groeide en ik wurmde me naar het midden ervan. Daar voelde ik me beschermd.

Ik kon me goed onzichtbaar maken, merkte ik, en tot mijn grote verbazing waren sommige dieren niet bang voor me. Een vos bekeek me vanuit de struiken en eekhoorns knabbelden rustig verder aan de sparappels wanneer ik op een boomtak klom. Ik kon urenlang stil zijn en als ik al een geluid maakte, verstoorde het nooit de rust van het bos.

Die zomer sloot ik vriendschap met een jong edelhert. Ik zag hem voor het eerst toen hij vocht met een ander hert. Zijn bastgewei was nog klein. Ze vochten, luid burlend, op hun achterpoten op de rand van een uitstekend rotsplateau een eindje boven mijn schuilplaats uit. Ik keek ademloos toe. De sterkste duwde het zwakkere hert naar de rand. Het dier viel naar beneden, slechts een paar meter verwijderd van waar ik zat. Ik durfde niet te bewegen, maar ik voelde dat dit een heilig moment was. Het gevallen hert bleef liggen, het burlde zachtjes na, alsof het de strijd nog niet wilde opgeven.

Na lange tijd durfde ik uit mijn schuilplaats te komen en ik kroop op handen en voeten dichterbij. Een deel van het gewei was afgeknapt. Ik zag dat het hert pijn had en niet meer overeind kon. Het bleef op zijn zij liggen, ook toen ik zijn neusrug aaide en het bemoedigend toesprak. Ik bleef tot het bijna donker werd en gaf het de appel die ik die middag in mijn broekzak had gestoken. Het hert rook er eerst aan en at hem toen op. Ik ging tegen mijn zin naar huis.

Mijn moeder was ongerust. Mijn stiefvader was boos. Hij verweet me onverschilligheid omdat ik geen rekening had gehouden met mijn moeder. Op zijn dwingende vragen gaf ik een veilig antwoord: ik was verloren gelopen in het bos. Hij geloofde het en ik moest mijn moeder beloven om nooit meer zo ver het bos in te gaan.

De volgende dag zat het hert er nog steeds. Het scheen me te herkennen, want het burlde zachtjes en draaide niet met de ogen. De wonde op zijn kop genas langzaam, en ik smeerde er uierzalf op. Die gebruikte mijn moeder ook als mijn mond ontstoken was.

Ik zorgde iedere dag voor appels en oud brood en noemde hem in stilte Hubert naar de heilige Hubertus. Die had op Goede Vrijdag op een hert gejaagd en opeens ontdekt dat in het gewei van het dier een vlammend kruis stak.

Hubert genas, maar bleef een beetje manken. Hij snuffelde aan mijn handen op zoek naar voedsel dat ik altijd bij me had en hij likte mijn lelijke gezicht. Nooit zal ik dat moment vergeten: zijn warme, schrapende tong die me het gevoel gaf dat ik mocht zijn wie ik was. Ik fluisterde woorden in zijn oor die ik nog aan niemand had gezegd. Hij scheen te luisteren en ik praatte maar en praatte maar en het hele bos hield de adem in. Ik wist niet dat ik zoveel woorden had. Toen ik was uitgesproken, stak hij zijn kop in de lucht en burlde luid. Zijn roep echode door het bos.

Onze vriendschap had een keerzijde: hij werd uitgestoten door de roedel. Hij rook te veel naar mens.

Het jaar daarna bleef een stuk van zijn gewei kleiner. Het was verminkt door de val. Hij en ik waren gelijk.

Negen maanden later was niets nog zoals het was geweest. Mijn moeder bloosde nog wel als mijn stiefvader haar aansprak, maar ik voelde dat haar bewondering voor hem plaatsmaakte voor ergernis. Haar blos vlekte haar hals, ik wist wat dat betekende.

Hij stelde zijn eisen. Nu ze zijn vrouw was, moest ze zich laten bekeren tot de evangelische lutherse godsdienst, en moest ze mij in die geest opvoeden.

Tegen mijn zin werden mijn moeder en ik opnieuw gedoopt. Naast mijn eerste naam Manfred, kreeg ik van mijn stiefvader de naam Christian Leonhard mee. Hij vond dat ik zijn keuze moest respecteren, want ik was nu zijn zoon. De naam Leonhard – de moed van een leeuw – kon ik in mijn opvoeding goed gebruiken, vond hij. Ik was een zwakkeling die Gods hulp nodig had.

Ik was van mijn troon gestoten en niemand noemde me nog zijn kleine koning.

Het doopsel vond plaats in de kapel van de Sint-Gumbertus- kerk. Er was geen volk aanwezig, maar toch kroop mijn stief- vader in het hoge preekgestoelte om ons toe te spreken. Op het dak van de preekstoel stond een gouden lam. Men zegt dat lammeren huilen als ze weten dat ze zullen worden geslacht. Het is de waarheid. Ik huilde, maar de tranen bleven in mijn keel steken, zodat ik steeds moest slikken.

Mijn moeder leerde me alles. Ook al verbood mijn stief-vader haar veel – hij dreigde soms met het hellevuur en het einde der tijden – ze bleef haar zin doen. Tot mijn grote opluchting. Ze was niet bang voor hem. Ik wel.

Wanneer hij niet thuis was, bleef ze me Manfred noemen. De manier waarop ze mijn naam uitsprak, was als een warme zomerzucht die de gordijnen deed opbollen voor het open raam. Wanneer hij thuis was, heette ik Christian. Manfred Leonhard Christian Ostheim. De achternaam die ik van mijn vader had gekregen, kon hij me niet afpakken.

Ik had niet alleen een scheur in mijn gezicht, ik was ook verscheurd door de twee namen die hij me had gegeven. Ze bleven aan me plakken als de hardnekkige inktvlekken op mijn vingertoppen bij mijn schrijfoefeningen.

Ik bleef een vreemde in zijn huis. Dat zou nooit veranderen.

Gelukkig was er Hubert. Ik kon niet alle dagen naar het bos en soms was ik bang dat mijn hert er opeens niet meer zou zijn. Dat hij een vrouwtje achterna zou gaan, of dat een van de jagers hem zou neerschieten. Hij was immers niet meer bang voor mensen. Hubert bleef. Hij had mij nodig en ik hem.

Niet alles was slecht. Een paar goede herinneringen bewaar ik als parels in een doosje. Ze gaven me spikkels hoop, zoals de zon tussen gesloten gordijnen soms nog een kiertje vindt.

Mijn moeder kon praten met engelen en de engelen kozen haar uit om belangrijke boodschappen door te geven. Ze bezat een geheime sleutel waarmee ze een deur kon openen die haar toegang verschafte tot het rijk der doden. Gelukkig had ze hen nog. Mijn stiefvader was te streng en scheen geen enkel plezier te verdragen in zijn leven. Mijn moeder zong niet meer en na een paar maanden zag ik haar liefde voor hem verwelken. Hij moet het gevoeld hebben want hij werd nog strenger. Maar ze was niet klein te krijgen. Hoe meer hij haar verbood, hoe meer ze probeerde te ontsnappen aan zijn terreur. Een uitweg was het praten met de overledenen.

De mensen in het dorp hadden mijn moeder graag. Ze hielp iedereen die haar hulp kon gebruiken en spoedig was het – vooral onder de vrouwen – geweten dat mijn moeder speciale gaven bezat. Een bezoek aan haar was een mogelijkheid om in contact te komen met de doden. Men wist ook dat het niet goedgekeurd werd door mijn stiefvader, dus de afspraken werden in het geheim gemaakt.

Ik mocht er niet bij zijn, maar ik keek vanachter het dikke tussengordijn naar het souterrain waar ze de mensen ontving die in contact wilden komen met hun dierbare overledene. Het gebeurde meestal op zaterdagavond, als mijn stiefvader weg was om zijn zondagsdiensten voor te bereiden. Hij zou het haar zeker verboden hebben.

Iedereen vreesde de dood, zij omhelsde de dood, daarom vreesde ze mijn stiefvader niet.

Alles staat in mijn geheugen gegrift. Alsof het gisteren was. Iedere keer als hij weg was, kon ik opgelucht ademen. Ik had mijn moeder weer voor mij alleen. Dat er bezoekers kwamen, vond ik niet erg. Ze bleven niet langer dan een uur en hun bezoek deed mijn moeder opleven. Ze kreeg weer de hoge blos op haar wangen die ik me herinnerde van de jaren in Hongarije en in het licht van de kaarsen was ze beeldschoon.

Mijn vingers streelden het zware fluwelen tussengordijn waarop theerozen stonden. Ik keek naar mijn moeder en alles was goed. Ik volgde haar bewegingen.

Op de tafel stak ze drie kaarsen aan. Een voor de wereld van de levenden, een voor het rijk der doden en een voor de tussenwereld. Deze laatste kaars was de grootste en dieprood van kleur. Als de kaars brandde, kon mijn moeder de wereld van dolende zielen die geen rust vonden, binnengaan. Ze hield de ogen gesloten en haar vingers voelden en betastten het voorwerp van de overledene. Ik zag de opflakkerende hoop in de ogen van de familieleden. Mijn moeder versterkte hun geloof in een paradijselijk hiernamaals. Ze was hun enige houvast, de trap tussen aarde en hemel, hun troostdoekje voor het ondraaglijke verdriet.

Mijn moeder hoorde de laatste wensen van de overledene. Soms kreeg ze van de gestorvenen een ernstige vraag of een waarschuwing. Soms hoorde ze een klaagzang waardoor ze wist dat de ziel nog niet vrij was om naar de hemel te reizen. Soms was de wens klein, zelfs banaal te noemen, zodat het moeilijk te geloven was dat dit van een overledene kwam.

Ik herinner me een man van middelbare leeftijd die zijn vrouw had verloren en gedurende drie maanden niet kon slapen omdat hij meende haar stem te horen. Soms zag hij zijn vrouw naast zijn bed staan. In haar nachtjapon. Ze sprak hem aan, maar hij kon haar niet verstaan. En wanneer hij toch door slaap werd overmand, legde ze haar hand op zijn schouder. Haar aanraking was gloeiend. Hij toonde aan mijn moeder de rode plek op zijn schouder en vanwaar ik stond, kon ik duidelijk de handafdruk zien. Daarom kwam hij bij mijn moeder. Het kon zo niet verder. Zijn vrouw moest hem met rust laten.

Op de tafel lag de nachtjapon. Mijn moeder streelde de stof.

'Ik hoor de stem van uw vrouw, heer. Ze is bezorgd om uw welzijn en ze kan pas verder reizen als u bereid bent om haar laatste wens in te willigen. Ze zegt dat u steeds de achterdeur openlaat zodat de hond, die bij u slaapt, naar buiten kan om zijn behoefte te doen. U moet de achterdeur 's avonds sluiten en de hond buiten aan de ketting leggen. Zo niet, trekt u slecht gezelschap aan. Men wil u beroven. Ze zegt me ook dat u een nieuw kostuum moet laten maken, uw nieuwe vrouw wacht.'

Mijn moeder sprak de waarheid, zoals altijd. De man liet een slot plaatsen op zijn achterdeur en de hond sliep niet meer bij hem. Kort daarna kreeg hij bezoek van inbrekers, maar de hond stopte niet met blaffen en kreeg zelfs een van de dieven te pakken, ook al lag hij aan de ketting.

De man liet zich daarna een kostuum aanmeten in Neurenberg. Hij hertrouwde met de dochter van de kleermaker en werd op gezegende leeftijd voor een tweede keer vader. Zijn overleden vrouw verscheen niet meer aan zijn bed. Mijn moeder had haar geholpen over te gaan.

Soms waren de wensen moeilijk te doorgronden. Of erger. Soms had de overledene een wens die moeilijk uit te voeren was. Meestal ging het om een gestorven kind. Als mijn moeder daarmee te maken kreeg, vertelde ze niet alles wat ze hoorde. Dan ging de bezoeker teleurgesteld weg en mijn moeder werd niet betaald voor haar diensten. Maar achteraf vertelde ze me alles. Zoals die ene keer toen een vrouw hulp kwam vragen omdat ze in haar dromen werd bezocht door haar overleden dochtertje van zes jaar.

Zoals gewoonlijk stond ik achter het gordijn en keek naar mijn moeder. Van waar ik stond, kon ik ook de lange oprijlaan zien. Als mijn stiefvader vroeger dan afgesproken thuiskwam, kon ik mijn moeder een teken geven. De gasten konden dan langs de zijdeur en via de achtertuin verdwijnen. Mijn stiefvader kwam altijd langs de voordeur binnen en voor hij de zitkamer inkwam, ging hij steevast naar de verboden kamer.

Mijn moeders handen betastten een zilveren kettinkje en een rode pantoffel. Het enige overblijvende pantoffeltje. Het andere had het meisje nog aan gehad toen men haar vond bij de rivier iets buiten de stad. Haar moordenaar wilde het vast op een verdrinkingsdood laten lijken. Maar het water had het spel niet meegespeeld en het kinderlijfje teruggeworpen op de oever. Uit de lijkschouwing bleek dat het meisje was verkracht en gewurgd.

Ik zag hoe mijn moeder ineenkromp. Haar oogleden trilden. De drie kaarsen flakkerden en de kaars van de wereld der overlevenden ging uit. Ik voelde het dreigende gevaar tot achter het gordijn. Gevaar voor de moeder van het kind, gevaar voor mijn moeder. Mijn handen werden klam van het zweet en mijn hart klopte als bezeten. Ik wist dat mijn moeder niet de hele waarheid zou zeggen. Haar wangen waren nat en ze praatte heel onrustig, iets te snel, alsof ze er vanaf wilde zijn.

Haar stem klonk dof en haar gezicht leek tien jaar ouder.

'Mevrouw, u moet naar huis gaan en deze pantoffel onder het hoofdkussen van uw andere dochter leggen. Hij zal haar beschermen tegen de dreiging die nog in uw huis hangt. Doe haar dit zilveren kettinkje om. Zorg goed voor haar. Laat haar niet alleen. En brand drie kaarsen als u zich tot God richt in uw gebeden.'

Daarna zweeg ze, haar ogen waren leeg en haar bewustzijn leek uitgevlakt.

Later vertelde ze me over de pijn van het gestorven meisje. Ze had haar leven nog niet geleefd en haar ziel zou nog jaren dolen, uit angst voor haar nog in leven zijnde zusje. Haar bloedeigen vader was immers de moordenaar, maar dat kon mijn moeder niet zeggen. De vrouw zou haar niet geloofd hebben. Of ze zou zwijgen en naar huis gaan met een loodzware schuld op haar schouders, niet wetend hoe ze haar andere dochter kon beschermen. De echtgenoot zou merken dat er iets aan de hand was. Hij zou haar uithoren, door elkaar schudden tot ze haar bezoek aan mijn moeder zou opbiechten. De man zou weten dat zijn goede naam op het spel stond. Eens een dode op je geweten, wordt een tweede moord veel gemakkelijker …

Daarom zweeg mijn moeder.

Ze vertelde ook dat de vader zich aan zijn tweede dochter zou proberen te vergrijpen. Maar er was een kans dat hij zich zou bezinnen bij het zien van het rode pantoffeltje en het kettinkje om haar hals.

In de streek van Ansbach verstond men de kunst van het zwijgen. Wat een vader deed met zijn vrouw of met zijn kinderen was zijn zaak. Het bleef achter gesloten deuren en luiken. En als er toch iets naar buiten kwam, samen met het stof dat naar buiten werd geveegd, dan sloot je de oren en begon je een gesprek over de zondagspreek van de dominee of de beloftevolle druivenoogst.

Mijn moeder liep de volgende dag nog bleek door het huis. Ze keek me met bevreemde ogen aan, en ik kreeg het gevoel alsof ik iets verkeerds had gedaan. Al was ik er te groot voor geworden, ik kroop op haar schoot om haar te troosten.

'Mutti, wat is er? Heb je verdriet voor het dode kind?' vroeg ik nietsvermoedend.

Haar antwoord zou ik jarenlang met me meedragen.

Ze nam mijn hoofd in haar handen en ik moest moeite doen om haar te verstaan: 'Manfred, het dode meisje heeft me een waarschuwing gegeven. Voor jou. Ze zag je staan en ze werd bang. De dood zit op je schouders.'

Ik schrok. 'Ga ik dood? Zoals vader?'

Het was voor het eerst sinds de dood van mijn vader, dat we over doodgaan spraken.

'Niet jij, Manfred. Maar het kind in jouw handen.'

Ik keek naar mijn lege handen en zag geen kind.

'Dood het niet, Manfred. Dood het niet.'

Ze duwde me van haar schoot en ik kon haar niet meer bereiken. Maar de volgende dag bakte ze lijnzaadkoeken en vulde die met klaverhoning en daardoor wist ik dat alles weer in orde was, want lijnzaad heelt breuken.

Ik herinner me zo goed de geur van de kaars en het sissen en opflakkeren ervan wanneer mijn moeder zacht de naam van de gestorvene aanriep. Ik hoorde de stemmen fluisteren en de bloemen op het gordijn geurden als in warme zomernachten. Op die momenten was er geen eenzaamheid. We waren met velen: mijn moeder, de gestorvenen en ik. Dan dacht ik niet aan mijn stiefvader.

Overdag bleven we één, mijn moeder en ik. Als mijn stiefvader thuis was, werden we gescheiden. Ik vloog naar mijn kamer en moest me bezighouden met belangrijkere dingen dan rond haar rokken hangen. Hij gaf me werk en controleerde alles op fouten. Soms mocht ik vlak voor het slapengaan heel even bij de haard zitten. Alleen als hij vond dat ik goed had gewerkt. Mijn moeder verstelde kleren in stilte en hij las psalmen voor uit een van zijn gebedenboeken, waarna hij me vragen stelde om te controleren of ik aandachtig genoeg had geluisterd.

Als ik bij mijn huiswerk veel fouten maakte, draaide hij mijn oor om tot het roodgloeiend werd. Hij noemde me soms spottend *Wink*. Alleen als mijn moeder niet in de buurt was. Eerst begreep ik niet wat hij bedoelde, maar ik kwam er al vlug achter.

Mijn moeder was in de tuin aan het werk. Ik zat aan een kleine lessenaar en moest een verhaal uit het Nieuwe Testament overschrijven om mijn geschrift te verbeteren.

'Je schrijft nog steeds met hanenpoten.'

Hij stond achter me, opeens. Ik kon hem ruiken en hij keek over mijn schouder naar de woorden die ik moeizaam had geschreven. Het lukte maar niet met mijn rechterhand, dus was ik stiekem toch aan het schrijven met mijn linker. De woorden waren iets minder krabbelig, ook al had hij de ganzenveer zo gesneden dat hij alleen door een rechtshandige kon worden gebruikt.

'Je hebt weer niet geluisterd, Wink.'

Hij klopte met een liniaal op mijn linkervingers. Het deed venijnig pijn en ik stak mijn hand tussen mijn benen.

'God heeft de wereld geschapen met zijn rechterhand. Je bent ongehoorzaam. Dit is waardeloos, Wink. Je brengt er niets van terecht. Je lussen moeten veel groter en de letters moeten schuin. Van links naar rechts.'

De vingers van mijn linkerhand tintelden en een grote boosheid kwam in me op.

'Hoe weet u dat God de wereld met zijn rechterhand heeft geschapen?' vroeg ik.

Zijn gezicht verstrakte.

'Sommige vragen mogen niet worden gesteld, Wink.'

'Waarom noemt u me Wink? Ik heet Manfred.'

Het was de eerste keer dat ik zo stoutmoedig iets durfde te zeggen en ik moest het onmiddellijk bekopen.

Hij bleef me aankijken met die stalen blik die de lucht in de kamer kon bevriezen.

'Je heet voluit Christian, Leonhard, Manfred en ik ben nu je vader. Iedere keer als jij slecht presteert of niet luistert naar mijn goede raad, zal ik je Wink noemen. Want dat ben je: een wenk van God. Je bent niet voor niets mismaakt. God heeft een scheur in je gezicht gemaakt als een teken. En ik heb de taak gekregen om wat krom is, weer recht te maken. Ik ben de tuinman van God.'

Ik moest moeite doen om mijn lach in te houden. Hij, een tuinman? Mijn lach verdween vlug, want hij greep mijn oor als een handvat vast en trok me dicht tegen zich aan.

'Ik kan er toch niets aan doen dat ik een scheur in mijn mond heb? Mijn vader heeft gezegd dat het niet mijn schuld is en mijn moeder zegt dat ik even mooi ben als andere kinderen.'

Ik keek hem indringend aan en hij bleef terugkijken. Zeker tien tellen. Ik wist hoe lelijk ik was, maar ik wilde hem een weerwoord geven.

Hij liet mijn oor los en drukte zijn handen zwaar op mijn schouders. Ik rook zijn pepermuntadem.

'Iedere mens wordt geschapen naar Gods beeld en gelijkenis. Zeg me, Wink. Denk jij dat God een hazenlip heeft? Of een bochel op zijn rug? Of denk je dat God blind, doof of achterlijk is?'

Ik probeerde de hazenlip achter mijn hand te verstoppen, maar hij trok mijn hand weg.

'Nee, Wink. God is volmaakt en wij zijn geschapen naar zijn evenbeeld. Wie anders is dan Hij, is een vingerwijzing, een wenk dat de duivel ook zijn afdruk achterlaat wanneer een mens geschapen wordt. Daarom noem ik je Wink. Zodat je zal beseffen dat we de slechte merktekens op je ziel en je lichaam kunnen verwijderen door inspanning en gebed.'

Hij liet me achter in een wolk van hopeloosheid en verdriet. Ik schreef verder maar de tranen op het blad maakten vlekken en mijn lussen werden vegen. Van links naar rechts.

Hij sprak de naam Wink niet uit als mijn moeder in de buurt was, zo slim was hij wel. Maar iedere keer als hij me zo noemde, kreeg ik het gevoel dat de scheur in mijn gezicht groter werd. Ik was pas acht, maar de woorden van mijn stiefvader bleven door mijn hoofd spoken. Ik wilde de oorzaak van mijn hazenlip kennen. Maar ik moest wachten tot ik mijn moeder voor mij alleen had. Ik vertelde haar niet over mijn bijnaam, ik wilde haar niet verdrietig maken. Ze moet toen al zwanger zijn geweest, maar ik wist het niet. Ze werd stiller. Ik zag dat ze haar rokken verstelde, maar had er geen vragen bij.

Het was juni en de zomer was begonnen. Mijn stiefvader moest een huwelijk inzegenen, we wisten dat hij de eerste uren niet terug zou zijn. Die week had ik ook ontdekt dat Hubert nooit meer een volmaakt gewei zou krijgen. Een kant zou altijd kleiner blijven, ook bij het nieuwe gewei en zo zou het blijven, jaar na jaar. Hij was voor altijd verminkt, net als ik, en ik wist waarom. Mijn waarom kende ik niet.

'Mutti, waarom heb ik een hazenlip?'

We zaten in het souterrain en door de hoge vensters kon ik de perelaars zien en de merels die af en aan vlogen. Het was de tijd dat de jongen uitvlogen. Ze waren volmaakt zoals hun ouders, en zij die dat niet waren, waren ongetwijfeld al dood. Gevallen uit het nest of opgegeten door een kat. Mijn moeder stopte de gaten in mijn sokken.

'Waarom ik? Waarom ken ik niemand die hetzelfde heeft? Waarom ben ik lelijk?'

Ze haalde het houten ei uit de sok en bekeek het stopsel op de hiel. Kleine, fijne steken, gemaakt door kleine, fijne handen. Ze stak het ei in een volgende sok en stak de wollen draad door de naald. Haar kin stak naar voren, zoals altijd wanneer ze iets hoorde waar ze niet van hield.

'Manfred, nog voor je geboorte heb ik de tekens al gezien,' zei ze. 'Er was geen weg terug. Alles werd zoals het moest zijn.' De stopnaald kreeg iets driftigs en ik zag hoe ze haar woorden wikte.

'Je bent geboren op Stille Zaterdag, de dag dat Jezus aan het kruis stierf. Je vader was de hele week aan het werk op een bouwwerf twee dorpen verder. Hij zou die avond thuiskomen en ik wilde alles klaar hebben voor het paasfeest.'

Ze prikte zich in de vinger en zoog een druppel bloed van

haar vingertop. Er kwam een beetje bloed op de sok, maar ze zag het niet.

'Ik was op weg naar huis met een mand ganzeneieren die ik nog moest beschilderen. Ik was te gehaast en struikelde waardoor er een paar eieren braken. Ik verwachtte je pas drie weken later, maar toch kwamen de eerste weeën.'

Ze zweeg even en ik bleef haar dwingend aankijken. Ze moest alles vertellen. Alles. Ze keek me niet aan.

'Ik nam de kortste weg, door het berkenbos en langs het klaverveld, en daar zag ik een leger hazen met jongen. Ik sloeg mijn handen voor mijn gezicht, maar het was al te laat. Mijn ogen hadden de hazen gezien en zij hadden mij gezien. Tijdens de paasweek moet je hazen vermijden. Ik wist dat ik er de gevolgen van zou dragen. Gebroken eieren voor Pasen en de hazen op mijn weg ... Toen ik voor ons huis stond, braken de vliezen. Het water vloeide over de drempel en ik kon nog net naar de slaapkamer gaan. Je vader kwam net thuis en snelde naar de vroedvrouw, maar vond haar niet meteen. Ze kwamen te laat. Ik had niet anders verwacht. Te veel tekens, te veel tekens.'

Ze keek door het raam. Een merel zat vlak voor het vensterglas en hield zijn kopje schuin. Luisterde hij mee?

'En verder? Wat gebeurde er toen?'

Ze zuchtte diep. 'Je was al geboren en ik was versuft van de bevalling. Maar ik zag aan het gezicht van de vroedvrouw dat er iets niet in orde was. Ze bakerde je in, maar ze kon haar afschuw niet verbergen. Ze probeerde je weg te houden van me, maar ik trok je uit haar armen. Toen zag ik je hazenlip. Alles was mijn schuld. Ik heb drie dagen later drie kaarsen gebrand in de kerk en daar beloofd je altijd te behoeden voor het kwaad. Ik zal altijd voor je zorgen, Manfred. Altijd.'

Ik zweeg. Nu wist ik alles. Maar wat was ik ermee? Voelde ik me sterker? Door het verhaal kreeg ik wel weer het gevoel dat we samen mijn stiefvader zouden aankunnen. Mijn moeder zou me beschermen. Altijd.

Ik had haar moeten vertellen hoe mijn stiefvader me noemde, maar ik deed het niet. Ik besloot om er zelf iets aan te doen.

'Mutti, ik wil geen hazenlip meer. Ik wil een gewoon kind zijn. Zoals iedereen.'

Ze zuchtte, maar leek ook opgelucht dat ik hetzelfde wilde als zij. 'Nog even geduld, Manfred. Ik heb het geld bijna bij elkaar.'

De seances brachten nog steeds geld op, maar ik had het niet meer nageteld. Ik had er geen flauw vermoeden van hoeveel zo'n ingreep kostte.

Zorgvuldig koos mijn moeder de dag uit waarop ze onze beslissing zou meedelen aan mijn stiefvader. Het was de langste dag van het jaar en het feest van Johannes Baptista, 'de

roepende in de woestijn'. Ik wist alleen dat zijn hoofd was afgehakt en op een gouden schotel was gepresenteerd aan een
mooi meisje, Salome. Op mijn prenten droeg hij een dierenvel
en in zijn hand had hij een krom zwaard. Voor de tuinman
die alles wat krom is, recht wil maken, is dat een goed zwaard,
dacht ik en ik zag mijn stiefvader al zonder hoofd.

Ik zat in de aangrenzende kamer en maakte schrijfoefeningen. Ze wisten niet dat ik hun gesprek kon volgen.

'Conrad, ik wil met mijn zoon naar Mannheim. Ik heb de naam
van een dokter die weet hoe hij een hazenlip moet herstellen.'

Ik hield mijn adem in en hoorde de stilte. Het duurde een
eeuwigheid voor hij sprak.

'Elena, je weet hoe ik erover denk. De scheur in zijn gezicht
is niet alleen een merkteken van de duivel, het is ook een vingerwijzing van de almachtige God die ons de boodschap mee-
geeft dat het uiterlijke van de mens van geen belang is. Christian moet zijn innerlijke schoonheid voeden door middel van
gebeden. Zijn hazenlip is een les in nederigheid.'

Hij had voor alles een antwoord klaar. Hij was niet alleen een
tuinman, maar ook een wandelend gebedenboek, overtuigd
van zijn eigen innerlijke schoonheid. Naar mijn aanvoelen bestond er geen zwartere ziel dan die van hem. En opeens wilde
ik de operatie nog meer. Gewoon omdat hij het niet wilde.

'Het is ook een daad van naastenliefde als je mensen in nood helpt, Conrad. Mijn zoon is in nood.' De stem van mijn moeder sloeg over. 'Hij kan nauwelijks onder de mensen komen, zonder dat ze hem nawijzen. Hoe kan hij later een beroep uitoefenen met het gezicht dat hij nu heeft? Ik wil dat hij wordt gerespecteerd en dat mensen evenveel van hem houden als ik doe.'

'De schoonheid van een ziel wordt altijd gezien,' antwoordde mijn stiefvader. 'Maar ook daar is er werk voor Christian. Hij opent zijn hart niet voor wat de mensen hem aanbieden.'

Mijn moeder werd hopeloos.

'Hoe kan hij zijn hart openen voor mensen, als iedereen hem afwijst?'

'Ik wijs hem niet af.'

'Maar houd je ook van hem, Conrad?'

'God houdt van hem en ik ben slechts zijn dienaar.'

Heel stil verliet ik de kamer. Ik moest iets doen.

In de gang hing mijn stiefvaders zwarte overjas. De lege mouw hing over de jasmouw van mijn moeder. Ik trok met al mijn kracht aan de mouw, maar de stof gaf niet mee. Ik trok verder tot ik de naad hoorde loskomen. Ik een scheur, hij ook een scheur. Dezelfde avond nog hoorde ik hem klagen over de gescheurde mouw. Hij keek in mijn richting. Zijn blik even star en kil als zijn hart.

'Sommige gebeurtenissen worden niet *gemerkt* door duivels-handen, maar door mensenhanden.'

'Je bent ergens blijven haken, Conrad. Niet erg. Het is slechts de naad.'

Mijn moeder keek me niet aan.

Ze herstelde de mouw en er werd geen woord meer over gerept.

Mijn moeder en ik zwegen over de operatie. Een stilzwijgende afspraak. Ze nam me mee naar Mannheim – mijn stiefvader zou een hele dag wegblijven – waar ik door een zekere dokter Bünger werd onderzocht. Hij was de enige arts in Beieren, en zelfs buiten de grenzen, die al verscheidene hazenlippen met succes had geopereerd. Dus er waren nog kinderen waar de duivel zijn merkteken bij had achtergelaten. Toch was ik er niet gerust in. Iemand ging in mijn gezicht snijden en het naaien, alsof ik een hemd was dat versteld moest worden.

De operatie werd gepland en zou uitgevoerd worden wanneer mijn stiefvader voor enkele dagen weg was. Een keer per maand ging hij naar een verder gelegen parochie om er de biecht af te nemen. Dan bleef hij overnachten in het huis van de hulppredikant.

Zoals altijd rook mijn stiefvader het wanneer er iets buiten zijn wil om gebeurde. Op een avond legde hij mijn moeder op de rooster. Hij vroeg door tot hij onze plannen te weten kwam. Ik lag in mijn kamer op de planken vloer en kon zo hun gesprek volgen.

Hij verbood de operatie. Meer nog. Hij dreigde.

'Als je ooit iets met ons kind overweegt, zonder mij daar toestemming voor te vragen, zul je dit zwaar bekopen.'

Toen wist ik dat mijn moeder zwanger was. Voor de tweede keer in mijn leven voelde ik me verraden. Ik haatte het kind.

Het was van hem.

'Conrad, ons kind zal geen hazenlip hebben. Ik voel het. De tekens zijn goed. Het wordt een mooi kind.'

Het wordt een mooi kind. Het sneed door me heen. Ik moest ook mooi worden. Het moest.

Noch zij, noch hij vertelden me iets over de komst van een kind. Ik deed alsof ik van niets wist.

Het werd een kille oorlog. Wij tegen hem. De ruzies waren niet meer tegen te houden. Mijn stiefvader verhief nooit zijn stem. Hoe stiller hij sprak, hoe bozer mijn moeder werd. Hij kreeg haar niet getemd en dat stelde me gerust.

De oorlog barstte in volle hevigheid los toen mijn stiefvader het potje met spaargeld vond en leeghaalde.

'Je geeft geen geld uit aan uiterlijke schoonheid,' snoof hij.

'Het is mijn geld! Conrad, je hebt het recht niet om het van me af te pakken. Ik heb het verdiend. Ik alleen. Het is voor mijn zoon!'

'Christian is ook mijn zoon, door het huwelijk bezegeld, met God als getuige. Jij bent mijn vrouw, en je dient mij te gehoorzamen. Waar komt dat geld vandaan?'

'Ik borduur kussens, haak pannenlappen, brei sokken en verstel kleren voor mensen die het niet meer kunnen.' Ze noemde een paar mensen waar ze werkelijk voor naaide zonder dat ze daar iets voor ontving.

'Hoe kun je?' brieste mijn stiefvader. 'De vrouw van een predikant mag geen geld vragen voor goede werken. Jij mag alleen huishoudgeld hebben. Geld dat door je echtgenoot is verdiend. Je laat je hoofd op hol brengen door je zoon.' Hij wees met een vervaarlijk trillende vinger in mijn richting. 'Hij heeft een kwaadaardige natuur, dat weet je toch?' Toen voegde hij eraan toe: 'Ben je misschien vergeten dat de vrouw uit de rib van Adam is geschapen? Jij hoort mij blindelings te gehoorzamen.' Voor het eerst gilde mijn moeder. Ze overstelpte hem met verwensingen en zei dat ze spijt had dat ze met hem was getrouwd. Hij glimlachte.

'Ik zal vergeving vragen voor je zonden en je lichtzinnige opmerkingen,' sprak hij minzaam.

Toen werd mijn moeder helemaal gek. Ze trommelde met haar vuisten op zijn borst. Haar opgestoken haar kwam los en ik zag in haar lange koperen haar, de vlammen van haar woede.

Hij liet haar begaan en bleef glimlachen met het gezicht van een martelaar.

Mijn moeder eindigde snikkend op het bed. Ik mocht haar niet troosten. Ik moest naar mijn kamer en daar blijven tot hij mij de toestemming gaf om eruit te komen.

De ruzies gingen gewoon door. Vaak lag ik op mijn kamer met mijn hoofd onder mijn kussen, ik wilde niets meer horen. Het is moeilijk te zeggen welke gevoelens er door me heen gingen. Enerzijds haatte ik mezelf omdat ik niet opkwam voor mijn moeder, anderzijds was ik opgelucht omdat ze eindelijk tegen hem in durfde te gaan.

Onder mijn kussen zon ik op wraak. Het liefst had ik zijn hoofd ingeslagen met een van zijn kandelaars. Maar daar had ik de kracht en de durf niet voor. Ik kon nog geen vlieg dood meppen. Mijn moeder liet niet af.

'Als je me niet laat gaan, ga ik bij je weg. Terug naar Hongarije. Iedereen zal vragen stellen. Waarom is de vrouw van de predikant weggegaan? Ik zal hen het antwoord geven.'

Het was raak. Zijn gezicht verbleekte, zijn lippen werden strakke lijnen en in het ijs van zijn ogen kwamen barsten. Voor het eerst had hij geen antwoord klaar. Hij keek naar mijn moeder. Ze hield haar handen rond haar bollende buik alsof ze het kind nu al wilde beschermen. Hij zweeg.

Ze kwamen tot een overeenkomst. Hij stond een operatie toe op voorwaarde dat ik daarna naar school zou gaan. De school van zijn keuze. Naar mijn mening werd niet gevraagd. Ook moest mijn moeder beloven dat ze me niet liet opereren door een jood, want de meeste artsen waren joods. Zij hadden

Christus vermoord, zei hij. Ik wist niet wat ik ervan moest denken. Hadden we nu gewonnen of niet? En wat was een jood? Mijn moeder huilde.

'Mutti, ik wil hier niet meer wonen,' zei ik en ik probeerde haar te troosten. Ik streelde over haar zachte haar.

'Het kan niet, Manfred.' Ze nam mijn hand van haar hoofd. 'We kunnen niet weg, we moeten er het beste van maken. Hij zorgt voor ons op zijn manier. We hebben alles wat we nodig hebben. Een dak boven ons hoofd, iedere dag eten en een bed om in te slapen.'

'Kun je niet opnieuw bij Otto gaan werken?'

Ze keek door het raam naar buiten, alsof ze iemand zag en zei: 'We blijven hier, Manfred. Het is beter voor het kind. En voor jou.'

Eindelijk zei ze iets over de zwangerschap, al wilde ik het liefst niet aan het mooie kind in haar buik denken. Maar nu kon ik er niet meer omheen. Hij had voor het kind in haar gezorgd. Ik zou niet meer alleen zijn. Ik zou met iemand de liefde van mijn moeder moeten delen. Die gedachte was ondraaglijk. Het kind zou mooi zijn en iedereen zou er glimlachend naar kijken, het willen vasthouden en het prijzen om zijn schoonheid.

'Manfred, wil je een broertje of een zusje?'

'Ik wil niets.'

Ik hoopte stiekem dat het kind in haar schoot weer een engeltje zou worden en 's avonds haalde ik er mijn heiligenkaarten bij. Als er iemand mij kon helpen, waren zij het wel. Zij waren, samen met de engelen, de enigen die af en toe een onderonsje hadden met God. En alleen God besliste wie er mocht geboren worden of wie veel te vroeg weer een engel werd.

De heiligen wilden niet meewerken. Ze schudden hun hoofden en keerden zich van me af. Dus pakte ik het anders aan. Ik schudde hen door elkaar en draaide ze een voor een om. De heilige die bovenaan kwam te liggen op het moment dat ik mijn moeder naar boven hoorde komen, moest het kind in haar buik laten verdwijnen. Het werd de heilige Anastasia en ik wist dat het juist was. Ze kwam ook uit Hongarije en ze had een man die haar om haar geloof mishandelde. Kon het beter? Na zijn dood hielp ze christenen en ze werd gearresteerd. Ze kreeg het zwaar te verduren, net als ik. Ze kreeg zweepslagen en onderging vreselijke martelingen. Uiteindelijk werd ze onthoofd. Dit moest lukken. Het kind zou doodgaan.

Drie dagen sliep ik met Anastasia onder mijn kussen, maar het kind in mijn moeder bleef waar het was.

Mijn moeder werd steeds dikker en 's avonds breidde ze hemdjes en sokjes voor de indringer die op komst was. Er waren geen ruzies meer, maar ik voelde de barsten die niet meer te lijmen waren. Mijn moeder bakte nooit meer lijnzaadkoeken.

Mijn stiefvader hield mijn moeder nauwgezet in de gaten. Hij ging minder vaak weg en daardoor waren er minder seances. Ik vreesde dat ze het geld voor de operatie niet bijeen zou krijgen. Ik vluchtte meer dan anders naar het bos en praatte met Hubert. Hij liet zich gewillig strelen en op een dag kon ik zomaar mijn hoofd tegen zijn warme buik leggen terwijl hij languit rustte op een veld van speenkruid. Niemand vroeg waar ik naartoe ging en wat ik deed.

Mijn moeder hield de lippen stijf op elkaar. Ze naaide roze gordijntjes voor de notelaren wieg en ze sprak nooit meer met de heiligen.

De operatie was ingrijpend. Nooit heb ik zoveel pijn geleden, ik wilde doodgaan, maar de aanwezigheid van mijn moeder hield me in leven. Ze zat dag en nacht aan mijn bed, hielp met het verversen van het verband en druppelde opium in mijn thee om de pijn te verzachten. Ze voedde me weer met een lepeltje. Het voelde goed, ondanks de pijn, en ik dacht niet meer aan het mooie kind.

Ik was het enige kind in de ziekenzaal en naast me lagen mensen dood te gaan. De hele tijd hoorde ik het hoesten en rochelen van oude mensen. Als er een scherm rond een bed werd gezet, wist ik dat iemand zijn laatste adem had uitgeblazen. Ik voelde me even oud als zij en wilde graag stoppen met ademen. Ik moest nog negen worden, maar het leek of ik honderd was. Kan een kind van negen de wens koesteren om dood te gaan? Ja. Ik wist wie ik was. Een jongen die nooit iemand recht in het gezicht zou durven kijken. Iemand die je liever mijdt.

Mijn hele hoofd was verbonden. Er was alleen een gaatje vrij voor mijn mond en een streepje voor mijn ogen. Dokter Bünger had mijn neus eraf gesneden en weer vastgezet en ik voelde met heel mijn lijf dat hij niet op de juiste plaats stond. Alles was nog erger dan daarvoor. Ik zag het aan mijn moeder. Als ze naar me keek, werden haar ogen vochtig, en ze ontweek mijn blik. Als ik sliep of deed alsof, legde ze haar hand op die van mij. Dan liet ze haar tranen de vrije loop.

Ik genas slecht, zei de arts. De wonde onder mijn neus ontstak en er druppelde voortdurend etter uit mijn neus. Ik stonk.

Dokter Bünger haalde er zijn collega's bij. Iedere dag moest het verband eraf. Iedereen bekeek me door dikke brillenglazen. Ze praatten met elkaar, raakten met kleine pincetten mijn huid aan. Alsof ik niet bestond. Ik was niet meer de jongen met een mismaaktheid. Ik was 'de hazenlip'.

De pijn werd nog sterker. Het was alsof mijn gezicht in tweeën was gehakt. Ik kreeg koorts, mijn hoofd gloeide. Het vuur zat erin.

Uiteindelijk haalde men er een jonge arts bij, die zich voorstelde als Samuel Hahnemann. Hij zou mij genezen. Ik vermoedde dat hij joods was, want ik zag het wantrouwen in mijn moeders ogen. Maar al gauw bleek het niet zijn mogelijke afkomst te zijn die haar bezorgd maakte, wel zijn geneeswijze. Hij vroeg haar of hij een preparaat mocht uitproberen. Het was iets nieuws en hij wist niet of het zou aanslaan.

'We krijgen de koorts niet onder controle,' zei hij. 'De laatste redding is een behandeling die ik onlangs heb ontdekt en op mezelf heb uitgeprobeerd.'

Hij vertelde over een gepelde ui en hoe die voor tranende ogen en een lopende neus kon zorgen.

'Het aftreksel van een ui, honderd keer verdund, wordt een

middel dat voor weerstand zorgt als je verkouden bent. Het zorgt ervoor dat je lichaam de verkoudheid zelf gaat bestrijden. Ik wil dit verdunningsprincipe toepassen met kinine dat men meestal voorschrijft bij malaria. Ook zijn koorts kunnen we aanpakken. Het vuur zit in zijn hoofd, dus daar is te veel bloed aanwezig, want bloed is de drager van de warmte. Het vuur moet eruit en dat ga ik doen met aderlatingen en kwarkkompressen op de voetzolen en citroenbaden.'

Mijn hoofd voelde aan als een grote, witte ui die nog gepeld moest worden. Mijn moeder zag zo wit als het laken op mijn lichaam.

'Maar hij heeft toch geen malaria? Kan hij niet gewoon, zonder uw ... gewoon genezen?'

Hahnemann schudde het hoofd. 'Een verdunning van kinine zal ontstekingremmend werken. Anders gaat uw zoon dood, mevrouw.'

Mijn moeder veranderde in een wassen beeld. Als ik me niet zo zwak had gevoeld, was ik opgestaan en was ik met haar naar buiten gewandeld, maar ik voelde dat ik elk moment kon sterven.

Het liep anders. Iedere drie uur stond de arts naast mijn bed, schudde onophoudelijk een klein kokertje en telde daarna de druppels preparaat in mijn mondgaatje. Twee keer per dag werden uit mijn armen kleine hoeveelheden bloed gehaald. De dokter maakte kleine inkervingen, ik druppelde leeg in witte stenen kommen. Ik leek wel een gestroopte haas.

De kwarkkompressen op mijn voetzolen werden om de twee uur ververst. Ik stonk naar verzuurde melk. Tussendoor werd mijn lichaam gesponst met citroenwater. Het prikte in de vele wondjes die ik had. Ze ontstaken en mijn lichaam stond vol zweertjes. Ik huilde, maar niemand zag de tranen onder het verband.

Andere artsen noteerden mijn reacties in dikke dagboeken. Iedere zucht, iedere scheet, iedere beweging werd opgetekend. Ik praatte in mijn slaap, zei men en mijn voeten maakten onder het laken stapbewegingen. Mijn armen maakten spastische trekkingen tijdens de aderlatingen en ik kon mijn urine niet meer ophouden. Van haas werd ik proefkonijn.

Ik vertoonde te veel bijverschijnselen, dus zocht Hahnemann een andere oplossing. Het werden bloedzuigers, die over mijn hele borst werden uitgezet. Ik voelde hun minuscule mondjes zuigen onder mijn huid en ik waande me in een nachtmerrie. Ook al zei de dokter honderd keer dat ze mijn ontstoken wonden schoon zouden zuigen, ik dacht dat ik het zou besterven. Ik kon niet roepen door het verband en mijn handen en voeten waren vastgebonden zodat ik die smerige beesten niet van me af kon schudden.

Maar alles scheen te helpen. Mijn koorts verdween en na tien dagen kreeg ik alleen nog verdunde wolfskers tegen de stuipen en de hoofdpijn en een sulferpreparaat om mogelijke koorts te weren.

Mijn stiefvader kwam nooit op bezoek. Ik had mijn moeder nog voor mij alleen. Maar haar buik werd dikker.

Toen het verband er een maand later definitief af ging, voelde ik me lelijker dan ooit. De hoge gleuf was weg, maar onder mijn neus was mijn lip zo strak dichtgenaaid dat het leek alsof mijn neuspunt zat vastgeplakt op mijn bovenlip. Mijn mond zag eruit als gehakt vlees en hij stond nog steeds open. De operatie was mislukt. Ik was nog steeds een mormel. 'Het ziet er veel beter uit, Manfred,' zei mijn moeder zwakjes. Ze keek me niet aan. Toen ik thuiskwam, had ze de spiegels afgedekt. Om mijn bloed zuiver te houden, moest ik iedere dag zacht wittebrood, gedompeld in zure melk en bestrooid met zwavel-poeder eten. Ik had het gevoel dat ik buskruit in mijn achter-werk had dat om de haverklap afging. Mijn winden stonken naar verderf. Het liefst was ik naar de maan gevlogen, maar zover kwam ik niet.

Mijn moeder telde de volle manen, maar ik wilde niet denken aan het mooie kind dat bijna geboren moest worden.

Omdat ik nog af en toe op controle moest bij de arts, stuurde mijn stiefvader me tijdelijk naar de plaatselijke evangelische school. Zo kon hij me in de gaten houden, want hij gaf daar de godsdienstlessen.

De kinderen bleven bang van me, ze liepen met een grote boog om me heen. Dat vond ik niet erg, ik was het gewend. Erger was het gepest, uitgejouwd, vernederd of geslagen te worden. Kinderen liepen me joelend achterna en maakten me uit voor trol, wilde hond, monster of hazenkoning. De wereld kan niet tegen lelijkheid, dat wist ik allang. Het schoolplein was een kale tuin van aangestampte aarde. Op de banken onder de twee enige lindebomen zaten steevast de oudste meisjes in de schaduw van de kruinen. Voor mij was er nergens een schaduw om me te verbergen.

Mijn stiefvader zag hoe ik werd behandeld, maar hij deed niets. Mijn moeder probeerde me te beschermen tegen de pesterijen op school. Toen er geen einde aan kwam, hield ze me weer thuis en gaf me zelf les. Uiteraard tegen de wil van mijn stiefvader in. Maar hij zweeg. Hij wist dat ik om mijn gezondheid nog niet kon worden weggestuurd.

Maar hij kende genoeg andere manieren om mijn moeder klein te houden. Hij gaf haar zo weinig huishoudgeld dat ze alleen brood, uien, aardappelen en zuurkool kon kopen.

'Een beetje vasten kan geen kwaad,' zei hij. Hij had er geen last van, want hij kreeg altijd wel een maaltijd voorgeschoteld bij zijn parochianen, die hij in ruil daarvoor zegende. Gelukkig hadden we kippen die voor eieren zorgden en mijn stiefvader had nog steeds niet door dat de sporadische theekransjes van mijn moeder, iets anders voorstelden dan kussens borduren of recepten uitwisselen. Met de stuivers die ze eraan overhield,

kocht ze zoetigheid voor me: chocoladebonbons met zachte ka-
ramelvulling of anijsbollen waarop ik een uur kon zuigen. Dat
was het enige goede dat de arts als nabehandeling had voorge-
schreven. 'Mevrouw, geef hem grote zoete anijsbollen om op te
zuigen. Zo oefent hij de spieren van zijn mond en lippen. En
laat hem vooral veel lachen. Zeer gezond voor zijn genezing.'
Met de zoetigheid in mijn mond, vergat ik even mijn verminking. Soms bakte mijn moeder lebkuchen met kruidnagel of
bretzels bestrooid met grof zout. Meel en eieren waren er altijd in huis. Maar lachen deden we niet.

Ze was zo goed voor me. Ik wilde de tijd doen stilstaan, want
ik voelde de grote dreiging tot in de hoeken van de kamers.
Ik wilde voor altijd klein en veilig bij mijn moeder zijn, zonder
broer of zus. Ik had genoeg aan mijn moeder en Hubert.

Na de operatie had ik Hubert niet meer gezien. Misschien was
hij weer opgenomen door de kudde. Misschien had hij een
ree uitgezocht waarvoor hij wilde vechten met zijn verminkte
gewei. Toch legde ik iedere dag een stuk brood voor hem op
de plek waar ik hem voor het eerst had gezien.

Thuis ging de oorlog gewoon door, mijn stiefvader kreeg mijn
moeder niet op de knieën. Om te bewijzen dat ze in staat was
te onderwijzen, leerde ze me veel meer dan schrijven, rekenen, geschiedenis en godsdienst. Ze hield er een strak dag-

schema op na, waar ik me aan moest houden.

'Manfred, je bent niet de mooiste, maar je kunt wel de slimste worden.'

Ik wist dat het niet zou blijven duren, maar ieder ogenblik dat ik bij mijn moeder verbleef, voelde ik me als een kuiken onder de veilige vleugel van een kip. Met de vos steeds in de buurt.

Ik had me verwond aan een tak in het hertenbos en suk-kelde weer met mijn gezondheid. De wonde in mijn gezicht ontstak en de koorts sloeg weer toe. Mijn moeder verzorgde me met haar rozenhanden en met eindeloos geduld. Ze maak-te een bed op in het souterrain met meer kussens dan ik nodig had en ze bleef in de buurt om me te verwennen. Ze bestreed de koorts met kwarkkompressen en citroenwassingen zoals ze Hahnemann had zien doen.

Het zou niet lang meer duren voor het mooie kind zou worden geboren. Ik wilde geen ogenblik met haar alleen verloren la-ten gaan en mijn moeder praatte met me, fluisterend, aan één stuk door alsof ze wist dat het onze laatste innige momenten samen zouden zijn. Over de plannen van mijn stiefvader om me naar een kostschool te sturen, zwegen we.

Ze vertelde me alles over tekens, net zoals haar moeder en grootmoeder aan haar.

'Nu het nog kan,' zei ze. 'Straks is het kind er en dan zal ik minder tijd hebben om alles door te geven. Alles heeft een betekenis, Manfred. De tekening van de restjes thee in je mok, de wijze waarop de eerste zwaluwen over het huis vliegen en de kleuren waarin je droomt, het zijn tekens die je iets duide-lijk maken. Je moet ze alleen leren lezen, Manfred.'

Ze vertelde over de dagen, de heiligenfeesten en hun betekenis terwijl ik in het bed in het souterrain lag. Meer dan ooit geloofde ik dat mijn echte vrienden niet op deze wereld woonden, maar ergens boven mijn hoofd op hemelse tronen zaten. Ze volgden me met hun alwetende blikken terwijl de mirre van hun handen druppelde en neerkwam op plaatsen waar ik het wilde.

Ik dronk gretig mijn moeders woorden. In Hongarije was het de normaalste zaak dat je je bezig hield met de heiligen, de doden en hun tekens. Mijn stiefvader begreep dat niet en verbood haar om heiligen te aanbidden. Hij beschouwde haar inzicht in tekens als bijgeloof dat verbannen moest worden.

Mijn moeder had op kerstavond altijd stro rond de fruitbomen gebonden om de appeloogst te vergroten. Tijdens de Goede Week brak ze geen eieren en op nieuwjaarsnacht zette ze alle ramen en deuren eventjes open om kwade geesten de gelegenheid te geven te ontsnappen. Tot grote ergernis van mijn stiefvader die erg kouwelijk was van aard.

Op Maria Lichtmis hielp ik haar om alle kasten grondig schoon te maken en op Allerzielen begroef ze de overblijvende kaarsstompjes van haar seances vlak bij de rozemarijnstruik. Ze was ervan overtuigd dat de plant zijn sterke geur had gekregen toen de natte doek waarin het Christuskind was gewikkeld, over de struik te drogen was gelegd. Haar bijzondere gaven om met de doden te kunnen spreken had ze van

Christus gekregen, zei ze.

Mijn stiefvader werd nog strenger en veroordeelde de band die mijn moeder en ik hadden. Het lachen werd volledig uit mijn leven verbannen, ook al probeerde ik hem te vertellen dat het gezond was voor mijn mond. 'Lachen is voor dwazen en nietsnutten die de ernst van het leven niet inzien,' zei hij vaak.

Hij triomfeerde omdat de operatie niet was gelukt en hij zei dat God me eindelijk op de knieën had gedwongen.

Ik verleerde het lachen, ook omdat glimlachen moeilijk bleef door de strakke littekens. Als ik het toch probeerde, leek het alsof mijn mond scheurde.

Nog een reden om niet te lachen was dat er in mijn stiefvaders huis nooit was gelachen. Hij was daar trots op. Als predikant moest hij het goede voorbeeld geven. Iedereen in het dorp had ontzag voor hem. Alleen mijn moeder en ik wisten hoe hij werkelijk was. Opeens begreep ik waaraan zijn vorige vrouw was gestorven. Hij had haar lach gestolen waardoor ze was uitgedroogd als een krent.

Ik voelde de minachting van mijn stiefvader voor mijn moeder groeien, en daar kon het nog niet geboren kind niets aan verhelpen. Mijn moeder werd naar hem toe kil en afstandelijk. Omdat hij ons niet kon scheiden, vierde mijn stiefvader zijn ongenoegen bot op mij. Toen ik weer aan de beterhand was, werd de roede zijn vaste drilmiddel. Als ik mijn gebeden niet opzei zoals hij het wilde, klopte hij met de bussel berkentwijgen op mijn handen tot ze blauw zagen. Hij besefte niet dat hij zo onze band nog versterkte. Ik had iedere keer een reden om naar mijn moeder te gaan. Met mijn pijnlijke handen tegen haar dikke buik, huilde ik uit bij haar. Zij overgoot hem met een scheldtirade, maar het deed hem niets. Hij glimlachte als een heilige die op mijn ondersteboven stapeltje lag. Het kind in mij moest eruit geklopt worden, om de man te laten opstaan, verkondigde hij. Ik was voorbestemd om in zijn voetsporen te treden. Zelfs met een genaaide hazenlip. God had het hem gezegd. Ik moest een man worden die zijn gevoelens kon beheersen en niet meer aan mijn moeders rokken hangen.

Een keer dreigde hij me op te sluiten in de kelder. Hij moet de angst in mijn ogen hebben gezien, want iedere keer als ik een fout maakte of te veel bij mijn moeder was, zette hij de kelderdeur op een kier. Zo kreeg hij me tam.

Gelukkig kwam Hubert terug. Groter en sterker, en hij herkende mijn geur. Ik kon alles vertellen tegen Hubert. Hij luisterde zoals geen mens ooit naar me zou luisteren. Zelfs mijn moeder niet.

Mijn moeder leerde me liefhebben, maar door haar te zien lijden, werd het leven nog zwaarder. Mijn stiefvader leerde me minachten en haten. Nog steeds weet ik niet welke kracht het sterkste is: de haat of de liefde.

Toen kwam het kind.

Op een ochtend was het er. Mijn stiefvader en ik ontbeten in stilte. De vroedvrouw bracht de mand met bebloede doeken naar buiten. Ze glunderde.

'God zij dank! De jongen heeft geen hazenlip.'

Het kind was volmaakt.

Mijn moeder zag er zielsgelukkig uit en week niet van de wieg. Ze streelde voorzichtig het roze gezichtje, alsof ze bang was het aan te raken. Ze wilde dat ik mijn broer zou oppakken. Ik weigerde. Ze noemde hem Amadeus, wat 'de liefde van God' betekent, en mijn stiefvader ging ermee akkoord.

Ze kwam woorden te kort om het kind te prijzen. Zo mooi, zo volmaakt, zo hartveroverend. Ieder woord stak als een mes in mijn hart.

Mijn stiefvader glimlachte voor het eerst. Er vielen geen harde woorden. Ik kreeg geen slaag. Ik bestond gewoon niet meer.

Tot dan toe was het mijn stiefvader die mijn leven verstoorde. Nu deed het mooie kind dat.

Weiger mij geen uitleg, hemel,
waarom gij mij zo vervolgt
en welk misdrijf ik aan u
door mijn geboorte heb begaan.

*Uit het boek van Anselm von Feuerbach –
'Kaspar Hauser, voorbeeld van een misdaad
bedreven tegen het zielenleven van een mens'.*

Hij was er niet op zijn plaats, maar Kaspar scheen er vrede mee te hebben. De gevangenistoren moet hem aan zijn vorige verblijf hebben herinnerd. Het liefst was hij alleen en bleef hij voor zich uit staren of keek hij naar de bewegingen van zijn tenen. Dan leek hij tevreden als een peuter.

Hij zat altijd met zijn rug naar het kleine venster, want zijn ogen waren rood ontstoken.

'Het binnenvallende licht is te fel voor de jongen,' zei de dokter. 'Laat hem vooral zo zitten.'

Nooit probeerde hij rechtop te staan. Hij reageerde niet op woorden. Van aanrakingen, vooral van zijn arm, schrok hij. Dan trokken zijn ogen verwilderd open als van een dier in nood.

Isolde was verwonderd. Zo had hij niet gedaan toen hij voor het eerst voor haar deur stond. Was hij zo bang voor mensen? Ze ging dagelijks naar de vondeling kijken, maar hij merkte haar niet op. Hij reageerde ook niet op zijn naam.

De eerste verandering kwam door de komst van de kleine Julius. Het zoontje van de gevangenisbewaker kwam zo nu en dan mee met zijn vader om Kaspar brood en water te geven en het leek alsof Kaspar meer vertrouwen had in de kleine jongen dan in andere mensen. Julius mocht hem aanraken.

Een paar dagen na Kaspars komst, bracht Julius zijn lievelingsspeelgoed mee: een houten paard op wieltjes.

Kaspar trok grote ogen. Zijn benen schoven over de grond en hij wapperde als een klein kind met zijn armen. Voor het eerst kwam er weer een woord over zijn lippen. 'Ros! Ros! Ros!'

Hij werd uitzinnig van vreugde. Het zweet gutste van zijn voorhoofd en hij strekte zijn armen uit.

Julius schrok en omklemde trillend zijn paardje met beide armen. 'Jij mag mijn paard niet afpakken!'

Hiltel pakte zijn zoontje bij de schouder. 'Julius, Kaspar zal je paardje niet afpakken. Maar jij mag het even aan hem laten zien. Hij vindt het mooi. Toe, geef het even, straks krijg je het terug.'

Julius gaf zijn paardje met tegenzin en Kaspar schoof het gretig heen en weer. Het was duidelijk dat hij dat nog had gedaan. Hij bleef 'ros, ros!' roepen, tot Julius begon te huilen en zijn speelgoed terug wilde.

Toen het paard uit zijn handen werd genomen, zag Isolde iets van verdriet in Kaspars ogen. Ook zijn kin trilde alsof hij in tranen zou uitbarsten.

'Die jongen is in staat om iets te voelen,' zei Hiltel. 'Weer een bewijs dat het geen wildeman is.'

Kaspar herkende dus een paard en iemand had hem het woord 'ros' geleerd, de volkse benaming voor paard, en hij kende gevoelens van verdriet en teleurstelling.

Het was niet moeilijk om houten paardjes te vinden. Een dag later had Kaspar er een stuk of tien, het ene al wat mooier dan het andere. Hij geraakte helemaal in extase toen hij ze zag en kreeg zelfs koorts van de opwinding. Uiteindelijk waren er twee paardjes waar hij steeds naar greep: een wit waarvan de achterste pootjes gebroken waren en een schimmeltje dat op een plank met wieltjes was bevestigd. Eindeloos liet Kaspar het paardje naast zich over de grond rijden. Nooit deed hij een poging om rechtop te staan of om te kruipen. Hij bleef zitten waar men hem had neergezet met de paardjes bij de hand.

Zijn brood brak hij in kleine stukjes die hij de paardjes voorhield. 'Ros, ros.' Daarna at hij alles zelf op. Iets anders dan brood weigerde hij te eten. De geur van vlees deed hem nog steeds het bewustzijn verliezen. Ook de geuren van koffie, bier, wijn of thee verdroeg hij niet.

Naast Isolde en burgemeester Binder kwam ook heer Daumer kijken. Hij had een paar jaar les gegeven, maar was wegens een zwakke gezondheid gestopt. Hij vulde zijn dagen met onderzoek naar nieuwe natuurlijke medicijnen. Hij volgde Kaspars handelingen belangstellend en vertelde Isolde zijn vaststellingen.

'Deze jongen heeft zijn hele leven opgesloten gezeten in een kleine ruimte, afgezonderd van de wereld. Hij kreeg geen menselijke aandacht of opvoeding. Het enige wat hij leerde, was het schrijven van zijn naam en het uitspreken van 'wille ruiter worden als vader'. Maar de betekenis ervan ontgaat hem. Het woord "ros" gebruikt hij voor alles wat hij aangenaam vindt.'

Kleine Julius werd Kaspars beste leermeester. Hij zat vaak bij Kaspar en met engelengeduld benoemde hij telkens weer de onderdelen van het paard: staart, been, mond, hoofd.

Na een paar dagen kon Kaspar zelf alles benoemen. Hun woordenspelletje ging verder en Kaspar kon na een week al zijn lichaamsdelen zeggen: neus, mond, oog, oor, hand, voet, huid, haar ... Hij hoorde wat Julius zei tegen zijn ouders: moeder en vader. Hij riep de woorden luidkeels na.

'Dit is allesbehalve een idioot,' zei Daumer. 'Deze jongen is zeer intelligent en het is aan ons om zijn opvoeding ter harte te nemen. Maar we moeten ook de afkomst van deze ongelukkige onderzoeken.'

Na een tijdje schrok Kaspar minder van aanrakingen en men besloot hem een bad te geven. Samen met Gretl, de vrouw van de gevangenisbewaker, vulde Isolde een houten tobbe met water. Kaspar liet zich gewillig uitkleden en in zijn ogen lag iets tussen verwondering en onbegrip. Hij leek niet beschaamd om in het bijzijn van twee dames poedelnaakt te zijn. Het was eerder Isolde die bloosde voor Kaspars naaktheid. Ze had nog nooit een man zonder kleren gezien en hij had alle lichamelijke kenmerken van een volwassen man. Ze liet het wassen dan ook graag over aan Gretl.

Kaspar was angstig en onrustig. Gretl waste hem zacht maar hij volgde haar hand en de zeep met wantrouwige ogen. Hij jengelde met onverstaanbare klanken die duidelijk moesten maken dat hij dit niet wilde. Hij was erg smerig en na de wasbeurt keek hij naar het laagje vuil op het water en stak een beetje angstig zijn armen naar boven.

'Moeder, huid! Moeder, huid!' riep hij.

'Nee, Kaspar,' zei Gretl, 'dat is niet je huid. Dat is het vuil in het water.'

Misschien begreep hij haar nog niet, maar haar rustige stem kalmeerde hem.

De dokter maakte van de gelegenheid gebruik om hem te onderzoeken. Op zijn arm had Kaspar grote groenpaarse vlekken die langzaam geel kleurden.

'Vermoedelijke stokslagen,' zei de dokter. Het raadsel van de angst om aangeraakt te worden, was hiermee opgelost.

Even later wees de dokter naar de twee kleine littekens op de linkerschouder.

'Brandwonden?' vroeg Isolde.

De dokter schudde het hoofd. 'Nee, dit zijn inentingen tegen de pokken. Deze jongen komt uit een welstellende familie.

Deze inenting is zeer duur.'

De informatie werd doorgegeven aan Binder. Zijn klerk moest onmiddellijk rechter Anselm von Feuerbach op de hoogte brengen en vragen om een onderzoek in te stellen. In plaats daarvan liet de klerk eerst een reporter komen die een groot en overdreven artikel over Kaspar schreef.

Het kwaad was geschied. De mensen kwamen van heinde en verre om de vreemde jongen te zien. Hij werd de attractie van Neurenberg.

Isolde schudde het hoofd. Dit had nooit mogen gebeuren. Kaspar was een mens, geen rariteit uit een circus.

Ze brachten me naar het huis van de ritmeester.

De pijn aan mijn voeten was erg en mijn vrienden konden me niet meer dragen. Er kwam rood uit mijn schoenen.

Hardop huilen kon ik nog niet. Dat heb ik later geleerd.

Een man bracht me naar een ruimte waar stro lag. Ik vergat de pijn. Het stro kende ik.

Ik heb dag en nacht geslapen, zei men.

De mensen maakten geluiden en gebaren; ik verstond ze niet. Iemand bracht een bord met eten. De onbekende geur van vlees deed me kokhalzen. Ze duwden een pint bier onder mijn neus. De wereld verdween en ik ook. Toen ik weer wakker werd, herkende ik de geur van het brood. Ik at het op en verlangde naar mijn kooi waar alles was wat ik nodig had.

Er waren grote mensen en kleine mensen. Een kleine mens gaf me een paard. Ik zei: 'Ros.'

Ik lachte en schrok van mijn eigen stem. Het geluid was zo anders dan in mijn kooi.

De grote mensen zwegen. Ze keken naar me met grote ogen.

'Hij spreekt,' zeiden ze. Toen werd ik hij.

Alles wat ik niet kende, maakte me ziek. Aanrakingen verdroeg ik niet. Ze waren te koud of te warm. Mijn huid was altijd van mij alleen geweest. Iedereen wilde me aanraken. Iedereen wilde me zien. Sommigen vonden mij een gek, een misbaksel. Verstoten door een boer die met mij niets kon aanvangen. Anderen dachten dat ik door wolven was opgevoed omdat het lopen moeilijk ging. Omdat ik me liever op handen en voeten voortbewoog. Zoals mijn houten paard op wieltjes.

De burgemeester en zijn klerk kwamen. Ze schreven alles op wat ze zagen. Ze gaven me een naam, maar ik reageerde niet. Toen gaven ze me een potlood en een blad papier. Ik maakte dezelfde krabbels die Vaterman me had geleerd. Kaspar Hauser. *Sindsdien word ik zo genoemd.*

De bewaker was soms lief, soms niet. Zijn geur maakte me ziek. Hij dronk veel. Als Hiltel weg was. De mensen wisten dat. Ze kwamen als hij in de andere kamer snurkte. Om naar mij te kijken. Om me bang te maken of met me te lachen. Om met snoep naar me te gooien. Om een kip op mij los te laten. Om met mij te huilen.

Als de grote mensen weg waren, kwamen de lawaaimensen. Ze lachten met me, riepen, brulden en deden dingen die ik niet wilde. Ze lieten zelfs een bommetje knallen, vlak achter mijn oren. Ik dacht dat de hemel op me viel en dat de aarde me opslokte.

Een man duwde zijn liefje tegen me aan. Ze moest me kussen. Ik huiver nog als ik eraan denk. De geur van het liefje was anders dan die van de man. En weer werd ik ziek.

Ik verdraag nog steeds de geur van een vrouw niet. Zeker niet als ze naar rozen ruikt. Alleen de geur van Isolde is goed.

Ik kreeg vele namen. Wilde hond. Zotskap. Mankepoot. Bedrieger. Duivelskind.

Ik zag grote mensen met benen. Dat waren mannen. Ik zag ook grote mensen zonder benen. Dat waren vrouwen. De kleine mensen leken op mij. Dat waren kinderen. Die waren niet bang voor me en ik was niet bang voor hen want hun geur was goed. Ze roken naar vochtige aarde, gras en regen. Ze roken naar wie ik was geweest.

Je had grote mensen die een berg droegen. Dat waren dikke mensen. Ik zag ook grote mensen zonder benen en met een staart. Dat waren vrouwen met lange sjaals.

Ook dat wist ik niet.

Ze gaven mij mijn eerste bad. Ik was bang, zoveel water in een tobbe.

Toen de vrouw van de man van de toren mij uitkleedde, zag ik mezelf.

Ik wist niet dat een mens zoveel huid had.

Ik huilde toen ze me waste. Ze haalde alles van me weg. Er bleef niets

over van wie ik was. Iedere aanraking deed pijn. Het blok in haar

hand maakte me ziek met zijn geur. Het was zeep van rozen, zei ze.

Ik huilde harder. Mijn geur werd van me afgepakt. Dat deden de rozen en

de zeep en het water en de hand van de vrouw van de man van de toren.

Mijn geur kwam nooit meer terug. Ik was mezelf kwijt.

Ze hielden me een maand vast in de gevangenistoren. Vele mensen

kwamen met geschenken: paardjes, en tinnen soldaatjes. Ik kreeg ook

mooie gekleurde plaatjes. Van heilige mensen met gouden kransen

rond hun hoofd. Ik maakte ze nat met mijn tong en plakte ze tegen de

muur. Als ik ging slapen op mijn bed van stro, haalde ik ze er weer af.

Mijn speeksel was taai als lijm. Nu niet meer.

Een grote prent kreeg ik niet weg. Ze was groen met een klein stukje blauw

bovenaan. Blauw is mooi, maar groen verdraag ik niet. De prent moest

weg. Ik kon ze niet met mijn vingers grijpen. Mijn hand ging erdoor.

De bewaker zei: 'Het is geen prent, Kaspar, maar een open raam.'

Als het raam dicht was, kon mijn hand er niet meer door. Het werd

weer prent.

Hiltel zei: 'Door het raam kun je in de verte zien. En daarachter is nog

wat. En nog wat. En nog wat.'

Ik leerde verder zien dan mezelf. In de verte waren de bomen en de rivier, en de lucht en de zon.

'Daar zul jij ooit wandelen, en met een paard uit rijden gaan,' zei Hiltel.

'Kaspar niet in het groen,' zei ik.

'Heb geduld,' zei hij. 'In de herfst wordt alles rood en geel. In de winter wordt alles grijs en bruin.'

Ik verlangde om de herfst te kennen.

Ik keek iedere dag naar het raam dat me in de verte leerde zien. Ik leerde ver zien. Ik leerde vooruit zien. Ik leerde dat er achter me ook iets was dat je niet kon zien.

Toen dacht ik niet aan Vaterman. Aan gisteren denken, had ik nog niet geleerd.

Ik leerde dat een dag en een nacht niet alleen 'nu' was.

Isolde vertelde het me die eerste maanden dat ik onder de mensen was. Morgen zou er weer een dag en een nacht komen, zei ze.

'Hoeveel?' vroeg ik aan haar. Ik kon toen al tot honderd tellen.

'Veel meer dan honderd,' zei ze. 'Ontelbare dagen en nachten. Tot aan je dood.'

'Zal ik als ik dood ben, ook in de verte kunnen zien?' vroeg ik, want ik wilde dit nooit meer kwijt.

Isolde schudde het hoofd. 'Ik weet niet wat er na de dood gebeurt,' zei ze.

Toen besliste ik om niet dood te gaan. Er was nog zoveel in de verte. Ik wilde alles weten. Alles.

Toen ik met woorden een zin kon maken en de vingers van mijn han-
den kon tellen, en wist dat de grote prent een raam was, en zij wisten
dat ik niet gevaarlijk was, werd ik uit de toren gehaald.

Ik kreeg een echt bed in een echte kamer.

Daar zorgde rechter Feuerbach voor.

Hij bracht me naar het huis van de heer Daumer. Heer Daumer werd
mijn verzorger en leraar. Zijn moeder en zijn zuster waren er ook.

Ik leerde mezelf wassen. Zo leerde ik dat ik net als iedereen een voor-
kant en een achterkant had. Maar ik wist nog niet dat ze onder hun
kleren dezelfde huid hadden als ik. Ik dacht nog altijd dat ik anders
was dan zij.

Heer Feuerbach had me dat ook gezegd. Hij zei: 'Kaspar, je bent ie-
mand anders dan wat mensen van je zien.'

Bij heer Daumer kon ik uren naar mijn huid kijken. Er waren overal
kleine putjes in en alles kon bewegen. Als ik het koud had, werden de
putjes kleine bolletjes. Daar moest ik erg om lachen.

Iedereen zou veel mooier zijn met meer huid, dacht ik eerst. Maar alle
huid was bij iedereen ingepakt. Veel te veel kleren. Je zag alleen gezich-
ten en handen en al de andere huid zat verborgen onder stof en kant
en alles was vastgesnoerd met knopen, haakjes en linten.

Heer Daumer zei dat als mensen te veel huid zagen, ze dachten aan
de zondeval en aan verleiding en aan de eerste mensen van de wereld.

Ik voelde me als de eerste mens van de wereld met al mijn huid, maar dat van de verleiding begreep ik niet, en nu nog steeds niet.

Mijn pleegvader wilde een keer graag al mijn huid zien.

Ik was beschaamd, want ik had geleerd dat het beter is om al je huid te verstoppen onder kleren. Maar omdat ik niet nee durfde te zeggen, liet ik hem al mijn huid zien.

Ik heb het later aan rechter Feuerbach verteld. Hij kreeg rimpels bij op zijn voorhoofd. Dat was vlak voordat mijn pleegvader begon te zeggen dat ik een bedrieger was.

Isolde zuchtte. Sommige zinnen bleven in haar hoofd hangen en maakten haar gemoed zwaar.

Gelukkig was er altijd die lieve rechter Feuerbach geweest. Er bestond geen man die zo voorkomend en rechtschapen was als hij. Net als bij haar zou zijn leven vervlochten geraken met deze geheimzinnige vondeling.

Hij was woedend geweest op Binder, en vooral op zijn klerk, omdat hij pas na twee weken op de hoogte werd gebracht van het bestaan van Kaspar. Alle sporen die konden wijzen naar de afkomst van de jongen waren in die twee weken grondig vernietigd.

En het verhaal van Kaspar was in alle kranten verschenen. Zelfs in het buitenland.

Isolde was bij de rechter toen hij de brieven las die Kaspar bij zich had gedragen. De eerste brief was in een duidelijk handschrift geschreven.

Aan de weledelgeboren heer ritmeester,

Ik zend u een knaap die trouw is aan het vaderland. In de maand oktober van het gezegende jaar 1812 werd hij als vondeling bij mij achtergelaten. Ik heb geen gelegenheid gehad om de moeder vragen te stellen, omdat ik haar nooit heb gezien. Ik heb hem ook niet aangegeven bij het landgerecht, dus zijn bestaan is daar niet gekend. Omdat ik zelf maar een arme dagloner ben en de monden van mijn tien kinderen moet voeden, kan ik niet langer voor hem zorgen. Sinds 1812 heeft hij geen stap buiten de deur gezet. Ik heb hem leren lezen en schrijven en hij is christelijk opgevoed. Hij kent de naam van mijn huis niet en hij weet ook niet waar mijn huis staat. Hij zal de plaats waar ik woon niet kunnen aanwijzen. U hoeft hem niet te mishandelen om dit te weten te komen, want hij zal geen woord zeggen. Als hij ouders had gehad, zou hij beslist een geleerde jongen zijn geworden. U hoeft hem maar iets voor te doen en hij doet het na. Hij wil een ruiter worden zoals zijn vader was. Hij heeft geen kreutzers op zak want die bezit ik zelf niet. Ik wil mijn naam niet bekend maken, want ik wil niet gestraft worden. Als u niet voor hem kunt zorgen, en ook niemand kent die het in uw plaats wilt doen, dan moet u hem maar doden.

De brief was niet ondertekend.

De andere brief was korter en het geschrift was moeilijker te lezen.

Het kind is al gedoopt. Het heet Kaspar.

Een roepnaam moet u hem zelf maar geven als u hem opvoedt.

Als hij zeventien jaar is, moet u hem naar het zesde Schwolische regiment sturen. Daar was zijn vader ook.

Hij is van het geboortejaar 1812 en zijn vader is gestorven.

Ik ben een arm meisje en ik kan het kind niet onderhouden.

Feuerbach bestudeerde de handschriften.

'Ik ben er niet zeker van, maar ik heb het vermoeden dat de twee brieven door eenzelfde hand zijn geschreven,' zei hij tegen de burgemeester en Isolde. Ze waren de enige mensen die hij in vertrouwen nam.

'En er is nog iets dat bewijst dat men ons op een dwaalspoor wil brengen. De schrijver laat uitschijnen dat hij een arme dagloner is, maar hij schrijft dat Kaspar de naam van zijn huis niet kent.' Hij keek Binder en Isolde bedenkelijk aan. 'Het huis van een gewone dagloner heeft geen naam,' zei hij. 'Alleen een kasteel, een herenboerderij of een landgoed draagt een naam. Dus verraadt hij zichzelf. Het betekent dat de jongen jaren heeft doorgebracht in een woning mét een naam.

En de schrijver is afkomstig uit deze streek. Hij gebruikt dialect-
woorden die alleen in Beieren gekend zijn. Ik heb ook navraag
gedaan bij de dokter. Kaspar had een baardgroei van hooguit
twee dagen oud. Aan de bloedblaren te zien, zou de jongen die
niet gewend was te lopen, ongeveer tien mijl hebben gelopen.
Hij zou ook kunnen vervoerd zijn per rijtuig of per paard, maar
hij heeft zeker een eind gelopen. Dus ik vermoed dat hij van
een plaats komt niet verder dan honderd mijl hiervandaan.'

Isolde had de nauwkeurigheid waarmee de rechter zijn onderzoek leidde, bewonderd. En ze was blij dat ze hem mocht
helpen. Ze moest zo veel mogelijk bij Kaspar blijven en alles noteren wat van belang kon zijn. Het kleinste woord, een
schijnbaar zinloze opmerking, een herinnering, alles kon helpen om zijn afkomst te achterhalen.

Dit dagboek was goud waard. Ze had het al veel eerder in handen willen hebben. Ze zou Kaspar veel beter hebben begrepen. De laatste maanden had ze de rechter niet meer gezien
of gehoord. Het werd tijd om hem nog eens op te zoeken en
hem alles te vertellen over het dagboek. Hij zou er beslist iets
uithalen dat zij over het hoofd zag.

Ik weet niet waar ik ben geboren. En bij wie.
Ik weet niet wie me naar de kelder bracht. Mijn eerste huis in het vei-

lige donker. Mijn kooi.

*Maar ik weet wel wie me terug de wereld instuurde, me dagelijks brood
bracht, mijn kruik vulde met water en wie mijn haren knipte. Ik weet
wie de stoppels van mijn kin haalde en me twee houten paardjes gaf.
Het was Vaterman.*

*Hij leerde me twee woorden schrijven. Kaspar Hauser. Men zegt dat
het mijn naam is. Maar ik weet het niet.*

*'Daarom moet je alles opschrijven wat er door je hoofd gaat,' zegt Isol-
de. 'Laat het aan niemand lezen, het kan gevaarlijk voor je zijn.'*

'Waarom?'

Ze gaf eerst geen antwoord.

*Ik begreep haar niet. Waarom zou iemand iets kwaads van zin zijn?
Ik had toch niemand iets misdaan?*

'Waarom?' vroeg ik weer. 'Waarom, waarom, waarom?'

'Daarom,' zei Isolde.

*Soms denk ik dat de mensen de waarheid voor me verborgen willen
houden. Heeft het wel zin dat ik alles opschrijf? Misschien doe ik het
wel niet voor Isolde. Of voor de moeder die ik niet ken. Misschien doe
ik het wel voor mezelf. Ik wil weten wie ik was. Niemand kan het me
zeggen, dus probeer ik het met de woorden die me werden aangeleerd.
Nu pas kan ik vertellen over de eerste keer dat Vaterman mijn kooi
binnenkwam. Toen ik nog **het** was. Het was het begin van de wereld,
het begin van mijn leven. Mijn geboorte. Opeens werd alles anders.*

Het rook iets.

Het hoorde iets.

Het voelde iets.

Het zag iets.

Maar het wist nog niets.

Meer handen naast handen van het.

Handen leggen iets op benen van het.

Handen duwen iets in handen van het.

Kras, kras, kras.

Hand van het beweegt, het maakt krassen.

'Nu schrijven!' hoorde het.

'Kaspar is je naam,' hoorde het.

'Jij bent Kaspar,' hoorde het.

'Jij bent Kaspar,' hoorde het heel luid.

En voelde het, voelde het heel hard.

Handen duwden het en het viel.

'Jij, jij, jij bent Kaspar!'

Het werd jij.

Jij had pijn.

Ze zeggen dat ik een leugenaar ben. Een bedrieger. Dat ik de waarheid
verander tot ze past als een voet in een schoen.
Ooit zal ik weten wie mijn vader is. Is het Vaterman? Ik weet niet waar

deze naam vandaan komt. Hij voelt aan alsof hij altijd in mijn hoofd zat en wachtte om naar buiten te komen. De naam Vaterman was er al nog voor ik woorden kende.

Misschien heeft Vaterman in mijn kooi zijn naam op mijn rug geschreven. Met zijn vingers op mijn huid zodat ik zijn naam kon voelen.

Misschien heeft hij zijn naam in het brood gestoken. Zodat ik hem proefde nog voor ik hem kende en zijn naam kon eten.

Of werd zijn naam door het water in mijn kruik geroerd. Het water smaakte soms anders. Bitter. Dan sliep ik onmiddellijk in. Dan droeg ik zijn naam op de wolken in mijn hoofd.

Mijn nagels waren soms geknipt, ik voelde het als ik wakker werd. Ik kon mijn armen en benen niet meer krassen. Ik droeg een ander hemd en mijn eigen geur zat er niet meer in. De stoppels op mijn kin waren verdwenen en het voelde even glad als het achterste van mijn houten paardje.

Toen leefde ik nog in de kooi. Ik was gelukkig.

Handen komen terug.

Handen krassen lijnen.

*Lijnen worden **Kaspar Hauser** op blad.*

***Jij** was niet meer **het**.*

***Jij** krast ook op blad.*

***Jij** is blij.*

***Jij** wacht op handen.*

- 158 -

Jij wacht op licht na donker.

Jij wacht op hem.

In het begin was alles goed. Er was water en brood, stro om op te slapen.

Mijn voeten waren mijn vrienden. Als ik at of dronk, bewogen ze. Voeten

kunnen lachen of treurig zijn. Nooit gaan ze weg, nooit komen ze te dicht-

bij. Ze zijn er altijd, ze laten je nooit alleen. Mijn vrienden, zo vlakbij …

Er moest niets, alles was nu. Er was geen gisteren en geen morgen.

Tot de dag dat Vaterman kwam, en me de wereld toonde. Hij was de

eerste mens in mijn leven. Hij gaf me het leven. Hij verstopte de zon

zodat ik niet blind zou worden.

In het donker kun je alles zien. In het licht zie je niets. Een straal licht

in het donker snijdt als een mes je ogen dicht. Dan knijp je ze nog

meer toe – handen ervoor – donker in jezelf. Het licht verstopt zich in

gekleurde vlekjes achter je oogleden.

Zo was het voor ik geboren werd. Alles veilig.

Ik kon Vaterman niet zien, maar ik voelde hem. En ik rook hem. Dan

was hij overal.

Als hij kwam, stond hij achter me.

Mijn landschap werd groter: zijn handen kwamen erbij. Ik wist niet

dat Vaterman ook voeten had, en benen en een hoofd. En een stem die

mij mijn naam gaf. Ik kende alleen zijn geur en zijn handen.

Er bestonden maar twee mensen. Hij en ik. Zo groot was de wereld.

Vaterman bracht mijn brood en water altijd als ik sliep.

Toen hij voor het eerst in de kelder kwam terwijl ik wakker was, stond hij achter me. Ik kon alleen zijn handen zien. Ik schrok niet. Zijn geur was er. Die was er altijd.

Hij wees naar het paardje naast mijn voeten. Hij sprak het woord langzaam uit. 'Ros'. Ik hoorde voor het eerst zijn stem. Dat was nog voor hij mij mijn naam gaf. Hij zei het nog eens en nog eens en raakte het paardje aan. Ik zat in mijn kelderhuis en keek naar mijn voeten. Mijn tenen lachten toen Vaterman 'ros' zei. Ik gaf mijn paard strootjes te eten en herhaalde het woord. 'Ros, ros, ros.'

Ik heb nog niet genoeg woorden geleerd om aan te duiden wat ik toen voelde. Ik voelde niets en dacht niets. Ik weet wel dat niet alleen mijn tenen bewogen, maar ook mijn benen. Er kwam leven in. Niet begrijpend keek ik ernaar. En heel vaag, als een witte wolk in de mist, wist ik dat zich iets nieuws aankondigde.

Alles in mij kwam tot leven. Voor het eerst lachte ik hardop en riep: 'Ros, ros, ros!'

Toen kwam de pijn. Een zware slag tegen mijn arm. En nog een. En nog een. Hoeveel? Ik kon nog niet tellen. Vaterman had me geslagen. Had ik te hard geroepen? Of te veel gelachen?

Die dag leerde ik lachen en huilen. En spreken en stil zijn. Vooral stil zijn en zwijgen. Ook al kende ik maar één woord. Ros. Het enige woord dat ik kende, moest ik inslikken.

*Ik wist niet wat tijd was. Dag en nacht waren me onbekend. In mijn kelderhuis was er soms de snijdende straal van licht als ik wakker werd. Er was maar één kleur in het licht. Nu weet ik dat het groen was. Stond er een boom voor de smalle spleet? Nog steeds wil ik geen groen. Soms was het donker. Dan was er niets. Ook ik was er niet. Ik was nog **het**. Een mens met sneeuwgedachten.*

Ik probeer me te herinneren wat ik toen voelde. Ik denk hetzelfde als wat er in het kopje van een mus omgaat. Kan een regendruppel denken? Isolde denkt van niet. En toch valt hij op een blad, een bloem, hij rolt over mijn neus, hij tikt op het dak. Hij maakt heel wat mee, een regendruppel. Hij ziet eruit als een traan. Hoe weet de regendruppel dat hij geen traan is? Als ik naar de hemel kijk en de wolken zie, dan zie ik wie ik was. Een grote witte wolk, vol leven en toch leeg. Gevuld met niets. Drijvend in het uitgestrekte blauw. Tot de bliksem insloeg, snijdend licht. En de donder kwam, pijn aan mijn arm en aan mijn voeten.

Jij bent Kaspar, jij bent Kaspar, jij bent Kaspar.
Klanken in mijn hoofd.
Jij schrijven, jij schrijven, jij schrijven.
Krassen op het blad, krassen in mijn hoofd.
Jij nu lopen, jij nu lopen, jij nu lopen.
Nu!

Vaterman leerde me lopen.

Maar eerst stak hij mijn voeten in laarzen. Ik zag mijn vrienden niet meer. Ze waren weg.

Zijn handen bonden mijn handen samen. Hij trok mijn armen over zijn hoofd en hij droeg me naar de wereld. De trappen op, naar buiten waar alles begon.

Ik hoorde de wind in zijn adem toen hij me naar boven en naar buiten droeg. Ik was te zwaar voor hem, denk ik.

Vaterman droeg me, en droeg me en droeg me.

Hij was warm en zacht en mijn gezicht wreef zijn haren. Ik ademde Vaterman in. Mijn voeten in laarzen bengelden tegen zijn benen.

Vaterman zei niets. Ik was zwaar.

Ik zei niets, want ik kende nog geen woorden.

Toen ik geboren werd, was alles groen. Het brandde mijn ogen dicht. Gras en nog eens gras. Struiken en bomen, heuvels in de groene verte.

Ik sloot mijn ogen – te veel groen – en het rood werd geboren.

In mij was alles rood. Ik houd van rood en het rood houdt van mij.

Vaterman heeft de bomen gemaakt. En de struiken. Dat moest hij eerst doen voor hij mij naar de wereld bracht. Hij stak het gras in de grond en toen hij daarmee klaar was, hing hij de wolken op. Hij knipte de blaadjes één voor één uit en hing ze aan de takken. Op de grond legde hij stenen waarop ik moest lopen en die mijn voeten kapot maakten.

En met zijn vingers tekende hij de kronkelweg in de verte, die eindigde in de hemel. Daar stopte de weg. Daar stoppen alle wegen. Daar moet iedereen naartoe.

Hij trok me rechtop en ik groeide. Alles moest klaar zijn voor mijn geboorte. Ik was er al. Maar ik wist het nog niet. Ik wist zelfs nog niet dat ik 'ik' was. Eerst was ik het, daarna werd ik jij, en na mijn geboorte werd ik Kaspar.

Ik was als een druppel in een glas water.

Toen ik nog gelukkig was.

De dag dat ik mijn donkere huis verliet, zal ik nooit vergeten.

'We gaan op weg,' zei hij. En hij wees naar de weg die eindigde bij de hemel.

De laarzen deden pijn. Ik zat of lag niet meer. Ik stond op het groen. Met de armen vooruit gestrekt. Mijn vingers wilden de wolken raken, maar het ging niet.

Vaterman ving me op toen ik viel, en nog eens viel. Hij zette me telkens weer rechtop, als een houten pop.

Hij leerde me lopen. Liep achter me en stampte tegen mijn voeten. Eerst luisterden mijn vrienden niet. Ze wilden terug naar het stro en alleen bewegen als ik 'ros' zei. Hij stampte ze naar voren. Daarna moesten ze wel.

Toen ik het kon, vertrokken we naar de wereld. Mijn voeten, Vaterman en ik.

We liepen door het donker. Een bos, denk ik nu.

We sliepen als het licht mijn ogen prikte. Mijn ogen verdroegen het niet, er liep steeds water over mijn wangen.

Vaterman bond een doek voor mijn ogen. Het was beter zo.

We sliepen twee keer en we liepen twee keer en twee keer deed ik mijn behoefte in een putje in de grond. We volgden de weg tot aan het einde.

Toen kwam ik in de wereld.

Nee, de hemel was het niet.

Toen Vaterman me achterliet op het plein waren alle geuren vreemd. Niets was nog veilig. Ik kon mijn vrienden niet zien. Nog steeds verstopt in laarzen. Mijn vrienden. Rode vlekken op het zand.

Ik kon alleen maar stilstaan. Met de briefjes in mijn hand. En met één woord in mijn hoofd. Ros. Ik wist wat het wilde zeggen. Maar het was nog ingeslikt.

Ik kende ook een snoer van woorden. Woorden die ik niet begreep. Wille ruiter worden als vader. Dat leerde Vaterman me, vlak voor hij me op het plein achterliet. Ik mocht het snoer woorden niet inslikken.

Jij zeggen: wille ruiter worden als vader.

Dan krijg je wit paard.

Jij nu zeggen: wille ruiter worden als vader.

Nu zeggen. Nu.

Jij nu Kaspar! Hoor je me?

Jij nu altijd Kaspar.

Dan krijg je wit paard.

Kaspar wil niet daar.

Kaspar wil niet zeggen Kaspar.

Kaspar wil niet lopen.

Kaspar wil niet staan.

Kaspar wil niet brief in hand.

Kaspar wil niet ruiter worden als vader.

Kaspar wil naar kooi, naar stro, naar paard.

Kaspar wil naar brood, naar water, naar deken.

Kaspar wil voeten zien, zijn vrienden.

Kaspar wil niet Kaspar zijn.

Kaspar wil terug naar niets.

*Kaspar wil terug **het** zijn.*

*Kaspar wil **het**.*

Kaspar wil.

Na de bomen en het gras waren er het zand en de stenen.

Op de stenen stond ik stil. Met een brief en een gebedsboek in mijn hand.

'Je moet stil zijn en hier blijven staan,' zei Vaterman. 'Niet weggaan.
Wacht tot er iemand naar je toekomt. En zeg dat je ruiter wilt worden,
zoals je vader was.'

Het snoer met woorden dat hij me aanleerde, hamerde in mijn hoofd.
In mijn zak was er ook een snoer. Een kralenketting met grote en kleine
parels. Mijn vingers speelden er graag mee.

'Als je doet wat ik vraag, zul je een wit paard krijgen. Hoor je me? Een
wit paard krijgen,' zei hij.

Ik hoorde stappen, zijn laarzen. Ze werden stiller, ze verdwenen.
Vaterman was weg en nam zijn geuren mee.

Weer was er water op mijn gezicht, deze keer niet van het licht.

Ik maakte geen geluid. Ik was stil zoals Vaterman het wilde.

Vaterman, waar ben je? dacht ik. Vaterman, neem me mee!

Ik wilde Vaterman terug. Daarom zei ik: 'Ros! Ros!' Zo hard ik kon,
riep ik: 'Ros!'

Dan zou hij komen. Dan zou ik de slag van de knuppel voelen, omdat
ik niet stil was geweest. Knuppel kom! Vaterman kom!
Niets.

Hoe kan ik beschrijven wat ik voelde? Niets was alles wat ik wist.
Iedere dag werd niets kleiner. Omdat ik iets leerde kennen.
Iedere dag ging ik een klein beetje dood. Ik vergat wat ik moest onthouden.

Ik ben Kaspar Hauser.

Een jongen zonder verleden, niemandskind.

Morgen zal ik een blauwe mantel dragen

met kant aan kraag en mouwen.

Ik zal op mijn vader lijken en ruiter worden.

Ik zal mijn moeder kussen en me haar geur herinneren.

Ze zal me zeggen wie ik ben en wie ik was

en wie ik worden zal.

Als we niet afwijken van de weg
die voor ons ligt,
komen we uit bij onze bestemming.

— *Chinees spreekwoord* —

Manfred

Waar mijn moeder voor had gevreesd, werd waarheid. Mijn stiefvader stuurde me naar een internaat iets buiten Tübingen. Ze stribbelde niet tegen, haar aandacht was voor de baby en ik was intussen genoeg aangesterkt om het huis te verlaten.

Ik wilde afscheid nemen van Hubert, maar ik vond hem nergens meer. Het brood dat ik achterliet, was de volgende dag verdwenen en ik zag aan de vorm van de keutels dat hij er was geweest. Ik hoorde de eerste schoten van de jagers die niet konden wachten tot de zomer overging in de herfst en ik vreesde voor Hubert. Ik had hem tam gemaakt.

In vogelvlucht was het internaat niet eens zo ver, maar met de postkoets was het een paar uur rijden. De weg liep door de bossen, stak de Donau over en volgde de heuvellijnen. De *Melanchtonschool* lag afgelegen en was bekend om zijn goede leerkrachten, zei mijn stiefvader. Ze zouden een man van me maken.

Ondanks mijn jonge leeftijd wist ik al wat ik wilde worden: een schrijver zoals mijn vader. Het was een veilig beroep. Je hoefde niet onder de mensen te komen en er zaten genoeg ideeën in mijn hoofd. Ooit zou ik alle verhalen die mijn vader had verteld, opschrijven en ze laten eindigen met 'ze leefden nog lang en gelukkig'. Verhalen met goede mensen erin, liefde en schoonheid.

Ik wilde vooral niet worden als mijn stiefvader. Maar het schoolgebouw was wel zoals hij: hoge muren bezet met dikke, witte pleister zonder barsten, kleine ramen met tralies ervoor en gesloten luiken zodat er niet naar binnen of naar buiten gekeken kon worden en nergens bloemen op de vensterbank. Onder de randen van het dak zaten geen zwaluwnesten. Ik wist genoeg.

Binnen waren er stille gangen met zwart-witte tegels en aan de wanden hingen overal levensgrote kruisen. De klaslokalen waren hoog en iedere stem galmde tot tegen het plafond. Voor iedere leerling was er een houten bank met een knieplank. Bidden doe je niet zittend. Wij deden het meer dan de helft van de dag.

De schrijfveren waren alleen voor rechtshandigen gesneden en op iedere bank stond een klein potje sepia-inkt.

Rond de school was een tuin vol met giftige taxushagen. Een metershoog smeedijzeren hek met bovenaan lange, scherpe punten omzoomde mijn gevangenis. Want dat was het. Een gevangenis waar ik tot mijn veertiende zou blijven.

Overdag was het leven draaglijk voor mij. Niemand mocht een vin verroeren of een woord zeggen zonder toelating. Maar zoals het gaat met water dat gekookt wordt met het deksel op de pot, de stoom moest eruit. Dus 's nachts, in de grote slaapzaal, was er altijd wel iemand die *de haas* iets aandeed. Als het niet fysiek was, dan was het iets anders, iets smerigs. Met de regelmaat van de klok vond ik mijn schoenen terug in de nachtemmer. Dan moest ik eerst de uitwerpselen eraf schrobben en daarna het leer laten drogen.

Ik had maar een paar schoenen. Vaak zat ik op mijn sokken in de klas. Tijdens de frisse luchtpauzes werd het een sport om hard op mijn tenen te springen. Zo leerde ik mijn tranen te verbijten. Hazen huilen niet.

De lessen werden gegeven door predikanten zonder parochie. Ze droegen allemaal een lange zwarte jurk met vooraan een witte bef die in het midden in twee stukken leek geknipt. De leraren waren streng en de leer van het evangelie was het allerbelangrijkst. We kregen ook onderricht in Latijn, aardrijkskunde, cijferkunst, gymnastiek, taal en schoonschrift. Een dag in de week moesten we werken in de tuin. Dat deed ik het liefst. Er was minder kans om me te jennen en als ik het onkruid uittrok, voelde ik me dichter bij mijn moeder.

Om de twee maanden mochten we drie dagen naar huis. Met

Kerstmis, Pasen en tijdens de zomer kregen we twee weken vrijaf. Ik miste mijn moeder heel erg en ik vroeg me af of zij me miste. Zij had het mooie kind en hij had haar.

Als ik thuis was, hield mijn stiefvader me bezig. Mijn moeder werd mager en ik zag de eerste fijne rimpels om haar mond en ogen. Ze was voortdurend met de baby bezig, die groeide als kool. Ze deed alsof ze gelukkig was, maar ik wist dat het niet zo was. Wij waren één, mij kon ze geen rad voor de ogen draaien. Ik vertelde ook niet hoe het er op school werkelijk aan toeging. Door te zwijgen beschermden we elkaar.

Ik probeerde het kind te ontwijken, maar soms legde mijn moeder Amadeus in mijn armen zonder dat ik erom had gevraagd. Hij keek me aan en zette het op een krijsen.

'Hij kent je nog niet,' probeerde ze me te sussen. Maar ik wist wat er aan de hand was. Hij was de zoon van mijn stiefvader en hij verafschuwde nu al mijn verminkte gezicht. Amadeus werd opgevoed om mij te haten.

Mijn schoolresultaten waren goed. Mijn moeder had me al zoveel geleerd, dat ik voorsprong had op mijn klasgenoten. Het maakte er mijn leven niet beter op. De jongens waren twaalf of ouder en sommigen hadden al de baard in de keel. Ze waren jaloers op mijn resultaten maar ze vonden vlug een manier om er gebruik van te maken. Ze lieten mij de keuze: ofwel een pak slaag, ofwel hun huiswerk maken. Het was geen keuze ...

De enige vrienden die me trouw bleven, waren mijn heiligen. Ik legde ze dagelijks voor me neer. De heilige die bovenaan kwam te liggen, moest me de inspiratie geven om de dag door te komen.

Het jaar dat ik tien werd, staat in bloedletters in mijn ziel gegrift. Het bepaalde mee mijn toekomst.

De winter begon al in de eerste dagen van november en 's morgens lag er overal ijzel. Ook al hadden we dikke donsdekens, het was erg koud in de slaapzaal en iedere ochtend was het water in onze *lampetkan* bevroren.

Zoals iedere zaterdagmiddag trokken we na het middagmaal, dat bestond uit paddenstoelensoep, aardappelen, witte kool en eieren, naar het bos op de heuvels achter het schooldomein. In rieten manden verzamelden we de eetbare bospaddenstoelen, vooral eekhoorntjesbrood, cantharellen en oesterzwammen. Mijn groep bestond uit twaalf jongens van wie de meesten een stuk ouder waren dan ik. Ik hield me afzijdig. Een uitstap was altijd gevaarlijk voor me, omdat de onderwijzer niet iedereen in de gaten kon houden.

Die dag waren er voor het eerst ook een paar jongere kinderen mee. Wij moesten hen de verschillen laten zien tussen de

eetbare en de giftige paddenstoelen. Ik kreeg een jongen toegewezen die Johann heette. Hij keek me onzeker aan en ik probeerde mijn verminkte mond te verstoppen onder mijn sjaal.
Ik besloot om niets te zeggen, maar gewoon de goede paddenstoelen te plukken en de slechte aan te wijzen. Hij liep achter
me aan als een hondje en vroeg niets. We liepen steeds dieper
het bos in, verder weg van de groep. Af en toe hoorde ik flarden
van stemmen of het roepen van de begeleidende onderwijzer.

Ik genoot van de stilte en van de geuren van de herfst. Alles deed
me aan Hubert denken en ik miste mijn beste vriend. Ik vergat
mijn argwaan en wees Johann de plekken waar hij veel paddenstoelen kon plukken. Ik merkte pas te laat dat het opeens wel
heel erg stil werd. Te stil. Ofwel was ik te ver het bos ingelopen,
ofwel waren mijn klasgenoten een andere richting uitgegaan.
Achter mij hoorde ik de voetstappen van Johann. Dacht ik.

Voor ik het besefte, werd ik door vier grotere jongens vastge-
grepen. In een flits zag ik de kleine Johann met opengesperde
ogen naar me kijken. De oudste van de bende propte zijn zakdoek in mijn mond, een ander bond zijn zakdoek voor mijn
ogen. Ze knevelden mijn handen op mijn rug en duwden me
vooruit. Ik struikelde en viel, maar ze trokken me weer overeind. Ik weet niet hoelang we daar liepen. De tocht gebeurde in
stilte. Als een veroordeelde op weg naar de galg trokken ze me

voort. Ik was bang. Ik had liever dat ze met me lachten, dat leek me veiliger dan deze stille grimmigheid. Zelfs het bos zweeg.

De jongens sleurden me de heuvel af en we bereikten een plek waar ik het klaterende water van een beek hoorde. Ik werd de ondiepe beek ingeduwd – het water was ijskoud – en ze bonden me vast aan een boom die net als ik half in het water stond.

'We hoeven geen monster in onze klas. Jij blijft hier.'

Ik herkende de stem van de oudste.

'Sterf!'

Er werd nog wat gefluisterd en ik hoorde het ritselen van bladeren onder hun weghollende voeten.

Het werd stil. Ik kon niet roepen, ik kon niets zien, ik kon niet bewegen. Mijn keel was uitgedroogd en mijn littekens klopten pijnlijk door de zakdoek in mijn mond. Ik hoopte dat Johann me zou losmaken, maar ik hoorde hem niet. In de verte klonken verschillende roepsignalen, het teken dat iedereen zich moest verzamelen. Het koude water dat tot aan mijn knieën reikte, deed me verstijven en verlamde zelfs mijn gedachten. Koud. Koud. Ik kon niets meer. Niets. Niets.

Ik hoorde het gescharrel van kleine dieren in mijn buurt en hield me doodstil. Het bos gaf zijn geheimen prijs met geluiden. Een paar raven ruzieden. Eekhoorns sprongen van tak tot tak en deden de laatste dennenappels vallen. In de verte burlden herten. In mijn hoofd verscheen Hubert. Als hij in dit bos had gewoond, dan had hij me gevonden. Ik verlangde naar zijn warme adem op mijn gezicht en naar zijn zachte vacht.

Hoelang stond ik daar? Een uur? Twee? De stilte was tastbaar en ik probeerde te zingen ondanks de zakdoek in mijn mond. Mijn stem klonk vreemd en gedempt, maar de melodie van het lied over de koekoek riep het beeld van mijn vader op.

Achter de blinddoek werd het donkerder. Het schemerde en ik vreesde voor de nacht. Ik rook de geur van de avonddauw, de schimmels en het vochtige hout. De kou was zo scherp dat ik ze haast niet meer voelde. Alleen de geluiden bleven haarscherp. Aan het geritsel van bladeren hoorde ik dat er iemand naast me kwam staan en ik hield de adem in. Waren ze teruggekomen om me af te maken?

'Sterf,' had de oudste gezegd.

'Ik zal je losmaken.' Ik herkende de stem van de kleine Johann. Hij haalde de prop uit mijn mond, en hij moest ook zijn voeten in het water zetten om de zakdoek voor mijn ogen te verwijderen. Met veel moeite kreeg hij het touw om mijn handen los.

'Waar zijn de anderen?' vroeg ik. Johann keek me nog steeds angstig aan. Hij had het ook koud – was hij de hele tijd in het bos gebleven? – hij trilde over zijn hele lijf.

'Ze zijn al weg. Ik mocht niet bij jou blijven van hen, ik moest met hen mee. Maar toen ze niet keken, heb ik me verstopt achter een struik. Toen ik ze niet meer hoorde, ben ik teruggekomen.'

'Waarom? Als ze weten dat je me hebt losgemaakt, zullen ze jou ook kwaad doen.'

Hij haalde de schouders op.

'Als wij niets zeggen, komen ze het ook niet te weten.' Zo simpel leek het voor hem.

'Hoe oud ben je?'

'Acht, bijna negen.'

Hij nam me bij de hand en hielp me de heuvel op. Mijn benen waren zo verkleumd dat ik nauwelijks kon stappen.

'Waarom help je me?'

'Zomaar.'

Zomaar? Niemand helpt een monster *zomaar*. Ik kon het niet begrijpen en ik kneep even in zijn hand.

'Als je mijn hulp ooit nodig hebt, dan roep je me. Ik wil graag iets terugdoen.'

Ik keek hem ernstig aan. Ik had nog nooit zoveel woorden tegelijk tegen iemand gezegd.

Hij keek eerst naar de toppen van zijn doorweekte schoenen, daarna keek hij me recht in de ogen en hij knikte.

Ik had een vreemde mengeling van gevoelens op de terugweg,

maar het blije kreeg de overhand. Iemand had me *zomaar* geholpen.

Het was al donker toen we terug op school waren. Ik werd gestraft omdat ik veel te ver het bos was ingegaan en ik kreeg er nog een tweede straf bovenop omdat ik het leven van een jongere leerling in gevaar had gebracht. Ik vond het niet erg. Ik vertelde niemand iets over wat er die dag was voorgevallen. De dagen erna zag ik Johann niet meer.

Dezelfde avond nam ik de heiligenkaart van drie november. Het was de dag van de heilige Ida. Het was een teken. De heilige Ida werd door haar man, de graaf, verdacht van hekserij en overspel. Op een dag werd haar trouwring door een raaf gestolen. Een jaar later kwam er een jager in dienst die Ida's trouwring aanhad. De graaf was ervan overtuigd dat hij de minnaar van zijn vrouw was. Hij gooide zijn vrouw van de hoogste toren. Als bij wonder overleefde Ida de val. Ze vluchtte het bos in en dezelfde avond verscheen er een hert met zeven lichtjes in zijn gewei. Het leidde haar naar een kleine grot, waar ze zeventien jaar verbleef. Het hert bracht haar iedere dag noten en vruchten. Op een dag ging de graaf jagen in hetzelfde bos. Het hert lokte de graaf tot bij de grot waar Ida biddend en zingend haar dagen doorbracht. De graaf kreeg spijt van zijn daden. Ida vroeg hem om zijn leven te beteren en iedere dag een priester naar de grot te sturen om de mis op te dragen. En zo gebeurde. De graaf vertrok op kruistocht om boete te doen en iedere dag kwam er een priester de mis opdragen. Tijdens die mis zong Ida hemelse liederen en rond de grot verzamelden zich dieren om te luisteren naar haar engelachtige stem.

Ik mocht deze akelige gebeurtenis en Johanns moed niet vergeten. Hij was voor mij het lichtende hert geweest.

We mochten een paar dagen naar huis. Ik wilde Johann zien en hem een fijne week toewensen, maar kreeg er de kans niet toe. Na de vrije week kwam hij niet terug naar school. Ik wist niet dat ik hem tien jaar later zou terugzien en dat onze levens in elkaar zouden vervlechten, zoals Ida met haar lichtend hert.

Thuis was niets nog hetzelfde, zelfs de vertrouwde geuren waren weg. Het huis was doordrongen van het mooie kind en alles rook naar hem en iets wat ik niet kende.

Mijn moeder hield zich bezig met de ziekenzorg in de parochie, deze keer wel met de goedkeuring van mijn stiefvader. Ze had door mijn operatie veel geleerd over geneeskrachtige planten en kruiden en had een kleine huisapotheek aangelegd. Ze maakte zalven, kruidenaftreksels en droogde bloemen en planten voor geneeskrachtige thee.

De fijne lijnen in haar gezicht werden dieper en vertelden over het verdriet dat ze probeerde te verbergen. Zelfs het mooie kind kon haar niet gelukkig maken. Ik vermoedde dat ze blij was dat ze door haar ziekenbezoeken het huis uit kon.

Mijn stiefvader verbood haar het mooie kind te dragen zoals ze mij altijd had gedragen. Het kind had leren lopen, maar krijste nog steeds als ik in zijn buurt kwam. Aan zijn jakje was een teugel vastgemaakt die mijn moeder aan de deurklink bond zodat hij niet verder dan anderhalve meter vooruit of achteruit kon. Soms moest ik met hem gaan wandelen in de tuin, maar als hij zag dat ik zijn teugel vasthield, huilde hij zo hard dat zijn gezichtje blauw aanliep.

Het kind was echt mooi, ik kon het niet ontkennen. Je kon toen al zien dat hij later als twee druppels water op zijn vader zou gaan lijken.

Mijn stiefvader negeerde me. Als hij thuis was, sloot hij zich op in de verboden kamer en in zijn vrije momenten ging hij op jacht met een predikant uit een naburig gehucht. Het jachtseizoen was volop bezig, je kon de honden van de drijfjacht tot in het huis horen.

Mijn stiefvader wilde een everzwijn schieten. Hij hield vooral van de aanzitjacht. Hij wist waar de wilde zwijnen eten zochten en hij had een vaste stek op een lage tak van een eik.

In het dorp waren de voorbereidingen aan de gang voor de jagersfeesten. Mannen en vrouwen droegen verse pluimen van patrijzen, korhoenen en fazanten op hun hoed.

In de huiskamer lagen de drie jachtgeweren op een zijden doek op de buffetkast. 'Blijf eraf,' zei hij dreigend als ik me nog maar in de buurt vertoonde. Hij hoefde zich geen zorgen te maken, een geweer was niets voor mij. De geur van verbrand kruit deed me terugdeinzen. Ik had niet alleen een hazenmond, ik had ook een hazenhart.

Het noodlot zoekt zijn eigen moment om toe te slaan, dat wist ik al lang. 'Alle goede dingen bestaan uit drie,' had mijn vader vroeger gezegd. Maar ook alle slechte dingen, ontdekte ik tijdens die vrije herfstdagen.

Ik bleef Hubert zoeken, maar vond hem niet. Ver in de heuvels hoorde ik burlen en ik hoopte dat hij indruk had gemaakt op een ree.

Op de derde vrije dag mocht ik het huis niet meer uit. Mijn stiefvader gaf me het bevel hem te volgen naar het werkhuis achteraan in de tuin. Overal hing de geur van gerookt vlees en uit de zwartgeblakerde rookschouw stegen rookpluimen op.

Als mijn stiefvader van zijn jachtpartijen terugkeerde, werd het vlees van zijn prooien gerookt met smeulend hout van eik, esdoorn en schors van appelbomen. Mijn moeder trok bouillon van het vlees en verwende er oude en zieke mensen mee.

In het achterhuis zag ik de sporen van een verse slachting. Overal bloedspatten. De geur van rauw vlees deed me kokhalzen. Op de werktafel lag een groot dierenvel met de rauwe kant naar boven. Mijn stiefvader legde de schraper in mijn handen en wees naar de huid.

Ik had het nooit eerder gedaan, maar omdat we nauwelijks nog met elkaar spraken, vroeg ik niets. Ik probeerde de vleesresten en het vet van het vel te schrapen.

'Een stevig beest,' zei mijn stiefvader binnensmonds. 'Ik heb nog nooit zo'n doorvoed hert gezien. We hebben te weinig vaten om het vlees te pekelen.'

Tijd kan stilstaan. Bevriezen. En toch draait de wereld door.

Op dat ogenblik zag ik in de donkere hoek van de kamer het gewei liggen. De linkertakken waren veel kleiner dan de rechter. Mijn handen vielen stil, mijn hart klopte niet meer en ik vergat te ademen.

Die dag verliep verder zonder mij, alsof ik geen deel meer uitmaakte van de wereld. Het had geen zin om het bos in te lopen, want overal zou ik sporen van herten zien. Hubert zou er niet zijn. Een deel van hem lag op de tafel. Een ander deel lag geknakt in de hoek. Zijn doorvoede lijf was aan stukken gesneden. Mijn handen weigerden verder te schrapen en mijn stiefvader trok me aan mijn oor naar binnen.

'Als je je niet met mannenwerk kunt nuttig maken, dan maar met vrouwenwerk. Jij let op Amadeus, tot je moeder thuis is.'

Het kind huilde, ik legde hem in de grote slaapmand en wiegde hem tot hij sliep. In mijn hoofd woedde een storm. Ik wist niet waar ik met mijn gevoelens heen moest. Verdriet en leegte vochten om de bovenhand. Ik dwaalde door het huis en kwam steeds weer uit voor de gesloten deur van de verboden kamer. Ik stampte tegen de deur alsof het mijn stiefvader was, maar ik deed alleen mezelf pijn. Toen besloot ik de verboden kamer binnen te gaan. Ik moest iets doen of ik zou gek worden.

De deur was zoals gewoonlijk op slot, maar ik wist nog dat hij de sleutel in de zak van zijn kamerjas bewaarde. Het huis was stil, het mooie kind sliep en ik ging de kamer binnen.

Alles rook naar hem.

Eerst zag ik de donkere bidstoel met de rode fluwelen kniebank en de bijbel op het bidplankje. Bij het raam stond een tafeltje met een kruisbeeld en vier witte kaarsen erop.

Tegenover de deur stond de zware boekenkast die ik door het sleutelgat had gezien. Op de schappen stonden voornamelijk psalm- en gebedenboeken. Op de breedste plank stonden grote kartonnen dozen. Voorzichtig pakte ik er een en strikte het lint van het deksel open. De doos klapte vanzelf open en voor mijn ogen verschenen rijen vastgeprikte, dode insecten.

Ik huiverde. Overal had mijn stiefvader de Latijnse benaming bijgeschreven: *Araneus diadematus, Lucanus cervus, Melolontha melolontha, Acherontia atropos* met ernaast een korte beschrijving van de levenswijze van het insect. Alle soorten spinnen, kevers en vlinders waren genadeloos vastgeprikt. Hoe voelde het om met een speld door je lijf langzaam dood te gaan?

Ik kon me er iets bij voorstellen. Ik dacht aan Hubert en aan de dodelijke kogel van mijn stiefvader. Zou mijn vriend pijn hebben gehad? Zou hij het gevaar hebben gevoeld? Had ik hem te tam gemaakt? Was het mijn schuld dat mijn beste vriend dood was?

Het hert, mijn operatie, de vele pesterijen, het verdriet om mijn moeder, het gemis van mijn vader, alles kwam naar boven. Het leek alsof iemand een lange, scherpe naald door mijn borst stak. Ik kreeg ademnood en wilde de kamer uitrennen, maar het lukte niet. Dwangmatig opende ik iedere doos. Ik wilde alles zien en bij de aanblik van de dode beestjes pijnigde ik mezelf nog meer.

In de laatste doos vond ik een vliegend hert. Het was het grootste insect en ik las dat het maar enkele weken in leven kon blijven, dat de ekster zijn grootste vijand was en dat hij stormen kon veroorzaken. Weer kwam Hubert me voor de geest. Zijn dood had in mij ook een storm losgemaakt. Helemaal van slag las ik verder.

Ik gruwelde toen ik meer dan tien verschillende kruisspinnen zag. Ik las dat de kruisspin regelmatig vervelde, dat vrouwtjes hun mannetjes opaten tijdens de paring en dat ze zelfs als echte kannibalen hun soortgenoten in hun web lokten en opsmulden. Ik kwam te weten dat de doodshoofdvlinder een honingdief was, ongeluk bracht in de buurt van mensen en akelige geluiden produceerde.

Ik vergat tijd en ruimte.

Ik hoorde niet hoe Amadeus wakker werd en eigenhandig uit zijn wieg klom.

Ik keek naar de dode insecten en bedacht dat mijn stiefvader de doodshoofdvlinder was in dit huis. Aan de wereld vertoonde hij zijn prachtige vleugels, maar bij ons kwamen er alleen maar akelige geluiden uit zijn mond. Op de plaats van zijn hart zat een doodskop. Alles wat mooi en zoet was, moest vernietigd worden en hij zoog de zoete honing uit mijn moeder zodat ze uitgedroogd en leeg achterbleef. Hoelang zou het nog duren voor er van haar alleen een leeg omhulsel zou overblijven? Ik herinnerde me zijn overleden vrouw. Ze had eruitgezien als een beeltenis van perkament. Zo zou mijn moeder er binnenkort ook uitzien.

Een grote zwarte schaduw nam bezit van me, als een reusachtige spin. Ze maakte mijn ziel inktzwart en zette over alles een vernietigend kruis. Ik kon niet meer denken, voelde alleen maar een overweldigende woede die me opslokte. Ik overwon mijn vrees voor insecten en een voor een trok ik de dode beestjes van hun speld. In de haard smeulde gloeiende as. Alle insecten verdwenen in het vuur en de kamer werd doordrongen van een vreselijke stank. Ik wist niet dat de schilden van kevers zo konden stinken. Ik kneep mijn neus dicht en dacht aan de hel.

Ik had mijn moeder niet horen thuiskomen. Ze stormde de kamer binnen. Grote ogen en een wit gezicht. 'Manfred, waar is je broer?'

Ze keek rond in de kamer, zonder te zien wat ik had gedaan. 'Manfred, wat doe je hier? Je weet toch dat je niet in deze kamer mag komen. Wat is die stank? Kom mee, zoek Amadeus!'

Ze wreef haastig de plooien uit haar schort en stak verward wat plukken haar vast in haar knot.

Ik werd wakker uit mijn nachtmerrie en voelde onmiddellijk de dreiging die boven mijn hoofd hing. Ik had geen tijd meer om de dozen dicht te strikken en ik zette ze zo goed en zo kwaad als maar kon terug op het schap.

Mijn moeder liep de kamers door, luid roepend naar het mooie kind. Ik hoorde de angst in haar stem en ook al kon het kind mij geen barst schelen, ik zocht mee. De achterdeur stond op een kier, het kind moest naar buiten zijn gekropen.

Op dat ogenblik kwam mijn stiefvader uit het werkhuis. Hij droeg nog steeds zijn leren werkschort en zijn rode handen waren van de dood doordrongen.

'Elena, zet een grote ketel water op. Het vlees moet dringend ...'

Hij zweeg toen hij het ongeruste gezicht van mijn moeder zag.

'Conrad, de kleine is weg! Ik vind hem nergens.'

De hemel zou op mijn hoofd neerkomen, wist ik. Nog voor hij in mijn richting had kunnen kijken, vluchtte ik naar buiten, de heuvel op, het donkere bos in.

Ik bleef uren in mijn hol met verzamelde hertengeweien en luisterde naar het geburl in de verte.

De kou dreef me terug naar huis. Daar was de wereld te klein geworden voor mijn stiefvader. Hij had het mooie kind terug-gevonden achter in de tuin, vlak bij de poel. Het kind was er net niet ingevallen. Ook had hij ontdekt dat ik in de verboden kamer was geweest.

Hij pakte me bij de kraag, wenste me de zeven plagen van Egypte toe en gooide me de kelder in. Mijn grootste angst werd werkelijkheid.

In de kelder was het donker compleet en de geluiden die ik hoorde, kwamen uit de onderwereld. Ik riep alle heiligen aan die ik me kon herinneren en vroeg hen om me te beschermen. Maar zonder hun beeltenis bij me, wist ik dat het een verloren zaak was. Het stro onder mijn benen prikte, maar ik durfde niet te gaan liggen. Ik voelde me bedreigd door het inktzwarte, maar had de moed niet naar een hoek te schuiven. Daar loerden de kruisspinnen, klaar om me op te eten. Ik rolde mezelf op zoals kleinere insecten soms doen als het gevaar op hen loert.

Ik was in handen van de doodshoofdvlinder: mijn stiefvader.

Tijd werd onbestaand.

Er kwam geen eten, ook al zei het gerommel in mijn buik dat het avond was. Er kwam geen licht, ik zag niets en mijn ogen wenden maar niet aan het donker. Ik sloot ze en maakte mezelf wijs dat het licht zou zijn als ik ze weer opende. Ik hoopte dat mijn moeder stiekem zou komen. Dat ze een kaars zou brengen, of een stuk brood. Of een deken om me te verwarmen, want ik had het ondertussen ijskoud gekregen. Ik moest dringend naar het geheim gemak, maar durfde niet te zoeken naar een lege fles of kom.

Soms hoorde ik vaag voetstappen boven mijn hoofd en een keer hoorde ik flarden van kindergehuil. Mijn mooie broer zou niets tekortkomen.

Een weeïge geur kronkelde langs de keldertreden naar beneden. Ik herkende de geur van vlees dat gekookt werd: Hubert. Ik werd woest op mezelf omdat mijn honger toenam en ik zin kreeg in vlees. Alsof mijn eigen lichaam verraad pleegde aan mijn beste vriend. Ik duwde mijn vuisten in mijn maag. De vleesgeur werd sterker en vermengde zich met mijn eigen geur. Ik kon mijn water niet meer ophouden.

Ik moet geslapen hebben, het kan haast niet anders, want de volgende ochtend pas werd de deur opengemaakt. Mijn stiefvader liet me zonder een blik naar boven komen. Hij duwde me hardhandig naar de keukentafel.

Mijn moeder gaf me zwijgend een bord haverpap en een stuk roggebrood. Ze keek me smekend aan en ik begreep dat mijn stiefvader haar had verboden met me te praten. De straf moest voortduren en, erger dan de donkere kelder, was een moeder die deed of je niet bestond.

Hij sprak het gebed uit en wij zaten erbij met gebogen hoofd en gevouwen handen. We zwegen, maar onze band was sterk. We hadden genoeg aan een blik.

Mijn stiefvader bleef de Heer eindeloos prijzen en danken voor al het mooie en het goede in de wereld. Hij vroeg vergiffenis voor de fouten die mijn moeder en ik maakten. Ondertussen werd de pap koud.

Na het ontbijt en een bezoek aan het geheim gemak, kreeg ik een verse broek, een deken en een pispot met deksel. Ik moest terug naar de kelder en zou daar blijven tot het weer school was. Mijn stiefvader zette de maaltijden bestaande uit brood, water en appels op de bovenste traptrede. Telkens als hij de deur opende, sneed het licht in mijn ogen. Ik had nooit vermoed dat er zoveel licht was buiten. Een keer hoorde ik mijn moeder snikken.

Ik leerde de keldergeluiden kennen. Het getrippel van pootjes. Waren het ratten of muizen? Ze kwamen soms zo dichtbij dat ik ze kon voelen. Ik stampte wild met mijn benen en gilde mijn keel schor. Tot ik niet meer kon en stil werd. Maar de angst ging niet over en werd een zwarte steen diep in mijn maag die er voor de rest van mijn leven zou blijven zitten.

Voor het eerst verlangde ik terug naar school.

Na de drie kelderdagen kon ik alles aan. De pesterijen op school bleven gewoon doorgaan, maar het raakte me minder. Ik aanvaardde het als iets dat bij mijn leven hoorde. Mijn stiefvader had gelijk gekregen: ik was gehard en hij had me klein gekregen.

Hij liet me alleen nog naar huis komen met Kerstmis en Pasen. Het viel me moeilijk om mijn moeder achter te laten. Ze was klein en tenger en mijn stiefvader groot en machtig. Ik legde iedere dag de heiligenkaarten en vroeg aan de heilige van de dag om haar en mezelf te beschermen.

In ons huis hing een schijnbare vrede. Mijn moeder was begonnen met het grote zwijgen. Ze sprak niet meer met mijn stiefvader en tegen mij zei ze alleen het hoogstnodige. De man die dat had veroorzaakt, kon tevreden zijn. Zijn mooie kind groeide op in een huis van stilte, gebed en afkeer.

Ik zweeg over school en over alles wat me overkwam, maar voor mijn moeder kon ik het niet verborgen houden: ze zag alles. Ze troostte me zonder woorden als mijn stiefvader niet in de buurt was. Haar handen streelden mijn hoofd en ik rustte tegen haar boezem. Ze zweeg en ik wist dat het was om me te beschermen.

Ik hield het vol, mijn leven als haas. Misschien was het wel de woede voor mijn stiefvader die me dreef. Ik wilde bewijzen dat ik hem niet nodig had om een man te worden. Ik wilde verder studeren en schrijver worden.

Het liep anders.

Toen mijn jongensstem brak en ik groter werd dan mijn moeder, wilde ze me niet meer troosten. Ik had geen schoot en handen meer om in uit te huilen. Mijn stiefvader triomfeerde en dacht dat hij mijn moeder volledig op de knieën had gekregen. Misschien was dat ook wel zo, toch weigerde ik dit te geloven. Ik had veel geleerd van haar en dacht dat ik alle tekens kon zien, maar wat er werkelijk met mijn moeder gebeurde, ontging me. Ze was leeg en had voor niets nog kracht. Mijn ogen zagen alleen wat ze wilden zien: mijn lelijkheid en mijn eenzaamheid, en mijn moeder die zwijgend en verdrietig het mooie kind opvoedde.

Amadeus was een mooie, blonde kleuter.

'Net een engel,' zeiden de mensen in de kerk.

'Helemaal zijn vader,' klonk het ook.

Het contrast tussen het mooie kind en mij was zo groot dat ik probeerde nooit in zijn buurt te zijn als er andere mensen bij waren. De blikken van afkeer als ze mij zagen, werden aangevuld met medelijden en dat kon ik missen. Ik wilde de wereld bewijzen dat ik even waardevol was als mijn kleine, mooie broer. Maar hoe wist ik niet.

Ik was een hoofd groter dan de andere jongens op school en

het werd moeilijker om me onzichtbaar te maken. Mijn mismaakte gezicht was meegegroeid.

In het jaar dat ik veertien werd, liep mijn school- en kindertijd ten einde.

Die zomer maakte ik voor de laatste keer de reis van school naar huis. In de koets vroeg ik me af hoe ik het aan boord moest leggen om verder te studeren. Mijn stiefvader had andere plannen met me. In een afgelegen bergdorp kon ik beginnen als hulpje van een predikant die me in ruil voor bewezen diensten een theologische opleiding zou geven. Zo kon ik later mijn stiefvader bijstaan als hulppredikant of kerkbewaarder. Ik besloot mijn leven zelf in handen te nemen. Hoe wist ik nog niet. Maar het kind in mij was verdwenen. Ik zag het aan de angstige blik van mijn moeder en de strenge ogen van mijn stiefvader toen ze me na een half jaar afwezigheid terugzagen.

Die zomer verbleef ik voor het eerst sinds jaren een paar weken thuis. Ik bleef zoveel mogelijk op mijn kamer of ik zwierf door de bossen om mijn rusteloze geest tot kalmte te brengen. Voor het eerst zag ik alles en ik wilde dat dat niet zo was.

Het mooie kind werd iedere ochtend gewassen in een teil op de keukentafel. Het stille evenbeeld van zijn vader had geen aandacht voor mij en ik negeerde hem. Zo zou het blijven. Iedere zaterdagavond vulde mijn moeder in de keuken de tobbe met warm water. Daarna zette ze het kamerscherm om de zinken teil heen. Als eerste waste mijn stiefvader zich en hij nam er de tijd voor. Daarna goot mijn moeder heet water bij, en was het mijn beurt. Als laatste ging mijn moeder in bad. Mijn stiefvader had zich dan al teruggetrokken met zijn psalmenboek. Hij ging meteen na het gebed slapen. Zijn eerste zondagsdienst was om zes uur 's morgens. Het mooie kind sliep in een ledikant op hun slaapkamer.

Het was een zaterdagavond in augustus. Ik zat in de huiskamer en las in een schoolboek een verhaal van Goethe: *Het sprookje van de groene slang en de schone lelie.* Verwonderd vroeg ik me af hoe iemand kan schrijven dat niets zo verkwikkend is als een gesprek. Voor mij was het de stilte die me het meest verkwikte. Ik weet niet op welk ogenblik ik ontdekte dat alles anders was. Opeens schrok ik van de stilte in de keuken. Er was niets verkwikkends aan. Ze was dreigend, onafwendbaar, ze wees naar iets onherroepelijks.
'Mutti?' fluisterde ik.

Er kwam geen antwoord.

Ik durfde de keuken niet binnen te gaan. Net zoals lachen, zingen en luid praten was het ten strengste verboden de keuken binnen te gaan wanneer iemand zich waste. Ik had mijn moeder of stiefvader nog nooit naakt gezien.

Uiteindelijk ging ik toch de keuken binnen en vond mijn moeder in de tobbe. Haar naakte benen waren half opgetrokken, een hand rustte op de kuiprand en de andere lag op haar buik, alsof ze dutte. Maar haar wijd open ogen zagen niets. Haar gezicht werd omkranst met drijvende haren.

Hoelang heb ik daar gestaan? Ik weet het niet. Het beeld van mijn naakte moeder moest eerst van mijn netvlies verdwijnen voor ik kon zien dat ze dood was.

Heb ik gegild? Ook dat weet ik niet.

Opeens stond mijn stiefvader naast me en samen haalden we haar wasbleke lichaam uit het water. Wat ik zag, deed me huiveren tot op mijn gebeente. Haar rug en dijen waren bezaaid met rode striemen. Striemen die ik kende van de roede die mijn stiefvader op mij losliet wanneer ik hem niet gehoorzaamde. De striemen waren van verschillende tijdstippen. Ik had mijn moeder nooit horen roepen. Ze had de slagen in stilte ondergaan. Om mij te sparen?

We spraken niet en de gedachten over wat ik zag, kregen nau-

welijks vorm, alsof mijn hoofd weigerde na te denken. Ik volgde zwijgend de bevelen van mijn stiefvader op. We legden mijn
moeder op het echtelijke bed en hij bedekte haar met een laken, bleef bij haar waken en beval me de dorpsarts te halen.

Het duurde hooguit een halfuur voor ik terug was, maar in
die tijdspanne ondervond ik hoe haat je lichaam kan binnen-
dringen als een slang en hoe ze zich nestelt op plaatsen waar
je met je gedachten niet bij kunt. De haat vermenigvuldigde
zich en bezoedelde mijn verdriet. Mijn borst stond op springen, maar er kwam geen traan of geluid naar buiten.

De doodsoorzaak was snel gevonden: dood door verdrinking.
Ze had wellicht een flauwte gehad en het bewustzijn verloren,
zei de arts. Er was geen verder onderzoek nodig.

Ik wist wel beter.

Mijn moeder was vrijwillig gestorven, omdat ze het leven niet
meer aankon. Mijn stiefvader had alle levenskracht uit haar
gezogen, zoals de doodshoofdvlinder de honing uit de bijenkorf. Hij had haar vastgepind met de speld die kilheid heet.
Zijn gif had de zon in haar gedoofd.

Hij had mijn moeder tijdens mijn afwezigheid aangekleed zodat de arts de striemen op haar rug niet te zien kreeg. Hij had
geweten waar hij moest slaan. Op haar armen en benen en
haar mooie gezicht was niets te zien.

Heel even was ze niet dood. Ze sliep gewoon, en ik was klein. Ik wilde zo graag haar lieve gezicht vastpakken en haar overladen met kussen van mijn mismaakte mond. Zoals ik vroeger had gedaan toen mijn liefde te groot was en voelde als een emmer die overliep. Ze zou me weer zoenen en me tegen zich aan drukken en zeggen dat ik haar liefste jongen was en alles zou zijn zoals vroeger. Ze zou mijn tranen drogen met haar schort, en ik zou mijn hoofd tegen haar zachte buik drukken, en mijn armen zouden precies passen rond haar heupen. Ze zou alleen van mij zijn. Ongeschonden en volmaakt. En de kamer zou zich vullen met de geur van rozen.

Er zat een slot op mijn keel. Ik zei niets tegen de dokter en hij vroeg me niets.

Mijn stiefvader werd voor de gemeenschap een martelaar. Hij ging zelf de dodendienst voor en sprak in lovende woorden over mijn moeder. Naast mij stond het mooie kind. Het huilde niet. Dat was hem al vroeg afgeleerd. Voor het eerst voelde ik iets van medelijden. Het kind moest met zijn vader verder, het zou zich de warme handen van mijn moeder niet herinneren. Ik pakte heel even zijn hand vast, Amadeus keek me met een niet-begrijpende blik aan. Ik was een vreemde voor hem. Hij trok zijn hand los.

De begraafplaats lag vlak naast het hertenbos. Terwijl de kist werd neergelaten, hoorde ik de herten burlen, alsof ze mijn moeder een laatste groet brachten.

Elke vezel van mijn lijf stond strak van verdriet. Ik had me altijd alleen gevoeld, maar nu leek het alsof uit het open graf een verstikkende eenzaamheid opsteeg en me als een tweede huid omvatte. Mijn moeder was zonder mij vertrokken.

Ik zag mijn stiefvader bidden en haatte mezelf om mijn lafheid. Ik had hem toen moeten doden. Maar ik was nog steeds niet sterk genoeg.

Er was geen dodenmaal zoals bij mijn vader, maar mijn stiefvader liet zuurdesembroden en pompernikkels naar de armen brengen en verzekerde zijn status zo nog meer.

Die avond stak ik drie kaarsen aan en riep de ziel van mijn moeder op. Ze was nog vlakbij, haar geuren waren overal. Ik legde het bidprentje van Elisabeth erbij en mijn moeder wachtte met antwoorden tot mijn stiefvader naar bed was. Ik zag haar lieve gezicht in het licht van de kaarsen en de klank van haar stem bracht koude windvlagen met zich mee. De geur van rozen werd sterker.

'Manfred, ga weg. Hij zal je vernietigen. Laat je niet doen. Word sterker dan hij.'

De kaars ging langzaam en knetterend uit en mijn moeder zei nog iets maar dat verstond ik niet. Hoe langer ik erover nadacht, hoe duidelijker het werd dat ik mijn moeder moest wreken ...

De volgende dag nam ik mijn eerste besluit. Ik zou het huis verlaten en mij aanbieden bij de militaire school. Alleen het leger kon van mij een man maken.

Mijn stiefvader stribbelde niet tegen toen ik hem van mijn plannen op de hoogte bracht.

'Waarom ga je weg?' was het enige wat hij vroeg.

'Daar zult u later het antwoord op krijgen,' zei ik. Ik had nog niet de durf om te zeggen: 'Om u te doden.' Eerst moest ik even hard worden als hij.

Ik kon pas een maand later het huis verlaten. De wachtlijst in de militaire school was lang. Ik had geen inkomen en kon nog niet voor mezelf zorgen.

Ik nam geen afscheid van mijn stiefvader en mijn mooie broer. In mijn schoudertas zaten wat spullen van mijn moeder: een bordeauxrode sjaal, de rozenkrans die geluk bracht en de broche met ingelegde camee die ze altijd droeg bij haar seances. De steen was uitgesneden in de vorm van een roos. Mijn moeder was gek op rozen. In onze tuin bloeiden meer dan tien soorten en in huis hadden alle gordijnen een rozenmotief. Ze had het liefst ook jurken met een rozenmotief gedragen. Maar daartegen had mijn stiefvader zich verzet – hij wilde geen opsmuk – zodat mijn moeder altijd iets van grijs katoen of donkerblauwe mousseline aanhad. Ze droeg ook geen kanten kapjes meer, maar eenvoudige mutsjes van gesteven linnen.

'De roos is het levende teken van liefde, de vergankelijkheid in het leven en de navolging van Christus,' zei ze tegen mijn stiefvader wanneer hij zeurde over de sterke rozengeur in huis.

'Een bloemengeur in huis brengen, is de verleiding koesteren en ijdelheid kweken,' was zijn weerwoord. 'Rozen horen in de tuin, aan een tak met doorns. Niet in een vaas met water. God heeft alles volmaakt geschapen en daar mag een mens zich niet mee bemoeien.'

Na haar dood gaf hij al haar kleren weg aan de armen. Ik kreeg de tijd niet om er nog een keer mijn neus in te drukken en haar geur in te ademen. Elk spoor van haar leven in huis verdween: de gehaakte lapjes op de kast en de kussens op de zitbank, de bloempotten en vazen, de vrolijke tafelkleedjes, zelfs het theeservies met het gouden boordje en de roosjes verdween in een doos.

Ik vroeg me af of mijn stiefvader ooit liefde voor mijn moeder had gevoeld.

Gelukkig vond hij niet alles.

Vlak voor ik vertrok, vond ik mijn moeders kleine bijbel in de onderste keukenlade. Tussen de dunne blaadjes had ze rozen gedroogd en ook haar vertrouwde heiligenprentjes zaten ertussen. Mijn stiefvader had de heiligen in huis verboden. Als hij een bidprentje vond, scheurde hij het aan stukken. Mijn moeder werd vindingrijk in het verstoppen van haar heilige vrienden. Sint Franciscus zat in de bus met meel, de heilige Pelagia in mijn moeders naaikistje en Elisabeth van Thuringen bleef verborgen in haar schortzak. Ons hele huis zat vol met heiligen en mijn stiefvader wist het niet. Na haar dood kwamen ze een na een boven water als een laatste rouwstoet voor de vrouw die hen iedere dag tot leven had gewekt.

Haar bijbel had ze altijd bij zich tijdens de seances. Als ze pendelde, hield ze haar linkerhand op het boek. Ik snoof aan de bijbel, hij droeg mijn moeders geur. Ik wikkelde hem zorgvuldig in haar sjaal en stak alles bij de camee in mijn tas.

In die maand verwelkten de bloemen. De struiken werden niet meer gesnoeid en er bloeiden geen rozen meer. Alleen de doorns bleven over.

Vlak voor ik de deur openmaakte, keek ik nog eenmaal naar Amadeus, het mooie kind. Hij keek me droefgeestig en vragend aan, alsof hij voor het eerst besefte dat ik deel had uitgemaakt van zijn leven. Hij was nog klein, maar zijn knappe gezicht droeg al een nevel van ouderdom. Alsof de herfst te vroeg de zomer had verjaagd.

Ik wist dat ik hem nooit meer zou terugzien. Ik knielde naast hem en legde mijn hand op zijn hoofd.

'Amadeus, probeer af en toe te lachen,' zei ik. Even gleed er een zweem van een glimlach over zijn gezichtje, maar dat kan ook mijn verbeelding zijn geweest.

De volgende vier jaren gingen ongemerkt voorbij. Ik hoorde niets van mijn stiefvader en liet zelf ook niets van me horen. Maar de wereld waarin ik woonde, was klein. Ik hoorde dat hij een jaar na de dood van mijn moeder hertrouwde met iemand die meer dan twintig jaar jonger was. Iemand die hij de les kan spellen en wier levenskracht hij kan uitzuigen, dacht ik bitter en mijn haat flakkerde weer op.

Het leger beviel me beter dan het schoolleven. Misschien kwam dat ook door het haar op mijn gezicht. Ik vertrok met melkdons op mijn kin en een jaar later had ik een snor die mijn mismaaktheid een beetje camoufleerde. Natuurlijk kun je een hazenlip niet uitwissen. Ze zat getekend in mijn diepste ik. Ik bleef me als een schichtige haas gedragen en niemand kon daar iets aan veranderen. Ik had een gespleten gezicht en zo voelde ik me ook. Mijn neus bleef plat en mijn ene oog loenste zodat ik er in combinatie met de snor uitzag als een bajesklant. Ook mijn ziel was gespleten, door liefde en haat.

Ik had geen last meer van pesterijen. Maar ik voelde hoe iedereen me meed omdat ik anders was. Ik kreeg vaak de taken die niemand anders wilde doen. Ik kan de keren niet tellen dat ik de latrines heb geschrobd of de bedden heb ontvlooid. Als ik de wacht moest optrekken met iemand uit mijn bataljon, dan zag ik hun wrevel. Ik deed ook geen moeite om vriendschappen te sluiten, ik wist niet eens hoe ik een gesprek kon voeren. De haat voor mijn stiefvader dreef mij door mijn opleiding in de militaire school heen.

Na mijn opleiding werd ik aangenomen als soldatenknecht in het leger van Baden. Met mijn eerste soldij kocht ik een twee-snijdend mes. Het had een heft in hoorn en op het vuisteinde was een doodshoofd gegraveerd. Met dit mes zou ik de man die ik haatte, doden.

De lagere militaire rangen organiseerden vaak feestjes. Ik werd er nooit op uitgenodigd. Toch was ik er vaak aanwezig. Iemand moest de glazen omspoelen, het varken aan het spit draaiende houden of het braaksel opvegen.

Terwijl iedereen feestte, keek ik toe. Ik had nog nooit met een vrouw gesproken en ik durfde ze niet aan te kijken. Maar ve-gend en dienend, ontdekte ik vrouwen in alle soorten. Geen van hen leek op mijn moeder. Ze waren allemaal vrijpostig, met ontblote schouders, borsten als halve manen in hun de-colletés en gezichten die gepoederd en geverfd waren. Hun haar was opgestoken als een hooimijt. Schuin boven hun rode mond en op de welving van hun borsten hadden ze kleine zwarte *mouches* aangebracht die de blik van de mannen aan-trokken en mij een onbehaaglijk gevoel bezorgden. Ik be-spiedde hen en zag hoe ze listig kirrend en vleiend, een man uitkozen en hem het gevoel gaven dat de jacht was geopend en dat zij het wild waren.

Twee jaar later werd ik aangesteld als onderofficier in het derde lichte infanterie-bataljon van Karlsruhe. Ik was trots op mijn hemelsblauwe uniform en *raupenhelm* en wou dat mijn moeder me had kunnen zien.

Af en toe riep ik haar aan. Soms kwam ze. Dan hoorde ik haar stem en wist ik dat ik haar nog kon bereiken. Het was moeilijk om haar helemaal los te laten. Ik probeerde het echt, maar soms kwam ze ongevraagd in mijn dromen. De volgende dag rook mijn kleine kamer naar rozen.

Toen ik vierentwintig werd, brak de oorlog uit. Oostenrijkse troepen trokken onder leiding van generaal Marck Baden binnen. Het was moeilijk standhouden, maar in september staken de troepen van onze bondgenoot Napoleon Bonaparte de Rijn over. Ze omsingelden in drie dagen de Oostenrijkse troepen. In Ulm gaf Marck zich over.

Ik was stiekem blij met deze oorlog. Ondanks mijn wapens, mijn helm en mijn snor voelde ik me nog niet mans genoeg om mijn stiefvader onder ogen te komen en mijn moeder te wreken. Ik moest eerst weten of ik in staat was om iemand te doden. Zouden mijn handen uitvoeren wat mijn hoofd en mijn hart dicteerden? Ik vreesde nog steeds de macht van mijn stiefvader over me. De oorlog was mijn redding, dacht ik. Nu moest ik bewijzen dat ik een man was.

De dag voor we ons kamp opsloegen, kreeg ik tekens van mijn moeder. Maar ik sloeg ze in de wind.

Ze kwam ongevraagd die nacht en ik voelde hoe ze mijn rechterhand aanraakte. Ze zei: 'Manfred, draag zorg voor deze hand, ze is belangrijk.'

Ik werd wakker, stak een kaars aan en liet die branden bij het prentje van Johannes met de afgehakte hand.

De volgende dag had ik rode uitslag op mijn rechterhand, de hond blafte drie keer bij het verlaten van de slaapzaal en het was de feestdag van de heilige Rosa, een van de favorieten van mijn moeder. Rosa's prentje zat in mijn moeders bijbel. Ik had haar levensverhaal vaak gehoord.

Rosa woonde in een tuinhuisje en wijdde zich aan God en de bloemen. Ze liet zich steken door bijen en wespen en andere insecten, want het waren schepsels van God. Ze werd ziek door de vele beten, maar ze droeg deze ziekte op aan alle mensen die in ruzie leefden.

Bad je tot haar dan genas zij je van hardnekkige haarroos, besmettelijke ziekten en familieruzies. Pas veel later begreep ik waarom mijn moeder zo van de heilige Rosa had gehouden. Hadden ze beiden niet hetzelfde leven geleid? En hetzelfde lot gekend? Mijn stiefvader was het insect dat haar de dood had ingebeten.

Ik had ze moeten zien, de tekens. Maar ik zag ze niet.

Mijn eerste tegenslag was de opdracht die ik kreeg tijdens de gevechten op de grasvlakten rond Ulm. Ik werd aangesteld om boodschappen naar de verschillende oversten te brengen of om hen te voorzien van voldoende drank. Kanonnenvlees was ik. De kogels vlogen me om de oren. Ik zocht dekking waar het maar kon. Soms had ik drie uur nodig om een afstand van een paar honderd meter te overbruggen. Beter een verlate boodschap dan geen boodschap, troostte ik mezelf.

Tijdens mijn tochten zag ik de soldaten sneuvelen, zowel die van de vijand als de onze, en ik stelde vast dat het bloed van iedereen even rood was. Ik struikelde over de bloedende of stuiptrekkende lichamen die als geknakte veldbloemen op het veld lagen. Het gras kleurde roodbruin en werd opgelicht door spatten blauw van de uniformen.

Ik droeg een wapen, maar kon het niet gebruiken omdat mijn handen gevuld waren met proviand of drank. Ik wist niet of ik zou durven te schieten, als het echt zou moeten. Ik was geen slechte schutter, maar op een houten bord mikken, was toch nog anders dan op een hoofd. Als ik iemand het geweer zag aanleggen, dook het beeld van Hubert in mijn hoofd op.

De gevechten gingen door van zonsopgang tot zonsondergang. Er was weinig tijd om te slapen en de greppels waren onze slaapplaats. Ook hier deed ik mijn bijnaam alle eer aan: ik kon alleen maar hazenslaapjes doen, want ik moest de wacht houden. Tijdens de drie nachten dat we stand hielden, vroeg ik me af wat me bezield had om in het leger te gaan. Maar dan doemde het gezicht van mijn stiefvader op en wist ik weer waarom.

De laatste dag van de veldslag was de hevigste. Stiekem had ik bewondering voor de heldhaftige Oostenrijkers. Maar ze konden niet op tegen het leger van Napoleon dat hen omsingelde.

Ik werd van de ene post naar de andere gestuurd en vreesde voor mijn leven. De rozenkrans van mijn moeder hing als een soort talisman om mijn hals.

Het laatste wat ik me herinner, was een heftige knal vlak bij mijn rechteroor. Daarna niets meer.

Ik denk dat ik toen voor de tweede keer de dood in de ogen heb gekeken. En ik vond het niet erg.

Ik liep door een lange gang. In de verte was er wenkend licht.

Mijn moeder had me bij de hand, ik was weer het jonge kind dat ze voor altijd zou beschermen. Haar andere hand zwaaide met de rozenkrans die ik probeerde te pakken.

'Kom, mijn kleine koning, de heilige Rosa verwacht je, ze heeft galuska voor ons gemaakt,' zei mijn moeder.

Ik wilde mijn ogen niet meer opendoen en ik wilde de hand van mijn moeder niet meer loslaten. In mijn mond proefde ik de galuska.

Iemand riep me. Dwingend. Ik wilde niet luisteren.

'Ostheim, hier blijven! Niet weggaan! Je zult het halen.'

Iemand maakte de knopen van mijn vest los en depte mijn gezicht met een vochtige doek. Hij probeerde me van mijn moeder los te rukken. Van de dood te redden. De smaak van galuska verdween. Spijt overmande me. Hoe graag was ik verder gegleden, naar het grote niets waar mijn moeder was. Ik wilde in haar warme armen verdwijnen, me onderdompelen in haar liefde, nooit meer terugkomen.

Het mocht niet zijn. Een schroeiend licht sneed naar binnen en dwong me hier te blijven.

Ik opende de ogen en wist eerst niet waar ik was. Een man met bloeddoorlopen ogen staarde me aan. Zijn uniform was gescheurd en hij had een bloedende schram op zijn voorhoofd.

Ik lag achter een kanon in een zandkuil, en hij en ik bleven uit de regen van het dampende en dodelijke kruit weg. Ik, onbeweeglijk als een standbeeld, hij, in de weer met mij en mijn leven. 'Je been is geraakt. Je hoofd en je hand ook. Blijf rustig liggen, vooral niet bewegen, ik bind je aders af. Anders bloed je dood.' Hij riep, ik zag het, maar mijn oren leken verdoofd.

Het knallen van geweren, het donderende geraas van kanonnen, het leek allemaal veraf en toch dichtbij. De tekens op zijn helm vertelden me dat hij een van mijn hogere officieren was. Zijn naam schoot me niet te binnen, mijn hoofd was leeg, maar hij kende mijn naam wel. Hij drukte een muntstuk tegen de bloedende wonde en bond dat af met een reep stof die hij van mijn hemd scheurde.

Het lawaai zwol aan, kroop mijn gehoorgangen binnen. Mijn oren leken zich te herstellen.

Door een waas bekeek ik zijn verbeten gezicht. Hij vocht om mij niet te laten sterven. Ik wist dat ik dit gezicht nooit meer zou vergeten. Doordringende, lichtblauwe ogen. Ik had ze eerder gezien.

Ik voelde hoe het bloed steeds krachtiger door mijn aders pompte. Mijn handen voelden de kralen van de rozenkrans.

Het beeld van mijn moeder verdween in de gele wolken van kruitdampen en oorlogsgeweld.

De lucht was haast niet in te ademen. Ik rook salpeter, kruit, aarde en vooral bloed. De lucht was vol van wrede zoetheid. Nog lang erna bleef die lucht in mijn neusgaten hangen.

Er welde een ongekend gevoel in me op. Iemand, een mens van vlees en bloed, wilde dat ik in leven bleef. De haas mocht niet gevild worden, maar moest terug het jachtterrein op. Ik wilde hem bedanken, maar er kwam alleen maar bloed uit mijn mond.

'Blijf stil,' zei hij. 'Het is bijna voorbij.'

Ik wist niet of hij mijn leven bedoelde of het gevecht dat nog steeds in volle gang was.

Ik moet opnieuw het bewustzijn hebben verloren, want ik kwam bij in het veldhospitaal omringd door kreunende mannen. Het viel me op hoeveel soldaten er om hun moeder riepen.

Ik had geen gevoel meer in mijn rechterhand. De kogel door mijn been had een gat achtergelaten zo groot als een kindervuist. Mijn hoofd had alleen een schampschot gekregen, maar mijn oren bleven nog dagenlang suizen. Mijn verband was donkerrood, maar toen ik om me heen keek, zag ik dat vele anderen er slechter aan toe waren dan ik. Om de haverklap werd er iemand naar buiten gedragen, met het laken over het hoofd getrokken.

We lagen op dunne matrassen van stro. Ze waren doordrongen van bloed en lichaamsvochten. Overal waren er vliegen en andere insecten die op de geur van het bloed en de uitwerpselen afkwamen. Ik kon me nog steeds niet bewegen, maar ik wist niet of dat door het verband kwam of dat mijn lichaam voor altijd zou weigeren te bewegen. De haas in de strop, dacht ik onwillekeurig.

Mannen aan de beterhand fluisterden elkaar een stand van zaken toe. Ik hoorde dat de vijand was verslagen. Ik hoorde hoe onze troepen samen met de soldaten van Napoleon hadden standgehouden en de zege hadden behaald.

Dertigduizend Oostenrijkers gaven zich over, twintigduizend soldaten wisten te ontkomen en tienduizend ongelukkigen vonden de dood. Onze troepen hadden minder schade geleden. Er waren slechts zesduizend mannen gedood of gewond. Ik hoorde bij de laatste groep. Nee, een held was ik niet geworden.

Na drie dagen werden we vervoerd naar een echt hospitaal waar we verzorgd werden door witte nonnen met gouden handen. Ik kreeg koorts en koudvuur in mijn arm en even werd de amputatie van mijn hele arm overwogen.

De nonnen verzorgden me zoals mijn moeder zou hebben gedaan en ze baden met mijn rozenkrans omdat ik het niet kon met mijn verbonden handen. Ik had de tijd om na te denken en 's nachts hield ik gesprekken met mijn moeder.

Ze zei: 'Dankzij je redder ben je nog in leven. Manfred, je hebt nog een belangrijke taak te vervullen. Vertrouw op hem.'

Op de zevende dag was het ergste voorbij en die dag stond mijn redder aan mijn bed. Hij hield mijn rozenkrans vast en telde de kralen. Ik herkende onmiddellijk zijn gezicht ook al zag hij er helemaal anders uit. Hij was van mijn leeftijd, met een vrolijk en blozend gezicht. Iets in zijn gelaat kwam me bekend voor.

'Een vreemde rozenkrans,' zei hij. 'Er zijn te veel bidkralen aan.'

'U hebt me het leven gered,' zei ik. 'Ik sta voor eeuwig bij u in het krijt.'

Hij waaide mijn woorden weg, en bleef naast mijn bed staan.

'Wat is je volledige naam?' vroeg hij.

'Ik ben onderofficier Christian Leonhard Ostheim. Tot uw dienst,' stamelde ik. In mijn positie kon ik moeilijk met mijn hielen klakken of in de houding gaan staan.

Ik liet de naam Manfred weg. Hij hoorde niet in deze mannen-wereld. Manfred was de gevoelige jongen die bloemblaadjes droogde voor zijn moeder, vriendschap sloot met een edelhert en met heiligen praatte. Christian Leonhard was de man die ooit een andere man zou doden.

'Oh, ik dacht dat je roepnaam Manfred was. Die naam past beter bij je. Nu, dat is van geen belang. Tot later, Ostheim, ik denk dat ik je aanbod voor een wederdienst aanvaard. Misschien heel binnenkort al. Zorg dat je vlug beter wordt. Ik kan mannen als jij goed gebruiken,' zei hij geheimzinnig voor hij verdween.

Mannen zoals mij gebruiken?

Ik begreep er niets van. Niemand kan mannen met een hazenlip gebruiken.

Dat hij voor de rest van mijn leven aan mij verbonden zou zijn, kon ik toen niet vermoeden. Ik had genoeg aan mijn hoofd. Ik had de tekens van mijn moeder naast me neergelegd en ik voelde me schuldig.

Twee maanden later was ik terug in de kazerne. Mijn droom om een heldhaftige soldaat te worden was ten einde. Mijn been trok nog, maar de wonde was bijna genezen. Ik zou er wel een stijf been aan overhouden, zei de arts. De kogel in mijn arm was verwijderd, het koudvuur gedoofd en de wonde geheeld. Maar de spieren van mijn rechterhand waren gedeeltelijk verlamd. Ik zou nooit meer een geweer kunnen hanteren. Hoe moest het nu verder met mij? Mijn militaire carrière was voorbij.

Ik kreeg hulp uit onverwachte hoek.

Er was een brief van de majoor, mijn redder. Of ik naar Karlsruhe wilde reizen en een kamer wilde huren in het gastenhuis Blümenwald. Daar moest ik blijven tot hij contact zou opnemen. De naam waarmee hij ondertekende, kwam me bekend voor, al had ik nooit tot zijn eskadron behoord.

Ik begreep het niet. In de enveloppe zat ook geld om een postkoets en de gastenkamer te betalen. Waarom wilde mijn redder me betalen om ergens in een kamer af te spreken? Even dacht ik aan de verhalen die de soldaten elkaar gniffelend vertelden. Over de geheime liefdes die soms opduiken als mannen langdurig opgesloten zitten of samenleven. Herenliefde in gevangenissen en kloosters. Ik had er geen idee van hoe zoiets in zijn werk ging. Ik had de vleselijke liefde nog niet leren kennen en kende alleen de vrij- en braspartijtjes tussen de soldaten en de wulpse vrouwen. Ik was een veel te lelijke man om aantrekkingskracht uit te oefenen, zelfs op iemand die de mannenliefde bedreef. De majoor had trouwens zijn reputatie tegen. Hij was een zeer knappe man en er werd verteld dat hij iedere vrouw die hem beviel, in zijn bed ontving, ook al was hij getrouwd. Wat moest ik met zijn vraag?

Ik kocht drie kaarsen en riep mijn moeder aan en vroeg haar wat ik moest doen. Op de tafel lag haar bijbel en het stapeltje heiligen. Ik spreidde mijn vingers over haar rode omslagdoek en wachtte, maar er kwam niets. Weigerde ze? Had ik de verkeerde vraag gesteld?

De kaars van het leven ging uit. Ik controleerde of het raam en de luiken goed gesloten waren en riep haar opnieuw aan. Ze moest me helpen, ik had haar goedkeuring nodig.

Ik sliep niet die nacht, maar waakte bij de kaarsen. Mijn moeder bleef zwijgen en dat was de eerste keer. Opeens trok een windstoot de luiken los en ook het raam klepperde open. De drie kaarsen doofden sissend uit en mijn heiligen vlogen door de kamer. Het prentje van de heilige Ambrosius met de bijenkorf en de geselroede in zijn handen, dwarrelde in mijn schoot.

Mijn moeder wilde niets zeggen, maar hij blijkbaar wel.

Wijze woorden zijn als honingraat stond er boven zijn hoofd ge-schreven. Het was een heilige die me vriendelijk aankeek.

Ik kende zijn verhaal. Ambrosius lag als baby met open mond buiten in zijn wiegje te slapen, toen hij bezocht werd door een zwerm bijen. Ze bedekten zijn hele gezicht en vlogen zelfs in en uit zijn mond. Het kindermeisje wilde ze wegslaan en dood-kloppen, maar zijn vader verbood het, omdat bijen goddelijke wezens waren. De bijen vlogen een voor een weg zonder het kind te steken en de vader van Ambrosius wist dat zijn zoon gezegend was met een heilige mond. Hij was uitverkoren.

Ik hoefde niet lang meer na te denken. Ik was uitverkoren voor een belangrijke taak. Ik, met mijn mismaakte mond. Mannen als jij kan ik gebruiken, had hij gezegd. Het maakte me een beetje ijl in het hoofd. Iemand had me nodig.

Ik schreef een brief naar de majoor met de mededeling dat ik op hem zou wachten in Karlsruhe en vertrok een week later.

Als ik niet was vertrokken, zou ik Rosika nooit hebben ontmoet.

En Vlinderhuid zou nooit mijn leven en mijn liefde hebben vernietigd.

Zijn volledige naam was majoor Johann Claus Hennenho-fer en in het blozende gezicht van mijn redder herkende ik opeens de jongen die me zoveel jaar geleden in het donkere bos had bevrijd van mijn touwen.

'Onze wegen schijnen zich te kruisen,' sprak hij glimlachend. Hij was niet ouder dan vierentwintig, maar hij keek en sprak op een rustige en waardige manier waardoor hij er ouder en wijzer uitzag. Ik kon me voorstellen dat vrouwen hun hart verloren aan deze knappe man.

'Het is de tweede keer dat je me van de dood redt,' zei ik niet-begrijpend. 'Waarom? Waarom ben je niet op de loop gegaan voor mijn hazenlip, zoals alle anderen?'

Hij keek me ernstig en onderzoekend aan en nam de tijd om een lange benen pijp te stoppen. De kop van de pijp was een gebeeldhouwd hoofd van een oude man. De kamer vulde zich met de zoete rook van de tabak. We zaten in een kamer die afgesloten kon worden van de gelagkamer en vaag hoorden we de geluiden van koetsen en het wisselen van de paarden. Tussen ons in stond een karaf zoete Rijnwijn en op een bordje lagen krakelingen, gedroogde dadels en toffees.

Hij leek voorzichtig met zijn woorden, alsof hij geen fouten wilde maken. Ook al was hij hoger in rang, hij praatte met me als met een gelijke.

'Mijn vader was een koopman, hij was altijd onderweg. Hij bleef soms twee of drie jaar weg van huis. Hij had zijn eigen boot en verhandelde overal in de wereld stoffen en bont. Als hij thuiskwam, waren we van elkaar vervreemd, maar hij vulde de leemtes weer aan met verhalen van overal. Ik hing aan zijn lippen en vond mijn vader een held. Ik weet niet of hij altijd de waarheid sprak, maar dat deed er niet toe, ik wilde zijn verhalen graag geloven. Het was het enige wat er voor me achterbleef als hij weer weg was. Daarom bleven zijn verhalen me bij en ik koesterde ze als kostbare geschenken.

Ik weet niet meer hoe oud ik was toen hij me vertelde over een wonderlijke ontmoeting in een postkoets. Een vrouw reisde met haar zoontje van Hongarije naar Beieren. Het kind was mismaakt in het gezicht en probeerde de hele reis zijn gezicht te verbergen achter een wollen doek. Niemand van de reizigers wilde naast de kleine jongen zitten. De moeder droeg hem de hele reis op haar schoot. Ze had haar rozenkrans in zijn handen gestopt en de jongen telde de hele reis de kraaltjes van het snoer. Het waren er te veel en de jongen kon nog maar net tot twintig tellen. Mijn vader knoopte een gesprek aan met de moeder. Ze vertelde dat het kind om zijn hazenlip werd verstoten en gepest, en ze wilde een operatie ...'

Ik luisterde verbijsterd en herinnerde me de vader van deze

Johann Hennenhofer. Hij was zo vriendelijk geweest, zo respectvol en mijn moeder had de hele reis geglimlacht. Door deze man had ze het huis in de Pfarstrasse gevonden en het werk bij Otto, de lijkbidder.

'Mijn vader drukte me op het hart om nooit iemand uit te sluiten om een mismaaktheid. Zijn verhaal maakte diepe indruk en ik vroeg hem telkens weer om het nog eens te vertellen. Waarom het me zoveel deed, weet ik niet. Toen ik jou een paar jaar later ontmoette op de kostschool, herinnerde ik me zijn verhaal. Mijn vader is ondertussen overleden, over boord geslagen tijdens een storm, en het enige wat ik van hem heb zijn z'n verhalen.'

'Majoor, ik herinner me uw vader. Hij was een van de weinige volwassenen die ooit naar me glimlachte en het voor me opnam. Nu sta ik driedubbel bij u in het krijt.'

Niet gewend om te praten, hoorde ik mijn eigen gestamel aan en vervloekte mijn metalen stemgeluid. Ontroering overmande me. Het was jaren geleden, van voor mijn moeder stierf, dat er nog iemand menselijke warmte had getoond en dat ik me niet als een hinderlijk insect had gevoeld. Deze Johann Hennenhofer kwam zomaar in mijn leven en stelde vriendelijkheid tegenover de hardvochtigheid van de mensen.

'Ach, ik heb niet meer gedaan dan mijn plicht. Maar er is iets

- 222 -

wat je voor me kunt doen, Ostheim.'

Even flitste er iets berekends in zijn ogen en ik begreep met-een dat deze man vele gezichten had. Ik zou de wederdienst niet kunnen weigeren.

'Ostheim, je moet me vertrouwen en je mag geen vragen stellen. Beloof het me.'

Hij keek me onderzoekend aan en het blauw van zijn ogen ver-duisterde. Ik knikte. Geen van ons beiden dronk van de wijn.

Ik voelde tot in mijn haarwortels dat er iets stond te gebeuren dat mijn verdere leven zou bepalen.

'Ik heb de opdracht gekregen om een zwijgzame en betrouw-bare hofknecht te rekruteren uit het leger. Hij zal in dienst treden in het paleis van Karlsruhe. Kroonprins Karl en prin-ses Stephanie hebben er hun intrek genomen met hun doch-tertje Louise. Mijn keuze is op jou gevallen.'

Hennenhofer glimlachte met het hoofd een beetje schuin als wilde hij zijn woorden afmeten aan mijn reactie.

Ik kon mijn oren niet geloven. Ik? Aangesteld als livreiknecht bij de Badense kroonprins? Waarom ik? De lelijkste man ter wereld?

Onwillekeurig bracht ik mijn hand naar mijn hazenlip zoals altijd wanneer ik in verlegenheid werd gebracht.

Hennenhofer raadde mijn gedachten.

'Waarom jij? Ik ken niemand die zo goed zijn mond kan houden als jij. En geen mens in het kasteel die eraan zal denken om vriendschap te sluiten met jou. Ik heb je van een afstand gevolgd toen je nog in dienst was. Je deed plichtsbewust je werk, stak nooit je neus in andermans zaken, liet de vrouwen met rust. En het allerbelangrijkste: je praatte nooit.'

Ik begreep het. Mijn mismaakt gezicht kwam hem goed van pas. Ik had ook al snel door waarom er een zwijgzaam iemand als ik werd aangesteld. Mijn opdracht hield vast meer in dan alleen maar livreiknecht zijn. Weer raadde hij mijn gedachten.

'In je aanwervingsoorkonde zal vermeld staan dat je verantwoordelijk bent voor de staljongens en de paarden die de groothertogin berijdt. Verder zul je steeds in haar buurt vertoeven om haar wensen en grillen door te geven aan haar personeel. Af en toe zal ze naar haar thuisland, Frankrijk reizen. Dan blijf je in Karlsruhe en onderzoek je de handel en wandel van de prins. Een keer per week zal ik contact met je opnemen en je bevragen. Ik wil weten met wie het prinsenpaar contacten onderhoudt en of ze buiten de lijnen kleuren. Jij brieft alles aan mij door. Alleen aan mij. Dit is niet zomaar een opdracht, Ostheim. Ik moet op je kunnen rekenen.'

Ook al kon ik zijn vraag nog niet goed bevatten, een ding was me duidelijk. Ik werd aangesteld als spion en Johan Hennenhofer was beslist niet de opdrachtgever. Hij was slechts een tussenpersoon.

'Je krijgt een eigen kamer in dezelfde vleugel als de prinses en je soldij zal ruim worden verhoogd. Je zult me vaak zien op het paleis, maar je mag me nooit aanspreken of opzoeken. Ik zal 's avonds contact met je opnemen. Kan ik op je rekenen?'

Hij keek me doordringend aan en ik besefte opeens dat mijn redder niet alleen menslievend was maar ook koel en berekenend. Ik wist niet veel van politiek, maar ik wist dat het huwelijk tussen Karl en Stephanie een goede zet was van Napoleon Bonaparte. Genoeg tegenstanders die de kleine keizer en zijn ambities vreesden. Hij was de grootste hindernis om tot een groot Duits rijk te komen. Zolang Baden onder zijn invloed bleef, kon de staat niet ingelijfd worden bij een nieuw verenigd Duitsland. Strategisch was Baden zeer goed gelegen, het land was vruchtbaar en de bevolking welstellend.

'Wat als ze me daar niet moeten?' Ik was er nog niet gerust in. Ik kende de mensen en hun reacties ...

'Maak je onmisbaar, Ostheim. Iemand die elke wenk begrijpt en zwijgzaam handelt, is zijn gewicht in goud waard.'

Wenk. Het woord van mijn stiefvader. Maar deze keer voelde het anders aan. Deze opdracht was geknipt voor mij.

De enige echte liefde
is de onmogelijke liefde.

— *Johann Wolfgang von Goethe* —

De olielamp moest aangevuld worden. Het donker was er opeens. Daar hield ze niet van. Als kind was ze vaak bang geweest van de donkere holte onder haar bed waar de Boeboeman woonde. Niemand had de Boeboeman ooit gezien, maar kinderen wisten dat als ze niet meteen naar bed gingen, de Boeboeman hen bij de enkels zou grijpen en een teen zou afbijten. Natuurlijk waren het verzinsels van volwassenen, maar haar angst voor het donker was gebleven.

Ze was in het begin verbaasd geweest dat Kaspar geen spatje angst voelde voor het donker. Hij kon toen al in korte zinnen spreken en hij verwonderde iedereen met zijn vooruitgang. Elke dag leerde hij nieuwe woorden. Op korte tijd had hij een woordenschat ontwikkeld van een zevenjarig kind. Dat was vooral te danken aan heer Daumer die van 's morgens tot 's avonds bezig was met Kaspar.

Vier maanden na zijn aankomst waren Isolde en Kaspar 's avonds laat samen naar huis gewandeld. Ze liepen op een donkere landweg zonder gaslantaarns en het liefst had ze Kaspars hand willen vastpakken vanwege de inktzwarte nacht. Niet alleen het donker boezemde haar angst in. Ze wist dat ze op enkele honderd meters verwijderd waren van het kerkhof en daar liep je niet voor je plezier langs. Plots bleef Kaspar staan. Hij wankelde op zijn benen, alsof hij onwel werd.

'Isolde, het ruikt niet goed hier. Het ruikt naar vlees.'

Ze snoof de avond in en ze rook alleen de hooilucht van de hoogzomer. 'Ik ruik geen vlees, Kaspar.'

'Ruik! Ruik! Het is slecht vlees. Het maakt Kaspar ziek.'

Hij bleef wankelen en ze moest hem stevig ondersteunen of hij zou vallen. Zijn gezicht was helemaal bezweet en hij bleef maar over de stank van rot vlees klagen. Toen besefte ze dat ze nog maar honderd meter verwijderd waren van het kerkhof. Kaspar kon de dode lichamen in de grond ruiken.

Ze wist niet wat ze moest zeggen, haar angst werd groter en ze wilde die van hem niet aanwakkeren. Pas driehonderd meter verder en nadat ze een landweg waren ingeslagen, hield hij op met klagen. Het was een kleine omweg, via enkele boerderijen, en Kaspar werd weer rustig.

Toch trok hij opeens de ogen wijd open, als een verrast kind.

'Kijk, Isolde, daar hangen de paarse vlierbessen waarvan heer Daumer hoestsiroop maakt. En daar zijn de zwarte bessen die Kaspar eet bij de pap.'

Hoe Isolde ook tuurde, ze zag alleen een vage omtrek van een donker bosje met donkere bomen in de verte. Pas toen ze wat verder liepen, zag ze dat het een vlierstruik was en iets later kon ze de trossen vlierbessen zien hangen. Toen ze er vlak bij stonden, ontdekte ze ook de donkere bosbessen in de struiken. Kaspar kon, als een kat, alles zien in het donker. Ze vroeg hem hoe dat kwam, maar zijn antwoord was niet te vatten.

'Het licht maakt iedereen blind, alleen het donker toont Kaspar de juiste kleuren. Het licht doodt, het donker doet leven. De wereld in het licht is klein. In het donker is alles ontelbaar keer groter.'

Ze liepen verder en iets van het voorval scheen Kaspar bezig te houden.

Hij liep verder met de ogen naar de hemel gericht.

'Isolde, wie heeft al die lichtjes opgehangen en aangestoken?'

Het kostte haar heel wat moeite om hem uit te leggen wat sterren waren. Hij werd ongeduldig, zelfs geërgerd. 'Ja, maar wie heeft ze gemaakt?'

Isolde wist niet wat ze hierop moest antwoorden. Hij leerde nog maar net de meest gewone dingen in het leven, en dat was al zoveel. Dan kon zij toch niet over God beginnen. Dat was werk voor Daumer of voor de dominee.

Ze zei: 'Kaspar, ik weet niet hoe de sterren zijn ontstaan. Ik weet wel dat de sterren, de zon en de maan er voor iedereen zijn.'

Ze kwamen terug bij de stadskern en in het licht van een lantaarn zag ze dat hij huilde.

'Kaspar, waarom huil je?'

Hij haalde de schouders op.

'Kaspar is droevig. De lichten aan de hemel zijn er niet voor iedereen. Kaspar zag ze vroeger niet. Waarom heeft Vaterman de sterren niet laten zien? Waarom heeft hij de maan voor mij verstopt? Waarom mocht ik de warmte van de zon niet voelen?'

'Kaspar, wie is Vaterman?'

'Vaterman is … is vader van mij.'

Het was de eerste keer dat hij over zijn vader sprak.

En het was ook de eerste keer dat hij niet over zichzelf sprak als *Kaspar* en *hij*. Ze had het duidelijk gehoord. Hij had *mij* en *ik* gezegd.

De mensen praten over me alsof ik mijn hele leven een gevangene ben geweest. Ze begrijpen me niet als ik zeg dat ik nooit gevangen ben geweest. Mijn ik was nog niet geboren. Het zat nog heel diep in mij, als het kuiken in het ei.

Alleen mijn lichaam en mijn geest zaten in de donkere kelder.

Mijn ik wachtte tot de tijd er was.

Ik was als de vlinder die uit de cocon kruipt. Die moet ook even wachten.

Mijn vleugels zijn bijna open. Er zitten nog kreukjes in.

Dan zal iedereen zien welke kleuren ik heb.

Ik hoop dat het rood, blauw en goud zal zijn.

Onlangs zei ik nog aan heer Meyer dat mijn ik nooit gevangen is geweest, want dat ik er nog niet was.

'Zie je wel,' zei hij, 'ik heb het altijd geweten. Kaspar, je bent een leugenaar. Eindelijk zeg je de waarheid. Je bent niet diegene waarvoor je je uitgeeft. Je bent een sluwe bedrieger die een manier heeft gevonden om op kosten van de stad te leven, zonder te hoeven werken.'

Heer Meyer lachte hardop en dat deed hij anders nooit. Hij lachte om wat hij zelf had gezegd. Wat ik had gezegd, had hij niet begrepen.

'Kaspar, jij moet je verontschuldigen en God vergeving vragen voor je leugens. Je ziel is zwart en donker als de nacht.'

'Dat komt door mijn donkere kooi,' zei ik. 'Daar is alles zwart.'

'Je gaat toch niet weer over die kooi beginnen?' zei heer Meyer en hij gaf me de opdracht om vrouw Meyer te helpen onkruid uit te trekken.

'Want onkruid moet worden verdelgd,' zei hij. 'Ook onder de mensen.'

Ik vond het niet erg, ik help graag in de tuin, maar ik trok niet alle onkruid weg. De herderstasjes liet ik staan, want die hebben hele kleine blaadjes in hartvorm en Isolde heeft gezegd dat het hart het huis is waarin de liefde woont.

Ik heb ook een hart, want ik houd van Vaterman, van Isolde, van de rechter en van mijn moeder, ook al heb ik die nog nooit gezien.

Ze vulde de lamp met nieuwe olie en ze ontstak de kaarsen op de schoorsteenmantel. Samen met een nieuw hout-blok op het vuur, was er voldoende licht om verder te lezen.

Ze had nooit nagedacht over haar kinderjaren en hoe haar ont-wikkeling was verlopen. Een kind onthoudt alleen wat belang-rijk is voor hem. Kaspar probeerde weer te geven hoe hij als ge-dachteloos wezen de wereld had ervaren en hoe iedere gedachte nieuw was voor hem. Ze proefde zijn worsteling in zijn geschre-ven woorden. Hoe moeilijk moest dit voor hem zijn geweest. Ze had niet beseft wat een grote opdracht ze hem had gegeven.

Mijn hoofd is te klein voor alles. Iedere dag moet ik leren, mijn hoofd volproppen met dingen waarvan ik niet weet of ik ze wel wil weten. Er blijft geen plaats meer over voor de dingen van vroeger. Het allerergste is dat ik alles zal vergeten. Dan ben ik niemand meer.

Iedereen vraagt zo veel. Als ik het antwoord niet weet, zeg ik: 'Daarom.' Dat heb ik geleerd van Isolde en de anderen. Ik zeg het honderd keer per dag.

Isolde heeft gelijk: als ik iets schrijf, wordt alles lichter in mijn hoofd. Maar iedere keer als ik aan vroeger denk, word ik weer klein.

De woorden die ik gisteren en eergisteren leerde, verdwijnen als ik aan het leven in mijn donkere huis denk.

Ik wil alles opschrijven zonder woorden, maar dat kan niet.

Waarom kan een mens niet in geuren schrijven? Dan zou ik alles kunnen vertellen. Mijn neus weet alles nog, maar hij weigert te spreken. Vaterman gaf mij het leven en liet me in leven. Hij is goed. Zo goed als God? Misschien beter dan God, wie zal het zeggen, want ik ken God niet. Iedereen zegt dat God goed en wijs is. Maar ik zie hem nergens. Ik hoor zijn woorden niet en voel zijn handdruk niet op mijn schouders. Hij knipt mijn haren niet en haalt geen stoppels van mijn kin. Hij geeft me geen brood of water. Het zijn de mensen die het me geven. Zijn zij God?

'Er is geen God,' zeg ik. Het maakt heer Meyer boos.

'God is alles, God heeft je gemaakt. Je moet de mensen die het goed met je voorhebben, geloven, Kaspar,' zegt hij. 'Zij weten meer dan jij.' Ik heb het ook goed voor met heer Meyer. Ik doe mijn best, maar hij gelooft me niet. Nooit. Hij zegt dat ik lieg, en dat ik onbetrouwbaar ben. 'Je blijft een bedrieger, Kaspar. Ook je pleegvader zegt het. Ooit zal de volledige waarheid aan het licht komen,' zegt hij.

Zijn vinger prikte gaten in de lucht en ik bukte mijn hoofd. Zijn vinger maakt me bang. Als hij over God spreekt, komt er altijd speeksel op zijn lippen. Druppels speeksel tot in de hoeken van zijn mond. Misschien proeft hij God.

Zoals ik vroeger Vaterman proefde.

'Als God dit wilt,' zei hij ook en hij legde zijn hand op het donkerbruine kaft van de bijbel, 'zal hij aantonen dat jouw dromen bedrog

zijn. Stop met liegen en je zult gelukkig worden.'

Als ik heer Meyer moet geloven, en dat moet ik want hij heeft het beste met me voor, dan ben ik zo sluw als een vos. Ik speel spelletjes en ik zet mensen naar mijn hand.

Dat laatste begrijp ik niet. Mijn handen doen geen kwaad. Ze nemen de vlo uit de pels van de kat en gooien de vlo door het raam.

De mensen lachen erom. 'Vlooien mogen dood,' zeggen ze. 'Kaspar, knijp ze plat.'

'Waarom vlooien wel, en katten niet?'

Niemand wist het antwoord. Later zou ik het wel begrijpen, zeiden ze. Ik haal nu de vlooien stiekem uit de pels. En ik gooi ze stiekem levend door het open raam.

Zo leerde ik wat 'stiekem' wilde zeggen.

Hij weet het niet, maar heer Meyer zelf leerde me liegen. Ik wil niet dat hij alles van me weet. Vooral hij niet.

'De waarheid verborgen houden, is ook liegen,' zegt hij.

Mijn gedachten zijn van mij. Dus ik lieg. Sinds hij heeft gezegd dat mijn dromen bedrog zijn, vertel ik ze niet meer. Ik spreek waarheid. Alles wat ik zie, is echt. Ik kan de mensen in mijn droom aanraken en ik ruik ze. De droom komt 's nachts, om niets te verraden. Mijn droom wil me iets vertellen. Iets dat alleen ik mag weten.

Heer Meyer mag mijn geheim niet kennen. Alles is echt. Mijn droom is het meest echte dat er bestaat. Hij brengt me naar lang geleden.

Mijn droom

Ik ben bang en ik loop door lange, witte gangen. Links en rechts zijn deuren en hoge ramen. Alles is wit. Er schijnt oranje licht, als van honderdduizend kaarsen. Ik hoor mijn eigen stem. Ik roep. Ik roep naar iemand, maar iemand luistert niet en antwoordt niet.

Ik ben ik en toch veel kleiner. Ik zie vele armen. Ze strekken zich uit. Ze willen me grijpen. Ik ben bang voor de armen. Ik loop almaar verder, waar het donkerder wordt. Ik wil het niet, maar doe het toch.

Ik draag een witte jurk, zoals kleine meisjes dragen als ze moeten slapen. In de verte is er een bundel licht. Ik moet erheen. Daar zal die iemand zijn die ik nodig heb. Het felle licht maakt me niet blind. Mijn ogen blijven open.

Ik wil ernaartoe en ren. Ik val en sta weer op en dan is er iemand die me tegenhoudt. Ik word op een bed getrokken. Ik wil niet en roep. Zo hard. Iemand lacht en houdt me vast op het bed.

Er staat een vrouw, ze pakt me bij de hand. Ze zegt mijn naam. Het is niet Kaspar. De vrouw ruikt naar veilig. Haar handen zijn zacht en warm. Ik zeg haar naam. En ik houd haar rokken vast. Het is geen droom, het is echt.

Als ik 's morgens terugkom en in mijn bed mijn ogen open, ruik ik de vrouw nog in mijn handen en ik voel de stof van haar jurk tussen mijn vingers. Haar adem zit nog in mijn haren en haar warmte zit onder mijn huid.

Ik wil de geur niet kwijt, dus houd ik mijn handen voor mijn neus. Bij het opstaan, bij het ontbijt, bij de lessen.

'Stel je niet aan, Kaspar, doe die handen weg. Je bent geen kind meer,' zegt heer Meyer.

Ben ik ooit een kind geweest?

Ik verzwijg veel voor heer Meyer en hij weet het.

Ik verzwijg dat ik mijn dagboek alles vertel. Ook Isolde en rechter Feuerbach weten het niet.

Ik verzwijg dat ik verliefd wil worden. Misschien wil ik wel verliefd worden op Lina, de dochter van de provinciegouverneur von Sticha-ner. Ze is niet groot, zou ze veel plaats innemen in bed? Ze omhelst me, zonder me te kussen, dat heb ik graag. Ze lacht de hele dag en ze houdt ook van fruit en bloemen schilderen en ze is gek op paarden.

Als ik bij haar en bij haar familie ben, mag ik praten, lachen en ook dansen als er een feestje is. Soms schaak ik met haar en één keer heb ik gewonnen. Met mijn paard heb ik haar koning schaakmat gezet.

Iedere week kijk ik uit naar de dag dat ik naar hen toe mag gaan.

De mensen die er komen, zijn vriendelijk. Ze willen alles van me we-ten. Zij willen ook geschilderde fruitmandjes van mij.

Ik wil wel verliefd worden op haar, maar trouwen? Misschien toch maar niet. Dan blijft het grote bed van mij alleen.

Heer Meyer wil dat ik lieg.

Hij verdraagt het niet als ik zeg dat Vaterman goed voor me was.

'Die man is slecht,' zegt hij. 'Kaspar, je moet die man uit je hoofd zetten. Hij heeft een groot stuk van je leven afgepakt. Hij hield je gevangen. Hoor je me, Kaspar. Hoor je me?' roept hij veel te luid in mijn oor, zodat ik steken in mijn hoofd voel.

Ik knik om zijn geroep te laten stoppen.

Nooit zal iemand mij horen zeggen dat Vaterman slecht is. Hij zorgde voor me en gaf me het leven. Ik mis hem. Ik mis hem zo erg dat er tranen in mijn ogen komen. Heer Meyer mag ze niet zien. Ik moet voorzichtig zijn. Niemand weet waar ik dit dagboek bewaar.

Heer Meyer vermoedt iets. Hij doorzoekt mijn kamer als ik naar de godsdienstlessen ben. Hij doet het heel voorzichtig en legt alles op de juiste plaats terug. Maar ik merk het. Hij weet niet dat hij iedere keer zijn geuren achterlaat. Geuren die ik niet verdraag. Hij ruikt naar zwarte snuiftabak. Ik krijg er hoofdpijn van. De plooien van zijn kleren ademen de geur van zure muskaatwijn uit. Het maakt me misselijk. En ik ruik het vlees dat hij die middag met langzame hapjes at. 'Honderd keer kauwen, Kaspar, honderd keer,' zegt hij tussen de happen door.

Iedere keer als hij te dicht naast me komt staan, moet ik bijna braken. Hij ruikt naar het kerkhof. Dan leg ik mijn hand op mijn mond en buig me een beetje naar voren. Hij zegt dat ik de spot met hem drijf en dat wil verbergen achter mijn hand.

Een tijd geleden heeft heer Meyer in mijn haardkachel gepookt om te zien of ik er mijn dagboek, brieven en tekeningen had verbrand.

Hij kwam me tegemoet in de moestuin waar ik vrouw Meyer hielp met het plukken van de laatste spruiten. Ze was zo dik geworden en ik dacht eerst dat ze een pompoen onder haar schort verborgen hield.

'Ze gaat een kind krijgen,' zei Isolde. *Dat was nog voor we ruzie maakten.*

Heer Meyers gezicht was nat van het zweet. Hij ademde verbrande stoffen en heimelijkheid uit. Hij kwam uit mijn kamer, rook ik.

Vrouw Meyer ruikt naar brood, pompoen en ja-knikken.

Ik kan ruiken of een mens goed of slecht is. Maar ik zwijg erover. Ik heb het één keer tegen heer Meyer gezegd. Dat had ik beter niet gedaan.

'Het dier in jou is nog niet dood,' zei hij en hij snoof als een wilde hond die niet aangeraakt wil worden.

Hij leest alles wat er over mij geschreven wordt. Een krant beweert dat ik door wolven ben opgevoed. Ik heb nog nooit een wolf ontmoet.

Maar ik begrijp de zin: een wolf in schaapskleren. Heer Meyer draagt schaapskleren. Hij is de wolf die op me jaagt.

Op wat zou hij nog jagen?

Op het kind van mevrouw Meyer?

'Wie heeft het kind in de buik van mevrouw Meyer gestopt?' *vroeg ik later aan Isolde.*

Haar gezicht kreeg de kleur waarvan ik houd. Rood.

'Heer Meyer deed het,' zei ze.

'Hoe deed hij dat?'

Ze nam me mee naar de vensterbank. Er stonden feloranje bloemen. Ik houd niet van bloemen. Ze ruiken naar jonge vrouwen. En jonge vrouwen ruiken naar onbekende dingen die buikpijn geven. Alleen oude vrouwen ruiken goed. Ze ruiken naar wittebrood, suiker, karwij en veilig.

'Weet je nog, Kaspar, dat er hier nog geen bloemen in de potjes waren? Alleen maar wat groene scheutjes. Je was nog maar net bij ons,' vroeg ze. Dat wist ik nog. Toen ik genoeg woorden kende, vroeg ik wie er iedere dag een groter stokje groen in de aarde stak.

'Zo gaat het met alles, Kaspar,' zei ze. 'Eén zaadje is genoeg om een hele pompoen uit de grond te krijgen. Een zaadje van de heer Meyer is voldoende om een kind in de buik van zijn vrouw te laten groeien.'

'Hoe steekt hij het zaadje in haar buik?' wilde ik weten.

'Met iets … eh, je ding … iets wat alleen mannen hebben. Jij hebt het ook, Kaspar,' antwoordde ze. Ze giechelde en was opeens de kamer uit. Ze kwam terug met warme thee en vruchtencake. Haar gezicht was nog even rood.

'Isolde, waar is mijn ding dat alleen mannen hebben?' vroeg ik.

'In je broek, Kaspar. Waarmee je plast, is je ding. Daar plant je zaadjes mee,' zei ze en ze werd beschaamd.

'Heb ik zaadjes?' vroeg ik nog. Want alleen aan Isolde kan ik dit soort vragen stellen. Sommige vragen horen bij sommige mensen en daar mag je geen fouten mee maken. Vragen over kleren en eten zijn voor vrouw Meyer. Vragen over God en onbegrijpelijke dingen zijn voor de

dominee. Voor heer Meyer heb ik weinig vragen. Geheime vragen zijn voor mijn dagboek.

Ik vroeg het nog eens.

'Isolde, heb ik een ding met zaadjes?'

Isolde giechelde achter een hand, haalde een zakdoekje te voorschijn en wuifde zich koelte toe, ook al was het fris in de kamer.

Er was zoveel dat ik nog niet wist.

Ik besloot om geen zaadjes te planten. Ik had er geen zin in.

'Kan er ook een pompoen uit vrouw Meyer komen?' vroeg ik.

Isolde bleef giechelen, dat deed ze vaak als ik met haar praatte. Hoewel ik nooit grappig ben.

'Een mens kan alleen maar een mens maken,' zei ze daarna ernstig.

Daar moest ik diep over nadenken.

Er was iets in de woorden van Isolde dat me verontrustte.

's Avonds keek ik aandachtig naar mijn ding. Ik had er nooit aandacht aan besteed. Ik wist alleen dat er warm water uitkwam en dat je er best niet over sprak als er mensen bijstonden, maar het water in stilte achterliet in het geheim gemak.

Ik wilde er meer over weten. Dus ging ik naar het geheim gemak op de binnenplaats. Ik wilde weten of ik een zaadje kon vinden.

In het hok moest ik me dubbel plooien om het plasgaatje van mijn zaadjesding te bekijken. Het kriebelde. Het velletje vooraan deed me lachen. Het deed me ook schrikken. Mijn ding werd groter. Veel te groot. Ik wilde het niet. Had ik het ziek gemaakt?

Ik durfde het niet aan Isolde te vragen. Ze zou zeker weer giechelen.

En ik wist dat ik het zeker niet aan heer Meyer moest vragen. Sommige
dingen weet je.

Alles kwam goed. Toen ik het geheim gemak verliet, was het ding van
mijn zaadje weer gewoon.

Toch kon ik de slaap niet vatten. Volgens heer Fuhrmann, mijn gods-
dienstleraar, maakt God de mensen. Volgens Isolde maakt een mens
een andere mens. Wie moest ik geloven? Wie had er mij gemaakt?

De volgende dag wist ik dat Vaterman tijdens de nacht was langsge-
komen met het antwoord. Hij had me meegenomen naar mijn kooi.
Het donkere huis waar ik gelukkig was. Ik had niet moeten lopen. We
waren er ineens.

'Ik heb je gemaakt,' zei hij. 'Ik alleen. Want ik heb je de wereld gegeven.
Niemand anders.'

Toen werd ik wakker en ik was blij. Ik kende het antwoord, maar wist
ook dat ik het aan niemand kon vertellen. Iedereen zou lachen als ik
hen zei dat Vaterman me had gemaakt.

Vaterman ruikt goed. Zijn geuren fladderen. Vlinders in mijn hoofd.
Soms zijn ze er. Dan wil ik ze grijpen, ze op de toppen van mijn vingers
dragen. Eraan ruiken. Maar even plots als ze gekomen zijn, verdwij-

nen ze. Ik ben bang dat ik de geuren van mijn herinneringen zal

verliezen. Ze lijken op de gedroogde grassen opgeslagen in de schuur.

En ze geuren naar dingen die bewaard worden in een vochtige kelder.

En naar de geur die geplooid ligt tussen het zadel en de rug van het

paard. Dat alles vermengd met de geur van Vatermans huid.

Het doet me aan mezelf denken. Met mijn neus gedrukt op mijn huid,

ruik ik niets. Maar als ik met mijn armen fladder of snel beweeg in

een kleine ruimte, kom ik mezelf tegen in de geuren die ik achterlaat.

Het is ook de geur van Vaterman.

Isolde blijft aandringen.

'Kaspar, schrijf over de kelder, en over de dag dat je vrijkwam. En over

de man die je verborgen hield. Ik wil weten wie het was.'

Isolde wordt wel vaker rood in het gezicht. Als haar verloofde er is,

krijgt ze rode vlekken in de hals en ze knippert met de ogen. Ze lijkt op

de geranium op mijn vensterbank. Als de blaadjes vallen.

Ik vind haar zo mooier dan wanneer ze gewoon wit is. Als ze rood is,

luister ik beter naar wat ze vraagt.

'Wat voelde je tijdens je gevangenschap? Welke gedachten gingen er

toen door je hoofd? Was dat niet vreselijk beangstigend zo in het don-

ker in je eentje?'

Ze dringt aan, en ik weet niet of ik dat wel wil.

Hoe kan ik haar duidelijk maken dat ik nu minder vrij ben dan in mijn kooi? Ik heb me in de donkere kelder nooit gevangen gevoeld.

Hoe kan ik haar uitleggen dat ik toen niet wist wat een gedachte was?

Je kunt niet denken zonder woorden.

Iemand moet mij al van in het begin hebben geleerd om te eten en te drinken. Iedere dag at ik het brood dat naast me lag en dronk ik de kruik met water leeg tot de laatste druppel.

Soms had ik dorst naar meer. Dan hield ik de lege kruik hoog boven mij en wachtte op de druppels die niet kwamen. Ik trappelde met mijn voeten omdat er geen water meer uitkwam.

Ik wist niet dat er iemand was die mijn kruik met water vulde. Vater-man deed het als ik sliep.

Iemand leerde me de put met het deksel in de grond te gebruiken.

Ik weet het niet meer. Het ging vanzelf.

Ik droeg een broek. Met een open gleuf achteraan.

Ik draaide me een beetje, nam het deksel weg, schoof ernaartoe en loste iets.

Iemand heeft me geleerd het ding in de put niet aan te raken. Ook al was het van mij. Iedere dag een andere vorm.

De geur was steeds hetzelfde. Mijn geur: vertrouwd en veilig.

Ik houd nog steeds van de geur die samen met het bruine hoopje mijn li-chaam verlaat. Ik kan uren op de houten plank in het geheim gemak zitten. Heer Meyer vindt mij vies. Het bewijs van mijn beestenaard wordt hiermee bevestigd, zegt hij.

Soms maakte Vaterman de put leeg. Als ik sliep. Hij deed alles als ik sliep. Vaterman was de nacht.

Brood, water, de put en de paardjes waren de dag.

Ik draaide strootjes rond mijn paardjes.

Op een dag lagen er naast het brood wat leren riempjes.

Ik draaide riempjes rond mijn paardjes.

Ik denk dat ik toen voor het eerst iets van geluk heb gevoeld. Er was water op mijn wangen. Ik likte het op. Het smaakte anders dan water.

Lachen en wenen. En stil zijn.

Honderdduizend keren draaide ik de riempjes rond mijn paardjes.

Nooit ben ik daarna nog zo tevreden geweest. Er was zoveel te doen. Mijn dagen waren gevuld.

'Men moet eerst aan alles twijfelen,
vooraleer men iets als waarheid
kan beschouwen.'

— *Pyrrho, Griekse wijsgeer (360-270 voor Christus)* —

Manfred

Mijn kamer lag helemaal achteraan, waar de immense gang draaide naar een grote hal grenzend aan de tuinen. Vanuit mijn kleine raam had ik zicht op het bordes, de stallingen en het labyrint dat opgetrokken was uit metershoge buxushagen. Het paleis was zeer groot en U-vormig gebouwd. Alleen de linkervleugel was voor mij toegankelijk.

Mijn militaire uniform moest plaatsmaken voor het livreipak. Een donkerblauwe kniebroek en vest, witkatoenen hemd, kousen, zwarte schoenen en natuurlijk ook een zilvergrijze pruik met aan elke kant drie pijpenkrullen en een halflange staart die bijeengebonden werd met een zwarte strik. Het stond me goed. Mijn lichaam was gespierder, ik was geen spichtige jongen meer, maar breedgeschouderd en de grootste van het personeel. Alleen Hennenhofer was even groot en struis gebouwd. Als ik toch niet zo'n verdomd lelijk gezicht had ...

Ik ontdekte dat ik me voor niets zorgen had gemaakt. Noch de kroonprins noch de prinses of iemand anders uit de adellijke kringen, keek een knecht of een kamermeisje rechtstreeks aan. De omgangscode liet dat niet toe. Een livreiknecht die de kamers binnenging en bevelen aannam, keek schuin naar beneden als teken van nederigheid en dienstbaarheid. Hij moest leren achterwaarts de kamer te verlaten, nooit mocht hij zijn rug tonen. De meiden en knechten in lagere rang hoefden hier geen rekening mee te houden, maar zij mochten dan weer nooit de kamer poetsen of de bedden verschonen wanneer er een hoger iemand in de kamer aanwezig was. De knechten die aan de deuren de wacht hielden, keken strak voor zich uit. Ik kreeg een hoge functie in het paleis. Het personeel coördineren en duizend ogen en oren hebben.

Niemand durfde me openlijk te pesten, maar in de grote keukens werd ik zoals altijd gemeden en ik hoórde vaak spottende en kwetsende woorden wanneer ik de dienstenkamers verliet. Het deerde me niet, het was altijd zo geweest. Ik at op mijn kamer zodat niemand kon zien hoe mijn mond eetbewegingen maakte.

In het paleis waren vier koetsiers in dienst, maar ik werd zowel door de kroonprins als door de prinses gevraagd voor hun heimelijke tochten. Dat was om mijn zwijgen en mijn kennis van afgelegen ontmoetingsplaatsen en vluchtwegen door Karlsruhe.

Het boterde niet meer tussen prinses Stephanie en haar echtgenoot Karl. Ze deelden steeds minder samen het bed. De deuren waren dik, dubbel en gewatteerd, maar toch klonken hun twisten door tot de gang.

Vooral de kroonprins gaf er de brui aan. Het liefst zat hij met zijn militaire vrienden in een herberg of gastenhuis of hij organiseerde zelf feesten waar het wild aan toe ging. Dan was het aan mij om ervoor te zorgen dat de sporen de volgende

morgen werden verwijderd en dat het personeel de brokstuk-
ken zonder morren opruimde. De keren dat ik hem nuchter
zag, waren zeldzaam. De dag gebruikte hij om zijn roes uit
te slapen. Van regeren was geen sprake. In zijn werkkamer,
die de grootte had van een balzaal, lagen de perkamenten en
de brieven in stapels gesorteerd. Nooit zette hij ergens een
handtekening onder, nooit beantwoordde hij een brief of een
vraag die betrekking had op zijn land. Het was niet zo dat
hij constant op andere vrouwen joeg, hij was meer een nuk-
kig, verwend kind in het lichaam van een volwassene, altijd op
zoek naar afleiding en nieuwe pleziertjes.

Bij ruzies gooide de prinses maar al te graag met grote vazen,
stuk voor stuk kopieën van die van het paleis van Versailles.
Ook de tuinen waren op zijn Frans aangelegd. Iedereen wist
dat de prinses wegkwijnde van heimwee naar haar dierbare
Frankrijk en het leven daar. Ze vond de mensen van Baden
koele kikkers die niets afwisten van het leven en de liefde.

Ik had de liefde nog niet omarmd zoals andere mannen. Maar
ik bleef de liefde van mijn moeder voelen. In iedere luchtschake-
ring zag ik haar lieve gezicht. Bij iedere bries of windvlaag hoopte ik dat ze de deuren van de hemel had opengezet om terug
een voet op aarde te zetten. Ik zou er mijn leven voor hebben
gegeven om haar terug te zien. Men zegt dat het niet past om zo

te houden van je moeder, maar ik had geen keuze. Haar liefde zat onder mijn huid, had me gemaakt tot wie ik was en had me mijn blik op het leven en zijn heiligen gegeven. Zij was de enige in mijn leven die me onvoorwaardelijk haar liefde had gegeven. Ik was opgelucht dat er aan het hof geen strenge protestantse predikant de scepter zwaaide. Ook dat had de prinses geweigerd. Haar dochtertje had een diepgelovig Franssprekend kindermeisje en werd bezocht door een katholieke priester, die zowel Frans als Duits sprak. Het kind was nog te klein om bang voor me te zijn. Ook de kok en de keukenknechten waren uit Frankrijk meegekomen en in het begin moest ik wennen aan het Franse voedsel dat vaak uit orgaanvlees bestond en overdadig werd gekruid met knoflook, rozemarijn en tijm en doordrongen was van rode wijn.

Na een paar maanden wist ik precies met wie het echtpaar het bed deelde. Het grote voordeel van een zwijger is dat de mensen vaak vergeten dat hij er is. Ik was net als de staande klok, de roze fluwelen banken of de Biedermeiermeubels kroongetuige van de echtelijke ruzies en de buitenhuwelijkse escapades.

Ik bracht trouw verslag uit aan Hennenhofer, die steeds vaker in het slot verbleef en het duurde een paar weken voor ik begreep waarom. In de rechtervleugel logeerde sinds enkele maanden de gravin Louise von Hochberg, samen met haar vier kinderen. Haar echtgenoot – de vader van prins Karl – was hoogbejaard en nauwelijks in staat om uit zijn bed te komen. Het was een *morganatisch* huwelijk – getrouwd met de linkerhand – dus kon de gravin geen aanspraak maken op de troon. Maar haar zonen wel.

Ik hield me niet bezig met de vraag hoe ze aan haar kinderen was gekomen, maar ik zag dat er meer aan de hand was tussen Hennenhofer en de gravin. Ook al was ze veel ouder, het was een mooie, passionele vrouw die alles waar ze haar zinnen op zette, kreeg. Ik voelde dat ze het in stilte toejuichte dat Karl en Stephanie slechts een dochter hadden. Zolang er geen zoon werd geboren, was er een kans dat een van haar zonen de troonopvolger van Baden werd.

Ze was een intrigante en het duurde even voor ik doorhad dat zij medeverantwoordelijk was voor de vele uitnodigingen voor feesten die prins Karl ontving. Als hij weg was, deed ze zich bij prinses Stephanie voor als bezorgde tante die meeleefde met het leed dat de prins zijn vrouw bezorgde. Zo wist ze zich verzekerd van een relatie die steeds meer verzuurde en de kans dat het prinselijke echtpaar elkaar in bed zou treffen, werd zo goed als onbestaande. Ze moedigde de prinses ook aan om terug te keren naar Frankrijk.

Ik had snel door dat prinses Stephanie zeer beïnvloedbaar

was. Het kleinste kind kon zien hoe de vork aan de steel zat en wat de ware bedoelingen waren van de gravin.

Trouw uitte ik mijn vermoedens over gravin Louise von Hochberg aan Hennenhofer, maar hij wuifde mijn woorden weg. Voor alles wat haar aanging, leek hij doof.

Na zes maanden was ik helemaal ingeburgerd in het paleis en ik wilde er niet meer weg. Toen kwam zij. Rosika.

Ze leek zo uit de hemel gestapt. Nooit eerder zag ik een jonge vrouw, een meisje nog, met een huid zo blank als gepelde amandelen. Als ze haar kleine tanden toonde – witte parels aan het halssnoer van een hertogin – dan lachte de hele wereld mee. Haar koperkleurige krulletjes bleven nooit in haar muts en haar gevleugelde wenkbrauwen waren door de Schepper zelf op haar hartvormige gezicht getekend. Ze had kuiltjes in haar wangen, en kuiltjes in haar knieën.

Toen ik haar voor het eerst zag, vergat ik te ademen. Zij bracht niet alleen de zon in mijn leven terug, ze gaf ook een andere dimensie aan woorden. Kan het zijn dat er toen een dichter in mij werd geboren? Het verlangen om een boek te schrijven kwam terug en zij zou mijn hoofdpersonage worden.

Ze was geen schoonheid naar de gebruikelijke normen van de tijd, en toch moest de Schepper haar als model in gedachten hebben gehad toen hij uit Adams rib de vrouw boetseerde.

Ze heeft nooit geweten hoe groot mijn liefde was. Ik heb het haar nooit durven te zeggen – mijn woorden zouden als braamtakken het veld van witte bloemen verstoren.

Hertogin Stephanie had me de opdracht gegeven om Hortense, de Franse mademoiselle – al de derde op rij – te ontslaan. Het kindermeisje was tijdens een wandeling in het park onoplettend geweest waardoor de tweejarige Louise in het labyrint verdwaald was. We hoorden haar schreien en het duurde zeker twee uur voor we haar konden bevrijden. Telkens als we dachten haar gevonden te hebben, stootten we op de muur van buxus die de juiste ingangen verborgen hield. Het meisje volgde in paniek onze stemmen, waardoor ze het ons nog moeilijker maakte. Ze struikelde voortdurend over haar lange jurk en ze kreet de lucht in barstjes. Uiteindelijk werd de ontwerper van het labyrint erbij gehaald.

Ik kreeg de opdracht om op zoek te gaan naar een nieuwe mademoiselle.

Rosika meldde zich aan op een gure najaarsdag. Ze was de eerste die zich aanmeldde. Haar vader was in dienst van het paleis en had zo vlug hij kon zijn oudste dochter naar mij gestuurd.

Het regende pijpenstelen en ik leidde paard en koets naar de achterste stallingen bij de linkervleugel van het kasteel. Ik bleef nog wat in het koetshuis en borstelde de vacht van Mirage, de tweejarige merrie van prinses Stephanie. Ik hield van dieren en zij hielden van mij. Het was niet mijn taak om de paarden te onderhouden, ik had me als persoonlijke koetsier van de prins en de prinses kunnen distantiëren van dat werk. Maar sinds een paar weken vertrouwde de hertogin niemand meer bij het paard, net zoals ze niemand meer toeliet in haar persoonlijke vertrekken. Iemand had slechte bedoelingen met haar, had ze me laten verstaan. Een van haar windhonden was een week eerder op onverklaarbare wijze gestorven en men fluisterde dat hij was vergiftigd. Ze verdacht haar man en ik had er zo mijn eigen mening over, maar hield die natuurlijk voor mezelf.

Opeens stopte het met regenen en de zon brak aarzelend door. De deur van de stalling stond open. Ik had niemand zien binnenkomen.

'Bent u heer Ostheim?' Ik knikte zonder me om te draaien.

'Mijn vader zegt dat ik bij u moet zijn. Ik ben Rosika en ik wil graag het nieuwe kindermeisje worden. Ik zal u niet teleurstellen. Ik kan goed werken en kinderen zijn alles voor me. Ik ken de psalmen en gebeden van het heilige boek en ik heb de maagd Maria lief alsof het mijn eigen moeder is en ...'

Het was de klank van haar stem die me deed omdraaien. Belletjes, zottebollende zwaluwen, klaterend water, kortom alles wat vrolijkheid in me opwekte. Ik was niet voorbereid op wat ik zag. Ze stond in de deuropening en het zachte zonlicht achter haar leek haar op te tillen en haar rode haar in vlam te zetten. Ze leek op mijn moeder toen ik nog door haar gedragen werd. Natuurlijk waren er verschillen. Dit meisje was iets kleiner, haar vormen waren rond en ze leek niet ouder dan zestien jaar.

Ik moet er verdwaasd hebben uitgezien, want ze stopte abrupt met spreken.

'Heb ik u laten schrikken? Oh, het spijt me zo. Mijn vader zegt dat ik te veel praat en ik had me zo voorgenomen mijn mond te houden en nu doe ik het toch weer.'

Ze kwam zonder schroom de stal binnen, kwam vlakbij staan – ik rook het rozenwater dat ze uitademde – stak haar hand uit en lachte. Ze keek me daarbij recht in de ogen. Ze schrok niet terug van mijn lelijke gezicht. Ik wist het meteen: dit meisje wilde ik in mijn buurt. Voor haar stem, haar lach met belletjes en zwaluwen, het kuiltje in haar wangen en kin, de rode krullen net als mijn moeder.

'Zo, u wilt graag kindermeisje zijn? Mag ik ook uw leeftijd weten? U lijkt me nog jong.' Ik probeerde zacht te spreken zodat ze niet zou schrikken van mijn stem. Ze knikte en kwam nog iets dichter bij me staan.

'Ik ben twintig, in Hongarije geboren en heb thuis ook altijd voor de kinderen gezorgd. Mijn vader kon hier werk vinden en een groter huis. Ik ben de oudste van tien, en mijn moeder is ziekelijk. Daarom ziet u.'

Ik zag het. Ik zag het helemaal en zonder er nog woorden aan vuil te maken, nam ik haar aan met een proeftijd van drie maanden, ook al wilde ik haar voor de rest van mijn leven aan me binden.

Ze bleek een uitstekend kindermeisje, dat een klein mondje

Frans praatte en vlug bijleerde door haar omgang met de kleine Louise. Wat alles nog wonderlijker maakte, was het feit dat ze met haar vragen en haar vertellingen naar mij kwam. Ze wist me altijd te vinden in de stallingen of in de tuin waar ik graag tussen de rozenstruiken liep.

Ik zag dat ze hetzelfde effect had op de andere mannelijke personeelslieden. Haar glimlach was voor iedereen en ik maakte me geen enkele illusie. Een vrouw en ik, dat zou nooit lukken. Maar ik genoot in stilte van haar aanwezigheid en merkte te laat op hoe groot mijn gevoelens voor haar werden. Vlinders in buik en hoofd, ik had erover gehoord, maar dat was toch niet voor mij bestemd?

Toch was het dat wat ik voelde. Een gevleugelde liefde die me naar het einde van de wereld wilde voeren. Iedere keer als ik aan haar dacht, hoorde ik mijn goede heiligen in hun handen klappen.

Ik was een meester in het verbergen van mijn gevoelens en haar openheid bracht me van mijn stuk. Haar vrolijke verhalen maakten mijn scheve mond nog schever omdat ik niet anders kon dan glimlachen als ze bij me was. Ze verraste me met haar onschuld, haar gebrek aan wantrouwen en haar kijk op de wereld. Alles was mooi en goed voor haar en ze kon zich niet voorstellen dat twee mensen elkaar de duivel konden aandoen. Ze was in staat om het loodzware deksel van mijn ziel te openen en in mijn gevoelens te roeren zonder terug te deinzen.

Alleen ik deinsde terug.

Nooit had ik verwacht dat een jonge vrouw me zo van mijn stuk zou kunnen brengen. Ik durfde de heiligen en mijn moeder niet te raadplegen omdat ik bang was dat ze me zouden adviseren om mijn hart gesloten te houden.

Mijn gevoelens werden van dag tot dag sterker en ik zorgde ervoor vaak in haar buurt te zijn. Daardoor groeide de angst om haar te verliezen.

Ik zag hoe mannen hun hoofd omdraaiden als ze voorbijliep. Alles danste aan haar. Haar krullen, haar dribbelende pas, haar handen die mee bewogen met de toonaard van haar stem, haar oogopslag en haar lach.

Ze was aan de mollige kant, maar nooit zag ik een lichaam dat zo uitnodigend was. Ik wilde mijn hoofd ertegenaan vlijen of er andere dingen mee doen waar ik nauwelijks aan durfde te denken. Het vervelende is dat het ondenkbare als een web in je hoofd groeit zonder dat je er iets aan kunt doen. De spin, midden in het web, liet alleen de webdraden trillen als er een andere man in de buurt van Rosika kwam.

Ik voelde een verpletterende jaloersheid, gelijk aan de haat voor mijn stiefvader, en ik kon het gevoel niet bannen. Moordlust welde in me op als een man haar benaderde.

Ik zag Rosika lachen, grapjes maken, koketteren, zonder dat ze besefte hoe ze ieders hoofd op hol bracht. Het liefst had ik haar opgesloten in mijn kamer opdat ze voor mij alleen zou zijn. Ik wilde haar dienaar zijn en in mijn fantasie lag ze naakt op een bed van kussens, omgeven door rozen. Ik zou haar witte voeten kussen en haar kleine mollige handjes vastpakken en ik zou met mijn wang over haar gewelfde buik strijken tot ze zich aan mij overgaf. Aan mij alleen.

Ik schrok van mijn gedachten, ik bloosde en schaamde me, maar ik dacht ze opnieuw en opnieuw en ze werden steeds intenser.

Mijn heiligenkaarten stak ik in mijn lade en ik draaide het sleuteltje om zodat niemand eruit kon.

Een van de mannen die ook haar schoonheid had opgemerkt, was majoor Hennenhofer. Na ons wekelijkse gesprek verliet hij mijn kamer net toen Rosika op mijn deur klopte. Als Louise sliep, was ze vrij en ze kwam geregeld een praatje maken, wat wilde zeggen dat zij vooral aan het woord was en ik luisterde en me haar naakt voorstelde tussen de rozen.

Ik zag de wolvenblik in Hennenhofers ogen en ik wist wat hij voelde.

'Is dat het nieuwe kindermeisje?' vroeg hij langs zijn neus weg.

Hoe achtelozer iemand iets vraagt, hoe meer je hem moet wantrouwen. En ook al was hij mijn redder aan wie ik eeuwige trouw had beloofd.

'Ostheim, dat heb je me niet gezegd. Het hoort ook bij je opdracht: iedere verandering melden. Ook de komst van een nieuw kindermeisje.'

'Wie is die man? Werkt hij hier ook?' vroeg Rosika, toen hij weg was. Ik zag de nieuwsgierigheid oplichten in haar blauwe poppenogen, maar ik antwoordde niet.

Dat was dom van me, ik had haar moeten waarschuwen, en het hield me de hele nacht wakker. Dus besloot ik er iets van te zeggen.

Ik wachtte niet tot ze voor mijn deur stond, maar sprak haar 's morgens aan toen ze met Louise haar dagelijkse wandeling door het park ging maken.

'Rosika, heb je even?'

Verbaasd keek ze me aan. Ik sprak haar nooit als eerste aan en zeker overdag waren gesprekjes tussen het personeel uitgesloten.

'Weet je nog, gisteren, die man die mijn kamer verliet toen jij kwam? Je wilde weten wie het was?' Ze knikte terwijl ze ondertussen met een verse zakdoek het neusje van Louise snoot die jengelde omdat ze met de jonge windhonden wilde spelen.

'Hij heet Hennenhofer. Ik ken hem al heel lang.'

'Hij lijkt me aardig. Ik vind hem een mooie man. Is hij een vriend van je?'

Wat moest ik antwoorden? Was mijn redder een vriend? Hij had mijn leven tweemaal gered en onze levens waren sindsdien verbonden. Ik had mijn schuld nog niet ingelost. Rosika vond hem mooi. Oh, wat had ik een hekel aan dat woord.

'Hij lijkt aardig, Rosika, maar ik wil je toch waarschuwen. We hebben op hetzelfde slagveld gestreden. Ik weet wat hij waard is. Hij heeft veel voor me gedaan. Maar zijn reputatie met vrouwen is gekend.'

Zoveel woorden in één keer. Ze keek bedenkelijk naar een punt in de verte, haar hand liet Louise los die naar de rollebollende windhonden op het grasveld liep.

'Oh,' zei ze, 'bedankt.' Ze leek nog even na te denken. 'Waarom wil je me waarschuwen?'

Haar blik boorde zich in die van mij. Ik had het haar moeten zeggen. Hoe groot mijn liefde was. Hoe ze me sinds haar komst de wereld had teruggegeven. Hoe ze me naar de horizon had doen verlangen. Geen horizon zo scherp als een mes, zoals mijn vader had gezegd. Maar een einder die een nieuw begin beloofde.

Ik durfde het niet. Ik was te laf.

Ik zei: 'Ik vond dat je het moest weten.'

Ze kwam pal voor me staan en keek in mijn ogen zonder te verpinken.

'Is dat echt alles wat je me wilt zeggen?'

Ik knikte, maar vanbinnen brulde ik 'nee!'

De angsthaas had gewonnen.

De winter was uiterst vroeg en streng dat jaar. Vanaf begin december viel de sneeuw en de vijvers in de slottuin bleven bevroren tot roerloze spiegels. Dat duurde tot begin februari. Prins Karl en prinses Stephanie gingen minder uit en daar was ik blij om. Als ik ze met de koets begeleidde, zat ik buiten op de bok en met het strenge winterweer had ik vlug last van ontstekingen aan mijn mond.

Het leek weer beter te gaan tussen het prinsenpaar, want af en toe moest ik het ontbijt laten opdienen in de vrouwenvertrekken en zag ik dat ze samen de nacht hadden doorgebracht. Het was niet toevallig dat gravin Louise von Hochberg een tijdje naar Engeland was geweest, waar ze was uitgenodigd door lord Stanhope, een man die ik een keer had ontmoet en die er verwijfd en arrogant uitzag.

De prinses was opgeruimder en liet vaker dan anders de badkuip vullen met rozenwater, lavendelolie en ezelinnenmelk om haar huid blank en zacht te houden. Ook prins Karl liet af en toe een uitnodiging links liggen en hij nam zijn echtgenote vaker mee naar de schouwburg of het muziektheater.

Het ging zelfs zo goed dat het echtpaar besliste om een oude traditie in ere te houden. Op 28 december, de dag van de Onnozele Kinderen, wilden ze een groot feest aanbieden aan de dienstboden. Er zou een echt banket worden gegeven en in de Koninklijke zaal zou worden gedanst. De adel mocht zich vermengen onder het personeel. Iedereen, van staljongen, gravin, edelman, livreiknecht tot wasmeid, was welkom, op voorwaarde dat ze zich onherkenbaar maakten. Het werkvolk mocht even doen alsof ze van adel waren. Iedereen sprak erover, want het was een spannend spel om te raden wie van adel was en wie niet. De vermomming moest perfect zijn, want wie herkend werd, moest onmiddellijk het feest verlaten.

Een paar vriendinnen hielpen de prinses om alles te organiseren. Ook gravin Louise von Hochberg, die net terug was, hielp mee. Ze liet kleedsters en pruikenmakers komen. Een Venetiaanse koopman bracht manden vol met maskers. Bakkers en koks uit Neurenberg en Mannheim kwamen over om voor het banket te zorgen. Dienaars en dienstmeisjes van andere adellijke families werden voor een week in dienst genomen. Feestenmakers versierden de zaal met guirlandes en honderden kaarsen. Er kwam een Weens orkest dat – zo gonsde het in de gangen – gedirigeerd zou worden door de talentvolle Beethoven. Even leek het alsof de muziek een struikelblok zou vormen. Beethoven, die eens een vurige aanhanger was geweest van Napoleon, maar hem nu zijn zelfgekroonde keizerschap verweet, stuurde zijn kat naar de voorbereidingen, om de verwantschap die er was tussen prinses Stephanie en Napoleon, haar adoptievader.

Maar het prinsenpaar had genoeg connecties. Een week voor het feest kwam het bericht dat het orkest zou geleid worden door Josef Hummel, die plechtig had beloofd om vooral ländlerdansen te spelen, naast de gebruikelijke gavottes en menuets. Ik wist dat deze pittige parendans erg in trek was vanwege het intieme karakter. Men moest elkaar immers aanraken en vasthouden tijdens deze wervelende dans: een hand op die van je partner en de vrije hand om elkaars leest.

Ik dacht aan mijn stiefvader, hij zou de dans streng hebben veroordeeld. Mijn moeder zou hem hebben willen dansen, daar was ik van overtuigd.

De huischoreograaf van de opera van München kwam een week eerder om de dansen te leren aan wie deze nog niet kende. Iedere avond werd er geoefend en het kasteel gonsde van de bedrijvigheid en de voorbereidingen.

Ik had voor mezelf uitgemaakt dat ik niet naar het feest zou gaan – ik zou nooit durven te dansen – maar Hennenhofer raadde zoals gewoonlijk mijn gedachten. Een paar uur voor de aanvang van het feest kwam hij naar mijn kamer.

'Ostheim, jij moet erbij zijn, man. Laat je eens goed gaan. Dans, drink en maak plezier! Ik zal er ook zijn.'

Hij sloeg zijn arm om mijn schouders en trok me vriendschappelijk tegen zich aan.

'Wij zijn broeders. Voor het leven met elkaar verbonden. Ik wil dat je de avond van je leven hebt. Op Onnozele-Kinderendag kan alles. Alles, Ostheim. Zoek een vrouw uit. Duik met haar in het hooi of desnoods in een van je stallingen.'

Hij zag mijn schrik.

'Het is maar één keer in het jaar Onnozele-Kinderendag, Ostheim. Dan knijpt de goede God een oogje dicht voor alles wat hier beneden gebeurt. En als het te gortig wordt, draait hij zich op zijn andere zij en laat zich in slaap wiegen door het harpspel der engelen.'

Hij had aan alles gedacht. Uit een koffer haalde hij twee prachtige blauwe satijnen kapmantels. De fluwelen buitenkant was nachtblauw en de binnenkant was gevoerd met kobaltblauw satijn, de kleur van zomerse korenbloemen.

De donkerblauwe driesteek afgezet met een witte struisvogelveer paste precies op ons hoofd. De kuitbroek was van bleke, gevilte wol met vooraan een klep met gouden knopen en zijwaartse gespen net onder de knie. Daaraan hingen ook de witte kousenhouders die aan de zijden kousen konden worden gestrikt. De vesten in wilde zijde waren koraalrood en de witte batisthemden hadden wijde mouwen, waarin fijne plooitjes waren geperst en bovenaan was een zijden *cravat* die onder de kin kon worden vastgemaakt. Zelfs de schoenen waren van duur, soepel leder met vergulde gespen erop.

Ik streelde de stoffen en bewonderde de kleren. Het kostte zeker zes maanden soldij om zoiets te laten maken. Hij zag mijn bewondering en mijn twijfel. Hoe kon ik hem zeggen dat zelfs koninklijke gewaden van mij geen prins konden maken? Mijn lelijkheid was altijd zichtbaar.

Hij lachte en met een zwaai toverde hij de twee maskers te voorschijn. In plaats van halve Venetiaanse maskers had hij twee hele maskers gevonden in wit gekartonneerd satijn. Boven de oogopeningen zaten gouden en smaragdblauwe pailletten en gevlekte pluimpjes van een kievit. Mijn hele gezicht zou bedekt zijn.

Mijn eerste feest. Niemand zou weten hoe ik er in werkelijkheid uitzag. Ik zou zorgeloos kunnen rondwandelen en kijken naar de mensen: hoe ze dansten, elkaar het hof maakten en zich even in de hemel waanden. En ik zou voor één avond één van hen zijn. Niemand zou het hoofd afwenden omdat ik voorbijkwam. Vrouwen zouden niet stoppen met praten of lachen, ze zouden hun gezicht niet verbergen achter waaiers en over mij fezelen met elkaar.

En ik zou in de buurt van Rosika zijn. Haar kunnen bekijken, misschien wel met haar dansen. Mijn handen gloeiden alsof ze de herinnering van haar zachte leest al hadden opgeslagen.

Hennenhofer en ik leken tweelingbroers in onze maskerade. Hij bekeek me van top tot teen en aan het grommen achter zijn masker merkte ik zijn goedkeuring.

'Vanavond is jouw avond, Ostheim. Vanavond ga je een vrouw uitkiezen.'

Mijn hart bonkte en ik trok bijna het masker van mijn gezicht, maar hij hield mijn hand tegen.

'Nee, Ostheim, vanavond zul je een man zijn. Beschouw het als deel van je opdracht. Ik help je. Ik blijf in je buurt en zal ervoor zorgen dat je een nacht krijgt die je nooit meer zult vergeten. Vertrouw me, ik weet wat ik doe.'

Ik kon me niet voorstellen hoe hij me kon helpen om een man te worden, maar ik wist dat wanneer Hennenhofer zich iets in het hoofd had gehaald, hij er volledig voor ging. Ik besloot opnieuw om mijn lot in zijn handen te leggen.

O veral brandden er kaarsen en iedere kamer in het kasteel straalde een warme, rozige gloed uit.

De muzikanten zaten in de troonzaal en droegen allen eenzelfde karmijnrood satijnen vest en een bepoederde pruik waarvan de staart was gestrikt met een zwart fluwelen lint.

Jozef Hummel dirigeerde vol vuur en geestdrift de polka's, gavottes en ländlers. Hij was een vriend van het prinsenpaar en hij stond aan het hoofd van de Keizerlijke School voor Militaire Muziek. Zijn zoon, Johann, zat aan de piano en zijn vingers dansten over de toetsen.

Ik kon mijn voeten amper stilhouden, maar durfde niet te dansen. Ik had de voorbije weken niet meegedaan aan de voorbereidende dansoefeningen. Maar ik had toegekeken en ik kon zien wie de dansen beheerste.

De paren voerden in het midden van de dansvloer figuren uit en ik probeerde te raden wie wie was. Een vrouw was in tegenstelling tot de andere dames helemaal gekleed naar de voorbijgestreefde Franse mode: een wijde brokaatjurk gedragen over een *panier* zodat de heupen vijf keer breder leken. Op haar hoofd droeg ze een kolossale roze gepoederde pruik waarop een driemaster rustte. Ze droeg het masker van Harlekino. De vrouw danste niet maar lachte en kirde achter haar halve masker. Ik vermoedde dat het de prinses was. Misschien waren er wel mensen die elkaar herkenden, maar er werd wijselijk gezwegen, anders bederf je de pret.

Van de mannen herkende ik alleen Hennenhofer, mijn evenbeeld. Hij danste met alle vrouwen die beschikbaar waren, maar na een paar uur zag ik dat hij vooral één vrouw verkoos. Ze droeg een lange witte jurk met achteraan een sleep die ze bevallig over haar arm had gedrapeerd. Haar zwarte haar was half hoog opgestoken en met linten doorweven als bij Romeinse beeldhouwwerken. Haar gezicht dat schuilging achter een pluimenmasker, werd omlijst met vele losse zwarte krulletjes. Misschien was het gravin Louise von Hochberg?

Ik zocht Rosika. Een vrouw was verkleed als herderinnetje, ze was klein en mollig, maar het was moeilijk om in haar lachen de klank van belletjes te herkennen.

Ik bleef in haar buurt en ze merkte het op, vluchtte en speelde kat en muis met me. Mijn hart ging wild tekeer.

De gasten die niet dansten, zaten aan kleinere tafels en speelden poker of roulette. Anderen aten of dronken. Onder de tafels lagen windhonden, die aan de weggegooide botjes peuzelden.

Mijn ogen wisten soms niet wat ze zagen. Grote gebraden speenvarkens met mandarijnen in hun opengesperde bek uit Argentinië. Opgevulde pauwen uit Granada met de pauwenstaarten als waaier erop geprikt. *Aspic* van kabeljauw, rode poon en heilbot uit Nederland. Oesters, kreeften en kaviaar uit het Balkanmeer. Pensen, rollade en leverworst uit Beieren. Wijnen en champagne en *foie gras* uit midden-Frankrijk. Amandelkoekjes, marsepeinen figuurtjes, fondantgebak, appel- en frangipanetaarten en calvados uit Normandië. En nog zoveel meer.

Ik at niet omdat ik mijn masker niet wilde afzetten, maar de wijn kon ik drinken door de fijne bamboerietjes die overal stonden. Alleen mensen met een half masker dronken gewoon uit hun glas.

Ik werd een beetje licht in het hoofd, ik was geen alcohol gewend, maar het voelde goed. Ik durfde zelfs af en toe een praatje te maken met een wildvreemde en dacht niet na over de klank van mijn stem. Het masker dempte het geluid.

De wervelende muziek, de uitzinnige walsen, ik, die mij verborgen wist onder mijn anonieme masker, dat alles zette me in vuur en vlam. De avond kon niet meer stuk.

Hennenhofer danste nog steeds met het meisje in de witte jurk. Hij zag me, wenkte me en walste naar me toe.

'Dit is mijn broeder,' zei hij tegen haar. 'Wees lief voor hem,' en hij gaf het meisje aan me door.

Ik stond aan de grond genageld, maar het meisje pakte mijn handen en trok me mee de dansvloer op.

Het onvoorstelbare gebeurde: ik danste met een meisje en het ging als vanzelf. Mijn durf groeide, ik werd overmoedig en wilde met haar naar het einde van de wereld dansen.

'Je danst beter dan je broeder,' fluisterde ze in mijn oor. Haar stem klonk gesmoord vanonder haar hele masker. 'Ik wil niet ophouden met dansen, de nacht mag niet eindigen. Laat ons drinken en verder dansen tot de zon opkomt.'

We dansten maar door en stopten alleen om even het rietje door het masker naar onze mond te brengen. De wijn was donkerrood en zwaar, het meisje morste rode spatten op haar jurk en ze lachte. Oh, wat lachte ze en ik werd uitzinnig van vreugde, want er was er maar één, die lachte met belletjes, zottebollende zwaluwen en klaterend water in haar stem. Ik danste met Rosika en ik zou Hennenhofer voor eeuwig dankbaar blijven dat hij haar van andere mannen had weggehouden voor mij. Hij moest geweten hebben dat dit Rosika was.

'Je bent mooi!' riep ze, boven de muziek uit. 'Ik wil bij je blijven. Hoe heet je, musketier?'

Ik gaf geen antwoord, maar drukte haar iets dichter tegen me aan. Ik voelde dat de wijn zijn werk deed, ze stond een beetje onvast op haar benen, maar ik wilde niet meer stoppen. Ik was verwonderd over mijn voeten en mijn benen die moeiteloos de ritmeveranderingen in de muziek overnamen. We werden duizelig van de dans en de drank en we botsten tegen mensen aan.

Rosika lachte en liet me haar nog steviger vasthouden. Ze leidde me naar de gangen waar meer plaats was en waar nog enkele paren walsten. We naderden de open poorten die op de achtertuinen uitgaven en opeens rukte ze zich los en liep in de richting van het labyrint.

'Als je me wilt, moet je me pakken, musketier!' riep ze kirrend. Ze holde luid lachend en een beetje zigzaggend het labyrint in. Ik wilde haar nog toeroepen dat ze dat beter niet deed, maar mijn stem zou mij verraden.

Het was te koud om lang buiten te zijn, dus volgde ik haar. Wilde haar terug in mijn armen, tegen mijn borst. Ik wilde haar nooit meer kwijt.

Het geluk was aan mijn kant, ik wist hoe het labyrint in elkaar zat. Ik hoorde haar roepen en lachen – zwaluwen stegen op uit het labyrint – en ik moest naar haar toe.

Het lachen verstilde en ze riep: 'Waar ben je? Ik weet de weg niet meer. Toe, kom me halen, ik geraak er niet meer uit. Het is hier zo koud!'

In een oogwenk was ik bij haar. Ze stond te rillen in haar jurk en ik drukte haar tegen mijn borst en wikkelde mijn mantel om haar heen. Ze legde haar hoofd tegen me en zei: 'Laat me niet los, musketier, laat me niet los. Houd me warm.'

Toen deed ik iets waar ik niet over had nagedacht. Ik haalde mijn moeders camee uit mijn vestzak en prikte de broche vast op de witte buste van haar jurk.

'Voor mij?' zei ze.

Ik knikte en ik voelde hoe mijn moeder in de hemel meeknikte.

Ik leidde haar het labyrint weer uit en we passeerden de stallingen.

'Kom,' zei ze.

En ik kwam.

De paarden gaven hun lichaamswarmte af aan de stal.

En Rosika gaf mij de warmte waar ik een heel leven naar had verlangd. Ze trok me mee naar een box – 'kom, mooie man' – en ik volgde. Dezelfde box waar ik haar voor het eerst had ontmoet. Ze ging op haar rug in het hooi liggen, lachte haar witte tandjes bloot, en steunde op haar ellebogen. Ze schoof haar witte jurk tot boven haar knieën en maakte me gek. Haar witzijden kousen waren gezakt tot op haar enkels. Ik voelde me als Adam die voor het eerst zijn Eva aanschouwt.

Ik stond voor haar en keek vanonder mijn masker naar het meisje met de kuiltjes in de knieën en ik verdween van de wereld die me altijd had uitgespuwd.

Ik kwam aan in de hemel. De heiligen en de engelen stonden glimlachend naast me en knikten me bemoedigend toe.

Ik was een mooie man – ze had het gezegd – mijn mismaakt gezicht bestond niet meer, ze wilde me en ik wilde haar en zo had ik de mooiste vrouw ter wereld lief.

Het applaus van de heiligen in de hemel was oorverdovend.

S ommige dingen zullen voor altijd in mijn ziel bewaard
blijven, maar niet alles. Ik weet niet hoelang we in de stal
zijn gebleven. We hebben er even geslapen, – de wijn had zijn
effect niet gemist – met mijn blauwe mantel om ons heen gewikkeld, tot de kou me wekte.

Haar zwarte pruik lag naast haar, haar masker was afgegle-
den en ik heb tijdens haar roerloze wijnslaap ieder plekje van
haar gezicht bewandeld met mijn vingers. Ik hoopte op een
eeuwige nacht, het veilige donker, waar ik opnieuw geboren
was, de liefde had gevonden en mocht zijn wie ik was. En met
een schok besefte ik dat de ochtend niet kon worden tegengehouden en ook de naakte waarheid niet. Rosika zou wakker
worden en zich verdwaasd afvragen, met wie ze had geslapen.
Ze zou me vragen mijn masker af te zetten en vol walging zien
dat ze haar lichaam had gegeven aan een haas.

In paniek liet ik haar achter, gewikkeld in de blauwe mantel
en liep ik naar mijn kamer, waar ik op bed ging liggen en iedere seconde van mijn eerste liefde probeerde vast te leggen
in mijn geheugen. Ik vroeg me af of ze wist met wie ze van de
liefde had geproefd en ik wachtte bang het moment af dat ik
haar onder ogen zou komen.

Ik had haar nooit alleen mogen laten. De schuld van mijn hazenhart. Wist ik veel dat mijn gemaskerde broer me de hele avond had gevolgd.

Drie dagen later pas zag ik Rosika terug. Ze liep met het kleine meisje naar de stalling waar ze me vroeg de pony te zadelen en het kinderzitje op te tuigen. Ze wilde met het kind een wandeling maken in het park. Ze behandelde me als vanouds en liet niet blijken dat ze me had herkend. Van mijn gezicht kon ze alvast niets aflezen.

Op haar jurk stak de camee.

Ik probeerde moed te verzamelen om haar aan te spreken, maar het viel me nog moeilijker dan voor het feest. Oh, wat hield ik van haar. Mijn gedachten waren als het labyrint. Overal doorgangen en mogelijkheden die me moesten leiden naar een ding: haar mijn liefde overbrengen. En toch deed ik het niet. Overal ontmoette ik obstakels en redenen om het niet te doen, zodat ik oeverloos in rondjes bleef draaien en steeds op hetzelfde punt uitkwam. Mijn gebrek aan moed. Ik was mijn eigen ergste vijand.

En opeens was ze er niet meer.

Prinses Stephanie vertrok voor vijf maanden naar Parijs en nam haar dochtertje en Rosika mee. Ik was radeloos en voor het eerst sinds maanden, haalde ik mijn verwaarloosde heiligen uit mijn lade en legde ze voor me neer. Ze bekeken me met gefronste voorhoofden en ik verontschuldigde me in stilte. Ik schudde ze door elkaar en vervolgens draaide ik ze één voor één om terwijl ik langzaam zei: 'Help me, ik houd zoveel van Rosika.'

Bij de naam Rosika bleef de heilige Zitta van Lucca bovenaan liggen. Een dienstmeisje dat de mantel van haar vrouw aan een bedelaar had gegeven en vervolgens werd gestraft. In de gevangenis bracht een engel de mantel terug.

Mijn mantel. Ik had hem bij Rosika achtergelaten. Het blauwe bewijs dat ik met haar de liefde had beleefd. Dit teken stemde me hoopvol en ik kon alleen maar hopen op een spoedige terugkomst. Dan zou ik haar mijn liefde betuigen.

De dagen werden leeg en ik had nauwelijks notie van tijd en van wat er om me heen gebeurde. Hennenhofer was nergens te bespeuren.

Nu de prinses weg was, moest ik de wandelgangen van Prins Karl volgen. Maar niets is zo saai als een man op zijn kroegentocht vergezellen en er geen deel van uitmaken. Karl was geen man, maar een verwend kind dat alleen grenzen durfde te verleggen als het gedronken had. Met een spoor van zelfminachting, besefte ik dat ik niet meer waard was dan hij.

Het was bijna zomer toen Rosika terugkwam en ik schrok. Ze was ronder geworden en ik herkende de welving onder haar hoog ingesnoerde jurk.

Ze was niet de enige die zwanger was. Ook de prinses droeg een kind en ze leken even ver verwijderd van de bevalling.

Prinses Stephanie knikte zonder me aan te kijken en liet zich door haar persoonlijke hofdame naar binnen begeleiden.

Rosika was nog mooier geworden en ze hielp het kleine meisje met uitstappen, terwijl de dienstbodes de ronde reiskoffers van het dak haalden. De kleine Louise was erg gegroeid. Ze liep haar moeder achterna en riep luid: 'Maman, maman! Attends!'

Rosika zuchtte: 'Manfred, het was zo fijn in Parijs. Ik heb er zoveel gezien, zoveel meegemaakt.'

Ze keek me innemend aan en ik smolt weg. Het was de eerste keer dat ze me met mijn voornaam aansprak en de vleugels op mijn rug groeiden. Het liefst had ik haar opgetild, naar mijn kamer gedragen en haar overladen met honderdduizend zoenen. Ze droeg nog steeds de camee van mijn moeder.

'Het is allemaal dankzij jou. Als jij me niet had aangenomen, had ik dit alles niet meegemaakt.'

Toen stapte Hennenhofer uit de koets en glimlachte.

'Oh, dag Ostheim. Alles goed met je?'

Jaloersheid kan een mens veranderen in steen. Het overkwam

mij. Ik was volledig de kluts kwijt en verlamd toen ik mijn redder zag uitstappen. Op dat moment besefte ik dat hij mee naar Parijs was gegaan. Iedere dag in het gezelschap van Rosika en haar uitnodigende lach en haar kuiltjes. Ik wilde de slang van jaloersheid niet voelen, maar sluipend gif kun je niet tegenhouden.

Ik kende niets van zwangerschappen, noch van de tijd tussen verwekking en bevalling, maar een voorzichtige hoop nam bezit van me. Als het nu eens mijn kind was dat ze droeg? Voorzichtig probeerde ik iets meer te weten te komen.

Een week na haar terugkomst klopte ze aan mijn deur om te vertellen over haar verblijf in Parijs. Die gelegenheid zou zich misschien niet meer voordoen, ik vreesde ondertussen dat ze ontslagen zou worden om haar zwangerschap.

'Wanneer wordt het kind geboren?' vroeg ik.

Ze haalde de schouders op en leek een beetje op een kind dat niet beseft dat er onweer in de lucht hangt.

'Ik zie het wel. Ik weet wat eraan vooraf gaat. Ik heb de bevallingen van mijn broers en zussen meegemaakt. Ik ben niet bang.'

'En de vader? Weet hij dat je zijn kind draagt?'

De belangrijkste vraag was eruit. Ik wachtte en hoopte op een teken van mijn honderd heiligen. Of een teken van haar. Een blik die aangaf dat ze wist dat ik haar musketier was geweest. Ze hield het hoofd een beetje schuin alsof ze hoopte dat de wolken boven haar hoofd haar het antwoord zouden toesturen.

'De vader is mooi. Het zal een groot en stevig kind worden.'

Ze liet verder niets los en ik hoopte en smeekte de hemel dat het mijn kind was. Waar waren ze, de heiligen met hun gouden aureolen?

'Zie je de vader nog? Zal hij voor jou en je kind zorgen? Weet je al of je in dienst mag blijven?'

Even gleed er een kleine schaduw over haar gezicht, als mist voor de ochtendzon. Maar onmiddellijk daarna brak de zon door.

'Alles is geregeld. De prinses is ook zwanger en is voor dezelfde tijd uitgerekend. Ze heeft me gevraagd te blijven, zodat ik haar kind kan voeden. Nadat onze kinderen verspeend zijn, kan ik in dienst blijven.'

Ze ging zo luchtig om met de hele situatie. Alsof het een spel was. Hoe anders waren we. Zij en ik.

Ik moest het weten. 'Rosika, ken je de vader?'

Haar blik leek weg te zweven, haar wenkbrauwen hoekig opgetrokken, als een koppel vriesganzen.

'Manfred, ik heb het je al gezegd. De vader is mooi, groot en sterk en ik zal de wieg voor mijn kind bekleden met de binnenstof van zijn mantel. Ik zal mijn zoon Ernst noemen en zijn volledige doopnaam zal Jacob Johann Ernst Blochmann zijn. Ik zal hem voeden tot hij zelfstandig kan lopen, zodat ik daarna nog melk en tijd overhoud voor het prinselijke kind. De prinses heeft me verzekerd dat de kinderen samen zullen opgroeien en mijn zoon zal dezelfde medische zorgen krijgen als haar kind.'

'Hoe weet je dat het een zoon wordt?'

Mijn zoon! Het woord smaakte zoet als honing en deed mijn hart overslaan.

'Een vrouw voelt zoiets. Hij zit hoog in me, zoals alleen jongens dat doen. Ze moeten weten hoe het hart van een vrouw klopt, anders kunnen ze nooit liefhebben.'

Ik wilde het geloven. Ze droeg mijn zoon. Had ik niet mijn mantel bij haar achtergelaten? En mijn zoon zou in een lichtblauwe wieg liggen waarvan de stof doordrongen was van mijn liefde voor haar.

'Nu moet je me met rust laten, Manfred. Je stelt wel heel veel vragen.'

Een beetje pruilerig liep ze mijn kamer uit, maar vlak bij de deur keek ze nog even om. Er lag alweer een guitige glimlach op haar gezicht.

'Maar het is fijn te weten dat je zo bezorgd bent. Er schuilt een goede vader in jou.'

Ze zei het achteloos en zonder bedoelingen, maar het deed mijn stille hoop oplaaien.

Ik overstelpte haar met goede zorgen en ze zei me dat ik haar beste vriend en gezelschap was. Ze vroeg me het geheim van het labyrint te onthullen en ook al had ik de bouwer plechtig beloofd dat niet te doen, toch tekende ik het patroon op een vel papier en samen wandelden we door de gangen van buxus. Soms wilde ik dat er geen einde aan kwam. Dat we voor altijd opgesloten zouden blijven in het labyrint en dat niemand ons eruit zou kunnen halen. Ik heb kansen genoeg gehad om haar te vertellen hoeveel ik van haar hield, maar mijn stiefvader had te grondig en te vroeg mijn lippen verzegeld. Wat haatte ik hem. Zijn beeld vervaagde, maar de haat bleef vers.

Van mijn moeder wist ik dat negenentwintig september een unieke datum was. Op de dag dat de aartsengel Michaël de draak verslaat, krijgt ieder nieuwgeboren kind een geschenk van de heiligen mee. Iedere moeder weet dat het een dubbeltje op zijn kant is. Ofwel lacht het geluk je toe en dan strooien de heiligen gouden talenten in je schoot. Ofwel word je gezegend met drakenbloed, dan laat het leven zich van zijn inktzwarte kant zien en word je meegetroond naar het land van de demonen. Dan wordt de duivel je bondgenoot. Het was het eerste teken dat Vlinderhuid niet deugde. Ik herkende het teken niet en dacht niet aan de woorden van mijn moeder. Mijn hoofd was bij Rosika.

Pas na die nacht heb ik werkelijk geleerd achterom te kijken. Naar de dagen en de gebeurtenissen die al voorbij waren.

Als een inktzwarte wolk doofde Vlinderhuid het beetje licht in mijn leven en liet me achter in een misselijkmakende nachtschaduw.

Zijn komst was erop gericht het geluk van anderen te breken. Hij kwam op het verkeerde ogenblik. Hij was dagschuw. Hij krijste van de ochtend tot de avond. 's Nachts hield hij iedereen wakker met zijn hinnikend gelach en woordeloze gesprekken met wezens uit de onderwereld.

Zijn huid kwam in kleine vellen los als je hem aanraakte en de vroedvrouw huiverde wanneer ze de doeken om zijn lijfje moest verversen. Geen uierzalf of kamillekompressen konden er iets aan verhelpen. Hij was als een pop waaruit een boosaardige vlinder wilde kruipen. Een doodshoofdvlinder. Een dief die de honing uit bijenkorven rooft.

'Wie de bijen lastigvalt en hun honing steelt in het donker, is een afgezant van de duivel,' zei mijn moeder. Zij wist alles van engelen en duivels. Oh, wat had ze het bij het rechte eind!

Bij de geboorte van Vlinderhuid waren de tekens zichtbaar. Hij moest een pop blijven, niet uitkomen, geen vleugels uitslaan. Maar het liep anders.

Ik had de tekens moeten zien en veel vroeger moeten ingrijpen. Men wordt pas man als men zijn lot niet meer laat varen als een losgeslagen schip op een wilde zee, maar het laat aanmeren en verankert aan je levensdoel als veilige kade. Vlinderhuid werd dezelfde nacht als mijn zoon geboren en ik was een paar gangen van hem verwijderd. Ik had de kans om hem te doden, maar ik deed het niet. Ik wist nog niet genoeg en had de tekens nog niet herkend.

Het stormde die nacht. Bliksem en donder werkten hand in hand en vielen op dezelfde seconde het paleis aan, als een vliegende draak.

Het eerste slachtoffer was Rosika. De aartsengel kon de draak maar moeilijk bedwingen en het monster roofde de lach van mijn liefste. Terwijl buiten het gevecht tussen engel en draak woedde, beviel ze van haar eerste kind. Mijn kind.

De weeën waren ondraaglijk. Mijn zoon wilde niet geboren worden, hij kroop naar boven, kon van haar hartenklop niet scheiden, zodat zijn stuit onderaan kwam te liggen. De vroedvrouw legde kompressen op Rosika's buik om de pijn te verzachten. De kamfergeur kwam onder de deur uit.

Ik liep rondjes voor haar deur. Soms keek ik door een kier naar binnen en zag een glimp van wat er gebeurde.

Opdat het veel te grote kind niet zou sterven in Rosika's schoot, duwde en masseerde de vroedvrouw het kind eruit. Rosika brulde als een waanzinnige. Ze schreeuwde dat ze dood ging. Ze smeekte dat iemand het kind uit haar zou halen. Daarna smeekte ze om het kind te laten zitten. Het mocht er niet uit. Ze wilde het kind niet. En het kind wilde haar niet. Het moest weg, het moest weg, het was niet van haar. Het kind was vervloekt.

Ik wist dat de woorden van een barende vrouw voorspellingen inhouden. Een tweede teken.

Ik stond in de gang achter de deur en beet in mijn hand. Aan de binnenkant van mijn hemd zat de heilige Catherina, beschermheilige bij moeilijke bevallingen. Ze stierf de marteldood in een wiel waarin spijkers waren geklopt.

Rosika klampte zich vast aan de houten bedspijlen en één ervan brak tijdens de laatste perswee. Ik hoorde de vroedvrouw vloeken. Een kruik viel aan scherven. Het derde teken.

Rosika was sterk. Ze kreeg haar kind en ging niet dood.

Het kind krijste en zwaaide wild en ongecontroleerd met armpjes en beentjes. Het stopte pas met huilen toen het werd gebusseld. Het werd naast zijn moeder gelegd, maar Rosika draaide zich weg en viel in slaap. Af en toe hikte ze na, als een kind met uitdovend verdriet.

Toen ik de kamer in mocht, hield ik haar kleine hand vast. Ze was bezweet en haar rode krullen plakten tegen haar voorhoofd. Lange slierten haar lagen links en rechts op het hoofdkussen. Als een meisje dat moe gedanst was.

Ik wreef met mijn zakdoek het zweet van haar gezicht.

'Waar is mijn kind?' vroeg ze.

Ik gaf haar het kind – je zag nauwelijks iets van het gezichtje, zo stevig was het gebusseld – maar ik zag opgelucht dat het geen hazenlip had.

Rosika keek ernaar. In haar blik stond ongeloof.

'Is dit mijn zoon, Manfred?'

Ik knikte en mijn ogen werden vochtig. Ik veegde ze snel weg, maar aan de ogen van de vroedvrouw ontsnapte niets.

'Is hij de vader?' vroeg ze nors.

'Nee,' zei Rosika, 'mijn kind is de zoon van een musketier. Een hele mooie man.'

Ze sloot de ogen en glimlachte bij de herinnering aan een mooie man. Hij had nooit bestaan, maar dat wist ze niet. Een koude windvlaag droogde het vocht in mijn ogen en vertrappelde mijn hoop. Maar mijn liefde bleef.

Ik bleef bij Rosika en depte haar voorhoofd toen haar temperatuur steeg. Ik bleef de hele nacht tot er vlak voor de ochtendschemering iemand op de deur klopte en zei dat ik dringend moest komen. De weeën van de prinses volgden elkaar snel op.

Twee gangen en tien kamers verder beviel de prinses van haar eerste zoon. Het volk van Baden kon gerust zijn: de eerste mannelijke troonopvolger was geboren. Gravin Louise von Hochberg zou haar woedende kreten versmoren in haar vuist. De troon van Baden was niet meer vrij voor haar zonen.

Van de kamerdienaars hoorde ik dat prinses Stephanie geen schreeuw liet, en dat ook het kind stil werd geboren. Het had open ogen nog voor het lijfje naar buiten gleed. De blik was donker en angstaanjagend en je kon meteen zien dat hij het ongelukskleed droeg.

Eerst dacht iedereen dat het kind doodgeboren was. Het bewoog niet. Maar de dokter hoorde een zwakke hartenklop en wreef het kind warm. Het wilde niet huilen en ook niet niezen. De vroedvrouw kietelde het jongetje met een donspluimpje onder de neus zonder resultaat.

'Hij is ziekelijk,' zei ze. 'Zijn ogen staan open, hij niest niet en zijn huid laat los.' Ze maakte driftig kruistekens. 'Het kwaad zit er nog in,' fluisterde ze.

Prins Karl was niet aanwezig bij de geboorte, hij was zelfs niet in de buurt. Hij zat met een paar van zijn officieren in de herberg 'De gouden eland', en was zo dronken dat hij naar huis moest worden gedragen.

Een etmaal later begon het kind te krijsen en het stopte niet meer met huilen. Het geluid was zo doordringend dat de uitgeputte prinses naar de rechtervleugel werd overgebracht waar ze kon bekomen van de bevalling.

Het kind werd ondergebracht in de kamer van mijn liefste en mijn zoon, waar hij bleef krijsen.

Rosika voedde de jongens tegelijk. Mijn zoon, Ernst, dronk gretig en in stilte. Vlinderhuid schrok bij iedere aanraking en liet telkens de tepel schieten waardoor er kostbare melk verloren ging. Dan brulde hij en was niet te troosten, ook al probeerde Rosika hem te sussen met zachte liedjes. Mijn zoon merkte er niets van: hij dronk stevig door.

Bestaan er woorden die het ondenkbare kunnen beschrijven? Kan één kleine handeling en een belofte die moest worden ingewilligd, een leven en dat van anderen vernietigen? Ja.

Twee weken na de geboorte van mijn zoon Ernst en het prinsenkind bezocht Hennenhofer me in mijn kamer. Veel was er niet te vertellen. Prins Karl bleef voor het fatsoen in de rechtervleugel bij zijn gemalin in plaats van in zijn geliefkoosde herberg. En gravin Louise von Hochberg had beslist om de wintermaanden door te brengen in haar buitenverblijf Schloss Beuggen in Laufenburg aan de Rijn. De kamermeisjes waren de koffers al aan het pakken en er zouden drie rijtuigen nodig zijn om de bagage van de gravin te vervoeren.

De majoor zag er goed uit en aan de snit en de stof van zijn nieuwe pak kon ik aflezen dat het hem voor de wind ging. Ik was er ondertussen wel achter wat zijn functie was op het paleis. Hij was niet alleen een vertrouweling van gravin Louise von Hochberg, hij bezocht ook regelmatig de heer Metternich, kanselier, graaf en diplomaat. Na de Oostenrijkse nederlaag tegen Napoleon werd Metternich door keizer Frans II aangesteld als minister van buitenlandse zaken. Metternich maakte er geen geheim van dat hij de Franse revolutie een catastrofe vond, ondanks zijn waardering voor de manier waarop Napoleon zijn rijk bestuurde.

Ik had al veel eerder besloten om mijn neus niet in politieke zaken te steken, ik zou me er alleen maar aan branden. Toch voelde ik dat mijn aanwezigheid in het paleis een politieke betekenis had, maar als ik voortging op de dingen die ik aan Hennenhofer vertelde, kon dat niet veel te betekenen hebben. Wat had ik te vertellen? Niets. Tenzij je het herbergbezoek van prins Karl ernstig nam. Niemand hield nog rekening met de prins, hij werd als politieke speler uitgeschakeld door zijn gedrag, en hij wist het zelf niet eens.

De majoor had Franse wijn meegebracht uit de Rhônestreek.

'Ostheim, laat ons drinken op de liefde.'

Hij ontkurkte de fles en de donkere wijn gaf onmiddellijk zijn fruitige aroma prijs.

Ik was op mijn hoede. Het was niet zijn gewoonte om wijn mee te brengen. Zijn bezoekjes aan mijn kamer waren altijd kort, en nadat ik hem de informatie had gegeven die hij nodig had, ging hij steeds vlug weer weg. Er was die dag meer aan de hand, maar ik stelde geen vragen.

Hij dronk gulzig de helft van zijn glas leeg en ik voelde een spanning die ik nog niet eerder bij hem had opgemerkt onder zijn brede glimlach en schijnbaar vriendschappelijke houding. Ook al had hij mij alleen maar diensten bewezen, mijn hele wezen verhinderde me om hem te vertrouwen.

'De liefde is als een vogel die hoger en hoger vliegt en hoopt dat hij met zijn snavel de hemelpoort kan openen. Echte liefde is hemels, Ostheim. Dat zul jij ook al ervaren hebben, hoop ik.'

Er zat een twinkeling in zijn ogen en mijn wangen kleurden als die van een kleine jongen die werd betrapt met zijn vinger in de honingpot.

'Ik kan niet genoeg krijgen van die hemelse ervaringen. Een middel om de liefde te voeden en te behouden, is de muziek. Zangers zijn de sirenen der liefde.'

Ik luisterde verwonderd naar zijn lyrische ontboezemingen en wist niet goed welke houding ik moest aannemen.

'Ik heb je gadegeslagen, Ostheim. Je bent trouw en je doet uitstekend werk. En toch is er een ding dat jij niet beheerst: je kunt geen vrouw aan je binden en daar moet dringend verandering in komen.'

Ik verslikte me haast in de wijn en mijn onwennigheid nam toe. Hij had dan wel voor Rosika en mijn onvergetelijke liefdesnacht gezorgd, maar ik wilde niet dat hij mij mijn onvermogen onder mijn mismaakte neus wreef.

'Ostheim, morgenavond gaat er in het hoftheater een opera in première van Peter von Winter. Het heet *Het labyrint of het gevecht van de elementen.* Ik heb een loge gereserveerd. Ik wilde ernaartoe gaan in mooi gezelschap, maar ik moet voor dringende zaken naar Neurenberg.'

Hij bleef me monkelend aankijken.

'Dus geef ik mijn plaatsen aan jou.'

'Ik? Naar het muziektheater?' Het drong niet volledig tot me door.

Hij knikte en legde twee uitnodigingen voor mijn neus.

'En ... wie gaat er nog mee?' Ik durfde het haast niet te vragen.

'Een mooie vrouw. Je zult aangenaam verrast zijn. Iemand die het verdient om even ontlast te worden van haar verheven taken.'

Ik was blij verrast, maar ook op mijn hoede. Ik kende Hennenhofer nu lang genoeg om te weten dat hij niets zomaar deed. Aan de andere kant waren de tekens zo goed en uitnodigend. Alles was begonnen met Rosika die uit het labyrint wilde worden bevrijd. En mijn kind was geboren in de nacht dat er een gevecht tussen de elementen gaande was. Het was duidelijk: ik moest naar *Het labyrint of het gevecht der elementen.* Ik voelde de aanwezigheid van mijn moeder en haar bemoedigende knikken.

De volgende avond zat ik in een loge op het eerste balkon en wachtte op de onbekende gaste. Het theater was maar een halve mijl verwijderd van het paleis en ik was er te voet naartoe gegaan. Ik was ruim op tijd en de roodfluwelen stoel naast me was nog leeg. De zaal was gevuld met welgestelde dames en heren met bepoederde pruiken, met jurken en pakken in brokaat, organza en zijde. De witgeschminkte gezichten van de vrouwen lichtten op in het kaarslicht. Ik was de enige man zonder pruik, zonder satijnen vest en witte kniekousen. Ik had mijn lange haar in een staart gebonden en droeg mijn beste kleren. Rond mijn gezicht zat mijn vertrouwde groene zijden sjaal. Ik trok me terug in de donkere schaduw van mijn loge.

Toen de ouverture begon, met fluiten, violen en een pauk, ging de deur open en een vrouw gleed haastig naar binnen. Ik herkende haar geur. Rosika.

Ze was buiten adem en scheen niet goed te beseffen wat haar overkwam. Ik keek haar beduusd aan en zij leek even verwonderd.

'Manfred?'

Ik wist niet wat te antwoorden, mijn hart maakte sprongetjes.

'Ik dacht dat ik hier met de majoor zou zitten,' fluisterde ze. 'Hij vroeg me gisteren of ik zin had om eens echt muziektheater te zien. Ik was blij dat ik even weg kon. Weg van de baby van de prinses. Ik word er zelf droevig van, het kind laat zich niet troosten. Gelukkig is mijn zoon een rustig kind, anders zou ik het niet volhouden.'

Hier en daar hoorden we 'sssst' en we wisten dat verder praten onmogelijk was hier. Ik werd opeens zo gelukkig met Rosika naast me dat ik vergat dat ze eigenlijk iemand anders op mijn stoel had verwacht. We behoorden niet tot de beau monde zoals de rest van de mensen in de zaal, maar ik voelde me als een koning met zijn koningin naast zich. En ik dacht aan mijn vader. 'Mijn kleine koning, zie je daar die kerktoren? Jij bent nog veel groter.'

Weer had Hennenhofer voor dit geluk gezorgd. Mijn schuld aan hem zou niet terug te betalen zijn.

Rosika straalde en trok grote ogen toen de gordijnen openschoven en ze het geschilderde decor zag. Op een donkerblauwe hemel was een lichtgevende spiraal geschilderd met daartussen sterren, een zon en een maan die leken te zweven. Overal hingen watten wolken in alle tinten grijs en helemaal achteraan was een zee ontworpen waarvan de golven op de tonen van de muziek van links naar rechts konden schuiven. Het was magisch. De flakkerende olielampen brachten de hemellichamen tot leven. En opeens werd de muziek zo lichtvoetig als Rosika zelf. Het vrolijke deuntje van de violen deed haar lachen en haar voeten wipten mee op de rode vloerbekleding. Ik kon mijn aandacht nauwelijks bij de prachtige muziek houden. Ik genoot door gewoon naar Rosika te kijken die alles in zich opnam als een gulzig kind. We raakten elkaar net niet, maar ik snoof de rozengeur van haar badwater op, vermengd met iets dat me deed denken aan pap. Veilige geuren waarin ik me wilde verliezen. Haar blanke borsten waren half zichtbaar en opeens kon ik de zoete geur thuisbrengen. Ik herinnerde mijn moeder die mijn kleine, mooie broer aan haar borst had gelegd. De geur van melk vermengd met de geur van rozenwater en het zachte moederlijf. Ik had Rosika tegen me aan willen drukken en in haar hals fluisteren dat ik haar liefhad zoals niemand op de wereld haar kon liefhebben. Maar ik droeg geen masker. Het Venetiaanse masker had me voor een nacht tot man gekroond, tot minnaar van de moeder van mijn kind.

'Het is zo mooi, Manfred,' fluisterde ze en haar hand pakte even de mijne vast.

Nu, Manfred, nu! Maar ik deed niets en even snel als ze was gekomen, was de hand weer weg.

Het stuk duurde twee uur, had Hennenhofer me gezegd. We zouden samen naar het paleis terug wandelen. Misschien bracht de nacht me de moed om mijn ziel in haar witte handen te leggen.

We liepen terug en Rosika ratelde als een kind over het schouwspel dat ze gezien had. Ze wilde alles onthouden, zodat ze haar zoon later alles zou kunnen beschrijven. Ik moest steeds maar denken aan mijn zoon, die in het grote paleis was achtergebleven.

De hemel boven mijn hoofd was inktzwart en de maan was niet zichtbaar. De lucht was benauwd van een te vroege herfstlucht en ik wist dat de volgende ochtend de struiken zouden volhangen met spinnenwebben en kruisspinnen, wachtend op een prooi. Ik voelde me nog steeds even nietig als een mug.

'Wie zorgt er nu voor Ernst?' vroeg ik. Wat was toch dat knagende gevoel van onrust in mijn borst?

'Ik was iets te laat vanavond omdat ik de twee kinderen nog moest voeden,' antwoordde ze een beetje verlegen. 'Maar die lieve gravin Louise von Hochberg stelde me voor om haar kindermeid bij de baby's te laten.'

Het knellende gevoel in mijn borst werd sterker, ik moest stilstaan om naar adem te happen.

'Je hoeft niet bang te zijn, Manfred. Ik ken Utta. Het is een goede kindermeid. Ik moet alleen zorgen dat ik op tijd terug ben om de kinderen te voeden. De prinses is een beetje bezorgd. Ze heeft haar kind nog geen naam gegeven en dat is niet goed. Hij groeit minder snel dan mijn zoon en hij laat veel te vaak mijn tepel los bij het zuigen. Hij is een beetje ziekelijk.'

Haar openheid had me altijd bekoord, maar nu maakten haar woorden me onwennig. Mijn zin om met Rosika van de liefde te proeven, nam toe en ik hoopte dat ze niets aan me merkte. Maar ook mijn bezorgdheid groeide en ik probeerde mezelf ervan te overtuigen dat ik overdreef. De kinderen waren in goede handen, ik kende Utta, de dikke, goedlachse kindermeid.

Toen we langs de stallingen liepen, lachte ze een beetje alsof ze binnenpretjes had.

'Weet je Manfred, aan jou kan ik het wel vertellen. Ik heb voor ik vertrok mijn zoon in de prinselijke wieg gelegd.'

Ze giechelde achter haar hand alsof ze wist dat ze iets ondeugends had gedaan.

'Het ging vanzelf. Ik heb het gisteren ook gedaan, niemand die er wat van heeft gemerkt. Het prinsje heeft een *vlinderhuid*. De arts zegt dat het niet erg is. Dat het met ouder worden zal beteren. Maar nu is het jongetje heel gevoelig aan alles wat zijn velletje beroerd. Hij kan niet gebusseld worden, want zijn huid schilfert door de stof. De prinsenwieg is bekleed met zwaar brokaat en de dekentjes zijn van lamswol. Zijn huid kan er niet tegen. Gisteren legde ik hem in de rieten mand van mijn zoon – je weet wel, die bekleed is met koningsblauw satijn – en hij sliep in als een roos. Voor de eerste keer huilde hij niet meer. En mijn lieve Ernst slaapt overal goed. Toen ik hem achterliet, sliep hij als een prins. In de prinsenwieg.'

Ze lachte luid met haar hoofd in haar nek.

Een onzichtbaar snoer trok mijn keel dicht. Ik kon niet meer

ademen, en ik wist dat ik nog nooit zo sterk de tekens had gevoeld. Heel de opzet van deze avond had een betekenis. Ik kon
haar alleen niet ontcijferen. De waarheid was even donker als
de sterrenloze hemel waaronder we liepen.

Dromend en dobberend op de tonen van strijkers, de hartslagen van pauken dreunend in mij, stelde ik me die nacht voor dat Rosika naast me lag en onze zoon tussen ons in. De geur van rozen was overal om me heen. Ik wist niet dat het zo licht kon zijn. In mijn droom waren er geen wolken. Alles was zonneklaar. Ik wist opeens dat het me zou lukken.

Morgen zou ik haar over mijn liefde vertellen.

Morgen zou ze weten wie de vader van haar kind was.

Morgen zou alles anders worden.

Ik was de woorden van mijn moeder vergeten: 'Alle verande-ringen doen pijn.' En ik herinnerde me weer wat mijn vader altijd had gezegd: 'Aan een sprookje mag geen einde komen.' Mijn God, wat een waarheid was dat.

'De kleine prins is dood! De kleine prins is dood!'

De woorden schalden door de eindeloze gangen, botsten tegen de met brokaat behangen muren, weerkaatsten in de vergulde spiegels en doofden alle kaarsen en lichten op de wereld en in mijn binnenste.

In een fractie van een seconde kon ik die paar woorden samenballen tot een gruwelijke realiteit. Het bericht deed me kokhalzen. Ik haaste me naar mijn kamer want mijn maag verdroeg het ontbijt niet meer.

Op dat ogenblik lag de prinses, nog steeds verzwakt van de bevalling, in de rechtervleugel waar gravin Louise von Hochberg zich over haar ontfermde.

Toen ik me had opgefrist, ging ik radeloos op zoek naar Rosika, maar vond haar niet.

Niemand mocht de kinderkamer binnen. Ik wilde het kind zien, ik moest het kind zien. Ik moest weten …

Ik zocht Utta, zij wist hoe het gegaan was maar ze was terug naar de rechtervleugel, verboden terrein voor me.

Niemand kon me vertellen waar Rosika was met haar kind. Ze leek van de aardbodem verdwenen. Ik weigerde te denken aan het ergste, maar mijn lichaam en mijn geest waren gevuld met die ene vraag: wie was het kind dat dood was aangetroffen? Ik hoorde dat de dood van het kind was ontdekt door Rosika en dat de gravin er onmiddellijk een arts had bijgeroepen. Wat was er met Rosika gebeurd na de gruwelijke ontdekking? En waar was ze nu?

Twee dagen later stond het bericht in de krant te lezen.

De eerstgeboren zoon van prinses Stephanie en prins Karl is niet meer. Hij werd met een zwakke gezondheid geboren en overleed in de nacht van 12 oktober 1812. Het land is in diepe rouw. Het kind dat nog niet gekerstend was, zal in het familiegraf van de slotkerk van Sint-Michaël worden bijgezet.

Als een kip zonder kop, deed ik mijn werk. Ik dekte de spiegels en vensters af met zwarte doeken, liet de vaandels halfstok hangen en gaf de opdracht om al het vlees uit de keukens te verwijderen en uit te delen aan de armen. De ramen werden op een kier gezet en de luiken uit hun hengsels gehaald. De deuren bleven open zodat niemand de tocht van de kleine ziel naar de hemel kon verhinderen.

Maar waarom hield niemand een voorbidding? Het kind was immers nog niet gedoopt. Nu wachtte het kind een lange tijd in het vagevuur.

De zwarte paarden werden geroskamd en de witte merries werden afgedekt. De rijtuigen werden versierd met zwarte pluimen en de knechten droegen zwarte en paarse vesten zonder blinkende knopen. De doodsklok in de kapel klepperde ieder uur drie slagen en overal brandden de doodslantaarns.

Prins Karl liep de rouwstoet voor, nuchter en omringd door huilende hofdames. De prinses was er niet bij.

Pas later hoorde ik dat het dode kind was begraven in zijn doopjurk. Ik kwam niet te weten wie hem had opgebaard. Een familielid kon niet. Dat was vragen om zeven keer zeven jaar ongeluk. Er was geen gipsman gekomen om afdrukken te maken van het gezichtje, de handen en de voeten van het kind, zoals gebruikelijk was. Alles was heel snel gegaan.

De kist met het dode kindje werd niet met de voeten eerst naar buiten gedragen, maar met het hoofd. De ziel van het kind zou op de dool gaan, wist ik van mijn moeder. Alleen moordenaars en zelfmoordenaars werden met het hoofd eerst naar buiten gedragen ...

Ik bleef zoeken naar Rosika en hoopte haar achter iedere hoek te zien verschijnen. Haar guitige gezichtje zou me duidelijk maken dat ze me voor de gek had gehouden. Maar ieder haar op mijn hoofd, iedere vezel van mijn lichaam wist dat het niet zo was. Er was iets vreselijks gebeurd en alles hield verband met de dood van het prinsenkind.

Ik weigerde te denken dat het een vergissing zou kunnen zijn en dat mijn zoon nu in de grafkelder lag. Maar de gedachte had zich al ingemetseld.

Toch wilde ik de hoop niet verliezen. Had Rosika niet gezegd dat het prinsenkind zwak was, minder groeide dan kleine Ernst en dat hij minder at en een gevoelige huid had?

Na onze nachtelijke wandeling had ze onze zoon vast terug in de blauwe wieg gelegd, opdat niemand het zou merken. Het *moest* zo zijn gebeurd. Maar waar was Rosika nu?

Twee weken na de begrafenis zag ik Hennenhofer. Alleen hij kon het raadsel oplossen.

Toen hij mijn kamer binnenkwam, drukte ik hem bij de schouders op een stoel. Hij schrok zichtbaar van mijn dwingende handen.

'Majoor, ik wil weten waar Rosika met haar kind is.'

Hij haalde geërgerd de schouders op.

'Tja, Manfred, dat kindermeisje is weg. Overgeplaatst. Naar waar, weet ik niet precies.'

Voor het eerst noemde hij me bij mijn voornaam. Het was een teken, wist ik. Een slecht teken.

'Waarom moest ze weg? Waarom verdween ze op de dag van de dood van de prins? Wat had ze gedaan? Waarom werd het prinsenkind al na twee dagen begraven? Waarom die stilte? Waar is Rosika? U moet het me zeggen, majoor! U moet!'

'Houd op, Manfred, het is maar een min. Je moet je niet zo hard binden aan een gewone voedster. Vrouwen genoeg in de wereld.'

Ik voelde de moordlust in me opwellen, mijn vuisten waren gebald, mijn litteken klopte, ik had hem kunnen doodmeppen. Hij, die me eerst had verweten dat ik geen vrouw aan me kon binden, verweet me nu mijn gevoelens voor Rosika. Voor hem was ze slechts een min. Vervangbaar.

'Manfred, er moest snel worden gehandeld. Rosika voedde het prinsenkind. Ze had melk genoeg voor twee. Een goede voedster is zeldzaam. Men wilde haar toewijzen aan iemand anders, nog voor haar melktoevoer zou verminderen. Bij de prinses kon ze niet langer in dienst blijven: er was geen prins meer om te zogen. Het enige wat ik weet, is dat gravin Louise von Hochberg een ander adres voor haar heeft gevonden, bij een vrouw die net bevallen is en haar kind niet zelf kan of wil zogen. Geloof me, ze woont bij voorname mensen en zij en haar zoon zijn in goede handen.

'Waarom heeft niemand me dat verteld? Waarom? Ik heb geen afscheid kunnen nemen van haar.'

En ik heb haar niet over mijn liefde verteld, hamerde het in mijn hoofd. Te laat! Te laat!

Hennenhofer stond op en herschikte zijn kleren.

'Manfred, neem een goede raad van me aan. Vergeet die vrouw en zoek een andere. Je bent een fijne man. Je verdient iemand die trouw aan je zijde blijft.'

Dat waren de woorden van mijn redder, de man die de liefde voor mij had mogelijk gemaakt en die me een stukje van de wereld had teruggegeven. Maar ook een man die me opeens, na al die jaren, bij de voornaam noemde. Mijn argwaan nam toe. Hij wist dingen die ik niet wist en hij vergoelijkte dat door vertrouwelijker en zachtmoediger met me om te gaan.

Zijn laatste woorden drongen niet tot me door. Ik wilde Rosika terugvinden en daar was maar een middel voor: hem de waarheid vertellen.

Nooit zal ik het gezicht van Hennenhofer vergeten toen ik hem vertelde dat Rosika die nacht de kinderen had verwisseld in hun wieg. De kleur in zijn gezicht verdween. Hij zei niets, maar slikte de hele tijd. Zijn ogen keken me eerst verstard aan en schoten vervolgens schichtig heen en weer.

'Dus, als ik het goed begrijp, zou het prinsenkind nog in leven kunnen zijn?' Hij benadrukte het woord kunnen.

Ik knikte. Hij zag mijn verdriet niet, ook al moet het op mijn lelijke gezicht te lezen zijn geweest. Het duurde ook even voor het tot me doordrong dat het nieuws voor hem even verpletterend was als voor mij. Het was een teken dat er iets niet klopte, ik zag het niet. Mensen zien soms niet verder dan het troosteloze landschap van hun eigen verdriet.

'En Rosika's kind zou in de grafkelder kunnen liggen?'

Hennenhofer leek jaren ouder, zijn blozende jeugdigheid verdween met ieder woord dat hij uitsprak.

'We moeten dit uitzoeken, Manfred. Dit is een catastrofe! Niemand mag hier iets van weten! Dit gesprek blijft onder ons, Manfred. Zweer het op het hoofd van je moeder.'

Mijn moeder. Ik moest haar spreken, het was te lang geleden dat ik nog kaarsen voor haar had gebrand. Nooit zou ik zweren op het hoofd van mijn moeder. Daar was ze te goed voor, en de leugen te zwart. Ik knikte.

Hennenhofer liep handenwringend rondjes door mijn kamer. 'Ik moet de waarheid kennen, ik moet de waarheid kennen,' bleef hij maar herhalen. Toen zei hij iets wat ik pas veel later zou begrijpen.

'Ostheim, als dit uitkomt, zal ik het moeten bekopen met mijn carrière, misschien wel met mijn leven. En vele anderen met mij. Ik weet te veel. We moeten op zoek gaan. Het kind vinden.'

'Wat gaat u doen als het prinsenkind nog in leven is?'

Hij keek me indringend aan. Voor hij de woorden had uitgesproken, had ik ze al gelezen in zijn dodelijke blik.

'Ostheim, niemand mag weten dat het kind nog leeft. Niemand.'

Over Rosika sprak hij niet.

Ik begreep niet waarom de majoor zich zo bedreigd voelde door de dood van een kind. Ik probeerde alles op een rijtje te zetten, maar kreeg mijn gedachten niet helder. Het kind in de wieg was gestorven aan een zwakke gezondheid. De arts had een misvorming aan het hoofdje vastgesteld. Het was niet de arts die bij de bevalling was geweest, dus hij kon niet weten dat het om een verwisseling ging. En na de dood had men prinses Stephanie niet bij de baby toegelaten, omdat ze zo zwak was dat de aanblik van haar gestorven kind haar nog meer zou uithollen.

Als het om een verwisseld kind ging, kon men dat nog altijd herstellen. Het koninkrijk Baden zou juichen als ze hoorden dat de kroonprins nog in leven was. De troonopvolging was verzekerd en het bestaan van Baden beveiligd, beschermd door de keizerlijke hand van Napoleon Bonaparte, want het prinsenkind was zijn kleinzoon.

Langzaam doorkliefde een heldere gedachte mijn innerlijke chaos. Wat als het kind geen natuurlijke dood was gestorven? Dan zou het verkeerde kind om het leven zijn gebracht. Dat betekende dat iemand er alles voor overhad om een Badense troonopvolging te vermijden. Ik hield mijn adem in tot ik moest hoesten. 'Niemand mag het weten, Manfred, hoor je me?' Toen pas merkte ik dat hij me door elkaar schudde.

Er was veel meer aan de hand. De woorden van de majoor nestelden zich als stille, kwaadaardige wormen in mijn hoofd. Maar ik had geen tijd om erbij stil te staan. Ik moest Rosika vinden.

Hennenhofer wist niet waar Rosika naartoe was gestuurd.

'Gravin Louise von Hochberg heeft alles geregeld, maar ze is nu in Engeland. Ze heeft haar plannen om naar Schloss Beuggen te gaan, gewijzigd. De waterburcht wordt voor een gedeelte gebruikt als lazaret voor gewonde soldaten. Daarom zal ze de wintermaanden doorbrengen op het landgoed van lord Stanhope.'

Dat was geen antwoord op mijn vraag. Waar was Rosika?

Hennenhofer kon me geen antwoorden geven, hij ging weg zonder me te groeten.

Ik besloot niet op de gravin te wachten, maar ging zelf op onderzoek uit.

Mijn zoektocht leidde me eerst naar Utta. De mollige kindermeid was niet met gravin Louise von Hochberg meegereisd, maar verbleef nog in de rechtervleugel, waar ze zich tijdelijk ontfermde over het dochtertje van de prinses. Prinses Stephanie was nog steeds herstellende van de bevalling en de plotselinge dood van haar zoontje had de laatste restjes levenslust uit haar weggezogen.

Uiteraard ging ik de rechtervleugel niet binnen, maar het was een publiek geheim dat Utta 's avonds in de grote keuken op zoek ging naar zoetigheid of ander lekkers. Ik kwam er niet vaak, het was de plaats waar niet alleen het vuur werd opgestookt, maar waar ook de roddels en verhalen werden opgeklopt tot een smeuïge pap, waarvan iedereen gretig smulde.

Ik had geluk. Utta zat aan de tafel waarop het brood en het gebak werden bereid. Ze doopte net een grote snee brood met boter en kandijsuiker in een kop warme chocolade en ze keek betrapt toen ik binnenkwam.

'Ik had nog honger,' verontschuldigde ze zich.

'Een knorrende maag zorgt voor slechte dromen, zei mijn moeder altijd.' Ik probeerde mijn stem zo luchtig mogelijk te houden. Het werkte, want ik kreeg een brede glimlach terug.

'Is dat zo?' Ze keek me met haar open, volle gezicht aan. Ze was niet al te snugger, maar ze had een goede inborst. Ze sneed nog een stuk van het brood af. 'Dit is het lekkerste wat er is,' zei ze en ik probeerde zo aardig mogelijk te glimlachen, wat niet eenvoudig was.

'Utta, het treft dat ik je hier zie. Ik wilde je wat vragen.'

Ze keek me uitdrukkingsloos aan en veegde met een restje brood haar kom schoon.

'Wat is er precies gebeurd tijdens de nacht van het overlijden van het prinsenkind?'

Het daverde in mijn lijf en ieder woord dat over mijn lippen kwam, proefde bitter.

'Ik weet het zelf niet zo goed.' Ze haalde de schouders op. Er kwamen rode vlekken in haar hals en haar ogen verloren hun rust. Ze slikte een paar keer, maar toen kwam er een stortvloed aan woorden, die niet te stoppen was. Alsof ze blij was om alles eindelijk te kunnen vertellen.

'Het is allemaal zo snel gegaan. Ik was bij de kinderen. Ze sliepen allebei. Ik moest er niet naar kijken, ik kon gewoon bij het vuur zitten en naaien aan de lakenset voor mijn uitzet. Rosika had de kinderen nog de borst gegeven vlak voor ze naar het operagebouw vertrok en ze leken goed doorvoed. Ze had voor het voeden warme anijsmelk gedronken, zodat de kinderen slaperig zouden worden van haar melk. Gravin von Hochberg was heel vriendelijk; ze kan ook anders zijn, weet je. Ze had ervoor gezorgd dat ik niets tekort kwam. Wittebrood met venkelzaad en dadels en een karaf wijn. Ze had me nog nooit wijn aangeboden, dus ze was echt in een gulle bui. Misschien wel omdat ze uitkeek naar de reis die ze wilde maken? Ik had al eerder mijn naaigerief van mijn slaapkamer naar de kinderkamer gebracht. De lakens waren al gezoomd en ik wilde initialen borduren op de kussenslopen. Ik was ervan overtuigd dat ik alles had klaargelegd, maar toen bleek ik toch de slopen niet bij me te hebben. Ik moest terug naar de rechtervleugel om ze te halen. De kinderen sliepen als rozen, de anijsmelk had haar werk gedaan, dus ik dacht dat het wel even kon. Als ik me haastte, zou ik maar tien minuten weg zijn. Ik weet zeker dat ik de deur achter me heb gesloten. Heel zeker. Toen ik terugkwam, stond de deur open. Het was nog steeds stil in de kamer, dus alles leek in orde. Ik moest me vergist hebben, net als bij de kussenslopen. Ik naaide en ik ...'

Ze stokte en opeens lag ze met haar hoofd op haar armen te huilen.

'Het is mijn schuld! Alles is mijn schuld. Ze zeggen ... de gravin zegt ... dat het niet waar is. Maar het is ...'

Ze ging nog een hele tijd door. Ik schoof mijn stoel wat dichterbij en deed iets wat ik nog nooit had gedaan. Ik legde mijn hand op de snikkende schouder van een vrouw en probeerde haar te troosten.

'Rustig, Utta, natuurlijk is het jouw schuld niet. Je hebt niets verkeerds gedaan.'

Ze keek me met haar betraande gezicht aan en hapte een paar keer naar adem. Naast chocolade, rook ik de geur van zout verdriet en schuld. Haar handen hielden mijn handen vast.

'Het is zo erg. Zo erg. Ik ben het niet gewend om wijn te drinken. Ik moet in slaap zijn gevallen in plaats van te waken. Ik werd kort na middernacht wakker door een luid gegil. Rosika was terug. Ze wilde de kinderen voeden en zag dat het jongetje dood was.'

'Welk jongetje, Utta?'

Ze keek me fronsend aan, met natte wangen en een chocoladeveeg bij haar mond.

'Waar lag het prinsenkind, Utta?'

'In de prinselijke wieg natuurlijk. Waar anders?'

'Heb jij de kinderen eruit gehaald die avond?'

Ze schudde haar hoofd en slaakte diepe zuchten.

'Wat droegen ze? Waren ze verschillend gekleed?'

'Heb ik niet gezien, ze waren toegedekt met satijnen dekentjes.'

'Is er iemand in de kamer geweest, Utta?'

Ze moest er even over nadenken.

'Ja, nu u het zegt, er was iemand. Ik was net ingedut bij het vuur toen ik wakker schrok. Ik zag een vrouw en een man de kamer verlaten. Ik vroeg nog: "Wie is daar?" De vrouw antwoordde: "Oh, Utta, heb ik je wakker gemaakt? Het is in orde, de kinderen slapen, maar je hebt wel de deur laten openstaan. Niet goed, de tocht kan op hun longen slaan."

Ik weet nog dat ik me schuldig voelde, ook al was ik ervan overtuigd dat ik de deur had gesloten. Ik ben weer in slaap gevallen. Ik was erg moe, denk ik.'

'Utta, wie was die vrouw? En die man?'

Ze haalde haar schouders op en keek me onzeker aan.

'Ik weet het niet, ik was slaperig, maar het was alleszins iemand die me kende, want ze wist mijn naam. En de man …'

Ze schudde het hoofd.

'Waar is Rosika?' De scherpte van mijn toon ontging haar niet.

'Utta, waar is Rosika?'

'Ik mocht er niet over praten, zei de gravin. Ik moest alles vergeten. De tijd zou alles helen.'

'Ik moet het weten, Utta. Waar is Rosika naartoe gegaan?'

'Ik weet het niet. Ze was zichzelf niet meer. Ze trok zich de haren uit het hoofd. De dokter is gekomen en ze heeft iets gekregen om te kalmeren. Ze hebben haar weggebracht. Maar ik weet niet waarheen. Niemand heeft het me gezegd.'

De donkere wolken in mijn borst werden inktzwart en lood-zwaar. Mijn longen kregen geen lucht meer en ik ademde met korte stoten als een drenkeling.

Ik wist niets en alles. Als niemand de kinderen had verwisseld, dan lag mijn zoon die nacht in de prinsenwieg. Hij was kernge-zond, het andere kind niet. Mijn kind was dood, ik wist het. Hoe was hij gestorven? Een gezond kind gaat niet zomaar dood. Het prinsenkind leefde. Waar was het nu?

Alleen Rosika kende de waarheid. Zij alleen wist welk kind er dood was. Waarom wilde niemand luisteren naar haar? Ze had zich de haren uitgetrokken, zei Utta. Noch prinses Stephanie, noch prins Karl waren bij het dode kind geroepen. Alleen de arts, die niet bij de bevalling aanwezig was, en gravin Louise von Hochberg hadden het dode kind gezien. En Rosika.

Ik wist dat er iets niet klopte met de dood van het kind. Maar mijn gedachten konden alleen maar uitgaan naar Rosika en mijn dode zoon. Ik wilde huilen, maar kon het niet. Een ver-pletterende kwaadheid op het kind dat nog in leven was, be-nam me de adem. Door zijn zwakke gezondheid had hij de plaats in de mand opgeëist die bestemd was voor mijn kind. Het kind met de vlinderhuid had moeten sterven – het stond in de tekens beschreven – niet mijn kind.

Vijfentwintig zilvermuntjes geef ik,
wie zegt hoe Kaspar werkelijk heet.
Maar anderen zullen er goud voor geven,
opdat vooral geen mens het weet.

— *Duits kermislied* —

Ze wist dat ze naar bed moest. Morgen zou een zware dag worden. Ze moest de gastenlijst voor het nakende huwelijk opmaken, briefpapier bestellen, naar de kleermaker gaan, de dienst bespreken met de dominee en zeker ook nog bij Kaspar langsgaan. Toch kon ze het dagboek niet opzij leggen. Iets in haar zei dat het belangrijk was dat ze doorlas.

Toen ik verhuisde naar het huis van de familie Daumer zou alles veiliger zijn, zei rechter Feuerbach. Ik zou nog veel leren, maar het zou er rustiger aan toegaan.

Bij heer Daumer kwamen de mensen niet meer naar me kijken.

Ze wilden wel, ze klopten op de deur, tikten tegen het raam, bleven aan de overkant van de straat staan, maar ze mochten het huis niet in.

Ik bleef nog binnen vanwege de mensen, en ook omdat het licht te fel was. Mijn ogen bleven prikken en moeder Daumer wreef er zalf op. 's Avonds wandelde ik buiten. Dat was goed.

Na een paar weken bleven de mensen weg.

Het venster in mijn kamer aan de achterzijde wilde ik niet.

Alles wat ik zag, was groen, te veel bomen en struiken in de tuin van Daumer. Dan dacht ik aan mijn leven in de kelder en dat maakte me droevig.

Liever zat ik beneden aan het raam waar ik de huizen aan de overkant kon zien. Ze waren rood en nergens was er groen.

Toen de bomen appels kregen, wilde ik weten wie ze er 's nachts aanhing en waarom niet alles rood was. De hele wereld zou rood moeten zijn. De

wereld zou er mooier uitzien en mijn ogen zouden de wereld verdragen.

Goud is ook mooi.

Ik had op een dag mijn huiswerk goed gemaakt en daarna vrouw

Daumer geholpen in de tuin en daarom kreeg ik geld. Heer Daumer

opende zijn geldbuidel en haalde er een briefje uit.

'Kaspar, dit geld is voor jou. Spaar het om er iets moois mee te kopen.'

In zijn beurs zat ook een gouden cent. Dat is ook geld.

'Mag ik dat geld? Dan mag u het briefje houden,' vroeg ik.

'Maar Kaspar toch, die kreutzer is veel minder waard dan het briefje,'

zei hij.

'Ik houd van blinkende dingen. Goud is mooi en dan hoef ik niet iets

moois te kopen, want ik heb het al,' heb ik toen tegen hem gezegd.

Er is goud aan de ring van moeder Daumer, aan de voet van het

wijnglas, aan de klink van de deur en aan de spiegel.

De eerste keer dat ik voor een spiegel stond, schrok ik. Ik had die man

niet eerder gezien, wat deed hij in het huis waar ik iedereen kende? Hij

bleef me aankijken en ik zei dat hij weg moest gaan. Hij praatte samen

met mij, ik zag zijn mond bewegen, maar hij had geen stem.

Vrouw Daumer zei dat ik mezelf zag in de spiegel. Ik schrok en her-

kende mijn eigen zelf niet. De mens die ik zie in de spiegel, is niet mooi.

Hij mist iets. Hij zou er beter uitzien met goud, rood en blauw.

'Zoek iemand die mijn gezicht in het goud kan schilderen,' zei ik aan

heer Daumer. 'En ik zou liever een blauwe vest dragen en een rode broek.'

'Maar Kaspar toch, gewone mannen dragen geen felle kleuren, en als je lacht, dan is je glimlach goud waard,' zei vrouw Daumer.

Naar de man in de spiegel lach ik niet, dus wat had ik aan een gouden glimlach? Ik kan mezelf niet zien als ik lach.

'Kom, Kaspar, ik zal je veel goud tonen,' zei heer Daumer.

Hij nam me mee naar de kerk en er was veel goud op het altaar. Maar de mensen waren zonder kleuren. Ze droegen zwarte, bruine of grijze kleren. Ik wilde er niet blijven.

De priester riep en de mensen schreeuwden door elkaar en het bonsde in mijn hoofd.

'Zeg dat ze stoppen met roepen!' riep ik. 'Het doet zo'n pijn.'

'Ze roepen niet, Kaspar, ze zingen,' zei heer Daumer.

Ik stak mijn vingers in mijn oren en keek rond. Toen zag ik de eenzame man. Hij hing tegen de muur met alleen zijn huid aan, bijna zoveel huid als ik heb.

Hij huilde, ik zag rode tranen op zijn gezicht.

Hij had pijn, want er zaten spijkers in zijn handen en voeten en hij had takken met stekels op zijn hoofd.

Hij had het koud, want hij had geen kleren aan.

Hij was beschaamd, want hij hield zijn ogen naar beneden gericht.

Hij kon niet spelen, want hij hing vast.

Hij kon niet eten, want zijn handen waren gebonden.

Hij had ook geen paard, waarmee hij weg kon rijden, weg van zijn beschaamdheid en de schreeuwende mensen in de kerk.

Hij leek een beetje op mij.

'Haal die man weg,' huilde ik. 'Zien jullie dan niet hoe hard hij lijdt?'

'Het is Jezus, de zoon van God,' zei Daumer. 'Hij is voor ons op het kruis gestorven.'

'Ik wil niet dat hij sterft,' zei ik. 'Het hoeft niet voor mij. Ik heb hem liever levend. Haal hem eraf.'

'Maar Kaspar, dat is een beeld. Hij is niet echt.'

Waarom toont men mij dingen die niet echt zijn?

Ik wilde nooit meer naar de kerk waar alles echt lijkt, maar het niet is, en waar mensen roepen en tieren. En waar een man voor ons wil sterven en pijn en verdriet heeft, zonder dat iemand dat erg vindt.

Daarna bracht Daumer me bij de paarden.

Dat was echt. Ik herkende geuren, Vaterman droeg ze in de plooien van zijn jas. Vaterman had een paard, dat weet ik nu zeker.

Ik zat niet, maar lag soms op een paard toen ik naar de wereld kwam. Mijn neus dicht tegen de vacht van het paard. Mijn hoofd dat tegen zijn warme huid bonsde. Maar het deed geen pijn. De geur zit nog in mij.

Eerst mocht ik van Daumer op een paard zitten, daarna stappen, daarna draven en galopperen.

Ik was niet bang voor het paard, het paard ook niet voor mij.

Na een week kon ik alles, en ik mocht met Daumer buiten de stad rijden.

Nog later maakte ik tochtjes met Lina von Stichaner. Ik plukte langs de veldrand madeliefjes en wilde viooltjes, en ik maakte er een boeketje van. Ze was er zo blij mee en ze zei dat ik een echte heer zou worden.

Ja, dat wil ik worden: een echte heer.

Waarom heeft Vaterman me dat allemaal niet geleerd?

Misschien waren er bij mijn kooi geen meisjes. Misschien groeiden er geen bloemen waar ik boeketjes van kon maken.

We kwamen 's avonds terug.

Het was donker en ik zag de maan en de sterren weer. Alles was mooi. Niemand stak de lichten aan en niemand deed ze uit. Ze deden het zelf, ze waren met velen. Ze konden meer dan ik. Ik was alleen maar mezelf. Ik moest weer huilen. Waarom had Vaterman mij nooit de maan en de sterren laten zien?

'Heer Daumer, waarom heeft Vaterman mij dit moois niet laten zien?'

'Omdat het geen goede man was, Kaspar. Hij heeft je kwaad gedaan door je op te sluiten. Hij is heel, heel slecht.'

Ik wist niet wat boosheid was, maar sindsdien weet ik dat wel. Ik was heel, heel boos op heer Daumer.

'Vaterman heeft me nooit kwaad gedaan!' riep ik. 'Hij gaf me de wereld! U doet me kwaad. U zegt dat Vaterman slecht is. Dat is niet waar! Ik wil terug naar Vaterman!'

Ik draafde alleen naar huis.

De stem van Daumer bleef achter me en werd steeds stiller tot ik ze niet meer hoorde. Als je weggaat van iemand, wordt die mens kleiner en zijn stem verdwijnt in het niets.

Iedere dag bracht nieuwe woorden, nieuwe gedachten. Iedere dag was moeilijk, want mijn gedachten waren anders dan die van de mensen om me heen. Nooit zou ik zoveel weten als de anderen.

Waarom wist het kind van de dienstmeid dat het geen witte verf was overal, maar sneeuw? En waarom wist het dat sneeuw niet beet in je hand, maar gewoon ijskoud was? Waarom zegt iedereen dat het mooi is wanneer vrouw Daumer piano speelt. Het maakt me droevig. Daarvoor heb ik geen muziek nodig. Ik hoef alleen maar mijn ogen te sluiten en aan Vaterman te denken.

Waarom zegt iedereen dat Vaterman slecht is? Daarom had ik ruzie met heer Daumer. Moest ik daarom weg?

Heer Daumer wilde me niet meer, hij vond dat hij mij genoeg had geleerd. Schrijven, tellen, lezen, tekenen, knutselen, godsdienst en La-tijn. Ik moest de wereld in. Maar ik was toch al in de wereld?

Ik kon goed paardrijden en ze zeiden me dat ik de aanleg daarvoor van iemand moest hebben geërfd. Misschien was ik wel een kind van de adel. In de krant had iemand mij 'Het kind van Europa' genoemd. Ik vond het leuk: ik was misschien van iemand, en iemand was mis-

schien van adel. Misschien wel met paarden in de stal.

's Nachts kwam weer dezelfde droom, maar ook een beetje anders. Alsof ik iets meer mocht weten.

Soms zei de witte vrouw mijn naam, soms trok ze me mee. Soms zag ik ijzeren mannen zonder gezicht. Ik was er bang voor, maar wist niet waarom. Ik liep weg zo hard ik kon, door de lange gangen. Er waren veel mensen. Ze riepen en huilden en hun armen grepen me, maar ik kon me losrukken. Ik kon schilden zien die er tegen de muren hingen. Ik zocht de vrouw, maar vond haar niet. Ik vond een bed, maar het was mijn bed niet. Ik was verloren in de lange gangen. Mensen wilden me nog steeds pakken. Ze leken op kikkers.

Ik vertelde de droom aan rechter Feuerbach. Hij vroeg me om de schilden te tekenen. Het was moeilijk. Maar het lukte. Het was niet zo mooi als mijn geschilderde fruitmandjes, maar dat kwam omdat ik iets moest tekenen dat in mijn hoofd zat.

'Ik heb toch geen ogen aan de binnenkant van mijn hoofd,' zei ik, maar de rechter zei dat mensen onzichtbare ogen hebben. Als je je handen voor je ogen houdt en je denkt aan iemand, dan kun je die persoon in je hoofd zien zitten. Ik probeerde het en dacht aan Vaterman. Maar omdat ik het gezicht van Vaterman nooit heb gezien, zag ik alleen zijn donkere jas, zijn hoed en zijn handen.

Ik tekende de schilden met twee gekruiste stokken, het konden ook zwaarden of degens zijn. In de twee hoeken tekende ik gevaarlijke dieren en een ruit waardoor strepen liepen. Bovenaan tekende ik een grote kroon. En onderaan iets waarvan de rechter zei dat het een scepter was. Ik had alleen een grijs potlood en ik zei dat de kleuren in het schild goud, rood en blauw waren, net als de mensen in mijn droom.

De rechter schudde het hoofd en zei: 'Kaspar, Kaspar, Kaspar toch.'

Had ik iets verkeerds gedaan? Had ik hem verdrietig gemaakt? Ik vroeg het hem, want hij had tranen in de ogen.

'Je bent goud waard, Kaspar. Ik zal de waarheid vinden,' zei hij.

'Kan de waarheid dan verloren gaan?'

'Kaspar, de waarheid kan niet verdwijnen, ze kan alleen verborgen worden,' zei hij. 'En iemand heeft dat gedaan. Het is mijn taak als rechter om de waarheid te zoeken.'

Op een ochtend nam de rechter me mee naar een kasteel. Hij wilde dat ik alles bekeek. Om de waarheid terug te vinden. Ik liep door een lange gang. Dezelfde hoge vensters, dezelfde schilden.

'Wat zie je, Kaspar?' vroeg hij.

'Het licht is er niet. En ook geen armen.'

'We zullen wachten tot de avond valt,' zei hij.

De kaarsen werden aangestoken en de oranje avondzon keek naar binnen. Toen herkende ik alles.

'Hier ben ik geweest,' zei ik. 'Hier liep mijn moeder, ze heeft rode haren en een blauwe jurk. Er stonden gouden kandelaars. Ze zocht me, ik was weggelopen, want ik wilde niet in het vreemde bed. Ik liep en liep want ik wilde naar mijn vroegere bed, waar ook andere kinderen waren. Ik vond mijn bed niet meer en raakte mijn moeder kwijt. Toen hebben de armen mij gegrepen. Ze hielden me vast tot mijn moeder er was. Toen was ze opeens ook een kikkermens.'

Ik zei tegen heer Feuerbach dat ik niet wist van wie de armen waren.

'Het waren de armen van zieke mensen,' zei hij.

'Kikkermensen?' vroeg ik.

Hij knikte.

Ik wist nog zo weinig.

We liepen samen op het pad en opeens rolde er een appel voor mijn voeten. Ik had hem niet horen vallen. Hij kwam zomaar opeens. Appels zijn vriendelijke en zoete dingen.

'Kijk, heer rechter, de appel vindt me leuk. Hij wil bij me zijn!' riep ik, want ik werd er zo vrolijk van. Iemand wilde mij.

'Nee, Kaspar, de appel kan niet willen. Het is een ding zonder geest, zonder ziel en zonder wil.'

Ik geloofde hem niet. Mijn eigen ogen hadden het toch gezien: de appel was naar me toe komen rollen. En niemand had hem geduwd.

De dingen die ik zie, hebben wel een geest, een ziel en een wil. Alles leeft. Waarom gelooft niemand me?

Ik at de appel op en hij protesteerde niet, dus hij wilde gegeten worden.

Heer Feuerbach was verheugd toen hij hoorde dat ik een dagboek schreef. Eigenlijk was het geen dagboek, maar een verhaal over mezelf. Ik was al lang niet meer bang van de mensen en iedereen mocht mijn vriend worden. Ik kon al hun namen en rangen onthouden. Iedereen die op bezoek kwam, mocht mijn verhaal lezen. Er was ook een man van de krant en die las het ook. Er stond een van mijn dromen in. De droom die me bang maakte.

Ik zat voor een smal venster en keek naar buiten. Er was overal water. De wolken sliepen op het water. In de nevel zat de stilte. In de lucht was het gefluister. De aarde had een kille adem. En de Dood was aanwezig. Ik wist het.
Ik kon de mensen op de platte boten bijna niet zien, maar ze waren er. Met mist rond hun hoofd duwden ze de boot met lange stokken vooruit en met mist in mijn hoofd keek ik toe.
Mijn moeder was niet meer rood en blauw. Ze werd wit. Akelig wit. Ze was nog steeds een kikkervrouw. Ze werd dichtgenaaid. Ze werd een pop. Zoals een vlinder voor hij vleugels krijgt.
Ik hoor het luik. Ik hoor het schuiven. Ik hoor de plons. Maar mijn moeder hoor ik niet.

'Kom,' zegt een vreemde hand en ik ga mee.

'Ze is dood,' zegt de man van de hand.

'Misschien zullen we nu te weten komen wie je bent, Kaspar,' zei de man van de krant.

Een week later kon iedereen het lezen: Kaspar Hauser schrijft zijn herinneringen over zijn gevangenistijd neer.

Het was niet waar, ik schrijf vooral over nu, want er is zo weinig te vertellen over vroeger.

Na het artikel kreeg ik nog vaker bezoek van wildvreemde mensen. Ze brachten altijd cadeautjes voor me mee. Maar nu vond ik het leuk, want dan had ik minder lessen Latijn en godsdienst.

Er kwamen ook twee mannen zonder geschenk. Ze zeiden hun naam niet, maar wilden alles lezen wat ik schreef. Omdat ze niets bij zich hadden, wilde ik ze mijn verhaal niet geven. Ze vroegen zoveel dat ik er hoofdpijn van kreeg. Ze droegen zwarte hoeden en hadden laarzen aan zoals alleen soldaten dragen. Zonder ijzers aan de hielen en tenen, om snel en stil te kunnen weghollen, wist ik. Vaterman had ook geen ijzers aan zijn laarzen toen hij wegliep.

Daarna gebeurde er iets waar ik niet graag aan denk, maar het blijft in mijn hoofd dolen en ik krijg het er niet uit en het heeft me opnieuw zo bang gemaakt.

Eerst had ik een heel mooie droom. Voor het eerst geen droom over lang

geleden, maar een droom over morgen en overmorgen en nog verder,
want ik kon al zo goed in de verte zien.

Ik was in een groot kasteel en ik lag in een bed.
De deur ging open en een witte man kwam binnen. Hij had goud in
zijn haren en er straalde een gouden licht van de palmen van zijn
handen. Hij droeg een stralende krans en hij gaf die aan mij. Hij zei:
'Als je die krans op je hoofd zet, mag je altijd bij me blijven. Dan mag
je mee naar mijn huis waar je voor altijd gelukkig zult zijn.'
'Wat gebeurt er dan?' vroeg ik.
'Je zult sterven,' zei de man.
'Maar ik wil nog niet sterven,' zei ik, 'ik ben nog maar net in de we-
reld. Ik moet nog zoveel leren. Evenveel als iedereen.'
'Als je sterft, zul je alles weten,' zei de man.
'Alles? Ook wie ik ben? En wie mijn moeder was?'
Hij knikte.
Ik nam de krans aan en toen ik hem op mijn hoofd wilde zetten, ging
de deur open en vrouw Daumer kwam me zeggen dat ik wakker moest
worden, en dat het ontbijt klaar stond.

Ik vertelde haar mijn droom en ze sloeg een hand voor haar mond. Ze
zei: 'Kaspar, wilde je echt die krans op je hoofd zetten?'
Ja, die nacht wilde ik het.

Ik wist niet of het door de droom kwam of door de walnoten die ik na het ontbijt had gegeten, maar opeens deden mijn buik en mijn hoofd zo'n pijn. Alsof er gaten in mijn lichaam kwamen.

'Ik ga dood,' zei ik.

'Niet overdrijven, Kaspar,' zei heer Daumer, die nog altijd een beetje boos op me was omdat ik met mijn paard was weggereden en hem had achtergelaten en omdat ik niet wilde dat hij slechte dingen zei over Vaterman. 'Je gaat heus niet dood van een droom en drie walnoten. Je fantasie is als een losgeslagen paard. Het gaat met jou aan de haal.'

Ik wilde naar het geheim gemak. Heer Daumer even niet meer zien. Hem even niet meer teleurstellen.

Het geheim gemak is beneden op het koertje. Soms is het daar een beetje vuil. Mijn mooie kleren moesten schoon blijven. Ik deed mijn broek uit en vouwde die op. Ook mijn vest en mijn schoenen moesten in mijn kamer blijven.

In mijn lange, witte onderhemd ging ik naar het geheim gemak en wachtte daar tot alles uit mijn achterkant naar buiten plofte.

De halve deur stond op een kier. Ik kon de poes zien en de klinkers op de grond en de rode vlijtige liesjes in de rode potten waar ik zo graag naar kijk. Het licht binnen was groen, want de druivelaar staat vlak bij het geheim gemak.

Toen werd alles donker. Iemand stond voor de halve deur en nam het groene licht weg. Ik zag een hoge hoed. En een man. En de Dood. Zijn

gezicht zat achter een donkere doek. Zijn kleren waren notenbruin. Hij
rook naar paard. En naar stro. En naar Vaterman.

'Vaterman?' zei ik. Ik was zo blij. Ik wilde naar hem toegaan, maar
mijn onderbroek was nog naar beneden.

Ik stond op, bleef achter de halve deur en bukte me om mijn broek op
te trekken.

Toen bonkte het op mijn hoofd.

De man sloeg me en sloeg me en liep toen weg.

'Vaterman!' riep ik.

Het groen voor mijn ogen bleef weg. Alles werd rood. Mijn gezicht,
mijn handen, mijn witte hemd. Rode vlekken op de klinkers.

Het was niet Vaterman. Het was de Dood.

Ik bang, zo bang.

Ik lopen en struikelen naar buiten.

Ik niet willen pijn.

Ik willen naar kelder, onder trap.

Ik kruipen naar donker in kelder.

Ik liggen op stro in donker.

Niemand daar.

Kaspar veilig nu.

*Kaspar wil terug **het** zijn.*

*Kaspar is **het**.*

Ze hebben me overal gezocht en mijn naam geroepen. Maar ik hoorde en voelde en zag niets meer. Ik was opnieuw een lege wolk en had het hoofd van een mus.

Vrouw Daumer vond me, ze volgde de bloedvlekken. Ze dacht dat de kat had gejongd.

De dokter verzorgde de wond op mijn hoofd en zei dat het veel erger had kunnen zijn, als ik me niet had gebukt.

Zie je wel! Alles leeft. Mijn onderbroek heeft ervoor gezorgd dat ik me moest bukken en dat ik ontsnapt ben aan de Dood.

Was het Vaterman? Ik begreep het niet. Hij leek erop.

Maar van Vaterman heb ik toch het leven gekregen? Zou hij boos zijn omdat ik in mijn verhaal over hem heb geschreven?

Ik moet zwijgen over het dagboek, zwijgen over Vaterman. Op een dag komt hij terug, ik weet het, ik voel het en dan zullen we weer samen zijn. Ik zal zwijgen en stil zijn. Dan hoeft niemand me nog pijn te doen.

Rechter Feuerbach was boos en hij wilde dat er soldaten bij me bleven. Ze maakten lawaai en dronken bier en heer Daumer kon er niet tegen. Ook daarom moest ik weg bij heer Daumer. Omdat iemand mij wilde vermoorden. En omdat ik droomde over doodgaan. En omdat mensen tegen heer Daumer zeiden dat ik alles uit mijn duim had gezogen. Dat ik mezelf had verwond met een hakmes om in de belangstelling te staan. De wonde was niet diep. Een echte moordenaar zou me niet hebben achtergelaten met alleen maar een oppervlakkige hoofdwonde.

'Kaspar is een listige bedrieger,' hoorde ik mensen zeggen.

Het kwam ook in de krant.

Daarna kwamen er vreselijke dingen.

Mensen schreven toneelstukken over mij: het waren leugenverhalen.

Op de kermissen zongen ze liederen over Kaspar, de bedrieger, en er waren spotprenten waarop ik heel lelijk stond.

Op een dag wandelde ik met Isolde op de jaarmarkt. Er waren zoveel dingen die ik nog niet kende. Ik bewonderde de koorddanser en de vuurspuwer, maar ik hield niet van de beer aan de ketting, en de man die zijn vrouw in tweeën wilde zagen, vond ik maar niets.

In een tent konden we 'De Schepsels van het Duivelseiland' gaan bekijken. We waren er beter niet naar binnen gegaan.

Er was een vrouw met een baard tot op de grond. Naast haar stond een reus die ijzeren kettingen kon stukbijten. Er waren twee dwergen die een riddertornooi hielden op een geit en elkaar voortdurend pijn deden. Hoe harder de mensen lachten, hoe meer pijn ze elkaar deden.

Een halfnaakte neger met een botje door zijn neus at de hele tijd kindervlees. De baas van de neger toonde de afgekloven botjes. Hij wees ook op een geschilderd portret van een jongetje aan welk deel van het kind op dat moment werd gepeuzeld. Ik voelde me niet lekker worden en wilde naar buiten.

Isolde had er ook genoeg van.

Maar omdat er maar een uitgang was, moesten we eerst overal langs. De indiaan met scalpen van blanke mensen aan zijn riem, de vrouw met vier borsten, de man die niet kon stoppen met huilen. Op de grond, tussen zijn benen, stond een emmer half gevuld met tranen. Kan verdriet een emmer vullen? dacht ik. Hoeveel emmers had ik dan nodig?

We waren bijna buiten toen mijn oog op de levensgrote pop viel. Boven de pop hing een bord waarop mijn naam was geschilderd. Op het stoffen hoofd stond een gouden kroon in plaats van mijn hoed. Voor een kreutzer kreeg je drie ballen waarmee je naar mijn hoofd kon smijten. Als je de kroon eraf kon kegelen, kreeg je een kruidnootkoek in de vorm van een jongen.

De kermisman riep luid: 'Wie heeft er zin om de bedrieger te ontkronen? Wie onthoofdt Kaspar Hauser? Als beloning krijgt u een heerlijke Kaspar die u in honderd stukjes mag bijten.'

Daarna was ik drie dagen ziek. Ik voelde me als de man met de emmer tranen.

Die nacht droomde ik over de lange zaal met kikkermensen en hun armen die me wilden grijpen. Toen ze me vasthadden, beten ze stukjes uit me en ik werd wakker toen er niets meer van me over was.

Ik was droevig, want het was geen droom meer uit het verleden. Mijn nieuwe leven knabbelde met kleine stukjes mijn verleden op. De dromen over mijn moeder kwamen nooit meer terug. Ze gingen dood. Ik was een stukje van vroeger voor altijd kwijt.

Mijn nieuwe voogd werd de heer Gottlieb von Tucher. Hij kreeg geld van de stad Neurenberg om voor mij te zorgen, maar hij kon niet voor mij zorgen omdat hij vaak op reis was. Daarom gaf hij mij aan Johann Biberbach en zijn vrouw Klara.

De soldaten moesten mee naar mijn nieuwe huis om me te beschermen. Ik mocht nooit meer alleen zijn. Juist daarom voelde ik me zo alleen. Want alleen als ik alleen ben, ben ik veilig bij mezelf.

Het was niet leuk in dat huis. Er waren altijd vriendinnen bij Klara, want ik moest Klara zeggen in plaats van vrouw Biberbach. Ze zeiden dat ik de belangrijkste burger was van Neurenberg. Ze wilden dat ik grapjes maakte en kunstjes deed, zoals raden of er een naald onder papier verborgen lag. Dat was iets wat ik goed kon, heer Daumer had gezegd dat ik magnetische gaven had, maar bij Klara wilde ik het niet. Ze wilden me de hele tijd aanraken, mijn zachte huid voelen en aan mijn haren komen. En ik moest hun handen vasthouden en de toekomst voorspellen in de lijnen van hun hand. Ze lachten de hele tijd en ze wilden weten of ik al meisjes had gezoend en hoe de zoen smaakte en of ik wist hoe meisjes er onder hun hoepelrokken uitzagen. Toen ik ja zei, om ervan af te zijn, moest ik het ding van de meisjes tekenen en omdat ik niet wist hoe het eruitzag, tekende ik meisjes met een ding waar zaadjes uitkomen. Ze lachten nog harder en ze knepen in me en riepen dat ik misschien wel een meisje was in mannenkleren. Ze knepen in alles. Tot ze ontdekten dat ik een jongen was. Tot ik huilde.

Soms zijn dingen moeilijk om op te schrijven. Zelfs al heb ik er nu wel de woorden voor. Mensen zeggen soms iets, maar bedoelen iets anders. Hoe schrijf je daarover?

De heer Biberbach was vaak weg van huis. Dan moest ik bij Klara blijven. Ik kreeg niet graag Latijn en godsdienst, maar toen ging ik iedere dag naar de lessen, zonder ze over te slaan.

Klara zei dat ik haar ontweek. Ze maakte ruzie met me ook al wist ze dat ik geen ruzie verdraag. Ik moest bij haar blijven, want een jonge vrouw laat je niet alleen. Ze ondervroeg me de hele tijd: over mijn vrienden en vriendinnen en over de brieven die ik schreef. Ik mocht Isolde niet meer zien en ik mocht ook niet meer naar de feestjes van Lina von Stichaner.

'Kaspar, ik ben nu je beste vriendin. Ik zal je vermaken, je zult je bij mij niet vervelen,' zei ze iedere dag opnieuw.

Ik durfde niet te weigeren, want dat was niet beleefd, had ik geleerd. Ze wilde mij alle schatten van de wereld laten zien en ik moest om twaalf uur precies naar haar kamer komen om ze te ontdekken.

Ik was een beetje blij, want ik wist dat daar een grote wereldbol stond en die wilde ik graag eens van dichtbij zien. Ik kan maar niet begrijpen dat wij op een bol wandelen zonder eraf te vallen. Als er een hemel bestaat, dan is daar vast iemand die de touwtjes van de wereldbol vasthoudt. De deur stond op een kier en ik zag de bol in alle tinten van bruin en rood in de hoek van de kamer. Ik hoefde niet te kloppen, want Klara riep dat ik binnen mocht komen en dat ik de deur achter me moest dichtdoen.

Ik zag haar niet, maar ik zag wel de prachtige bol. Zag de wereld er echt zo uit? Ik kon hem ronddraaien en de namen van de landen lezen. Ergens op deze bol was Vaterman. Hij draaide in dezelfde richting als ik en liep onder dezelfde zon en maan. Die kon je niet zien omdat ze ergens boven de bol hingen.

Ik vroeg: 'Hoe is de wereldbol aan de hemel vastgemaakt, en hoe komt het dat hij kan draaien?'

Klara antwoordde: 'Kaspar, als je wilt weten hoe de wereld in elkaar zit, moet je eerst op zoek gaan naar de hemel. Kom maar hier.'

Toen pas zag ik dat Klara in bed lag, ook al was het nog maar twaalf uur. Het was bijna tijd voor het warme middagmaal. Er was iets met haar. Haar haren waren niet meer in een bol achteraan op haar hoofd. Ze waren veranderd in een slang die over haar schouders hing en verder kronkelde op het kussen.

'Ben je ziek?' vroeg ik.

Ze knikte.

'Waar ben je ziek?' vroeg ik.

'Ik zal het je laten zien. Jij kunt me genezen door aan mijn hemel te komen,' zei ze en ze sloeg het blauwe donsdeken terug. De slang bewoog en lag nu op haar borst.

Ik wilde al haar huid niet zien, maar ik zag het toch. Ze trok me op het bed, maar ik trok me los.

'Je mag aan de hemel voelen,' zei ze. En ze lachte en ze bleef zomaar liggen zonder beschaamd te worden. En ze wees op plaatsen van haar huid waar ik de huid niet meer zo goed kon zien, en ik voelde me ziek worden zoals op de jaarmarkt, en ik holde de kamer uit.

Weer was ik drie dagen ziek en huilde ik zoals de man die niet kon stoppen met huilen. Deze keer huilde ik vast twee emmers vol.

Daarna waste ik me drie keer per dag. Ik had iets gezien dat ik niet mocht zien. Denk ik toch. Er zat heimelijkheid in mijn kleren. Ik probeerde het eruit te kloppen.

De rechter had gelijk toen hij zei dat er in ons hoofd onzichtbare ogen zitten. Ik bleef Klara zien, met veel te veel huid en met de slang over haar schouders en met nog dingen die ik had gezien onder de blauwe donsdeken. Ik wilde het niet zien, maar het bleef en ik wilde niet meer onder een blauwe donsdeken slapen.

Heer Biberbach vond dat ik me te veel waste. En hij wilde weten waarom. Eerst zei ik niets.

Toen kwam Klara en ze gaf me een grijze vogel in een kooitje.

'Dit vogeltje is voor jou. Je moet zwijgen, Kaspar. Over alles wat je bij me hebt gezien. Vertel het nooit aan iemand. Het is ons geheim.'

Ik gaf het vogeltje water en zangzaad, maar het zong niet. Het keek naar mij zoals ik naar hem keek. Hij zat gevangen in het kooitje. Ik was gevangen in mezelf. Wat ik had gezien bij Klara, moest uit mijn hoofd.

Dus vertelde ik alles toch aan heer Biberbach, want van hem mocht ik niet Johann zeggen. Klara zei dat ik een leugenaar was. De volgende dag was de vogel dood. Zijn nekje was gebroken.

Toen werd ik bang.

Ik kreeg iedere nacht dezelfde droom.

Ik vond mijn houten paardje terug in een donkere kelder. Dat ene waarvan de twee achterpoten waren gebroken. Ik speelde ermee en toen werd het paard levend en het holde op zijn kapotte benen de kelder uit. Ik riep dat het bij mij moest blijven, maar het paard was niet beteugeld en ik was opeens zijn baasje niet meer.

De dag na mijn droom, stond ik op en zag dat ik een portret van iemand had getekend. Daaronder had ik een gedicht geschreven.

Toen alles nog donker was, was het licht.
Geen huid te veel om te dragen,
geen huid die verborgen bleef,
geen huid met pijn door vreemde handen.
Ik was gelukkig met mezelf
en met mijn vrienden, mijn voeten
en met mijn handen, mijn paardjes en Vaterman.

Ik herinnerde het me niet meer. Hoe kon dat? Wie was de man van het portret?

Mensen, wat doen jullie mij aan?

Jullie volgen me, maar het spoor is blind.

Jullie zien hoe ik verander,

de kooi ontvlucht, door niemand bemind.

Niet als de vogel, in de hemel hoog

zoekend naar een vertrouwde horizon,

steeds hoger en hoger vliegend

op zoek naar het land waar alles eens begon.

Ik heb geen mantel, geen kroon, geen zwaard

en zonder ruiter loopt eenzaam het witte paard.

De droom had me zwak gemaakt en iets van me weggenomen. Ik was iets kwijt, voor altijd, en ik begreep niet wat.

Mijn paardje was altijd levend. Nu niet meer. Het was van hout, er zaten krassen op en het had twee kapotte poten.

Ook mijn neus was verzwakt. Ik kon steeds minder geuren onderscheiden. De droom veegde ze bij beetjes uit.

Ik zat op mijn kamer en wilde er niet meer uitkomen.

In de hoek aan het plafond zat een spin. Ze droeg een wit kruis op de rug. Het leek alsof ik ook een kruis had op mijn rug. In mijn donkere kooi waren ook spinnen. Ik was er nooit bang voor geweest. Nu opeens wel. Ik bleef op mijn bed zitten, met een laken om me heen, zodat de spin mijn huid niet zou vinden en er een kruis op zou tekenen.

Ik bleef drie dagen op mijn kamer en toen haalde heer Biberbach mijn voogd.

Ik vertelde alles aan de Heer von Tucher over Klara en de slang en het vogeltje met de kapotte nek en ik vroeg hem te kijken naar het kruis op mijn rug. Het was er niet.

Heer Tucher zorgde ervoor dat ik een tijdje bij hem mocht logeren tot hij een ander huis had gevonden.

Klara Biberbach vertelde iedereen hoe lief ze voor me was geweest, en hoe ondankbaar ik was en dat er geen grotere leugenaar bestond dan ik.

Ik was heer von Tucher dankbaar dat ik bij hem mocht blijven. Zijn grote huis, bijna een kasteel, stond in een park waarin je kon verdwalen. Een soldaat ging altijd mee als ik buiten wandelde.

Von Tucher nam me mee naar feesten. Ik moest leren dansen, en spreken zoals een man, en ik moest met vrouwen leren omgaan.

Op een feest zag ik lakeien met zilveren schotels. Er waren ook muzikanten. Ze noemden het een kamerorkest, omdat het precies in een kamer paste. Er was ook een vrouw die zong. Ze bracht een lied van Mozart. Met alle deuren open konden de gasten in de andere kamers ook genieten van Mozart.

Ik hoorde het lied, ik hoorde de vrouw en ik moest huilen. Niemand mocht het zien, want mensen huilen niet op een feest. Ik vluchtte naar

de donkerste kamer en kroop in een muurkast. Maar de muziek vond
me en de woorden van de zingende vrouw kwamen via het sleutelgat
toch naar binnen.

Zie, hoe Gods engelen huilen,
als de scheiding komt.
Ik wil zijn naam steeds zachtjes noemen,
me weer met hem verzoenen,
ik zal God dienen terstond.
Aan hem zal ik blijven denken
tot een graf men mij zal schenken.
Dit tranenloze zwijgen,
dit dalen en dit stijgen,
bevrijd me van dit lijden
en maak me weer gezond.

Het was alsof mijn moeder er was. Ze zong voor mij. Over mij. Ik had
het lied eerder gehoord. Lang geleden.
Maar ik zweeg erover, ik wist niet meer wat goed was om te vertellen
en wat slecht.

Heer von Tucher wilde dat ik werk zocht, zodat ik voor mezelf kon zor-
gen. Want de stad Neurenberg wilde niet langer voor mijn onderhoud

betalen. Ik mocht een paar uur per week boekbinder zijn op zijn kan-
toor, om het vak te leren. Ik deed het graag en kon het goed. Iedereen
was tevreden.

Toen zag ik voor het eerst mijn pleegvader. Hij was op een feestje en hij
was een Engelsman. Hij vertelde me dat hij in de krant had gelezen
dat iemand mij wilde vermoorden. Hij vond het zo erg, dat hij om mij
had moeten huilen. Niemand heeft ooit om mij gehuild.

Ik had nooit een mooiere man gezien. Hij was veel mooier dan een
vrouw. Hij had felrode kleren aan en hij had een rode strik in het haar
en hij droeg vele gouden sieraden. Hij poederde zijn gezicht en zijn lip-
pen waren rood gestift. Zijn schoenen waren van donkerrood satijn met
gouden gespen. Hij leek wel een prins die zo uit mijn droom was gestapt.
Hij pakte mijn kin vast en draaide mijn gezicht in alle richtingen. Hij
keek in mijn ogen en zoog zijn blik aan die van mij. Toen kuste hij me
op de mond, maar het was geen plakzoen zoals vrouwen geven. Het
was een rode stiftzoen zonder slijm of speeksel en het smaakte een beetje
zoet. Naar gezondheidscacao.

Jij bent aller-, allercharmantst, Kaspar, zei hij.

Hij zei niet dat ik een beest was of een dwaas of een leugenaar of een
bedrieger. Hij wilde me ook niet alle schatten van de wereld tonen.
Hij vond me erg slim en hij wilde al lang een zoon zoals ik. Als ik het
wilde, kon hij een goede vader voor me zijn. Of ik dat wilde? Ik mocht
hem Philip noemen. Niemand anders mocht dat.

Hij kwam me iedere dag halen en dan reden we te paard of in zijn karos naar een mooie plaats. We stopten bij de heuvels, wandelden op smalle wegen naar boven en we aten in een echt eethuis.

Hij kocht voor mij net zo'n mooie ring als hij zelf droeg. Goud met een rode steen. Ik kon toen al heel goed blozen en verlegen worden.

'Oh, mijn lieve Kaspar, je hoeft toch niet beschaamd te zijn. Alles wat van mij is, zal later ook van jou zijn. Jij en ik zullen nooit geheimen voor elkaar hebben. Jij zult mijn zoon worden. Als alles geregeld is, neem ik je mee naar Engeland. Daar zul je op mijn landgoed wonen. Je zult lord Kaspar Hauser, earl of Chesterfield heten en iedereen zal voor je buigen.'

Hij bracht altijd geschenken voor me mee. Nieuwe kleren, een juwelenkistje, briefpapier, een verfdoos, broches, schmink om mijn gezicht mooi te maken, een gouden horloge, gouden hemdsknopen, zilveren schoengespen en nog andere dingen. Hij gaf me ook altijd geld en nu had ik liever de briefjes, want als je die aan iemand geeft, krijg je er heel veel gouden muntstukjes voor in de plaats.

Op een dag kreeg ik van Philip een briefje van honderd. Ik kon er honderd gouden kreutzers voor krijgen, maar de heer von Tucher pakte het briefje af en zei dat ik zoveel geld niet nodig had. Als ik iets nodig had, hoefde ik hem dat alleen maar te vragen.

Ik vertelde het aan mijn pleegvader. Ze maakten ruzie.

'U verwent Kaspar, het is niet goed voor zijn opvoeding,' zei mijn voogd.

'Kaspar is volwassen, hij kan zelf beslissen wat goed of slecht is voor hem,' zei Philip.

Het was fijn om dat te horen.

Als Philip in de stad was, logeerde hij in een hotel met een echte badkamer. Er stond een porseleinen bad met koperen handvaten en koperen buizen die het warme water naar de kuip voerden.

Ik mocht de hele dag en nacht bij hem blijven en moest lachen omdat alle meubels dierenpootjes hadden, maar geen lijf.

Op het grote bed met spijlen en gordijnen en een hemel met sterren en planeten, lag een luipaardvel en eerst durfde ik niet op het bed te gaan liggen. Maar Philip nam me bij de arm en zorgde ervoor dat ik geen angst had.

'Kaspar, ik wil zo graag voor je zorgen,' zei hij.

Hij stuurde de kamermeisjes weg, liet het bad vollopen en hij stond erop om mijn huid te wassen.

'Een echte vader doet zoiets,' zei hij. 'Ik heb speciaal voor jou badzout en lavendelolie uit Engeland meegebracht. Daarmee verdrijf je alle zorgen en kwalijke gedachten. Wil je dat?' vroeg hij lief, zoals echte vaders doen.

Ja, dat wilde ik, want Klara met haar teveel aan huid en de slang om haar schouders zat nog stevig in mijn hoofd.

Het bad was van wit porselein. Het stond op adelaarklauwen en er zaten witte duifjes op de rand die niet konden wegvliegen omdat ze niet echt waren. *In de plaats van een geheim gemak met een plank, was er een prachtige stoel met een versierde emaillen pot erin. Alles wat je achterliet, kon worden doorgespoeld door gewoon aan een touw te trekken. Het witte bad was zo groot dat er plaats was voor twee. Philip kleedde zich uit, ik hield mijn handen voor mijn ogen, want ik was beschaamd, en even later zat hij tegenover me in het water en er was schuim tussen ons in zodat ik niet meer beschaamd hoefde te zijn.*

Toen hij zich aankleedde, zag ik dat zijn ding met zaadjes ook groot kon worden, en ik had een beetje medelijden want ik had het nog maar één keer meegemaakt en het niet leuk gevonden.

Dus zei ik: 'Het is niet erg, Philip. Het gaat vanzelf weer weg.'

'Mijn lieve Kaspar, ik vind het ook niet erg,' zei hij en zo leerde ik dat ik het niet erg hoefde te vinden.

In het bed streelde hij mijn hoofd en mijn rug en nog andere plekken en hij zei dat ik zijn liefste zoon zou worden. Ik was zo moe van de dag dat ik onmiddellijk in slaap viel.

Ik weet niet waarom, maar ik vertelde niet de waarheid aan de heer von Tucher toen hij me vroeg wat ik allemaal had gedaan. Ik had de heimelijkheid nog niet helemaal uit mijn kleren geschud. Heer von Tucher zei dat hij een neus had voor leugens en misschien was dit waar, want hij had een hele grote neus. Hij besliste dat hij mij zou straffen, als ik hem niet gehoorzaamde. Hij moest voor me zorgen als mijn pleegvader er niet was, maar ik stond het niet toe.

Mijn pleegvader bleef lange tijd weg en ik treurde iedere dag. Dan schreef ik brieven in mijn mooiste handschrift en mijn pleegvader antwoordde altijd. Hij verlangde dat ik voor de rest van zijn leven bij hem zou zijn. Dat had nog nooit iemand gezegd.

Als hij op bezoek kwam, was er altijd ruzie over mij en mijn opvoeding. Ik wilde daar ook iets over te zeggen hebben, maar mijn voogd bleef me als een kind zien.

Ik deed mijn beklag bij rechter Feuerbach en hij zei dat hij bijna de waarheid had gevonden. Hij mocht nog niet te veel zeggen, want de waarheid kon gevaarlijk zijn voor mij.

Dat begreep ik niet. Hoe kan de waarheid gevaarlijk zijn? Al mijn opvoeders hadden me geleerd dat het een Goddelijke plicht was om altijd de waarheid te zeggen.

Ik moest nog even geduld hebben, zei de rechter.

Hij zou nog een belangrijke reis maken en dan mocht de waarheid openbaar gemaakt worden.

Ruzies kunnen ontploffen. Zoals buskruit.

Heer von Tucher wilde mijn voogd niet meer blijven en Philip werd met een officiële oorkonde mijn pleegvader, in afwachting van de adoptiepapieren die nog in orde moesten worden gebracht. Ik zou eindelijk een echte vader krijgen.

Hij moest nog veel op reis, zei hij, en hij kon me niet meenemen. Maar

ondertussen had hij goede mensen gevonden die voor me wilden zor-
gen. Hij zou hen betalen voor mijn kost en opvoeding.

Zo kwam ik terecht bij de heer Meyer en zijn vrouw in Ansbach. Eerst
waren ze heel vriendelijk, zeker als mijn pleegvader erbij was. Daarna
werden ze streng en bitsig en ik mocht bijna niets.

Vrouw Meyer was een vriendin van Klara Biberbach. Klara schreef brie-
ven over me. Dan stelde vrouw Meyer vragen waarop ik niet wilde ant-
woorden. Het was het bewijs van mijn schuld, zei vrouw Meyer.

'Kaspar, je bent vals en je bedriegt de wereld,' zei ze ook.

En ik zei niets, want wat kon ik zeggen?

Ze schreven brieven naar mijn pleegvader en ze vroegen meer geld.
Want een leugenaar op het rechte pad brengen, kost veel meer.

Mijn pleegvader schreef brieven terug. Steeds minder naar mij. Steeds
meer naar heer Meyer. Ik at minder en zij kregen meer geld.

Het was gedaan met feesten en plezierreisjes. Ik moest iedere dag nog
meer godsdienst en Latijn leren. Zelfs op zondag en op feestdagen.

Toen ik al een paar maanden bij hen woonde, zei heer Meyer dat
Klara Biberbach dood was. Ze was gek geworden en ze was van een
toren gesprongen. Dat laatste zei niemand hardop, maar ik kwam het
toch te weten.

Heer Meyer vroeg me of ik verdriet had om de dood van vrouw Biberbach.

'Moet ik verdriet hebben?' vroeg ik. 'Ze heeft er toch zelf voor gekozen
om van die toren te springen?'

Heer Meyer werd heel boos en zei me dat ik wreed was en een koud hart had, en dat er over de doden alleen maar goede dingen mochten worden gezegd. Ik begreep het niet.

'Mogen er alleen maar slechte dingen gezegd worden over de levende mensen?' vroeg ik. Want heer Meyer zeurt vaak. De schoenlapper vraagt te veel kreutzers, de kleermaker prikt hem opzettelijk tijdens het passen, de melkjongen brengt nooit verse melk en vrouw Meyer weet nog steeds niet hoe hij zijn gerechten het liefste heeft.

Ik wil geen slechte dingen denken en zeggen over de heer en mevrouw Meyer, maar ik ben er niet graag. Dat mag ik wel zeggen.

Gelukkig is er dominee Fuhrmann. Hij is een lieve man, ook al hebben we steeds discussies. Ik moet van hem geloven dat God bestaat. Hij zorgt voor alles en iedereen. Hij beslist of we moeten lijden of niet. En 'waarom' mogen we niet vragen.

Ik kan alleen maar geloven dat de mens zelf verantwoordelijk is voor alles. Het is niet God die je verdriet bezorgt, maar wel mijn pleegvader die na een tijdje mijn brieven niet meer beantwoordde. En Isolde die ruzie met me maakte omdat ik geen werk zocht. En rechter Feuerbach die me de waarheid beloofde, maar opeens niet meer opdaagt. En heer Meyer die blijft zeggen dat ik een bedrieger ben. Nee, het is niet God die je verdriet bezorgt.

Hij zorgt ook niet voor vreugde.

Ik word blij als ik voor iemand een kistje mag knutselen met een deksel

waarop ik bloemen heb geschilderd. Ik voel me licht vanbinnen als ik
met mijn paard kan rijden en alle zorgen uit mijn hoofd waaien.
Ik word droevig als ik een arme mens zie en ik word blij als ik hem wat
kreutzers geef.
Ik word blij en droevig als ik aan Vaterman denk.
Ik spreek zijn naam nooit meer uit, want dan moet ik weer denken
aan die keer dat ik dacht dat Vaterman de Dood was. Hij wilde me
meenemen naar het land van de doden, het kerkhof, waar het stinkt
naar vlees en waar ik nooit, nooit wil begraven liggen.
Ik zei tegen heer Meyer: 'Als ik dood ben, mag je me nooit in de grond
steken. Ik wil begraven worden in een donkere kelder.'
'Je spreekt onzin, Kaspar.'
Ja, dat zei hij, ook al sprak ik in ernst, en met tranen in de ogen omdat
ik aan Vaterman dacht en zijn naam niet meer mocht uitspreken.
'Kaspar, je zult niet doodgaan, want je bent jong en sterk. En in een
kelder zul je nooit worden begraven, want dat is alleen voor koningen
en prinsen. En dat ben jij niet,' zei hij.

Aan het gestommel in de gang hoorde Isolde dat haar vader
weer eens te veel had gedronken. Sinds de dood van haar moeder had ze zich bekommerd om hem, maar het zou niet meer
voor lang zijn. Haar huwelijk ging door in de week na Pasen.
Daarna moest hij zich behelpen met een huishoudster en met

Emiel. Hij kon het betalen, tenzij hij alles uitgaf in de herberg. Haastig en met spijt stak ze het dagboek weg. Haar vader hoefde niet te zien waar ze zich mee bezighield. Net als het echtpaar Meyer, beschouwde hij Kaspar als een handige bedrieger, een profiteur die de juiste mensen aantrok om zich te laten onderhouden.

Ze had geen behoefte om haar vader te zien, maar ze kon niet ongezien naar haar slaapkamer gaan. Ze hoorde hem grommen en stuntelen om zijn laarzen uit te trekken, en ze besloot gewoon in de leunstoel te blijven zitten. Met de kaarsen uit zou ze niet opvallen in het halfduister.

Ritmeester von Wessenig kwam de kamer binnen en liep recht naar de achterkeuken waar Emiel de voorraad wijn bewaarde. De deur naar de wijnkelder was op slot en de ritmeester vloekte. Hij strompelde terug naar de huiskamer. De stoel bij de haard was leeg en de ritmeester liet zich erop vallen. Bij het smeulende haardvuur herhaalde hij keer op keer de naam van zijn overleden vrouw.

De volgende dag werd Isolde vroeg gewekt door Emiel die haar zei dat een vrouw haar wenste te spreken.

Ze had nauwelijks geslapen. Kaspar had zich in haar gedachten genesteld. Ze had geprobeerd aan haar verloofde en haar huwelijk te denken, de lijst met gasten opgesomd, de kleermaker terechtgewezen, haar lakenkist gecontroleerd ... Toch was Kaspar er steeds tussengekomen. Vandaag wilde ze de rest van het schrift lezen. Maar toen Emiel op de deur van haar zitkamer klopte en beleefd een paar keer kuchte, wist ze dat ze haar plannen moest wijzigen.

In de voorste salon stond een dame, niet ouder dan dertig. Ze was naar de laatste mode gekleed. Haar kleding liet alleen haar gezicht vrij. Ze droeg zelfs handschoenen die aansloten als een tweede huid. Ze stelde zichzelf voor als Henriëtte von Feuerbach, de dochter van de rechter die zo begaan was met het lot van Kaspar.

'Ik moet u dringend spreken,' zei ze. 'Ik weet dat u een goede vriendin bent van mijn vader en van Kaspar. Ik hoop dat ik niet te laat ben.'

De vrouw zag er bezorgd uit en haar huid was wit als porselein.

'Gaat u toch zitten, ik breng u wat te eten en te drinken. U mag me Isolde noemen.'

De vrouw glimlachte flauwtjes en Isolde gaf Emiel de opdracht om thee te zetten en wat beschuit met kweeperenjam te besmeren.

'Mag ik Henriëtte zeggen?'

Henriëtte von Feuerbach knikte.

'Ik had veel eerder moeten komen, Isolde. Misschien ben ik te laat. Ik logeer in een gastenhuis wat verderop en mijn kinderen heb ik bij de voedster achtergelaten. Vanavond keer ik terug naar Hannover, waar ik woon. Gisteren was ik in het huis van mijn vader. Ik heb alles geordend. Mijn voorgevoelens waren juist. Iemand is me voor geweest, de mappen waren niet zorgvuldig teruggezet. Ik denk dat er belangrijke stukken verdwenen zijn. Bewijs over de afkomst van Kaspar Hauser.'

Isolde kreeg een benauwd gevoel. Er leek opeens een dreiging in de kamer te hangen.

'Hoe is het met uw vader? Kaspar vroeg steeds naar hem, maar ik kon hem niet antwoorden.'

'Mijn vader is dood. Daarom ben ik hier. Ik vermoed dat hij werd vergiftigd,' zei ze.

Nooit bang zijn
voor het langzaam verdergaan,
altijd bang zijn voor het blijven staan.

— *Chinees spreekwoord* —

Manfred

Waar ik ook zocht, ik kwam niets meer te weten. In mijn vrije dagen doorkruiste ik met mijn merrie de hele streek. Ik bezocht ziekenhuizen en vrouwenhuizen in de hoop Rosika terug te vinden. Ik ging op zoek naar haar naam in de registers, maar nergens stond ze ingeschreven. Ik vroeg het personeel uit, maar niemand wist iets. Rosika was gewoon van de aardbodem verdwenen. Ik zocht haar vader. Hij was pas overgeplaatst en werkte als tuinman op het domein van het kasteel van Neurenberg dat ook in het bezit was van het prinselijke echtpaar. Het was een hele vooruitgang. Van laagste knecht naar hoftuinier. Hij kon me niet vertellen waar zijn dochter was, hij had niets meer van haar gehoord, en ik zag dat het hem ook niet veel kon schelen.

Hennenhofer ontweek me, en ik vroeg me af wat de zin van mijn bestaan was. Ik was niet meer nodig in het paleis. Het leven ging er weer zijn gewone gang.

Prins Karl vond de weg naar de herberg terug en de prinses herstelde.

Alleen ik kon maar moeilijk het leven hervatten, ook al voerden mijn armen en benen uit wat gedaan moest worden. Iedere dag smeekte ik de heiligen om hulp, maar ze hadden zich van me afgekeerd. Zelfs mijn moeder kon ik niet bereiken en voor het eerst twijfelde ik aan het bestaan van de hemel.

In de krant had een artikel van een sterrenkundige gestaan. Een zekere Heinrich Olbers uit Bremen had tussen Mars en Jupiter een nieuwe planeet ontdekt, die hij Vesta noemde. Hij verkondigde dat de hemellichamen niet door God waren geschapen, maar dat ze enkele miljarden jaren geleden zichzelf hadden gecreëerd door een chemische reactie. Het artikel had voor veel beroering gezorgd. Wat als we niet door Gods hand geschapen waren? Dan waren we zelf verantwoordelijk voor onze levens en hadden we ons lot zelf in handen. Misschien was dat de waarheid. Er was geen hemel, geen vagevuur of geen hel, waarin je eeuwig kon branden. De hemel en de hel zaten in jezelf en ik wist precies hoe ze aanvoelden.

Maar wat met de tekens? Mijn voorgevoelens? Ik had meteen aangevoeld dat mijn stiefvader noodlottig zou worden voor mijn moeder en mij. Bij de eerste aanblik wist ik dat Rosika bij mijn leven hoorde als water in een rivierbedding. Toen Hennenhofer me het leven redde, wist ik dat hij meer zou gaan betekenen in mijn leven. Dank zij hem had ik de liefde van een vrouw ontdekt en wist ik dat je een stukje van de hemel in een gewone paardenstal kunt vinden of in jezelf. In mijn mismaakte ik. In de kuiltjes van de wangen en de knieën van Rosika. Ik kon Gods gezicht zien in alles wat mooi en goed was.

Misschien sprak Hennenhofer niet altijd de waarheid. Hij zei dat Rosika naar een voorname familie was gebracht. Dat klopte niet helemaal met het verhaal van Utta. Wie loog er?

En wat met de tekens die de noodlottige komst van Vlinderhuid hadden aangekondigd? Hij had alles, wat geordend voor mijn voeten lag, overhoop gehaald. Als een komeet had hij donkere kraters in de aarde geslagen. Mijn haat voor het prinsenkind groeide dag na dag.

Twee jaar na het overlijden van haar baby was de prinses opnieuw zwanger. Ze besloot niet in Karlsruhe te blijven, de dood had de kamers bezoedeld, zei ze, en ze verhuisde naar het kasteel in Neurenberg. De prins volgde haar en mijn verblijf op het kasteel van Karlsruhe liep ten einde. Het gezicht van Hennenhofer vertelde het me, nog voor hij iets had gezegd.

'Ik vermoed dat mijn taak hier ten einde is?'

Hij knikte en weer voelde ik de onrust die hij sinds twee jaar met zich meedroeg.

'Ik heb mijn schuld nog niet ingelost,' zei ik, want mijn dankbaarheid was er nog en woog op mijn schouders.

Hij wuifde mijn woorden weg.

'Dat komt nog wel,' zei hij. 'Hier kun je niet blijven, het personeel zal tot de helft worden teruggebracht. Alleen diegenen die het paleis moeten onderhouden, blijven achter.'

'Heb je het kind al gevonden?' vroeg ik.

Ik vroeg het hem elke keer als ik hem zag, maar steeds schudde hij het hoofd en keek hij om zich heen alsof hij luistervinken achter deuren of gordijnen verwachtte.

'Manfred, ik heb een nieuwe opdracht voor je. Zoals je weet, ben je nog steeds in dienst van het leger. Je toekomstige huis is het Schloss Beuggen. Een rijtuig zal je brengen.'

'De waterburcht aan de Rijn? Van gravin Louise von Hochberg?' Mijn litteken klopte.

'Ze is er niet, maar wel haar zuster met haar gezin. Ze verblijven tijdelijk in het afgesloten woongedeelte. Een ander deel van het huis wordt nog steeds gebruikt als *lazaret*. De kamers in de toren zijn tot woonruimte ingericht, voor jou en nog een paar militairen. In de grootste vleugel zijn de ziekenzalen. Je zult er worden aangesteld als verantwoordelijke voor de medicijnenpost.'

Ik begreep er niets van. Wat wist ik van medicijnen?

'Er heerst nu een epidemie van tyfus en pokken. De ziektes hebben zich verspreid over de omliggende dorpen en de bewoners belegeren soms de rechtervleugel van het militaire hospitaal. Er zijn genoeg gezonde soldaten om stand te houden, maar jij zult er op moeten toezien dat de medicijnen niet in verkeerde handen vallen. Voor je vertrekt, zul je ingeënt worden tegen de pokken. Je zult niet rechtstreeks in contact komen met de tyfuspatiënten. Het voedsel wordt klaargemaakt door nonnen en zij hebben een goed systeem bedacht om het eten zonder risico's bij de mensen te brengen.'

Ik wist niet wat ik van de opdracht moest denken. Ik had Hennenhofer nooit kunnen doorgronden. Mijn leven lag zoals altijd in zijn handen. Ik was in dienst van het leger, dus ik kon geen opdracht weigeren. Een omgeving van ziektes en epidemieën schrikte me af. Ik was al zo vaak ziek of koortsig geweest, dat ik vreesde voor mijn weerstand.

'En het kind? Moet ik nog verder zoeken naar het kind?'

Hij knikte en zijn ogen stonden donker.

'Als je het kind vindt, Manfred ...' Hij haalde diep adem. 'Dan dood je het.'

Zo eenvoudig kan iets gezegd worden. Zo eenvoudig voelde het ook. Het kind dat de plaats van mijn dode zoon had ingenomen, moest dood.

Ik werd op mijn bovenarm een paar keer geprikt met een dubbele naald waarop het koepokkenserum was aangebracht. De wonde ontstak op de verwachte manier: er kwam eerst pus uit, daarna kreeg ze korstjes die afvielen en toen ik vertrok, had ik twee blaasvormige littekens op mijn bovenarm. Ik was veilig, zei Hennenhofer.

Schloss Beuggen lag pal aan de Rijn en had naast een paar grote zalen, vele onderaardse kelders die tijdens de oorlogen dienst deden als voorraadkelders. Er was een grote kapel en verschillende zijgebouwen die in de loop der jaren waren bijgebouwd. De zuster van gravin Louise von Hochberg kreeg ik niet te zien. Hun woongedeelte lag aan de andere kant van de kapel.

Ik had de ellende die ik te zien kreeg niet verwacht. De zalen op de benedenverdieping van de rechtervleugel waren gevuld met burgers en soldaten die de pokken hadden. Soms lagen hele families op draagberries te wachten op hun lot: doodgaan of in leven blijven. Hun gezichten en ledematen waren verwoest door de ziekte. De stank van hun verwondingen was tot buiten de muren te ruiken. Tot mijn grote verbijstering was er maar één arts en een handvol verplegende nonnen. De zieken waren kansloos.

In de vergrendelde deuren waren kleine luiken gezaagd, waardoor het voedsel en de medicijnen werden gegeven. Een keer per dag werden de emmers met uitwerpselen geleegd in een luik boven de Rijn. Het water in de buurt bleef bruin, vissen stierven en kwamen bovendrijven. In de buurt wemelde het van wilde katten, ratten en ander ongedierte.

Een ander groot luik kwam uit op de oever van de Rijn waar

de dodensloepen lagen. Ieder lijk werd in een laken gewikkeld, vastgenaaid en door het luik in de sloepen gelaten. De platte boten werden door veermannen naar een open grafplaats gevoerd. Niemand wist hoeveel mensen er al in het massagraf waren terechtgekomen.

Op de tweede verdieping lagen de tyfuspatiënten. Het waren vooral soldaten die in de Napoleontische oorlogen hadden gevochten. Ook hier waren sommige zalen afgesloten en werden de mensen verzorgd door luiken in de deuren.

Vreemd, maar een leven in ellende went vlug. Ik had al veel meegemaakt, en het duurde maar een paar dagen voor het constante hoesten en rochelen op de gesloten zalen niet meer tot me doordrong.

Aan de geur wende ik niet. De meeste mensen hadden buikloop en konden hun behoeftes niet ophouden of op tijd bij de emmers geraken.

Per zaal was er een verantwoordelijke, meestal een ex-patiënt, die de lijst van de medicijnen aanstipte en die me opgaf hoeveel lakens hij nodig had voor de lijken die geborgen moesten worden. Het was een vreemd gezicht: vrouwen naaiden de lakens zo strak dat de doden op gemummificeerde poppen leken.

Mijn kamer lag in het torengebouw, een eind weg van de zalen, zodat ik gelukkig in alle rust kon slapen, al nam ik de stank in mijn neusgaten overal met me mee.

Ik bekommerde me vooral om de pokkenpatiënten en ik was de enige die de zalen durfde binnen te gaan. Ik was ingeënt. Maar dat was niet de voornaamste reden. De pokkenepidemie had mensen verwoest. Ze zagen eruit als monsters, ik was in vergelijking met hen een mooie koorknaap. Niemand keek neer op mijn mismaakte mond, ik hoefde geen sjaal om mijn gezicht heen te draaien, ze waren allen beschaamd over hun eigen verwoeste uiterlijk. Bij de vergevorderde zieken waren de meesten blind geworden, ze beoordeelden me op mijn stem en mijn handelingen en ze waren me dankbaar.

Ik hielp ze zo goed en kwaad als ik kon en ik was blij met de opdracht die ik van Hennenhofer had gekregen, hoe onbegrijpelijk dat ook mag klinken. Ik was hem dankbaar. Nog maar eens. Soms dacht ik aan hem als een vleesgeworden bewaarengel die me met één vingerwijzing in de juiste richting stuurde en mijn tegenstanders van me weghield.

Er was zoveel werk te doen dat ik amper de tijd kreeg om aan Rosika en mijn kind te denken.

Men zegt dat tijd alle wonden heelt. Hier gebeurde het tegenovergestelde. De tijd nam en verminkte tot de verlossende dood eindelijk kwam.

Op een vreemde manier was ik gelukkig. De weinige verzorgers aanvaardden mijn lelijkheid en voor de eerste keer in mijn leven werd ik door niemand bespot. De nonnen waren zelfs vriendelijk en behandelden me met respect.

Hennenhofer zag ik niet, maar een keer om de drie maanden bracht de postkoets me mijn loon dat nog hoger was geworden. Ik had me kunnen terugtrekken en een rustig leven leiden op het platteland. Maar ik was geen deserteur. Ik had ook geen enkele behoefte om de waterburcht te verlaten. Hier had ik het gevoel dat ik niet voor niets was geboren. Mensen hadden me nodig en daarom had ik hen nodig. Ik wilde er blijven tot mijn dienstjaren erop zaten. Uiteindelijk werd het slechts een jaar.

Een keer dacht ik Hennenhofer te zien bij de afgesloten vleugel, ik zwaaide naar hem, maar hij keek een andere kant uit. Of het was iemand die op hem leek, of hij wilde mij niet herkennen. Misschien was hij bang om in de buurt van de zieken te komen.

Ik vond het niet vreemd dat een bode me even later een brief van Hennenhofer bracht. Ik las dat mijn verblijf in Schloss Beuggen erop zat. Ik was nodig bij een vriend van hem. Een officier bij de Koninklijke Beierse dienst, Baron Carl von Grießenbeeck, was in het huwelijk getreden met een adellijke dame, frau Margaret de Prel. Ze had een kasteel geërfd dat in erbarmelijke staat was. Men was de burcht volop aan het renoveren en de majoor vroeg me om toe te zien op de werkzaamheden en ik zou ook opzichter worden van de paardenstal. De baron bleek een verzamelaar en africhter te zijn van Arabische volbloeden.

Na de zomer zou ik hier worden afgelost, ik moest vertrekken naar Pilsach vlak bij Neumarkt. Ik mocht zelf knechten aanwerven voor het stalwerk.

Ik voelde spijt bij het lezen van de brief. Ik hoorde hier. Bij de mensen die waren zoals ik. Lelijk en mismaakt.

Augustus was broeierig en heet en op een zondag kwam er een nieuwe lading zieken binnen. Ik had al zoveel jonge mannen, vrouwen en kinderen zien binnenkomen. De helft ging dood, de anderen genazen, maar moesten getekend of verminkt terug de wereld in naar een leven dat hen niets meer te bieden had.

Ondertussen deed ik veel meer dan instaan voor de verdeling van de medicijnen. Door een tekort aan manschappen hield ik ook de patiëntenlijsten bij waarop de arts het stadium van de ziekte aankruiste. Op basis daarvan liet ik de mensen naar de juiste zalen brengen.

Een van mijn beste medewerkers was Friedrich, een jonge boerenzoon die zijn ouders aan de pokken had verloren. Omdat hij niet in staat was om de boerderij in zijn eentje te leiden, had hij het land verkocht. Hij was niet al te snugger, op het simpele af, maar wat ik hem vroeg, voerde hij uit. Hij had zelf de ziekte overwonnen, maar zijn gezicht stond vol kraters. Sinds zijn genezing wilde hij me helpen en hij week niet van mijn zijde. Zijn vrouw Helga, die niet veel slimmer was, hielp de nonnen in de keuken.

Die zomerdag kwam hij binnengesneld, zwaaiend met het verwijsbriefje, dat ondertekend was door een arts.

'Heer Ostheim! Heer Ostheim!' Hij was buiten adem.

'Een zieke vrouw wil u spreken. Ze moet naar zaal drie. Maar ze wil niet. Ze wil u spreken, zegt ze. Ze kent u.'

Op het briefje stond dat de ziekte van de vrouw in een eindstadium was gekomen. In zaal drie werden de meeste lakens geleverd. En daar was het luik dat rechtstreeks naar de platboten voerde.

Ik las de naam van de vrouw: *R. Blochmann.* Ik veranderde in ijs en kon even niets meer zeggen.

Er waren bijna drie jaar voorbij. Ik had iedere dag aan haar gedacht en wist ondertussen dat de tijd niet alle wonden heelt. Ik gaf Friedrich de opdracht om de vrouw naar mij te brengen.

Rosika was onherkenbaar. Haar gezicht was zo erg bezaaid met pokken, dat je haar ogen nauwelijks kon zien. Ze liep gebukt en haar lichaam was knokig geworden. Naast haar liep een kleine jongen. Hij hield een slip van haar rokken vast en in zijn ogen stond een donkere blik, een blik die veel ouder was dan zijn leeftijd. Hij keek me recht aan en het was alsof een bliksem me in tweeën kliefde. Ik wist dat het Vlinderhuid was.

Hij bleef me aankijken en ik huiverde alsof er zojuist een doodshoofdvlinder op de plaats van mijn hart was neergestreken. Hij had een droge huid en ik zag hier en daar losse schilfertjes. Het was een mooi kind. Een prachtig kind zelfs en ik dacht even aan mijn mooie broertje dat ik nooit meer had teruggezien.

Ik duizelde want tegelijk drong het tot me door: als dit Vlinderhuid is, dan is mijn kind dood. Ik hoefde hem niet meer te zoeken.

Ik stuurde hen tegen alle regels in niet naar zaal drie, maar naar een doorgangskamer, waar de mensen nog moesten worden onderzocht.

Rosika had geen onderzoek meer nodig. Je zag zo dat ze niet lang meer te leven had. Naast haar gezicht waren ook haar handen en benen bezaaid met dikke puisten als bij een wrattenzwijn. De dood zou voor haar een verlosser zijn, een eeuwigdurende zalf.

Ze droeg een wollen doek om haar hoofd en probeerde haar gezicht te bedekken. Oh, wat kende ik deze behoefte! Hoeveel jaren had ik geen doek of sjaal voor mijn gezicht gehouden?

Ze kreeg een plaats op een lege berrie en het kind ging naast haar zitten en sprak geen woord. Hij legde zijn kleine hand in die van haar.

Zo vond ik Rosika terug.

Ik probeerde iets van haar vroegere ik terug te vinden, maar zelfs haar krullen hadden hun koperen glans verloren. Ook haar stem was vervormd door de zwellingen om haar mond.

'Manfred, herken je me nog?'

Ik knikte, ook al klopte dat niet helemaal.

'Ik wilde je spreken, voor …'

'Rosika, hoe heb je me gevonden? Ik heb je overal gezocht! Ik wist niet waar je naartoe was. Hennenhofer zei dat je bij een andere familie in dienst was gegaan, maar Utta liet doorschemeren dat je … Wat is er die nacht gebeurd?'

Ze had moeite om te praten, maar ik zag dat ze blij was om alles te kunnen vertellen.

'Een van de keukenmeiden hier had je beschreven, zo wist ik dat jij het was.'

'Rosika, wat is er drie jaar geleden gebeurd?'

'Het was vreselijk, Manfred. Ik vond mijn kleine jongen dood. Er was iets met zijn hoofd, zei de arts. Het kon niet. Hij was kerngezond toen ik hem achterliet. Iemand heeft hem iets aangedaan. Ik wilde Utta de nek omwringen, zij had niet op de kinderen gelet. Ze hebben me van haar weggetrokken en ik moest weg. Nog diezelfde nacht. Ze hebben me verdoofd en weggevoerd.'

In haar ogen zag ik tranen. Ze konden niet wegrollen door haar pokdalig gezicht.

'Manfred, mijn kind is dood. Mijn kleine Ernst. Ze hebben hem vermoord. Ze hebben ons in de val gelokt. Ik mocht die nacht niet in de kinderkamer blijven. Daarom stuurden ze jou en mij naar het muziektheater.'

'Wie is hier verantwoordelijk voor, Rosika?'

Het doek was van haar gezicht gegleden, ik kon haar gebit zien terwijl ze sprak. Het was het enige dat mooi was gebleven.

'Ik kreeg genoeg tijd om het uit te denken. Gravin Louise von Hochberg is hier schuldig aan. Nadat haar man was overleden, wilde ze de troon van Baden vrijhouden voor haar oudste zoon. Dat kon alleen als prinses Stephanie geen zoon had. Dus moest het prinsenkind uit de weg worden geruimd.'

'Ben je zeker dat het niet het prinsenkind was dat in de wieg lag?'

Hoop kan koppig zijn. Ik keek opzij naar het kind dat onbeweeglijk in kleermakerszit zat en speelde met een loszittend draadje van zijn jak.

'Het prinsenkind zit naast mij, Manfred. Het is Vlinderhuid. Als hij die dag niet zo had gehuild, zou hij in zijn eigen wieg hebben gelegen. Zijn gehuil werd de dood van mijn kind. Ik was overstuur en ik kreeg een injectie, ik vermoed met opium. Ik kon aan niemand zeggen dat het een grote vergissing was. Toen ik twee dagen later weer bijkwam, was mijn kind al begraven. Ernst ligt in het familiegraf van het geslacht von Baden en iedereen denkt dat hij de zoon is van prinses Stephanie en prins Karl.'

Het was zoals ik had vermoed. Niets had nog zin. Ik was te laat.

'Rosika, waar was je al die tijd? Ik had voor je kunnen zorgen.'

Ze schudde het hoofd. 'Je bent een lieve man, Manfred. De enige vriend die ik had. Maar je was niet mijn liefde.'

'Ik heb je lief, Rosika.'

Zei ik het hardop of niet? Hoorde ik alleen maar wat er al drie jaar in mijn hoofd galmde? Ze scheen met haar gedachten ver weg en glimlachte, ondanks de pokken om haar mond.

'De liefde is zoet, mijn vrijer was goed. Hij was teder en lief en liet me dromen van een leven dat niet bestaat. Hij zei dat ik de mooiste vrouw onder de zon was. Hij noemde me zijn robijn.'

Mijn hart sloeg over. Ik had tijdens het liefdesspel niets gezegd uit vrees dat ze mijn stem zou herkennen. Het woord robijn maakte een herinnering wakker, maar ik kreeg ze niet te pakken.

'Het was zo fijn, Manfred. Ik was gelukkig. Mijn zoon werd tijdens de feestnacht verwekt in een paardenstal: hij zou een goede ruiter geworden zijn. Ik wilde hem als hij volwassen was naar het Schwolische regiment sturen.'

'Wie was de vader, Rosika?' Hoorde ze de kilte in mijn stem?

'Hij was mooi en groot en toen ik 's morgens wakker werd, lag hij naast me en hield me warm in een blauwe mantel. Hij heeft zijn masker niet afgezet. Ik had die nacht teveel gedronken en stond nog onvast op mijn benen. Hij droeg me naar mijn kamer waar we voor een tweede keer van de liefde genoten. De wijnroes was uitgewerkt en ik genoot van de liefde.'

Ondanks de pokken in haar gezicht, zag ik de dromerige blik van een verliefde vrouw.

Ik zweeg, was versteend. De geluiden om ons heen drongen niet meer door. Ook het kind zat stijf en stil, alsof het alles begreep wat er werd gezegd.

'Hij heeft zijn masker niet afgezet, maar ik weet dat het majoor Hennenhofer was. En hij gaf me dit.'

Ze opende haar omslagdoek en ik zag de camee van mijn moeder op de buste van haar jurk.

'Ik gaf mijn kind zijn naam mee: Johann. Jacob is de naam van mijn vader en Ernst ... Ik had hem die naam nooit mogen geven. Mijn gestorven broertje heette zo.'

Ze legde haar hand op de camee.

'Rosika, dit is …'

Haar lippen trilden en ze hoestte.

'Niets zeggen Manfred, het is voorbij. Alles is voorbij. Ik wil je alleen nog vertellen over het kind. Jij alleen mag het weten. Jij bent de enige die ik in vertrouwen kan nemen.'

Ergens had de verpletterende waarheid altijd op de bodem van mijn ziel gelegen, maar ik had niet willen graven naar iets wat ik niet wilde weten. De eerste keer dat de majoor Rosika zag, had hij iets gemompeld over een robijn tussen kiezels. Hoe blind was ik geweest. Hij had zijn oog op Rosika laten vallen en hij had haar begeerd zoals ik. Nee, niet zoals ik. Ik had haar lief, liever dan mezelf. Ik had haar de wereld willen schenken, maar dat kan niet met lege handen en met een gezicht dat de zon doet verbleken en de vogels verjaagt van hun nest.

Nu pas kwam ik te weten hoe hij na mijn vertrek de stal was ingegaan en naast Rosika in het hooi was gaan liggen. Hij had voor het voor- en het naspel gezorgd. Onder mijn blauwe mantel hadden ze elkaar bemind.

Er bestaat geen grotere diefstal dan die van een lang gekoesterde herinnering.

Hennenhofer had Rosika van me afgenomen en daarbij ook de gedachte, de zekerheid van een eigen zoon. Opnieuw was ik niets meer. Het verhaal van Rosika had me ontmand en ik wist dat ik me nooit meer aan de liefde zou overgeven. Mijn redder was ook mijn tegenstander en mijn ziel werd nog maar eens in tweeën gespleten.

Ik kwam te weten hoe het Rosika verder was vergaan. De gravin had haar naar Schloss Beuggen gestuurd om het jongste kind van Marie-Ange, haar zuster, te voeden. Er was niemand aan wie ze kon vertellen dat er een vergissing in het spel was. Kon ze Marie-Ange vertrouwen? Ze wist het niet. Iedereen ging ervan uit dat de baby haar kleine Ernst was. Ze weigerde de jongen Ernst te noemen, en noemde hem Vlinderhuid, vanwege zijn huidziekte. Niemand had vragen gesteld.

Hij kreeg net als alle andere kinderen in de burcht een pokkeninenting en hij groeide op tussen hen. Rosika wist niet meer wat ze wel of niet mocht zeggen. Als ze de waarheid onthulde, zou Vlinderhuid niet lang meer leven. Want iemand wilde de dood van de Badense prins. Als ze zweeg, zou de wettelijke troonopvolger nooit de kroon dragen waar hij recht op had. Ze besloot een boodschap de wereld in te sturen, ook al had ze niet veel hoop dat die ernstig zou worden genomen. Ze stak een geschreven boodschap in een fles, gooide deze in de Rijn en hoopte dat een schipper de fles uit het water zou halen.

Maar het noodlot sloeg toe.

Een paar weken geleden was gravin Louise von Hochberg naar de waterburcht gekomen om haar zus te bezoeken. Ze was vergezeld van majoor Hennenhofer en lord Stanhope.

Rosika hoopte Hennenhofer alleen te spreken, maar ze kreeg hem niet te zien.

Mijn ogen hadden me dus niet bedrogen. Hij was hier geweest en was me niet komen opzoeken.

Op vraag van Rosika spitsten de kamermeisjes de oren. Zo kwam ze te weten dat prinses Stephanie opnieuw was bevallen van een zoon, Alexander. De naam betekent onoverwinnelijke, maar helpen deed dat het kind niet. Het stierf een week later aan een onbekende ziekte.

Het was moord, daar was Rosika nu zeker van. Het prinsenpaar mocht geen kinderen krijgen van het mannelijke geslacht. De gravin, Hennenhofer en lord Stanhope speelden onder één hoedje. Waarom het gebeurde, wist ze niet. Maar het had haar kind het leven gekost.

Omdat het prinsenkind gewend was met de andere kinderen te eten en te spelen, sloeg haar angst toe. Gravin von Hochberg en Hennenhofer zouden het kind kunnen herkennen, want hij had de ogen van zijn moeder en de neus en mond van prins Karl.

Ze bracht het kind naar een kleine portierskamer naast de stallen en de ziekenvleugel, waar de koetsier van het postrijtuig soms bleef overnachten. Ze zei hem dat hij daar moest slapen en vooral niet uit de kamer mocht. Zelf moest ze terug naar de andere kinderen.

Vlinderhuid huilde en wilde niet dat ze wegging. Ze moest hem een tik geven om hem te doen stoppen. Hij had altijd veel gehuild en ze was bang dat iemand hem zou vinden.

Vlinderhuid moet zich verlaten hebben gevoeld. Hij verliet 's nachts de kamer en liep de gangen door, op zoek naar de vrouw die drie jaar voor hem had gezorgd en van wie hij dacht dat ze zijn moeder was. Hij liep de verkeerde richting uit en verzeilde in het lazaret. Niemand hield de kleine jongen tegen. Misschien dachten ze dat hij bij iemand hoorde die juist was binnengebracht.

Toen Rosika zijn verdwijning ontdekte, ging ze zelf naar hem op zoek.

Ze vond Vlinderhuid in de doorgangsruimte, een lange zaal met hoge ramen en wapenschilden aan de muren. Overal lagen zieke mensen. Ze zagen er koortsig uit en hoestten de hele tijd. Rosika moest zich een weg banen tot bij het kind. Mensen dachten dat ze een verpleegster was, ze klampten zich aan haar vast en smeekten haar om wat medicijn.

Vlinderhuid zat op het laatste bed en speelde met een kind van zieke ouders.

Een week later was Rosika zelf ziek.

Eerst had ze zich nog wijsgemaakt dat het om een eenvoudige griep ging, of een verkoudheid met wat koorts. Maar de volgende dagen waren de blaasjes gekomen. Ze waren verwoestend geweest en ze was onmiddellijk, samen met Vlinderhuid, verwijderd uit de gebouwen van vrouw Marie-Ange von Hochberg. Iedereen was ingeënt, behalve Rosika. De vrouw die de kinderen moest voeden en voor hen zorgde als een moeder, hadden ze over het hoofd gezien.

Ik zei haar niet dat de majoor me de opdracht had gegeven om het kind te doden. Wat was zijn rol in het hele verhaal? Hij was de minnaar van de gravin geweest, maar op zich was dat geen bewijs. Aan de andere kant had hij een mismaakte livreiknecht zoals ik, in dienst genomen. Hij wist dat hij alles met me kon doen.

Ik was het doen en laten van het prinsenpaar nagegaan. Het kon niet anders dan dat hij mee in het complot zat en mij erbij had betrokken.

Waarom was ik zo blind geweest? Omdat hij mij gered had en van de liefde had laten proeven. Maar hij had steeds de teugels strak in handen gehouden.

Vlinderhuid zat de hele tijd naast Rosika en bleef me aankijken met die duistere blik en die fijne glimlach om zijn mond. Nee, hij huilde niet. Deze keer niet, ook al was de vrouw die als een moeder voor hem was geweest, doodziek. Hij had haar ziek gemaakt. De honing uit haar leeggezogen zoals doodshoofdvlinders doen.

'Manfred, ik ga dood, ik weet het.'

Ik staarde haar aan, weigerde het te geloven, mijn ogen zagen blote knieën met kuiltjes, ik hoorde de belletjes en zottebollende zwaluwen. De geur van theerozen bedwelmde me en ik bad dat het niet mocht zijn. In mijn vest zat de rozenkrans van mijn moeder en opeens wilde ik opnieuw geloven dat er een hemel was. Ik moest erin geloven om het kwaad af te zweren. Mijn vingers betastten de bolletjes en ik sprak tot al mijn heiligen en tot de moeder van alle vrouwen.

'Manfred, als ik er niet meer ben, neem dan Vlinderhuid mee. Breng hem naar een plaats waar hij veilig is. Zeg tegen niemand waar hij is.'

'Maar Rosika ...'

Ze pakte mijn hand weer vast, liet ze niet meer los en met haar andere hand haalde ze iets uit haar omslagdoek. Een satijnen lila zakje met rijgkoordjes.

'Dit is van zijn moeder. Bewaar het voor hem. Beloof dat je

hem wegbrengt. Ver van hier. Zorg dat hij terechtkomt waar
hij hoort. Zodat ze hem niet ...'

Ze sloot de ogen, nog voor ik iets had beloofd.

De volgende dag was ze dood.

En Friedrich bracht Vlinderhuid naar me toe.

O peens had ik een kind. Een kind dat ik niet wilde. Een jongen die me iedere seconde deed denken aan het kind dat in zijn plaats begraven lag. Ook al had de twijfel toegeslagen, ik was de eerste geweest die Rosika had liefgehad. Het moest mijn kind zijn! Nu ik geen doel meer in het leven had, moest die gedachte me overeind houden.

Twee weken later reisde ik per koets naar Pilsach.

Ik had Friedrich en zijn vrouw gevraagd of ze in dienst wilden komen. Ze waren trouw, werkten hard en stelden geen vragen. Ze voerden letterlijk uit wat ik vroeg, niet meer of niet minder. We waren even oud, maar zij leken kinderen, altijd wachtend op een bevel of een standje. Mijn aanbod was hun gouden kans en dat wisten ze. Ze waren te beperkt om op eigen benen te staan. Hun enige alternatief was het zwakzinnigengesticht, waar ze niet echt thuishoorden.

Ik wist niet wat ik met Vlinderhuid aan moest. Als ik naar hem keek, bevroor het bloed in mijn aderen.

Hij zat tegenover me in de koets en keek bewegingloos naar buiten. Hij at het brood dat Helga hem gaf en af en toe keek hij me aan met een blik die me deed huiveren. Alsof hij mijn ziel binnenstapte en zonder woorden vroeg: 'Wie ben jij en wat ben je met mij van plan?'

Hij had geen traan gelaten toen Rosika in het laken werd genaaid, en hij had geen woord gezegd. Ik wist zelfs niet of hij kon praten.

Het kind was als een pop, de vlinder die ik vreesde, zou ooit weer te voorschijn komen. Dan was het mijn beurt om te sterven.

Hoe dichter we bij Pilsach kwamen, hoe dieper de dood van Rosika tot me doordrong. De jongen tegenover me was schuldig aan haar dood. Ik wilde het kind niet meer zien.

Friedrich en Helga kregen de opdracht om voor hem te zorgen. Ze knikten uitdrukkingsloos en ik zag dat ze niet wisten wat de opdracht inhield.

'Jullie zorgen ervoor dat hij iedere dag eten en drinken krijgt, een slaapplaats voor de nacht en iedere week schone kleren. Zorg dat hij mij niet voor de voeten loopt. Ik wil het kind nooit meer zien.'

Dat begrepen ze.

We kwamen midden september aan. Dat teken kon niet duidelijker zijn. Het was de maand waarin veranderingen mijn leven overhoop hadden gehaald: de dood van mijn vader, het huwelijk van mijn moeder met mijn stiefvader, de komst van Rosika en de geboorte van mijn kind. En nu: weggaan van een plaats die me lief was, met een kind dat ik haatte. De maand van de weegschaal. De ene schaal gaf, de andere nam. Zonder tussenweg.

Hennenhofer had bij de brief ook een plattegrond gevoegd.

Op het grote perkament stond de indeling van het huis aangegeven en er waren aantekeningen van veranderingen die nog moesten worden uitgevoerd. Ook was er een lijst met personeelsleden. Drie vrouwen en een man werkten als dienstpersoneel in het huis. Helga werd vaatvrouw in de keuken. Buiten het huis werkten een tuinman, een paardenknecht en een staljongen. Friedrich werd de tweede stalknecht.

Ik kreeg de leiding over het personeel en over het werk bij de paarden en zoals ik had gevreesd had mijn uiterlijk de gekende gevolgen. In Schloss Beuggen was ik niet beter of slechter geweest dan de anderen. Opnieuw was ik de haas en een mismaakte die je in het donker niet wilt tegenkomen, maar ook niet in het daglicht. Alleen Friedrich en Helga, beiden in het gezicht getekend door de pokken, gaven me het gevoel een gewone man te zijn.

De baron en zijn vrouw waren nog in het buitenland toen we bij de burcht aankwamen. Het was een statig en hoog gebouw, vierkant en plomp, zonder torens of versieringen. Er was nauwelijks een tuin, want het kasteel was op een eilandje gebouwd, met errond een brede gracht met waterlelies, rietstengels en lisdodde. De eigendomsgronden lagen buiten de gracht en waren niet aangelegd zoals de tuinen van Versailles. Hier heerste geen Franse, maar een echte Beierse sfeer. Er was een loofbos om in te jagen, en boomgaarden met appel- en perenbomen. Er waren velden en akkers die aan landbouwers werden verpacht, er was een zeer grote moestuin die zoveel opbracht dat een heel dorp ervan kon leven en er waren serres vol rozen. Ansbach en Colmberg lagen hier niet zo ver vandaan.

De knechten en meiden sliepen in het grote huis want er waren geen knechtengebouwen. De vrouwen hadden hun onderkomen op de grote zolder en de mannen hadden kamers op de onderste verdieping die half boven de grond uitstak, vlak naast de voorraad- en wijnkelders.

Mijn kamer was een klein opzichtershuis vlak bij de paardenstal en daar was ik blij om. Ik kon alleen zijn en dat gaf me een veilig gevoel. Ik had ook een klein lapje grond waar ik een eigen moestuin kon aanleggen en wat kippen kon houden. Ik trok me zelfs het lot aan van een poesje dat ergens was achtergelaten en dat zijn weg vond naar mijn kleine huis.

In de stallen stonden de prachtigste paarden en ik voelde me onmiddellijk op mijn gemak. Ze luisterden naar mijn stem, snoven aan mijn vest, spitsten de oren en lieten zich gewillig optuigen. Je kon merken dat ze steeds in goede handen waren geweest. Al na een paar dagen werd ik bij het binnenkomen begroet door de twee lippizaners. De lichtgrijs gevlekte merrie was drachtig en ik bracht ze naar een grotere stal waar ze alleen kon zijn. De vier Arabische renpaarden hadden een donkere vacht die bij elke lichtinval een andere glans kreeg. En dan waren er nog de vier Holsteiners met de lange, zwarte manen. In de laatste stal stonden de afgedankte paarden van de cavalerie. Zieke en wat oudere paarden van het bataljon van Hennenhofer werden hier gebracht om hun laatste dagen te slijten. Paarden die nog jaren meekonden, maar die niet meer aan de voorwaarden van het leger voldeden. Ik voelde me verwant met hen.

De oude stalknecht zei niet veel, maar ik zag dat mijn woorden hem niet onverschillig lieten, toen ik hem prees voor de goede verzorging van de paarden. Hij prevelde iets waaruit ik opmaakte dat hij vroeger ook bij de lichte cavalerie was geweest.

Ook al had ik Vlinderhuid overgedragen aan Helga en Friedrich, het kind bleef door mijn hoofd spoken.

Mijn plannen kregen langzaam vorm en een maand na onze aankomst besloot ik er werk van te maken.

Ik had valeriaanextract meegenomen uit het pokkenhuis. Het had me geholpen om in te slapen, als er te veel spinsels in mijn hoofd zaten. Een dubbele dosis zou een kind niet wakker krijgen.

De jongen lag op een stromatras in een van de slaapvertrekken van de mannen. Friedrich had zijn werk goed gedaan, want ik had hem de voorbije maand niet te zien gekregen. Ik had hem wel horen huilen, 's nachts wanneer iedereen sliep. En hem horen lachen wanneer hij in zijn eentje ergens rondzwierf.

Iedereen sliep toen ik Vlinderhuid van zijn strozak tilde. Vreemd, hoe gemakkelijk het was. Niemand werd wakker, niemand hield me tegen en ik kon in alle rust met het kind naar de stallen gaan.

De avond was nog warm, ook al kon ik de eerste herfstgeuren ruiken. Mijn hart ging tekeer en ik wilde niet naar het kind in mijn armen kijken. De paarden keken op toen ik binnenkwam, maar ze bleven rustig.

Ik legde Vlinderhuid in de stal waar de merrie die dag haar veulen had gekregen, het hooi was gevlekt van het bloed. De dag van zijn geboorte moest ook zijn sterfdag worden en ik voelde me gesteund door de heilige Michaël.

Het mes in mijn zak was warm. Ik hoefde maar een keer te stoten, in het kleine hart onder zijn ribben. Het zou zelfs geen kracht vragen.

Ik zie alles in vertraagde bewegingen. Mijn arm, het mes. Hoe ik wil toeslaan en dan … Het kind dat wakker wordt, mijn sjaal die van voor mijn mond wegglijdt en het kind dat mij herkent en glimlacht. Zomaar.

Ik kon het niet doden en haatte mezelf erom.

Ik was geen man. Ik was nog steeds een haas en ik had het gevecht met de draak verloren. Door de glimlach van een kind.

De jaren waren mild voor mij.

Ik had me geen beter en aangenamer werk kunnen voorstellen, na Schloss Beuggen. Dag en nacht stonden in het teken van de paarden. Ze werden de vrienden die ik nooit had gekend en ze verjoegen het beeld van Hubert. Niemand hier zou op paarden jagen. Ze kregen een leven dat sommige mensen niet eens kregen. En verder had ik mijn huisje en mijn tuin.

De baron en zijn vrouw zag ik alleen maar tijdens de zomer. Ze waren meestal op reis of verbleven op een van hun andere landgoederen.

Hennenhofer leek van de aardbodem verdwenen en ik was er niet rouwig om. Mijn loon kwam met de postkoets en ik kon me inmiddels een welstellend man noemen. Ik had geen behoefte aan uitgaan, drank, vrouwen of mooie kleren, dus ik had ook geen uitgaven.

Ik slaagde erin om Vlinderhuid uit mijn hoofd te bannen, nadat ik Friedrich streng had toegesproken en had gedreigd met het gesticht als het kind ooit voor mijn voeten liep. Ik wilde de jongen nooit meer zien.

'Nooit meer?' vroeg hij. Ik kon niet schatten wat hij precies dacht, op zijn gezicht was nooit een emotie te lezen, maar mijn antwoord was duidelijk.

'Zorg dat hij de zon en de maan nooit meer ziet schijnen. Hij moet verdwijnen van de wereld met de mensen.'

Hij knikte en scheen te begrijpen wat ik bedoelde. Het was me niet gelukt om het kind te doden, maar ik kon wel iemand de opdracht geven om het te doen in mijn plaats. Net zoals Hennenhofer had gedaan met mij.

En zo gebeurde het.

Precies drie dagen later, tijdens het uitmesten van de paardenstal, zei hij: 'Hij is weg.'

Zo simpel was het. Ik gaf hem een buidel met kreutzers en voor het eerst zag ik hem glimlachen. 'Dank u heer, dank. Geld voor een nieuwe jurk voor mijn Helga.'

Er gleed een last van mijn schouders, ik hoefde niet meer aan het kind te denken. Dat dacht ik toch … Mijn heiligen liet ik links liggen. Ik had geen vragen of verlangens meer en ik berustte in het leven dat me werd gegeven. Het personeel kwam en ging, alleen Friedrich en zijn vrouw bleven. Net als ik hadden ze geen andere keuze.

Het had gemakkelijk kunnen zijn om niet meer aan het kind te denken. Maar Friedrich had van zijn kreutzers een lichtblauwe jurk voor Helga gekocht. Iedere keer als ik haar ermee zag, schoot de blik van Vlinderhuid door mijn geest. Ik bleef uit haar buurt.

Iedere dag stak ik drie kaarsen aan voor mijn moeder, Rosika en mijn kind. Ik vertelde hen wat er die dag was gebeurd. Een nieuw ziek paard dat was binnengebracht, een hengst die zich had losgerukt en een hek had vernietigd, een veulen dat was geboren en nog andere kleine en grote verhalen uit de stal. Over mensen praatte ik niet. Mijn moeder, Rosika en de kleine Ernst luisterden geduldig en ze zeiden niets terug. Ik verwachtte het ook niet. Zolang zij me maar van de andere kant gadesloegen, was ik al tevreden en voelde ik me niet alleen.

Ik wist dat de knechten en meiden me meden om mijn uiterlijk en mijn onvermogen om een gezellig praatje te maken. Niemand nodigde me uit voor de oogstfeesten op het landgoed of de Hubertusfeesten in het dorp. Ik had er vrede mee. Er was rust in mijn leven.

Misschien was het wel door die rust dat ik niet zag hoe snel de jaren vergleden. Ik merkte wel dat ik hier en daar grijze haren kreeg, en dat mijn verwondde been iets stijver werd, maar ik gaf er geen aandacht aan.

Ik heb de maanden en de jaren in de burcht van Pilsach niet geteld, maar ik vermoed dat het zo'n jaar of dertien was. Alles had moeten blijven zoals het was, maar zo ging het natuurlijk niet. Alles begon met Helga. Ze droeg de lichtblauwe jurk tot hij bijna uit elkaar viel. Maar ook haar volgende jurken waren steevast lichtblauw, dezelfde kleur als Vlinderhuids ogen.

Omdat ik haar meed, wist ik niet meteen dat er iets mis was. Hildegarde, de kokkin, kwam het eerst bij me klagen. Die dwaze, zoals ze Helga noemde, liet om de haverklap potten vallen, ze brak kannen en zelfs het mooie servies van de baron was niet meer compleet. Maar dat was niet alles. Helga zag spoken. Ze hoorde stemmen in haar hoofd en ze probeerde die te verjagen door met haar handen op haar hoofd te kloppen of met haar hoofd tegen een muur te slaan. Ze was gek aan het worden, ze moest weg. Met Pinksteren zou de baron met zijn vrouw arriveren, er zouden gasten meekomen, dat kon toch niet met een gekkin die iedereen de stuipen op het lijf joeg.

Ik probeerde het even aan te zien, maar moest toegeven dat de kokkin gelijk had. Er moest iets met Helga gebeuren. Het was jaren geleden dat er nog gasten waren geweest op het landgoed van Pilsach en ik wilde dat alles vlekkeloos verliep. Ik wilde graag mijn baan en mijn huidige leventje behouden. Niemand viel me lastig of had iets van me nodig. Ik voelde me goed in de schaduw van het leven.

Ik liet de dorpsarts komen en hij zorgde ervoor dat Helga in het Lucianushuis een paar mijlen verderop, kon worden opgenomen. De gevolgen daarvan kon ik niet voorzien.

Het was het einde van de vasten. Helga was een dag eerder met een rijtuig naar het gesticht gebracht. Ze was gewillig meegegaan. Ik denk dat ze niet besefte wat er met haar gebeurde. Ze keek vrolijk, als een kind, blij om in een rijtuig te zitten. Ik zag het raampje met daarachter de lichtblauwe vlek, als van een kinderoog.

Ik had net de paarden uitgelaten toen Friedrich ineens voor me stond, zijn platte hoed draaiend in zijn handen.

'Heer Ostheim, ik ga ook weg. Naar mijn Helga. Ik wil bij haar zijn. Voor altijd. Ze is mijn vrouw.'

Hij had niet meer woorden nodig om aan te geven hoeveel hij van Helga hield, ziek of niet. Hij had haar nodig en zij hem. Ik benijdde hem om de eenvoud van zijn gedachten en gevoelens en wilde bijna dat ik was zoals hij. Ik wist ook dat ik hem niet zou kunnen overhalen om te blijven. Ik betaalde zijn loon uit en Friedrich ging weg. Ik zou de simpele zwijgzame man erg missen.

Met zijn vertrek kwam Vlinderhuid terug in mijn gedachten. Het kind had al die jaren ergens in een gedachtekamer op slot gezeten. Wat was er met het kind gebeurd? Had Friedrich hem gedood en begraven? Waar? Misschien had hij het kind bij boeren ondergebracht? Nee, dat zou ik hebben geweten. Ik zou het kind gezien hebben in het dorp of in de kerk. Misschien was hij naar het weeshuis bij de nonnen twintig mijl verderop gebracht? Zoiets moest het zijn geweest. Ik had het kind immers in al die jaren niet meer gezien.

Diezelfde week ontdekte ik de gruwelijke waarheid.

Rudolf, de huismeester, kwam uit de wijnkelder en zei me dat hij vreemde geluiden hoorde. Alsof er iemand aan de andere kant van de muur zat, die zonderlinge klanken uitstootte. Hij was naar buiten gelopen, maar er was niemand. Toch bleef hij de geluiden horen. Het kon ook een dier in nood zijn, hij wist het niet zo goed. Maar het dier moest gevangen worden voor de baron met zijn gasten arriveerden. Want het geluid was niet om aan te horen.

Ik ging zelf op onderzoek uit.

Het leek op de kreet van een kind of een krolse kater. Een ijskoude hand knelde mijn hart samen, ik had moeite met ademen en de deur van de gesloten gedachtekamer vloog open.

Vlinderhuid.

Ik wachtte tot Rudolf weer aan het werk was, haalde de plattegrond van het huis erbij, vergeleek de kelders met de tekening en ontdekte een gewelfde ruimte tussen de kelder en de eerste verdieping.

In de kelder was door de vorige eigenaar een ingang dichtgemetseld. Een stenen trap leidde naar de dichtgemetselde deur die je amper kon zien. Op de treden lagen pompoenen, courgettes, kalebassen en kolen die het zicht op de ingang verborgen. Op de hoogste treden stonden gestapelde lege kisten en manden, bestoft omdat ze in jaren niet meer waren gebruikt. Niemand vroeg zich af waar die trap heen leidde. De ruimte erachter was er nog en ergens moest de ingang te vinden zijn. Met een bang hart trok ik naar de eerste verdieping. De meubels waren bedekt met witte lakens, de kamers moesten nog worden verlucht. Ik kwam mezelf tegen in de vele spiegels aan de wanden en ik schrok van mijn eigen, lelijke ik. In mijn huis hing geen spiegel.

Op de houten vloer lagen tapijten die mijn voetstappen dempten. Ik kon in alle rust op onderzoek gaan. Ik ontdekte de holle ruimte in de hoek van de kamer omdat de klank van de vloer er anders was. Onder het tapijt zat een luik dat met moeite openging. Daaronder was een trap en een kelder waarin je niet kon rechtstaan. Het was een opslagplaats voor huisraad die niet meer nodig was: opgevouwen brokaten gordijnen, dekens, tapijten en kinderspeelgoed. De geluiden in de ruimte werden opgeslokt door de vele stoffen die er lagen. Ik luisterde aandachtig en keek overal onder en achter en weer zag ik een ingang die was dichtgemetseld. Achter de muur hoorde ik heel vaag het kreunen van een mens of een dier. Ik klopte een paar keer op de muur en het kreunen stopte.

Hier was geen ingang te vinden, dus moest ik elders zoeken.

Het huis lag pal aan het water. Op de korte oever groeiden vlierstruiken en een reusachtige treurwilg die een deel van het huis aan het zicht onttrok. Vlak bij de gevel stond een verwilderde perelaar.

Met een van de roeiboten voer ik naar de achterkant van het huis waar nooit iemand kwam. De treurwilg stond al vol met kleine, gele knopjes om de lente aan te kondigen. Ik moest me een weg banen door de wirwar van takken, en zag de touwen waarmee sommige takken van de vlierstruiken waren vastgebonden. Het werk van Friedrich. Het is pas als je iets echt weet, dat je ogen het willen zien. Hij had een doorgang tussen de takken gemaakt zonder dat het opviel. De kruin van de treurwilg was als een dak. Je kon er ongemerkt onder verdwijnen. Niemand kwam hier, zelfs de zon en de maan niet.

De perelaar stond pal voor een kleine, glibberige trap. De smalle treden waren bekleed met mos en ik moest me vasthouden aan de wand om niet uit te schuiven. Onderaan zat een vermolmde deur van dik eikenhout. Er was een grendel voor geschoven. Ik bleef staan en dacht dat mijn hart meters ver te horen was.

Boven mijn hoofd vlogen drie kraaien, er kwaakten drie kikkers vlakbij en in de verte hoorde ik de torenklok drie uur slaan. Genoeg tekens om te weten dat veranderingen zich aankondigden. Mijn rust was voorbij.

Met veel moeite kreeg ik de deur open. Ik stond in een kelder die nooit werd gebruikt. Ik moest een solferstokje aansteken om iets te zien. Een kleine houten trap leidde naar een deurtje en ik wist dat daar de dichtgemetselde ruimte moest zitten.

Ik legde mijn oor tegen de binnendeur en weer hoorde ik de geluiden die aan niets deden denken, maar alles deden vermoeden. Waren ze van een mens afkomstig? Ik was zo bang om te zien wat ik niet wilde zien, dat ik het niet over mijn hart kreeg om binnen te gaan. Het enige waartoe ik in staat was, was enkele zwakke klopjes geven op de deur. De geluiden binnen vielen weer stil. *Het* luisterde. *Het* hoorde mij. *Het* zweeg.

Die dag bleef de deur gesloten, maar ik liep als een dwaas door de stallingen met een hoofd dat barstte van een teveel aan gedachten. Zelfs de paarden merkten het, want ze schraapten met hun hoeven over de grond en waren minder meegaand dan anders.

Wat moest ik doen? Ik had dertien jaar kunnen leven zonder Vlinderhuid. Mijn haat was als smeulende as geweest, maar laaide nu heviger op dan ooit tevoren. Als ik hem daarbinnen vond, dan was het bewijs geleverd dat hij een duivelskind was.

Niemand anders kon zoveel ellende overleven.

Ik had geen keuze, ik moest de deur opendoen om te weten.

Vaag hoopte ik nog dat ik een bever of een marter zou vinden.

Ik verzamelde moed en met de schemering als veilig schild ging ik terug naar de deur onder de treurwilg. Met mijn hazenhart onder mijn arm.

Ik herkende hem eerst niet. Wilde hem niet herkennen. Hij zat in het stro en keek voor zich uit. Nee, het was geen kijken, zelfs geen staren, het was een blik die niets of niemand zag en geen enkele dialoog had met de wereld om hem heen. Ik schrok van zijn lichaam: het was dat van een knaap, bijna een jongeman.

Hij zat vastgebonden aan een touw en scheen mijn aanwezigheid niet op te merken. Hij staarde leeg voor zich uit, wiegde naar voren en naar achteren en kreunde. Naast hem stond een kruik. Hij tastte ernaar en probeerde te drinken, maar er kwam geen water uit en hij stootte klanken uit, als een imbeciel. Zijn handen grabbelden naar een plek naast hem. Ik zag kruimels en ik wist dat de knaap op zoek was naar voedsel.

Ik voelde een vreemde mengeling van afgrijzen, haat, angst en medelijden. Het liefst wilde ik me omdraaien en weglopen. Dit was nooit mijn bedoeling geweest. Friedrich had mijn woorden letterlijk uitgevoerd. Bang om me te mishagen, had hij zijn uiterste best gedaan om het kind uit mijn zicht te doen verdwijnen. Vlinderhuid was een kelderkind geworden.

Ik had beter moeten weten. De operatie aan mijn gespleten mond had niets kunnen veranderen aan de verscheurdheid in mijn ziel. Zo was het ook met Vlinderhuid. De wonde van de haat kun je afdekken met een pleister van vergeten. Maar zodra de pleister weg is, ligt de zwerende wonde weer open en bloot. Friedrich had voor een bed van stro gezorgd en voor eten en drinken. Hij had de zon en de maan uit Vlinderhuids leven verwijderd. De wereld van de mensen was hier niet aanwezig. Had Vlinderhuid hier dertien jaar geleefd? In het donker, zonder een teken van leven om zich heen? Die gedachte was gruwelijk.

In de muur zat een smalle gleuf, als van een schietgat, waardoor groen licht binnensijpelde. Je kon nauwelijks van licht spreken, want de perelaar schermde de opening volledig af.

Toen mijn ogen aan het donker wenden, zag ik de ringen aan de muur en de ring in de grond waaraan hij was vastgeklonken. Het stro, de schimmelgeur, de stof- en spinnenwebben overal. Kruisspinnen, ze waren er ongetwijfeld.

Ik sloeg mijn handen voor mijn gezicht en werd weer het kind dat drie dagen in de kelder had vastgezeten. Voor welke misdaad? Mijn mooie broer, Hubert, de insecten in het vuur? Of omdat ik zoveel van mijn moeder had gehouden?

De geur van de verbrande insecten leek nog steeds in mijn neusgaten te zitten en ik niesde.

De knaap schrok heftig. Zijn ogen schoten verward alle richtingen uit, alsof hij niet had geleerd om zijn blik te richten.

Verwarde gevoelens en heftige gedachten schoten door mijn

hoofd en deden mijn zorgvuldig opgebouwde evenwicht kantelen. Dertien jaar. Zolang zat de jongen hier. Ik was slechts drie dagen een kelderkind geweest en ik droeg het nog steeds met me mee.

Hij droeg een grauw boerenhemd dat redelijk schoon was. Zijn haren waren onlangs geknipt, zijn nagels waren kort en schoon. Het stro was vers. Hij had geen lijfgeur en zijn voeten waren niet vies.

Hoe had hij de koude winters kunnen overleven? En had hij ooit mensen gezien? Had Friedrich tegen de jongen gepraat? Ik kon het me nauwelijks voorstellen, want hij sprak zelf nooit meer dan drie woorden.

Dit was Vlinderhuid, ik wist het zeker, en toch was hij het ook niet. Had de kinderloze Helga hem verzorgd? Had ze iets gevoeld voor de jongen? Iemand die vingernagels knipt, moet dat voorzichtig doen. Behoedzaam en liefdevol, zoals mijn moeder lang geleden had gedaan, met mijn kleine hand in haar warme schoot. Met bange ogen volgde ik de bewegingen van de schaar en de halve maantjes die van mijn vingertoppen wegschoten. Ze vielen in haar schoot of op de grond. Daarna gaf ze zoentjes op mijn vingertoppen en zei: 'Deze kleine handen zullen niemand pijn doen.'

Al die jaren had ik aan Vlinderhuid gedacht als aan een drie-jarige jongen, met een intense, verwijtende blik en een mond die samengeknepen was in een glimlach die het niet was. Een kind dat nooit kind was geweest. Oud geboren. Zoals ik.

Een ding was duidelijk. Friedrich was drie dagen weg, dus dat betekende dat de knaap honger en dorst had. Ik vroeg me af op welk tijdstip Friedrich de jongen had verzorgd. Overdag was hij altijd bij mij geweest, dus was het 's nachts gebeurd, als iedereen sliep. Hoe had Friedrich dit dertien jaar in stilte kunnen doen? Niemand die iets had opgemerkt. Niemand die vragen had gesteld over het kleine kind dat er eerst wel en daarna niet meer was. Ik herinnerde me vaag dat er de eerste weken van ons verblijf hier een grote wisseling van personeel was. Misschien was het daarom iedereen ontgaan.

Wat moest ik doen? Ik zou de deur kunnen dichttrekken en doen alsof hij niet bestond. Hij zou langzaam doodgaan, zon-der het zelf te beseffen. Alles zou opgelost zijn. En ik zou ie-mand hebben gedood, als een echte man. Maar zou dit ster-ven me vrede brengen? Is het niet beter een hinderlijk insect onmiddellijk dood te trappen, in plaats van langzaam de vleu-gels uit te trekken en vervolgens de pootjes en het kopje af te breken, tot het niet meer beweegt?

Eerst moest ik zijn vreselijke klanken doen stoppen. Dus

bracht ik de knaap een brood en een verse kruik water waarin ik enkele druppels verdunde opium deed zodat hij diep en lang zou slapen. Hij mocht me niet te zien krijgen. Ik vertelde Rudolf dat ik een nest wilde katten had gevonden, die vast hadden gezeten en die ik had verdronken.

Ik sliep niet die nacht, maar ijsbeerde door de stallen en probeerde mijn gedachten te ordenen. Ik haatte hem nog steeds, maar mijn angst was vele malen groter dan mijn haat.

Waarom was hij nog in leven? Alle tekens van een vroege dood waren er geweest. Zijn geboorte tijdens de stormachtige nacht. Het dode kind in de prinsenwieg. Hij was in aanraking geweest met de pokken en tyfus en had alles overleefd. En hij was dertien jaar levend begraven geweest. Door welke heilige werd hij beschermd? Of was hij werkelijk een duivelskind?

Net als Hennenhofer wilde ik zijn dood. Hij was de vlek in mijn leven. De doodshoofdvlinder die de honing uit me wilde zuigen, net zoals hij met Rosika had gedaan. Ondanks alles had ze van deze jongen gehouden, bijna als van een eigen kind. Ze had hem beschermd in plaats van hem te laten sterven. Want dat was toch zijn lot geweest? Ik was ervan overtuigd dat al mijn heiligen hem de dag van zijn geboorte met de vinger hadden gewezen en hardop hadden gezegd: dit kind moet dood! Ik had het niet gedaan.

Zo was het ook geweest met mijn stiefvader. Ik had hem nog steeds niet gedood.

Mijn angst nam toe. Mijn besluit stond vast. De jongen moest weg, voor iemand hem ontdekte.

Ik ondervond hoe moeilijk het was om iemand in gevangenschap in leven te houden en kreeg oprechte bewondering voor Friedrich die deze taak hondstrouw had volbracht.

Vlinderhuid had al vele malen dood moeten zijn en opeens besefte ik weer dat het mijn taak, mijn verantwoordelijkheid was geweest. Alle tekens hadden me duidelijk gemaakt dat zijn dood in mijn handen lag, maar ik was te laf geweest om mijn opdracht uit te voeren.

Ik had mijn schuld tegenover Hennenhofer niet ingelost. Wat hij ook betekende in het complot rond het prinsenkind, hij had me Rosika gegeven. En dat kon ik niet uit mijn hart wissen.

Na enkele dagen wist ik hoe ik Vlinderhuid veilig kon verzorgen. Het zonlicht kon niet naar binnen, maar een straal beperkt daglicht wel, gefilterd door de perelaar, de treurwilg en de vlierstruiken. Bij het vallen van de avond werd het aardedonker in de kelder en dan viel hij prompt in slaap. Ik kon naar binnengaan met een kleine lantaarn, hij werd niet wakker. Ik kon hem bekijken. Als hij sliep, zag hij er jonger uit, en herkende ik het kind van lang geleden.

Als ik wegging, liet ik een rond wit brood achter en vulde de kruik met water. Ik ledigde de pan die in een gat van de vloer stond en waarin hij zijn behoefte deed.

Meer kon ik niet doen, het leven moest voor hem doorgaan zoals het altijd was geweest. Zo hield ik hem stil en leek hij tevreden. Als ik zijn fijne baardstoppels wilde scheren, moest ik een beetje opium in het water druppelen. Dan sliep hij tot 's middags, en had ik de tijd. Het werk wende, alsof ik ergens een vreemd dier moest verzorgen.

Ik bedacht een plan om hem weg te krijgen. Ik haatte hem nog steeds, maar doordat ik hem voedde, zijn dorst leste en hem kleedde en waste, kwam er zonder dat ik het wilde een band die het me nog moeilijker maakte om hem te doden.

Kon ik dit kind ombrengen? Een schepsel zonder verstandelijke vermogens waar niemand van wist wie hij was? Hij wist het zelf niet eens. De woorden die hij toch lang geleden had geleerd waren, samen met zijn vroegste herinneringen, in het donker van de kelder opgelost. Hij zou nooit kunnen vertellen wat hem was overkomen en hij zou niemand herkennen.

Het was opeens zo simpel: ik moest hem naar de bewoonde wereld brengen, waar men wist wat er met debielen diende te gebeuren.

Ik had niet veel tijd meer, slechts een paar weken, voor het feest in de burcht zou plaatsvinden.

Alles moest tot in de puntjes worden voorbereid, er mocht geen spoor hierheen leiden.

Ik schreef twee brieven, in mijn slechtste handschrift, die lieten uitschijnen dat hij door een boerenmeisje te vondeling was gelegd bij een dagloner. Voor de geloofwaardigheid moest ik hem een naam geven. Rosika had me verteld dat de prinses haar zoon Kaspar wilde noemen, naar een oom die Gaspard heette. In Beieren was Kaspar een veelvoorkomende naam. Als achternaam gaf ik hem Hauser, de naam van Friedrich, mee. Hij had immers al die jaren voor hem gezorgd.

Het hele plan gaf me nieuwe energie.

Vlinderhuid was dood en Kaspar Hauser zou geboren worden.

Het was ontzettend zwaar.

De knaap kon niets, zelfs niet staan. Hij had dertien jaar met gestrekte benen op de grond gezeten en Friedrich had hem niets bijgebracht. De jongen snoof als een angstig dier toen ik hem voor het eerst aanraakte. Ik moest hem geruststellen, zoals ik met moegetergde paarden deed. Dagelijks ging ik naar hem toe en raakte hem aan. Dan bleef hij stijf als een hark zitten, met opengesperde ogen. Hij keek naar mijn handen, die ik voor zijn gezicht hield en hij snuffelde eraan als een hond aan een bot.

Na een week gaf ik hem twee houten paardjes. Ik had ze in de voorraadkelder gevonden. Ik pakte zijn hand, legde ze op een van de paardjes en zei zacht: 'Ros.' Ik bewoog zijn hand heen en weer zodat het paard vooruit en achteruit ging, en er ging een rilling door hem heen. Hij keek niet naar de paardjes, hij keek als een blinde die ogen op de vingers droeg. Voorzichtig, voelend en tastend, reed hij met het paardje naar voren en naar achteren. Ik zei nog een keer 'ros' en hij antwoordde. Ros. Dat ene woordje leek voor Kaspar uit de hemel geplukt. Slechts één woord, meer had hij niet nodig om zielsgelukkig te zijn.

Ik zal nooit zijn glimlach vergeten. Alsof de zon was binnengeraakt. Het was dezelfde glimlach die ik had gezien toen ik hem als kleuter wilde ombrengen in de stal. Die glimlach had mijn hand met het mes verlamd en had me achtergelaten met het gevoel dat ik een mislukkeling was.

Ik wist dat er een barst was gekomen in de muur van haat die ik om me heen had gebouwd, en daarom moest ik dubbel zo voorzichtig zijn. Me niet laten vangen door sentimentele gevoelens die nergens toe leidden. Ik mocht me aan niemand meer binden.

Alleen dieren waren mijn toewijding en liefde waard. Dieren glimlachen niet.

Ik kreeg vlug spijt dat ik hem de paardjes had gegeven, want hij werd uitzinnig wanneer hij ze liet rijden. Zijn stem galmde door de gewelfde ruimte en kaatste tegen de muren. 'Ros! Ros! Ros!'

De huisknecht vroeg argwanend of ik wel alle katten uit de kelder had verwijderd.

Dus liet ik Vlinderhuid zwijgen. Woorden hielpen niet, maar een slag van een knuppel wel. Het was niet eens zo hard, een slag op zijn arm, maar hij zweeg meteen. Het was de eerste keer dat ik iemand sloeg.

Het feest zou doorgaan op tweede Pinksterdag, dus moest Vlinderhuid daarvoor al weg zijn. Het zou moeilijk worden, het feest was in volle voorbereiding, maar – oh ironie! – mijn stiefvader zorgde voor de oplossing.

Ik had nooit meer iets van hem gehoord, maar net die week kreeg ik een brief van mijn mooie halfbroer Amadeus von Berger. Een teken? Hij had mijn adres gekregen van een officier die in hetzelfde regiment als ik had gezeten.

Mijn broer was een volwassen man geworden, getrouwd en met een kind op komst. Hij was predikant geworden, zoals zijn vader.

Hij schreef dat mijn stiefvader was gestorven en dat de begrafenis gepland was op tweede Pinksterdag. Na de dienst zou hij met zijn vrouw vertrekken naar de Nieuwe Wereld, waar een grote nood was aan predikanten. De ouderlijke woning kwam leeg te staan en indien ik interesse had, kon ik er zo intrekken.

Mijn gebeente kraakte en mijn spieren trokken samen. Mijn stiefvader was aan een banale kou op de longen gestorven. Misschien had ik te lang gewacht. Ik had mijn mes tussen zijn ribben moeten steken, toen mijn haat op zijn hoogtepunt was. Maar mijn haat had zich verlegd. Vlinderhuid was in de plaats gekomen.

Natuurlijk ging ik niet naar de uitvaart, maar het was wel een geldig excuus om weg te blijven van het feest en een unieke kans om Vlinderhuid weg te brengen.

Ik had onze reis grondig voorbereid: het moment van vertrek, de aankomst en de tijd die ik nodig had om hem bij de mensen achter te laten. Toch zijn er altijd van die onverwachte factoren. Tijdens de laatste dagen van zijn gevangenschap had ik Kaspar – want zo noemde ik hem sinds ik de brieven had geschreven – geleerd zijn naam te schrijven. Ik had een krukje tussen zijn benen onder zijn lege blik geschoven, er een papier op gelegd en een potlood in zijn hand gedrukt.

'Schrijven!' zei ik. Ik gebruikte zo weinig mogelijk woorden, want van een lange zin werd hij onrustig en begon hij te wiegen en te kreunen.

'Schrijven, Kaspar. Nu.'

Ik nam zijn hand en liet het potlood schrijven. Honderd keer *Kaspar Hauser.*

'Jouw naam. Kaspar Hauser.'

Zijn ogen volgden zijn krabbelende hand. Zijn linkerhand wilde het potlood vastpakken en bekijken, maar ik sloeg hem. Hij kromp in elkaar en ik gaf hem het potlood opnieuw.

'Schrijven. Jouw naam. Kaspar Hauser.'

Toen ik zijn hand losliet, en hij de letters nabootste, kon ik in de vage krabbels zijn naam lezen. Dit moest lukken.

'Jij bent Kaspar. Jij.'

Alles was klaar, meer hoefde er niet te gebeuren.

Pas later besefte ik dat je geen naam mag geven aan iemand die je haat.

De dag voor Pinksteren, de dag van ons vertrek, kwamen de eerste gasten aan. Ik hoefde me er niet om te bekommeren, maar ik moest voorzichtig zijn. Niemand zou op me letten. Ze waren het gewend dat ik liever in de schaduw verbleef dan in het volle licht.

In de kelder had ik Kaspar andere kleren aangetrokken. Een heel karwei want een bloemzak werkt niet mee. De laarzen van de stalknecht waren versleten en ze waren iets te klein voor Kaspar, dus maakte ik vooraan een snede, zodat zijn tenen meer ruimte kregen. De kleren waren nog van Friedrich. Hij had ze achtergelaten toen hij zijn Helga achterna was gegaan. Ik haalde mijn stapel heiligen te voorschijn en stak ze allemaal in mijn jaszak, samen met de rozenkrans en de bijbel van mijn moeder.

Het was al middag toen ik Kaspar uit de kelder haalde. Hij kon niet lopen en ik moest zijn armen om mijn nek leggen om hem langs de smalle trap boven te krijgen. Hij was zwaar. Niet door zijn gewicht, maar omdat hij zich liet hangen. Dat kleine eindje, van de kelder de trap op tot op het kleine stukje grasland had al veel van mijn krachten gevergd. Ik was buiten adem.

Kaspar kneep de ogen dicht, de zon was te fel en hij bleef als een omgevallen boom op het gras liggen. Met de roeiboot bracht ik hem naar de overkant en daar sleurde ik hem de oever op. Vanaf deze plek had ik een goed overzicht. In de verte het bordes, links van mij het begin van de zandweg waarop nooit koetsen reden en rechts een klein bosje met esdoorns en hazelaars.

Ik trok Kaspar overeind, maar hij viel om als ik hem niet ondersteunde. Hij moest lopen! Dus bleef ik achter hem staan, met mijn armen rond zijn borst en schopte tegen het been dat hij vooruit moest bewegen. Hij probeerde door de knieën te zakken, maar ik liet het niet toe. Na enkele uren kon hij eindelijk een paar stappen zetten, molenwiekend met zijn armen. Tenslotte viel hij uitgeput neer en hij verroerde zich niet meer. Kaspar zou in slaap vallen, het schemerde, maar ik was er niet gerust in. Wat als hij wakker zou worden terwijl ik het paard haalde? Ik fluisterde de naam van mijn moeder en vroeg haar een oogje in het zeil te houden. Ze bracht me op het idee om haar rozenkrans bij de knaap achter te laten. Ik had hem een paar keer uit mijn zak gehaald en voor zijn ogen laten bengelen en dan kraaide hij blij als een baby met een speeltje. De rozenkrans zou hem zoet houden indien hij wakker werd. Ik schoof ook de bijbel in zijn zak, zodat er over hem werd gewaakt.

Met een bang hart liep ik naar de stal. Ik had de merrie met het grootste zadel opgetuigd, want we waren met zijn tweeën. In de verte klonk het geratel van rijtuigen; de gasten kwamen aan. Iedereen zou bezig zijn; niemand zou aandacht schenken aan de knecht met het lelijke gezicht die een paard uit de stal haalde. Uit mijn lelijkheid haalde ik mijn voordeel. Ik zag mooie vrouwen uit hun rijtuigen stappen. Zijden schoentjes aan smalle enkels, geglaceerde handen van heren die hen hielpen bij het uitstappen. Witte gepoederde pruiken en strikken, geuren van jasmijn en sandelhout. Lachen en kirren, alsof de lucht gevuld werd door teveel huiszwaluwen. Ik was onbestaande.

Alles liep opperbest tot ik, met mijn paard op een paar passen van Kaspar verwijderd, een vertrouwde stem hoorde.

'Dag Ostheim, wat fijn je hier te mogen terugzien.'

Die vrolijke stem, het eeuwige jonge dat niet veel mensen wordt toebedeeld, de wij-jonge-soldaten-onder-elkaartoon en toch ook de stem van de machthebber. Hennenhofer. Mijn redder. Mijn tegenstander.

Hij was dikker geworden en een beetje kalend ook. Hij had zijn snor laten groeien tot een donkere knevel.

'Dat jij hier nog bent? Hoeveel jaar werk je hier nu?'

Ik moest mijn hoofd oprichten, want hij bleef zitten op zijn paard dat ongedurig was en duidelijk vermoeid. Hennenhofer was langs de zandweg komen aanrijden. Daar had ik geen rekening mee gehouden.

'Gegroet, majoor. Ik ben hier sinds de dag dat u me deze opdracht hebt gegeven, na mijn verblijf in Schloss Beuggen.'

Hij knikte en ik zag hem denken.

'Je weet toch, Ostheim, dat ik het kan regelen dat je voor bewezen diensten vroegtijdig op rust wordt gesteld.'

'Hoeft niet, majoor. Het is hier goed. Het werk met de paarden bevalt me uitstekend.'

'En? Heb je nog nieuws?'

Hij hield zijn gezicht in de plooi, maar het trillen van een mondhoek verraadde zijn onrust.

'Het kind, Ostheim. Weet je wat er met het kind is gebeurd? Het kan toch niet zomaar van de aardbol zijn verdwenen.'

Ik staarde hem aan en bad tot mijn duizend heiligen dat Kaspar niet zou kreunen of 'ros' zou roepen.

'Ik heb niet meer gezocht, majoor, ik had hier werk genoeg,' antwoordde ik naar waarheid.

'Niets aan te doen. Maar houd je ogen en oren open, Ostheim. Ik wil geen problemen.'

'Majoor, waarom wilt u zo graag dat het kind dood is?'

Het was eruit voor ik er erg in had.

'Ostheim, bij ons allereerste gesprek heb ik je opgedragen geen vragen te stellen. Dat geldt zolang je onder mijn gezag staat.'

Het paard werd onrustiger en maakte een paar zijwaartse passen. Daardoor zag Hennenhofer Kaspar in het gras liggen.

'Wie ligt daar, Ostheim?'

'Een knecht. Ik was naar hem op zoek en vond hem hier. Hij is dronken.'

'Dat is wel een erg jonge knecht, Ostheim. Onder de vijftien jaar mag er niemand aangeworven worden, dat weet je toch?'

Mijn lichaam bevroor, ik beet op mijn lip en proefde bloed.

'Oh, maar hij is al zestien jaar, bijna zeventien.'

Ik had mijn tong wel kunnen afbijten. Hoe minder ik zei, hoe beter.

'Tja, jij zult het wel weten, zeker? Maar neem een goede raad van me aan, Ostheim: ontsla die jongen of geef hem stokslagen. Zo jong al lazarus zijn, belooft niet veel voor de toekomst.'

Hij draaide zijn paard in de richting van de hoofdweg.

'Tot een volgende keer, Ostheim! Ik moet ervandoor, de barones wacht op me.'

De uitdrukking op zijn gezicht vertelde me dat hij meer dan een gewone gast was voor de barones. Hennenhofer was zijn streken nog niet kwijt.

Ik ademde een paar keer diep in en uit. Het had maar een haar gescheeld. Hennenhofer zou vast de gelijkenissen tussen Kaspar en het prinsenpaar hebben gezien.

Ik bleef onthutst achter. Niet zozeer door de komst van de majoor, maar wel omdat ik de jongen niet aan hem had overgeleverd. Waarom niet? De jongen zou voorgoed uit mijn leven zijn verdwenen. Ik begreep mezelf hoe langer hoe minder. Kan het zijn dat iemand zichzelf als grootste vijand heeft?

Ik vertrok toen het donker was. Kaspar lag diep in slaap voor me op het paard. Ik had een doek over hem heen gedrapeerd, zoals men wel vaker doet met zieken die dringend naar een hospitaal moeten worden gebracht. Het was een vreemde ervaring. Hij was zo dichtbij dat de geur van zijn lichaam mijn neusgaten binnendrong en ik het gevoel kreeg alleen nog maar Kaspar in te ademen.

De nacht was inktzwart en de weg die ik had uitgekozen, liep door de bossen, want ik wilde geen enkel risico nemen. Ik reed de hele nacht door en met tussenpozen liet ik hem lopen. Hij moest het kunnen voor we er waren. Ik moest hem iedere keer tegen de benen schoppen. Overdag zocht ik een beschutte plaats uit om te slapen.

Kaspar was helemaal ontregeld. 's Nachts wilde hij slapen en hij had duidelijk een hekel aan lopen. Overdag wilde hij rechtop zitten en het zinnetje herhalen dat ik hem de voorbije week had geleerd. 'Wille ruiter worden als vader.' Hij dreunde het op als een peuter. Ik zorgde ervoor dat hij mijn gezicht niet te zien kreeg.

Na twee nachten en een dag kwamen we 's middags aan in Neurenberg. Vanaf de heuvel kon ik de stad zien. Het was broeierig warm en ik wist dat het laatste stuk van de reis het gevaarlijkst was: ik moest de jongen achterlaten op het plein zonder gezien te worden. Ik droeg mijn heiligen met me mee, het geluk was aan mijn kant en ze waren blij dat ik ze weer echt in mijn leven toeliet.

Ik nam Kaspar bij de hand. Hij daalde met stijve benen de heuvel af, bij de toren was geen bewaker en op het plein was er geen mens te bespeuren. De luiken van de huizen waren dicht. De mensen hielden een middagslaapje of waren de stad uit. Het was een vrije dag voor iedereen. Behalve voor Kaspar en mij. Hier zouden onze wegen scheiden.

Ik liet Kaspar achter met de twee brieven in zijn rechterhand en zijn hoed in de linker.

Toen ik me bij de poort omdraaide, stond hij daar nog. Een onbeweeglijk beeld, met uitgestrekte hand, naast een grote plataan. Iemand die nooit in mijn leven had mogen komen. Geboren op de dag dat de aartsengel een draak bestreed en overwon. Nu was de overwinning aan mij.

Boven zijn hoofd scheerden wat huiszwaluwen, een goed teken.

Mijn opdracht was volbracht.

Gaspard Hauser chante

Je suis venu, calme orphelin,
riche de mes seuls yeux tranquilles,
vers les hommes des grandes villes:
ils ne m'ont pas trouvé malin.

— Paul Verlaine —

Emiel kwam binnen met de thee en beschuit en Henriëtte haalde uit haar damestasje een zakdoekje om haar tranen te deppen.

Ritmeester von Wessenig sliep zijn roes uit. Ze zouden niet gestoord worden, wist Isolde.

Henriëtte hield het hete kopje thee in beide handen, alsof ze moesten worden verwarmd.

'Volgens de arts is mijn vader gestorven aan een beroerte. Ik weet wel beter. Hij werd vergiftigd,' zei ze.

De arme vrouw was erg overstuur en ze vertelde Isolde dat ze nergens terecht kon met haar vermoedens. De arts die de overlijdensakte had ondertekend, was zeer gerespecteerd en Henriëtte had geen enkel bewijs.

Henriëtte dronk van de thee, maar raakte de beschuitjes niet aan, dus at Isolde ze zelf op, met kleine hapjes, terwijl ze luisterde.

'Mijn vader heeft drie jaar gezocht naar de waarheid over de afkomst van Kaspar Hauser. Hij had eindelijk bewijzen, zei hij. Hij heeft alles opgeschreven en zijn verhaal aan Kaspars pleegvader gegeven. Die beloofde om de tekst in het Engels te laten vertalen en het te laten uitgeven in boekvorm. Dat was een jaar geleden. Maar Kaspars pleegvader heeft er niets mee gedaan. Hij heeft het manuscript zelfs nooit teruggestuurd, ook al drong mijn vader daarop aan. Hij weigerde de brieven van mijn vader te beantwoorden. Nochtans was hij, volgens goede bronnen, bezig met de adoptie van Kaspar. Mijn vader heeft toen alles een tweede keer opgeschreven, in een iets kortere versie, en het boek verscheen vorig jaar. Hij ontdekte daarna nog een aantal nieuwe elementen in de zaak. Maar hij wilde me er niets over zeggen. Hij wilde mijn leven niet in gevaar brengen, zei hij.'

Henriëtte keek Isolde met bange ogen aan, haar gezicht was nog bleker geworden. Isolde schonk thee bij.

'Enkele maanden geleden waren hij en ik op weg om de moeder van Kaspar te ontmoeten. Ja, hij had haar gevonden en hij wilde haar alle bewijsstukken overhandigen. Hij had na al die jaren eindelijk alle puzzelstukken bij elkaar. Zijn komst was aangekondigd en men verwachtte ons. Ik was nog maar in het begin van mijn zwangerschap en een tocht met de koets was nog veilig voor mijn ongeboren kind. De reis duurde lang, we kwamen van mijn huis in Hannover, en de koets waarmee we reisden, was in slechte staat. Ik vreesde meer voor mijn vaders zwakke hart, dan voor mezelf en mijn kind. Maar het leek alsof het geheim van Kaspar hem de kracht gaf om door te gaan. Hij was erdoor bezeten.

We wilden onderweg stoppen en van rijtuig wisselen. We wisten dat een postkoets dezelfde dag naar de plaats van onze bestemming zou vertrekken. Deze koetsen zijn veel comfor-tabeler. In Neurenberg moesten we even wachten. Mijn vader ontmoette een oude kennis, een of andere officier waarvan zijn naam mij ontschiet. Jammer, want hij is de sleutel die me naar de moordenaar van mijn vader zou kunnen leiden. Het was een mooie man en heel voorkomend.

We besloten ter plaatse te dineren en de conversatie verliep gemoedelijk. Het gesprek ging al gauw over Kaspar Hauser, de vondeling waar heel Europa over sprak.

Mijn vader wilde Kaspar nog graag een bezoekje brengen hier in Ansbach, maar hij besloot dat te doen op de terugweg. Dan kon hij alles over zijn ouders vertellen.'

Ze sloeg de handen voor het gezicht en Isolde schoof haar stoel wat dichterbij en sloeg haar arm om de schouders van Henriëtte. Het leek of ze Henriëtte al jaren kende. Kaspar had hen verbonden.

'In het gasthof liet mijn vader niets los over wat hij had ont-dekt, maar hij vertelde wel dat hij op doortocht was naar de moeder van Kaspar. De officier bleef glimlachen, maar zijn blik kreeg iets kils en berekenends. Opeens was hij gehaast. Hij dronk zijn koffie niet op en stamelde dat hij dringend iets te regelen had. Ik dacht er verder niets van, maar toch bleef het voorval in mijn achterhoofd hangen.

Een half uur later kwam er een bode met een boodschap voor mijn vader. De postkoets zou pas de volgende dag vertrekken vanwege het weer. We hadden geen argwaan. Het regende immers pijpenstelen.

Maar de volgende dag vertrokken we en het regende nog steeds even erg. De banen waren goed berijdbaar. Waarom waren we de vorige dag niet verder gereisd?

Nu weet ik dat het een complot was. Mijn vader mocht niet aankomen bij Kaspars moeder.

De koetsier stopte ongevraagd in Weinsberg en zei ons dat het tijd was voor een kleine opfrissing. Ook moesten de paarden gewisseld worden. Toen had ik argwaan moeten krijgen, we waren hooguit twee uur van onze bestemming verwijderd.

Mijn vader bestelde een kruidenthee, hij drinkt altijd een mengeling van lindebloesem en zoethout, het is versterkend voor zijn hart. De kastelein van het gelag had de kruiden niet in huis en hij bood ons zijn Weense koffie aan. Een specialiteit van het huis. Niet te sterk, en toch opwekkend. Ook voor mensen met een hartkwaal, zei hij. Hoe wist die man dat mijn vader een zwak hart had? Op dat moment dacht ik er niet verder over na. Dat was dom van me.

Mijn vader dronk de Weense koffie en een uur later was hij dood. Hij stierf in de postkoets aan vreselijke krampen, we waren maar een boogscheut van ons doel verwijderd. Hij kon nog één ding zeggen: "Henriëtte, ze hebben me iets gegeven … Kaspar …"

Hij stierf in mijn armen met Kaspars naam op de lippen.'

De stilte was geladen, ook al tikte de klok gewoon verder en klonken er van buiten gedempte geluiden van karrenwielen in de sneeuw.

'Terug thuis, moest ik alles regelen voor de begrafenis. De emoties bij de dood van mijn vader maakten mijn zwangerschap zwaar en ik moest maanden plat liggen. Daarom ben ik niet eerder gekomen. Ook na de geboorte van mijn kind moest ik rusten, maar ondertussen kon ik over alles nadenken. Mijn vader werd vermoord omdat de waarheid over Kaspar Hauser niet ontdekt mocht worden. Ik ben naar jou gekomen, Isolde omdat ik wil dat mijn vader niet voor niets is gestorven. Gisteren was ik in zijn huis. Iemand was me voor geweest, want alle laden en kasten waren doorzocht zonder dat er iets van waarde was weggenomen. Toch vond ik iets wat de inbrekers over het hoofd hebben gezien.'

Henriëtte haalde uit haar tasje een enveloppe waarop in de linkerbovenhoek viooltjes waren gedrukt. Isolde kende dit soort omslagen. Ze waren alleen voor verliefden bedoeld. Ze had er al een paar gekregen van haar verloofde. Op de omslag stond er in een keurig handschrift geschreven: *voor Isolde*. Isolde kruiste de handen alsof ze wilde bidden, het gebaar maakte haar rustig. Ze wist niet wat ze moest denken. Het was een jaar geleden dat ze de rechter had ontmoet. Hij had haar daarna met rust gelaten omdat hij wist dat ze bijna ging trouwen.

'Henriëtte, wanneer is uw vader gestorven?'

'In februari, kort na het verschijnen van zijn boek. Het spijt me dat ik niet eerder ben gekomen.'

Ze overhandigde de enveloppe aan Isolde.

'Mijn vader heeft je iets willen toevertrouwen. Daarom heeft hij vast voor deze omslag gekozen. Zodat de inhoud niet in verkeerde handen zou vallen.'

Met een kleine briefopener sneed Isolde het zegel achteraan open, haalde de brief eruit en las hem voor.

Mijn zeer gewaardeerde fräulein Isolde,

Morgen vertrek ik om een eerste ontmoeting te hebben met de moeder van Kaspar. Mijn dochter Henriëtte zal me vergezellen. Volgende week hoop ik terug te zijn en dan zal ik Kaspar vereren met mijn bezoek en het heuglijke nieuws over zijn ouders en zijn afkomst vertellen. Ik hoop u ook in Ansbach weer te zien, al weet ik dat u het zeer druk hebt

met uw nakende huwelijk dat ik ten zeerste toejuich. Er bestaat voor
een jonge vrouw geen mooier levensdoel dan te trouwen met de man
van haar dromen en hem kinderen te schenken en zich te wijden aan
het huishouden, de kinderen en het gebed.

Ik heb alles over Kaspar neergeschreven in een document waarvan
ik later een nieuw boek zal laten drukken. Ondertussen zijn er nog
nieuwe zaken aan het licht gekomen. Ik schrijf ze neer in deze brief die
u voor uzelf dient te houden tot ik terugkom. Waarom u? Omdat ik
heb gemerkt dat ik in gerechtelijke kringen niemand mag vertrouwen.

De intriges rond Kaspar Hauser spelen zich ver boven mijn hoofd en
boven mijn bevoegdheden af. Het moet gezegd worden: er kan zoveel
gebeuren en ik ben al een oude man.

Tijdens mijn onderzoek vond ik een vreemd artikel in een Franse re-
geringskrant 'Le Moniteur', gepubliceerd op 5 november 1816. Het
artikel was gedeeltelijk overgenomen van de Duitse pers. Het staat nog
niet in mijn boek.

Het ging om een vreemde vondst. Een Rijnschipper had een gekurkte fles
met daarin een Latijnse boodschap gevonden. Iemand schreef het volgende:

Ik word vastgehouden in een toren bij Laufenburg aan de
Rijn. Mijn plaats is zelfs onbekend aan wie nu mijn troon be-
zet. Meer kan ik niet schrijven, anders is mijn leven in gevaar.
Mijn naam is Parzijn Kozanos.

Na onderzoek vond ik bij Laufenburg slechts één waterburcht met een toren en dat is Schloss Beuggen. Toen ik de handtekening bestudeerde, had ik onmiddellijk het gevoel dat het een geheime naam was. Het kostte me niet veel moeite om hem te ontcijferen. Parzijn Kozano betekent: zijn zoon Kaspar.

U ziet, mijn dierbare fräulein, iemand wist van de prinselijke afkomst van Kaspar. Op dat ogenblik moet Kaspar een kleuter zijn geweest. Hij kon onmogelijk zelf de brief hebben geschreven. Er was dus een goedbedoelende persoon die voor hem zorgde en aan de buitenwereld wilde bekendmaken dat iemand de rechtmatige troon van Kaspar had ingenomen. Ik kon aan de sierlijk gevormde letters zien dat het om een vrouwelijk handschrift ging.

Nog een merkbaar feit is de houding van de pleegvader van Kaspar. Hij vroeg naar aanleiding van mijn boek om een onderhoud. We spraken af in een afspanning waar hij me op de hoogte bracht van het bestaan van een dagboek. Ik wist ervan, Kaspar had het me zelf verteld en ik had hem op het hart gedrukt het aan niemand te laten lezen. Maar dat zei ik niet tegen de lord. Hij was er niet gerust in, zag ik, het dagboek zou iets kunnen prijsgeven wat hij niet wilde. Ik ben kort na onze ontmoeting op onderzoek gegaan en sinds gisteren weet ik dat lord Stanhope als spion in dienst is van kanselier Metternich. Hij moest Kaspar doen verdwijnen, hem weghouden van de publieke aandacht. De lord heeft zelf geen kinderen en heeft ook niet die behoefte om er te hebben. Hij wilde Kaspar alleen maar mee naar Engeland nemen

om hem te doen verdwijnen. Blijkbaar is daar iets tussengekomen.

Stanhope is niet meer zo welstellend als men mag aannemen. Hij is

berooid door een leven van verkwistingen en buitenissige reizen.

Er is niemand meer uit het mannelijke geslacht von Baden die de

troon kan bestijgen. Prinses Stephanie heeft twee dochters, prins Karl

is overleden net als zijn opvolger Ludwig von Baden. Er blijft nie-

mand meer over van het geslacht von Baden. De oudste zoon van

gravin Louise von Hochberg draagt nu de kroon. Met de gravin gaat

het niet zo goed, maar haar zoon eet uit de hand van kanselier Met-

ternich. De weg naar een Verenigd Duitsland ligt vrij.

Kaspar Hauser is een lastige hindernis. Dat is de pijnlijke waarheid.

Nog een bezwaarlijk feit tegen lord Stanhope: de twee schoenmakers die

Kaspar op het plein in Neurenberg vonden, werden onlangs door de

lord benaderd. Indien zij hun verklaringen introkken over het feit dat

Kaspar niet had kunnen lopen en spreken bij zijn aankomst, maar in

de plaats daarvan zouden zeggen dat de jongen zich goed kon redden

en heel beleefd had gepraat, zouden ze elk 300 pond ontvangen. Ik

ontdekte dit complot tijdig.

Een paar weken geleden zijn prinses Stephanie en haar twee dochters

incognito naar Ansbach gereisd om Kaspar in levende lijve te zien.

Ik had hen verteld waar ze Kaspar konden ontmoeten, zonder zelf

op te vallen. Kaspar gaat dagelijks in de Hoftuin wandelen om zijn gedachten te ordenen. Van dochter Louise vernam ik dat haar moeder in zwijm viel toen ze de jongeman zag. Meer heeft ze er niet over geschreven. Maar dat is de reden waarom ik eerstdaags naar Karlsruhe vertrek, naar het paleis waar de prinses nu met haar dochters verblijft. Indien er iets met mij gebeurt, overhandig deze brief dan aan burgemeester Binder, zodat Kaspar zijn rechtmatige plaats in de wereld terugkrijgt en de troon kan bestijgen.

Hierbij groet ik u met de hoogste achting en ik hoop u spoedig weer te zien, Anselm von Feuerbach.

Buiten sneeuwde het en het geluidloze vallen van de sneeuwvlokken versterkte de stilte in de kamer. Emiel was onhoorbaar binnengekomen en had verse houtblokken op het vuur gelegd. Isolde kreeg hoogrode wangen, een lastige plaag, maar het kwam niet door het vuur. Telkens als ze zich druk over iets maakte, kreeg ze rode vlekken in de hals en op de wangen. Niets hielp om ze weg te houden. Geen uierzalf, geen lindebloesemthee en ook geen kompressen van geplette komkommers en brandnetel. 'Henriëtte, ik zal alles doen wat in mijn vermogen ligt. Ik zal burgemeester Binder aanspreken en dit samen met hem onderzoeken voor ik in het huwelijk treed,' zei Isolde beslist. 'Ik moet het nu doen. Daarna zal het niet meer gaan. Ludwig en ik willen graag kinderen, ziet u.'

Nu zag ze echt knalrood. Zo vond Kaspar haar erg mooi, zei hij altijd.

De twee vrouwen praatten nog even over Kaspar, maar Isolde vertelde niets over zijn toestand, om Henriëtte niet nog meer overstuur te maken. Toen Henriëtte vertrok, omhelsden de vrouwen elkaar als vriendinnen.

Straks zou ze naar Kaspar gaan. Er was opeens zoveel te doen. Waarom wist ze niet dat de rechter gestorven was? Had het in de kranten gestaan? Maar een vrouw behoort geen kranten te lezen. Het is aan de vader of aan de echtgenoot om artikels uit te kiezen en hardop voor te lezen. Alleen de artikels die geschikt zijn voor vrouwenoren. Waarom had niemand iets gezegd? De rechter had altijd in Ansbach gewoond, maar sinds een jaar verbleef hij in zijn buitenhuis in het noorden bij Hannover om dichter bij zijn dochter te kunnen zijn. Was het bericht van zijn dood niet tot hier geraakt? Een gevoel van haast bekroop haar. Ze had geen tijd te verliezen. Ze snelde terug naar haar kleine zitkamer. Vaag hoorde ze haar vader die was opgestaan en zich druk maakte tegen Emiel omdat zijn laarzen nog niet waren gepoetst.

In het doosje dat Kaspar voor haar had geknutseld en beschilderd met een fruitmandje, zat nog de nieuwjaarskaart die hij haar had gestuurd toen hij iets meer dan een jaar onder de

mensen was. Ze was toen zelf nog maar net achttien jaar geworden en had zijn woorden gelezen, zonder te beseffen wat
hij had geschreven.

Mijn eerste jaar begroet ik heden
in dank en liefde blij-tevreden.
Ik was door nood en last terneergedrukt.
Maar nu geniet ik van alles wat mijn hart verrukt.
God wou dat ik zag hoe het in de wereld gaat,
Hij wou dat ik wist wat er in de boeken staat.
Hij geeft me kracht in mijn jonge dagen
om andere mensen naar hun kennis te vragen.
Nu moet ik mij op een leven van wijsheid voorbereiden
en stap voor stap mijn leven binnenschrijden.
Een stap is weinig, soms moeilijk, maar ik voel,
iedere stap brengt mij naar mijn eindelijk doel
en vol dankbaarheid vult zich mijn hart
en wil vergeten de vele smart.
Ooit wil ik met goedheid en wijsheid mijn doel bereiken
en wil niet aan leugen en bedrog bezwijken.

Uw dierbare vriend Kaspar

De tranen welden op en Isolde slikte tot ze weg waren. Nu pas besefte ze dat hij op korte tijd had geleerd waar sommige mensen een heel leven voor nodig hadden.

Ze stond op en ging voor het raam staan. Er zaten ijsbloemen op. Ze herinnerde zich Kaspars eerste winter, hij was zeventien. Hij stond voor de vensters en vroeg: 'Wie heeft die wondermooie bloemen op het raam getekend?'

Toen de middagzon de bloemen in natte sporen liet wegglijden, dacht hij dat de ijsbloemen huilden en huilde hij mee.

Ze ging terug zitten met het dagboek op haar schoot. Ze had nog maar een paar bladzijden te lezen.

Ik probeer uit te zoeken wat ik verkeerd heb gedaan en waarom mijn pleegvader zich van me heeft afgekeerd. Hij is al zes maanden onderweg en ik wacht iedere dag op een brief. Ik kan hem niet schrijven, want ik weet niet waar hij is. In Engeland, in Oostenrijk, in Italië?

Vorige week kon iedereen in de krant lezen waar ik woonde, ook al werd mijn woonplaats daarvoor geheimgehouden. Het is van geen belang meer, zegt heer Meyer.

De soldaat is niet meer bij me. Heer Meyer heeft hem weggestuurd. Hij is niet meer nodig.

'Het moet van je pleegvader,' zei hij. Ik geloof hem niet.

Mijn verdriet wordt elke dag groter.

De laatste keer dat ik mijn pleegvader zag, was een half jaar geleden en een maand later kreeg ik zijn laatste brief.

Hij schreef niet meer 'aan mijn liefste zoon', maar hij schreef 'aan Kaspar'. En hij ondertekende niet meer met 'je liefste pleegvader die zoveel van je houdt' maar met zijn naam 'Lord Piilip Henri Stanhope, Eerl from Chesterfield'.

Opeens stond hij voor de deur van heer Meyer. Zonder geschenken. Ik was zo blij, ik beefde van vreugde en wilde hem omhelzen, maar hij wilde niet.

Hij was gehaast, zei hij. Hij kuste me niet, omhelsde me niet en raakte zelfs mijn huid niet aan. Hij kon maar even blijven en hij kwam voor heer Meyer, niet voor mij.

'Waarom?' vroeg ik.

'Je moet dat toch begrijpen, Kaspar, de wereld draait niet alleen om jou,' zei hij.

Mijn pleegvader die me de hemel op aarde had beloofd.

'Philip, ik heb je zoveel geschreven,' zei ik.

'Hoe kan dat, Kaspar? Je wist toch niet waar ik was?' zei hij.

'Ik schreef het in mijn dagboek,' zei ik.

'Heb jij een dagboek, Kaspar? Mag ik er eens in lezen?'

'Ik kan het u vertellen, Philip. Maar laten lezen doe ik niet.'

'Oh, heb jij dan geheimen voor mij?' Ik hoorde boosheid in zijn stem.

Natuurlijk had ik geen geheimen voor mijn pleegvader. Maar sommige gedachten waren alleen van mij. Ik moet ze bewaren, als gouden kreutzers in mijn geldbuidel.

Ik moet ze sparen, voor later. Waarom, weet ik niet. Maar rechter Feuerbach heeft het me ook gezegd.

'Kaspar, je dagboek kan gevaarlijk zijn. Laat het aan niemand lezen.'

'Ik heb geen gevaarlijke dingen geschreven,' zei ik.

Maar sinds die dag verstopte ik mijn schrift op een donkere plaats.

Toen ik vroeger in het donker leefde, was niets donker.

Nu leef ik in het licht en iedere nieuwe dag dat ik bij de mensen ben, zie ik hoe de hoeken van iedere kamer langere schaduwen krijgen.

Ook mijn schaduw wordt donker en lang.

Soms zou ik liever verdwijnen, dan zal ook mijn schaduw er niet meer zijn.

Sinds mijn pleegvader op bezoek is geweest, zoekt heer Meyer naar dit schrift.

'Waar is het?' vraagt hij streng.

'Wat?' vraag ik.

'Het dagboek, Kaspar, jouw dagboek dat je stiekem schrijft.' Hij zwaait weer met zijn vinger en hij spuugt druppels speeksel zodat ik een stap naar achteren zet.

'Ik heb geen dagboek,' lieg ik.

'Lieg niet, Kaspar, ik zie het. Waar is je dagboek?'

'Ik lieg niet, ik heb het verbrand,' lieg ik.

Hij zocht in de haard en verbrandde zijn vingers aan de gloeiende as.

Hij zocht zelfs in het geheim gemak en in de mand van de poezen.

Sinds die dag verstop ik mijn dagboek onder de losliggende plank onder de mat naast mijn bed. Daar liggen mijn woorden in het donker. Ze zijn veilig nu.

Soms gebeuren er dingen die ik niet begrijp.

Ik kreeg een briefje van mijn pleegvader dat hij mij wilde spreken en hij noemde een hotel in Ansbach dat ook een bezoekersruimte heeft. Het is zeker een half uur lopen van mijn huis.

Ik ging ernaartoe, maar hij was er niet. Hij was er nooit geweest, zei men daar.

Toen ik terug thuiskwam, rook ik hem. Zijn geur was in de gang en in de zitkamer. Ik rook waar hij was geweest in mijn kamer. Hij had zelfs zijn geur in mijn kasten en laden achtergelaten.

Waarom?

Waarom was mijn pleegvader hier en niet op de plaats waar we hadden afgesproken? Wat wilde hij in mijn kasten vinden?

'Hij is hier niet geweest,' loog heer Meyer.

Soms moet ik even weg uit het huis. Dan ben ik boos op mezelf. Ik moet me dankbaar voelen voor wat heer Meyer allemaal doet. Maar soms is het te veel. Zelfs de muren van zijn huis kijken me aan met ogen waar in te lezen staat dat ik niet deug.

Heer Meyer zegt dat mijn pleegvader heeft ontdekt dat ik een bedrieger ben en een eersteklas leugenaar. Hij heeft dat aan de kranten geschreven en zelfs aan de koningshoofden van andere landen. Hij wil me niet meer adopteren.

'Kaspar, je bent nu eindelijk weer een gewone jongen die het liegen moet verleren,' zegt heer Meyer. 'Je bent geen koningskind en je zult het nooit worden. Daarom hebben we die soldaat niet meer nodig. De lord heeft me verzekerd dat er niemand is die jou kwaad wil berokkenen. Je bent veilig in mijn huis en je bent een gewone jongeman. Je mag eindelijk eens op zoek gaan naar een fatsoenlijke broodwinning.'

Rechter Feuerbach is mijn enige hoop om te bewijzen dat mijn dromen echt zijn. Waar is hij? Ik heb hem de laatste tijd niet meer gezien. Hij moet zeggen dat ik geen leugenaar ben. Ik hoef geen troon en geen kroon. Ik wil alleen mijn moeder en mijn vader kennen. Ik wil weten of er iemand is geweest die me graag heeft gezien.
Misschien was het alleen maar Vaterman.

Nadat er in de krant verschenen was waar ik woonde, had ik een vreemde ontmoeting.
Ik droomde die nacht van een vrouw die me wilde ontmoeten in de Hoftuin. Ze leek niet op de vrouw in rood en blauw uit mijn dromen, maar toch was ze me niet vreemd. Ze droeg een gouden kroon op haar hoofd en om haar hals lagen zeven rijen parels.

Ze droeg een kom melk in haar handen en ze zei: 'Kaspar, hier is de melk die ik je nog verschuldigd ben. Drink ze op voor het te laat is.'

Ik dronk de melk en toen viel ik dood op de grond.

De volgende dag besloot ik om naar de Hoftuin te gaan, want mijn dromen willen me altijd iets vertellen.

Toen ik in de Hoftuin kwam, passeerde er een dame met twee dochters van mijn leeftijd. Ze keken naar me. Ze staarden zelfs naar me, wat ik een beetje ongepast vind voor vrouwen. Ik groette hen, nam mijn hoed af en wilde verdergaan toen de oudste vrouw een kreet slaakte en neerzeeg op de grond.

Ik wist niet wat te doen, ik dacht dat ze dood was en ik moest de hele tijd denken aan de vrouw uit mijn droom die me melk wilde laten drinken. Melk die me had gedood.

Misschien was het wel de vrouw uit mijn droom die zelf de melk had uitgedronken en was bezweken.

Ik liep heel snel weg en vertelde aan vrouw Meyer wat er was gebeurd. Misschien was de vrouw dood.

Samen gingen we terug naar de Hoftuin, want ze wilde zien of de vrouw niet moest worden geholpen. De drie vrouwen waren er niet meer en vrouw Meyer zei dat ik weer iets had verzonnen.

Het is nu al meer dan een half jaar geleden, maar ik blijf me afvragen wie die vrouw was en of ze echt dood is.

Gisteren moest ik werken in het gerechtsgebouw. Ik heb deze baan ge-
kregen dankzij de rechter. Ik zie hem niet meer, ik mis hem en heer
Meyer kan mij geen antwoord geven als ik vraag waar de rechter is.
Toen ik het gebouw verliet, kwam er een jongen naar me toe en hij gaf
me een briefje. Dit is wat erop stond:

Ik kan je vertellen wie je moeder is. Zij wil je graag terugzien
en in de armen sluiten. Je hoeft niets mee te brengen, want
je zult een lange reis maken. Daar waar je aankomt, zal alles
zijn wat je nodig hebt. Kom morgen naar de Hoftuin om 16.00
uur. Je zult eindelijk weten wie je bent. M.L.O.

Ik zal niets zeggen tegen heer Meyer, maar gewoon naar de Hoftuin gaan.
Ik voel dat de woorden zijn geschreven door iemand die mij goed kent
en die het goed met me voor heeft. Niet zoals heer Meyer en zijn vrouw.
Ik voel een grote blijheid in mij. Een soort lichtheid. Alsof mijn scha-
duw op het punt staat om te verdwijnen. Dat gevoel heb ik nog gehad.
Opeens herinner ik me weer iets uit de kelder. Ik weet waarom ik niet
ongelukkig was. Ik weet waarop ik wachtte. Het was het licht. Niet
groter dan een smalle vlek op de donkere muur.
Het bewoog. Het leefde. Het danste en het stond ieder uur van de dag op
een andere plaats in mijn kelder. Ik volgde het. Het licht was mijn gezel.

Morgen zal ik mijn moeder kennen. En mijn vader.

Morgen zal ik weten wie ik ben.

Morgen maak ik mijn laatste reis.

Ik zal thuiskomen en nooit meer weggaan.

Isolde deed het schrift dicht. Deze woorden had Kaspar giste-ren geschreven. Vlak voor hij naar de Hoftuin was vertrokken. Met de verwachting om zijn moeder te zien en om te weten wie hij was.

Ze had het opeens zo koud, ze beefde en ze wreef met haar handen over de dunne marokijnen kaft van het schrift. De koude zat in haar.

De woorden van Kaspar hadden haar droevig gemaakt en ze be-treurde de verspilde dagen dat ze niet bij hem was geweest. Haar huwelijk leek opeens zo ver weg. Ze probeerde zich het gezicht van haar verloofde voor de geest te halen. Maar hoe ze het ook probeerde, steeds zag ze Kaspar. Zijn openheid, zijn onschuld en zijn onkunde om mensen te veroordelen of te verachten.

Ze zat in gedachten verzonken tot er hardhandig met de ijze-ren deurknop werd geklopt.

De voeten van de man brengen hem
naar zijn eindbestemming.

— *uit De Midrash* —

Manfred

De opdracht was volbracht. Dacht ik.

Ik maakte me snel uit de voeten. Waarom beefden mijn handen zo? Waarom had ik die sombere leegte in mijn borst? Waarom kon ik niet gewoon tevreden zijn dat mijn werk was gedaan en dat ik mijn doel had bereikt? Kaspar was terug onder de mensen. Zoals Rosika het had gewild.

Bij de eerste rustplaats had ik de behoefte om de rozenkrans van mijn moeder vast te houden en met haar te praten. Ik wilde van haar horen dat het goed was wat ik had gedaan. Ik vond de rozenkrans niet en in een flits zag ik alles voor me. De kleine bijbel in zijn zak en de krans in de handen van Kaspar toen hij achter de struiken lag te slapen. Misschien lag de rozenkrans nog bij de struiken?

De terugweg ging veel sneller nu ik alleen was en terug op Pilsach zocht ik op het grasland en in de struiken, maar ik vond niets. De gedachte dat Kaspar de krans en de bijbel, dierbare kleinoden van mijn moeder, nog had, vervulde me met afgrijzen. Hoe had ik zo nonchalant kunnen zijn?

De voorbije weken had ik een jongen die ik haatte, verzorgd en gevoed. Ik had hem een naam gegeven en hem een voorgeschiedenis meegegeven. Wat kon er nog verkeerd gaan?

De rozenkrans zou naar niemand leiden, de bijbel was er een zoals er duizend waren. Mijn naam stond er niet in. Er staken wat gebedskaartjes in, maar de heiligen droeg ik bij me.

Ik probeerde Kaspar uit mijn hoofd te zetten, maar ik kreeg hem niet weg. Hij zat onder mijn huid. Ik had hem ingeademd, hij was van mij afhankelijk geweest, hij had mijn rozenkrans en mijn bijbel. Zoiets laat sporen na.

Mijn verbijstering was groot toen ik in de kranten las dat er een zoektocht werd gehouden naar de zonderlinge geschiedenis en afkomst van een vondeling met de naam Kaspar Hauser. Waarom hadden de Neurenbergers hem niet onmiddellijk naar het gesticht gebracht? Zoals ik had gedaan met Helga?

Ik las hoe een paar mensen zich persoonlijk het lot van Kaspar aantrokken. De edelachtbare heer rechter Anselm von Feuerbach was bekend om zijn speurderstalent. Hij draaide iedere steen om, zodat de waarheid niet de kans kreeg om op de vlucht te slaan. Burgemeester Binder had een geldprijs uitgeloofd voor wie opheldering kon brengen over de afkomst van de vondeling. De angst nestelde zich in de kieren van mijn hoofd.

Ik probeerde alles te weten te komen over Kaspar en ik las iedere krant die ik in handen kreeg. De burgemeester van Neurenberg praatte zijn mond voorbij en de kranten gingen gretig in op de denkpiste dat Kaspar Hauser een prinselijk kind zou kunnen zijn. Gelukkig was er ook nog een andere stelling. Kaspar Hauser was een listige bedrieger, een doorwinterde profiteur. En er waren stemmen die beweerden dat hij een wolfs-kind was. Ik vroeg me af wie deze laatste geruchten voedde. Dag na dag pluisde ik de kranten uit en mijn vrees werd min-der. Tot die ene dag.

Een grote vetgedrukte titel: **De vondeling schrijft een dagboek!** Ik kon het niet geloven. Die jongen was toch idioot? Ik had hem zijn naam leren schrijven, maar dat was niet meer dan hem met een lepel leren roeren in een kom hete pap om die af te koelen. Het kon ook een sluw verzinsel zijn, iets dat men de wereld wilde insturen om diegenen te lokken die met het verleden van Kaspar te maken hadden.

Het krantenbericht deed zijn werk: een week later las ik dat ie-mand Kaspar had aangevallen. De aanslag was mislukt, maar Kaspar verhuisde naar een geheime plek en hij kreeg bewaking. Ik begreep mezelf niet meer. Een deel van mij was blij dat er iemand jacht maakte op Kaspar en hem probeerde te doden. Het recht zou zegevieren. Maar iets in mij herademde omdat de aanslag verijdeld was.

Een vraag hield me bezig. Wie had er nog belang bij dat Kaspar van de wereld verdween? Na de dood van prins Karl had de kin-derloze Ludwig zijn broer opgevolgd. De man stelde niet veel voor en was al even onbekwaam als zijn broer. Hij had jarenlang slechts één geliefde gehad, Catharina, met wie hij nooit was getrouwd. Het was de zus van de vrouw van Hennenhofer. De majoor had voor de romance tussen die twee gezorgd. Catharina had lang geleden een lelijke val van haar paard overleefd, maar kon als gevolg daarvan geen kinderen krijgen. Prins Ludwig was onlangs gestorven. Er waren geen mannelijke opvolgers meer van het geslacht von Baden. De weg was vrij voor de oudste zoon van gravin Louise von Hochberg.

Alles begon in elkaar te passen. Hennenhofer had de touwtjes stevig in handen. Maar waarom was Kaspar nog steeds een bedreiging? Wie wilde zijn dood zo hard dat hij een moordpoging ondernam op klaarlichte dag?

Ik had een reden om hem dood te wensen. Hij had alles in mijn leven vernietigd. Hij was in leven gebleven en nu was hij vrij en bleek hij te kunnen schrijven. Het spoor zou naar mij kunnen leiden. Men kon me veroordelen voor de jarenlange verwaarlozing en gevangenschap van een kroonprins. Ik alleen zou als schuldige worden aangewezen. Hennenhofer zou vrijuit gaan, niemand kon hem iets maken. Niemand zou geloven dat Kaspar door Friedrich was opgesloten.

De puzzelstukjes in mijn hoofd pasten in elkaar. Sluw en berekenend had Hennenhofer mij in de hele politieke intrige ingeschakeld. Hij had gebruik gemaakt van mijn lelijkheid en mijn tekort aan zelfvertrouwen. Hij had natuurlijk nooit kunnen voorzien dat Rosika en de prinses gelijktijdig een zoon zouden baren, maar dat gegeven had hem niet tegengehouden om de troon vrij te houden voor andere politieke spelers.

Opeens vreesde ik voor mijn eigen leven. Ik stelde me voor dat Feuerbach de afkomst van Kaspar zou ontdekken. Zouden de bijbel en de rozenkrans iets prijsgeven? Waarom had ik hem Kaspar genoemd? Ik had hem een andere Beierse voornaam moeten geven. Gelukkig waren er heel wat mensen met de achternaam Hauser. Maar de gedachte aan de gevangenis, aan opsluiting in een kerker veroorzaakte bij mij dezelfde angst die ik als kind had gevoeld in de kelder van mijn stiefvader. Echte angst slijt niet.

Verbijsterd las ik dat een Engelse lord, Philip Henri Stanhope zich, na de moordpoging op Kaspar, opwierp als pleegvader van Kaspar. De wereld stond op zijn kop en de puzzelstukjes maakten het patroon van het politieke landschap nog duidelijker. Stanhope en gravin Louise von Hochberg kenden elkaar maar al te goed. Zij en de lord waren de opdrachtgevers. Ik had voor hen gewerkt, net als Hennenhofer. Ik had het niet beseft. Hennenhofer had Rosika en mij die nacht naar het muziektheater gelokt. Wat was ik blind geweest.

Had de gravin al die tijd gedacht dat het prinsenkind dood was? Rosika had getreurd om haar zoon en had zich tegelijkertijd gehecht aan het kind van een ander dat ze met haar melk voedde. Omdat ze bang was dat de jongen herkend zou worden, had ze hem voor een nacht naar de portierskamer gebracht. Daar was hij weggelopen, op zoek naar zijn moeder, Rosika. Ze had de jongen teruggevonden in de armen van besmette mensen.

Hij had haar de dood in gejaagd.

Vlinderhuid. Kaspar Hauser.

Vaak zat ik 's avonds in mijn kamer met alleen een branden-de kaars, een paar heiligen die zich rustig hielden en het lila zakje van Rosika in mijn handen. Mijn vingers streelden het zachte satijn. Ik voelde haar vingers, haar zachte handafdruk-ken in de stof. Ik rook haar lichaam en de passie in het mijne laaide op en ik droomde van vrouwen met kuiltjes in de wan-gen en de knieën.

Ik zag Hennenhofer nog een paar keer op Pilsach. Dan groet-te hij me vluchtig, Ik was niet bij machte om vragen te stellen. Ik bleef wie ik was. Minder in rang en stand, lelijker dan ooit. Ik leefde in de schaduw van mijn eigen leven.

In september 1833 werd mijn leven opnieuw omgegooid. Mijn schaduwen, donkerder dan de nacht, bleven mij inhalen. Ieder jaar weer vreesde ik de maand september en mijn vrees werd nog maar eens bewaarheid.

De postkoets bracht me een verzegelde brief met de stempels van de Koninklijke Cavalerie en een verzegelde omslag waarin de kreutzers van mijn loon staken. De brief was ondertekend door Hennenhofer. Mijn tijd op Pilsach was voorbij. De baron en zijn vrouw vertrokken voorgoed naar het buitenland en het kasteel zou worden verkocht. Er werd niet gezegd wat mijn volgende taak zou zijn, maar een zin uit de brief bleef door mijn hoofd hameren.

In afwachting van een laatste opdracht, zult u wegens trouwe diensten aan het land, te rust worden gesteld, en de jaren die u nog resten uw soldij ontvangen. U kunt verblijven in een plaats naar eigen keuze. Gelieve mij van uw verblijfadres op de hoogte te houden, zodat ik u kan contacteren.

Er restte me nog één opdracht. Ik kende ze nog niet, maar ik wist dat het met Kaspar te maken had.

Ik had niet veel mee te nemen. Een reiskoffer met kleren, wat boeken en mijn heiligen.

Er was maar een plaats waar ik naartoe kon: het huis in Colmberg, vlak bij Ansbach. Mijn mooie broer had me het huis toegewezen. Hij was in Amerika ongetwijfeld een knappe dominee geworden, met een goeddraaiende gemeenschap, een voorbeeldige vrouw en volmaakte kinderen. Van hem had ik niets meer te vrezen. Wel van het huis. Hoe zou het me ontvangen? Welke herinneringen zouden me bespringen wanneer ik de voordeur openmaakte?

Ik vertrok op de dag dat mijn zoon eenentwintig jaar zou zijn geworden. De zomer was voorbij. In de lucht hing de geur van schimmels en langzaam sterven. Door het raampje van de koets zag ik de eerste verkleuringen van de natuur en ik wist dat ook in mijn leven de herfst was begonnen.

Het huis viel me beter mee dan ik had verwacht. Het had een paar jaar dienst gedaan als woonst voor een doktersgezin met kinderen, zij hadden de kilte verdreven. De kamers waren vrolijk behangen met rozenpapier, een teken voor mij dat het goed was dat ik hier terug kwam wonen. Er waren sabels noch geweren en ook het gewei van Hubert was verdwenen.

In de verboden kamer hadden kinderen geslapen. De plankenvloer was blank geschuurd, de houten lambriseringen waren verdwenen en de haard was geschrobd. Er stond nog een klein houten bed onder het raam en in de hoek zag ik een houten loopstoeltje.

In de grote leefkamers waren de donkere meubels van mijn stiefvader achtergebleven. Ze deden me niets en waren voldoende voor mij, als man zonder gezin, om comfortabel te leven. De tuin was in goede handen geweest. De vorige bewoners hadden de rozenstruiken goed verzorgd. De laatste rozen van september bloeiden nog en wuifden me een welkom toe.

Het moeilijkste was het om de keuken binnen te gaan. Ik opende de deur met het naakte beeld van mijn moeder in mijn hoofd. Haar koperkleurige haar, als zeewier drijvend rond haar hoofd. Haar knieën die boven het water uitstaken. Met een schok herinnerde ik me dat ook zij kuiltjes in haar knieën had, net als Rosika.

Maar de keuken was veranderd. De beelden in mijn geheugen gleden weg. En ik besefte dat het soms goed is om terug te keren. Het was 29 september. Deze draak had ik bedwongen.

Ik ging zelfs de kelder in. Het was niet meer de kelder uit mijn angstdromen, maar een plaats waar men dingen had bewaard. Er stonden nog lege vaten, geurend naar donkere Rijnwijn, er lagen zakken met resten meel. De kistjes waar men appels in had bewaard, en de legen manden van uien, knoflook en pastinaak roken naar veiligheid. Zoals ik me herinnerde van

Hongarije, mijn zoete jeugd.

Ik had nauwelijks contact met de mensen in het dorp. Ik liet de etenswaren aan huis brengen, probeerde een eigen moestuin aan te leggen zodat ik in het voorjaar kon zaaien en wandelde tijdens de herfstdagen door het bos met de afgeworpen geweien. Mijn heiligen kregen een plaatsje op de lange buffetkast, want ze zagen er erg beduimeld en gebruikt uit. Later zou ik ze in een boek plakken, zodat ze konden worden bewaard. Ik had ze veel te lang verwaarloosd en nu ik terug thuis was, wilde ik ze iedere dag raadplegen en nieuw leven inblazen.

Ik had alles om een rustige oude dag te hebben. Maar ik wachtte. Ik wachtte op de dag dat Hennenhofer voor mijn deur zou staan. Begin december was het zover.

Hij wachtte niet tot ik hem binnenliet, maar liep langs me heen de gang door, recht naar de woonkamer, alsof hij het huis kende. Daar plofte hij neer in een van de armstoelen bij de haard. 'Ostheim, hier ben ik, zoals afgesproken. Ik heb je een laatste keer nodig. Ik kom je de dienst vragen, die je me hebt beloofd. Jouw schuld aan mij kun je nu inlossen. Daarna ben je een vrij man.'

Ik stak de haard aan. Buiten was de herfst in gevecht met de winter, de wind zwiepte de takken tegen de ramen en er zat sneeuw in de lucht. Hennenhofer had de kilte mee naar binnen gebracht. Ik koterde in het opflakkerende brandhout.

'De jongen is hier.'

De gensters vonkten. Mijn heiligen op de buffetkast jammerden en sloegen de handen voor het gezicht.

'Ostheim, Kaspar Hauser woont bij de heer Meyer in Ansbach. Op geen tien minuten lopen hier vandaan. Wist jij dat?'

'Ik wist het niet. Echt. Hoe weet u ...?'

Hij onderbrak me bruusk.

'Je hebt me de waarheid niet verteld, Ostheim. Gelukkig heb ik nog een andere informant. Hij was op de hoogte van de vondeling en hij kon in de vertrouwenskring van rechter Feuerbach infiltreren, zonder verdacht te worden. Die jongen blijft voor iedereen een raadsel en het gerucht dat hij van een koningshuis afstamt, wordt gretiger geloofd dan dat hij een idioot of een oplichter is. Europa draagt hem op handen, ook al kan men zijn afkomst niet bewijzen. Alleen jij en ik weten alles.'

Zijn ogen waren donker en dreigend.

Ik staarde hem aan en kreeg geen woord over de lippen. Kaspar hier? In Ansbach? Mijn rozenkrans en de bijbel! Was het een teken van mijn moeder?

'Mijn informant heeft Kaspar gezien en met hem gesproken. Hij heeft zijn vertrouwen gewonnen. Hij heeft de kleren gezien die hij bij zijn aankomst aanhad. Hij heeft de brieven gelezen die bij burgemeester Binder in bewaring liggen. En hij heeft een rozenkrans gezien. Een krans met zestig kleine parels en zes grote parels. Zo weet ik wie de jongen naar Neurenberg heeft gebracht en wie de brieven heeft geschreven.'

Hij keek me koud aan, zijn blik doofde het beetje warmte van de vlammen in de haard. De schaduwen binnen werden langer.

'Jij wist dat het kind nog in leven was. Waarom heb je het niet gedood?'

De dreiging werd groter.

'Ik heb het geprobeerd, u moet me geloven. De eerste keer kort na Rosika's dood, toen ik nog maar net in Pilsach was. Maar het lukte me niet. Daarom heb ik de opdracht gegeven aan een van mijn knechten, maar hij heeft het anders begrepen. Hij zette Kaspar gevangen, en hield hem in leven. Toen ik hem vond ...'

'Ja, ik kan het al vermoeden,' onderbrak hij mij geërgerd, 'die zogezegd dronken knecht in de struiken. Ik vond het toen al verdacht, Ostheim. En twee dagen later wordt, heel toevallig, Kaspar Hauser gevonden. Jij hebt hem naar Neurenberg gebracht.'

Hij wees naar mij, naar lelijkaards mag je wijzen. Ik zat daar verslagen, en besefte dat ik de grootste angsthaas van de wereld was.

'Ik vraag het nog eens, Ostheim. Waarom heb je hem niet ge-dood?'

Hij zou niet weggaan voor ik hem een bevredigend antwoord had gegeven, en zelfs dat kon ik niet. Mijn heiligen spitsten hun oren.

'Rosika had me gevraagd om hem ergens veilig onder te bren-gen. Ik wilde niet, ik haatte hem, hij had die bewuste nacht moeten sterven, in plaats van mijn kind.'

'Jouw kind, Ostheim?'

Soms kunnen woorden zo stil uitgesproken worden, dat de wereld zijn adem inhoudt en meeluistert. Er was een koele glinstering in zijn ogen en die ene vraag maakte alles in me wakker. De heiligen op de kast keken reikhalzend naar hem en mij en luisterden ontzet naar de waarheid.

'Hoe kom je erbij te beweren dat het jouw kind was? Ik ben je die nacht gevolgd, Ostheim. Ik wilde weten of jij in staat was om de liefde te bedrijven. Ik had medelijden met je, net zoals mijn vader lang geleden. Ik gunde je de liefde. Je kreeg Rosika van mij, een zeer begerenswaardige vrouw, iemand die beter verdiende dan een lelijkaard. En wat deed jij, stomme idioot? Je ging er na de liefdesdaad als een haas vandoor. Je bent je naam waard, Ostheim.'

Hij had gelijk. Ik kreeg geen woord over mijn hazenlippen en hij ging gewoon door met alles te vertrappelen. Hij liet geen spaander van me heel.

'Een man die liefheeft, laat een vrouw niet in de steek. Hij blijft bij haar en houdt haar warm tot de ochtend. Ik heb het in jouw plaats gedaan, Ostheim. Ze werd wakker met mij en ze wilde absoluut de nacht nog eens overdoen. Wat een ochtend! En Ostheim, wat een vrouw. Ze was in staat oorlogen te ontketenen. Ik wilde haar niet meer kwijt. Het geluk lachte me toe. Prinses Stephanie nodigde me uit om mee te reizen naar Parijs. Ze vreesde voor haar leven. Wat een ironie! Ze heeft nooit geweten dat haar vijand meereisde in haar rijtuig en zijn hart had verloren aan het kindermeisje. Dus, Ostheim, van wie is het kind?'

De wereld stond stil. Alles wat me nog restte om me aan te warmen, werd door Hennenhofer vernietigd. De heiligen trokken zich beschaamd terug. De hemel boven hun hoofd kleurde inktzwart. Niemand van hen had me een wenk gegeven of me gewaarschuwd voor deze man.

'Nu is het aan jou, Ostheim. Je gaat naar Ansbach en je doodt de erfprins, Kaspar. Zo niet zal het gerecht volgende week een tip krijgen over de geheimzinnige bewaker van Kaspar Hauser. Niemand zal eraan twijfelen, want Kaspar zal je herkennen. Je hebt nu eenmaal een erg uitgesproken gezicht.'

'Hij zal mij niet herkennen, ik heb hem altijd in het donker verzorgd en vervoerd. Overdag droeg ik mijn sjaal voor mijn gezicht.'
Toch twijfelde ik.

'Er is nog altijd de rozenkrans en de bijbel. Je hebt ze met de jongen meegegeven. En ik kan ook altijd een getuigenis afleggen.' Hij lachte schamper.

'Waarom? Waarom red je me eerst en doe je me daarna dit aan?'

'Omdat ik medelijden met je had, Ostheim. Omdat mijn vader me had opgevoed om mensen zoals jij een kans te geven. Dat heb ik gedaan. Meerdere keren zelfs. Ik wilde dat jij een man zou worden. Maar de haas staat niet alleen op je gezicht te lezen. Je bent het van binnen ook. Je krijgt nog één kans om je als een man te gedragen.'

'Wat voor zin heeft het nog? De zoon van gravin Louise von Hochberg wordt prins van Baden. De oude dynastie von Baden is uitgestorven. Waarom mag Kaspar niet in leven blijven? Hij doet niemand kwaad.'

'Ostheim, je bent dommer dan ik dacht. Je kijkt niet verder dan je lelijke neus lang is. Duitsland staat op het punt om één groot en machtig rijk te worden. Alle staten willen zich verenigen, alleen Baden, Wurtemberg en Beieren moeten nog worden overtuigd. Kanselier von Metternich is een begenadigde leider die deze hele operatie leidt. Hij gaf me jaren geleden de opdracht om de prins en de prinses von Baden in het oog te houden. Jij deed dat voor mij.

Ook de gravin, Louise von Hochberg, had haar redenen om de oude linie te bestrijden. Ik heb haar goed gekend, ook haar grillen. Ze was een dwaze en eerzuchtige vrouw die er alles voor over had om haar zonen titels, landgoed en het vooruitzicht op een troon te geven.

Maar Ostheim, onze grootste vijand blijft Frankrijk en de aanhangers van Napoleon.

Nu zijn zoon gestorven is, heeft men geen rechtstreekse mannelijke erfgenaam meer. De huidige koning Karel van Bourbon maakt er in Frankrijk een zooitje van. Het rommelt in Frankrijk en heel wat adellijke lieden willen terug naar hoe het vroeger was. Alleen de kleinzoon van Napoleon Bonaparte kan het land van zijn chaos redden, denkt men. En wie is dat, denk je? Hij zit hier, in Ansbach. De zoon van prinses Stephanie. Onze Kaspar Hauser. Een simpele ziel, die een dagboek schrijft en waarop alle ogen van Europa zijn gericht. Dit dagboek moet verdwijnen en daar zal ik voor zorgen. Ik heb goede contacten met de klerk van burgemeester Binder. Het is een neef van mijn vrouw en hij heeft nog schulden bij me. Hij zal me zonder aarzelen zeggen waar ik het dagboek kan vinden.'

Hij reikte me de laatste puzzelstukjes aan, maar ik kon alleen

maar denken aan Rosika. En hoe ze in de armen van Hennenhofer had gelegen.

'En daarom moet hij dood, Ostheim.'

'Waarom ik?'

'Omdat je dit aan mij verschuldigd bent. Omdat het je laatste
kans is om te bewijzen dat je een man bent. Omdat je anders
eindigt in de gevangenis. Omdat ook Frankrijk je niet zal vergeven wat er met de kleinzoon van Napoleon is gebeurd. De
guillotine staat klaar en als je van je lelijke kop af wilt, dan
moet je vooral mijn opdracht negeren. De messen worden dagelijks gescherpt. Jij bent de enige die hem kan lokken. Hij
zoekt je en hij wil weten wie de man is die hem uit de kelder
heeft gehaald en hem zijn naam heeft gegeven. Ik heb hem al
eens proberen te vermoorden in Neurenberg. Maar de aanslag mislukte. Daarna waren we het spoor bijster tot een paar
weken geleden. Zijn adres stond in alle kranten. En nu is het
jouw beurt om de zaak in orde te brengen. Ik kan niet altijd
mijn hand boven jouw hoofd houden. Je bent geen kleine jongen meer, Ostheim. Je hebt geen keuze.'

Zijn spot ontging me niet. Had ik een keuze? Nee. Het was de
gevangenis of mijn huis, hier bij mijn heiligen en mijn bos.

'Nog iets, Ostheim. Ik zal erbij zijn en erover waken dat je werkelijk je opdracht uitvoert. Ik zal vlak bij jou staan, als je hem

doodt. Want weet je, Ostheim, ik haat hem even erg als jij. Hij heeft de plaats van mijn kind ingenomen en mijn zoon vermoord. En hij is verantwoordelijk voor de dood van de allermooiste vrouw van de wereld. Mijn geliefde Rosika.'

Nooit waren de tekens zo duidelijk. Mijn heiligen op de kast schreeuwden het uit. Ik moest hem zoeken en vinden. Ik moest hem eindelijk de waarheid onder de neus duwen. En daarna ...

Ze zwegen in alle talen over hoe je iemand om het leven kunt brengen. Dat is hun taak niet. Heiligen zijn laf.

Mijn zoektocht naar de woonst van heer Meyer bracht me naar de Pfarrstrasse. Naar het huis waar ik met mijn moeder veilig en gelukkig was geweest, voor de komst van mijn stiefvader. Nooit kon een teken zo duidelijk zijn. De cirkel was rond.

Ik was niet eens verrast toen ik zag dat Kaspar Hauser, het koningskind, in het huis woonde waar ik mijn heiligen op hoopjes had gelegd. De goede bij de goede, de slechte bij de slechte. Een huis waar geen kinderen rondliepen die tot honderd konden tellen. Waar ik nog even het gevoel mocht hebben dat ik de kleine koning was. Waar mijn moeder me had verzorgd met handen die naar rozen geurden.

Het huis was in goede handen. Opgeknapt en geschilderd, de ramen waren netjes gepoetst, er hingen nieuwe donkergroen geschilderde luiken naast de vensters en de voordeur had een nieuwe klopper in de vorm van een leeuwenkop. Op de klinkers voor het huis lagen zachtgele vlekken van de olielamp bij het raam. Ik probeerde naar binnen te kijken, maar moest me terugtrekken omdat ik iemand in de kamer zag.

Aan een bakkersknecht vroeg ik, in ruil voor een kreutzer, om mijn geschreven boodschap aan Kaspar over te brengen. Ik had het bericht ondertekend met mijn initialen. Het was van geen belang meer. Morgen zou alles voorbij zijn. Er was geen weg terug.

Niemand zou nog kunnen zeggen dat ik geen man was.

Ik twijfelde nog tussen mes en pistool, maar het is beslist. Het wordt het mes. Een pistool hanteren is niet meer dan de haan overtrekken en schieten. Het zou zijn alsof alleen mijn hand tot een weldoordachte daad in staat is, en niet ik.

Als ik hem steek ter hoogte van zijn hart, zal ik zijn lichaamswarmte voelen en de verbaasde blik in zijn ogen zien. En als ik het mes langzaam terugtrek, zal ik het laatste woord horen dat over zijn lippen komt. 'Waarom?'

Daarom.

Het is koud geworden en er hangt sneeuw in de lucht. Ik loop door de straten van Ansbach. Mijn hart davert onder mijn warme vest. De weinige mensen op het stadsplein lopen haastig voort. Toch werpen ze een blik op me. Zien ze mijn hazengezicht of merken ze op dat ik een vreemde ben in de stad? Staat de haat op mijn gezicht te lezen? Zien ze dat ik een mens wil doden?

Er vliegen kraaien over. Ze krassen de stilte stuk en zetten zich als doodsbodes op torens en kantelen in hun pak van zwarte rouwveren. Ze kijken toe hoe ik het plein oversteek en in de richting van de Hoftuin loop.

Ik mag me niet laten afleiden. Ik draag mijn vertrouwde sjaal voor mijn mond en loop met het hoofd voorovergebogen. In mijn zak zit het tweesnijdend mes met de doodskop op het heft. Mijn voetstappen laten geen geluiden na, mijn laarzen zijn niet beslagen met ijzers, maar gemaakt van soepel leder. Ik zal straks kunnen wegrennen en niemand zal horen in welke richting ik loop. Ook Hennenhofer zal het niet weten.

Alles is voorbereid. Ik heb mijn kamer in het gastenhuis vooruitbetaald, mijn reiskoffer staat klaar. Nadat ik hem heb gedood, zal ik de postkoets nemen en naar Hongarije gaan, naar Backa Palanka waar mijn leven begon en waar ik gelukkig ben geweest. Kom ik nog terug? Ik weet het niet. Misschien wordt dit mijn laatste reis. In mijn geboortedorp sterven, is aanlokkelijk. Mijn leven is afgelopen. Er zijn geen verlangens meer.

Ik heb alles gekregen waar ik recht op had.

Vandaag dood ik een mens.

Vandaag vertel ik hem de waarheid.

In mijn binnenzak draag ik het lila satijnen zakje met de geur van Rosika er nog in.

Ik luister naar de voetstappen achter mij. Is het Hennenhofer?

De straten zijn verlaten nu, het wordt al donker.

In de Hoftuin is er niemand, ik wacht achter het monument van de dichter Johann Uz. Daar waar ik heb afgesproken. Een vers uit zijn gedicht 'De Roos' komt me voor de geest. *Oh Roos, gij zult mijn hoofd omkransen …*

Mijn moeder verschijnt in mijn geest. Ik zie haar glimlachende gezicht en haar handen zijn gevuld met rozen. Heel binnenkort zal ik bij haar zijn. En bij Rosika.

Achter mij geritsel in de struiken. Ik weet dat Hennenhofer er is. Ik voel het. Hij zal getuige zijn van mijn daad.

De haat houdt me wakker, ik voel de scherpe kou niet.

En dan zie ik hem. Kaspar Hauser. Het kelderkind.

Aarzelend kijkt hij in het rond, zoekend naar wat zijn verleden

was en wat zijn toekomst nog moet brengen. Hoe anders is hij geworden en toch ook weer herkenbaar. Gekleed als een man, maar
de blik nog van een kind. Blauwe lucht weerspiegeld in kristal.

Hij kijkt om zich heen, zoekt me. Ik, Manfred Leonhard Ostheim, ben de enige die kan vertellen wie zijn moeder is, waar
zijn vader woonde en welke naam hij van zijn ouders kreeg.

Hij is gegroeid en hij houdt het hoofd als iemand die niets te
verbergen heeft. In zijn ogen herken ik alles. Het hunkeren
naar de liefde van een moeder, naar de zachtheid van haar
armen, die de horizon kan splijten en zicht geeft op een toekomst waar de berkenbomen je in alle kleuren toewuiven.
Waar je vader wacht en je optilt en zegt dat je een kleine koning bent en ooit een grote koning zult worden.

Dan staat hij voor me, een paar meter van me vandaan, ik
ben aan het zicht onttrokken door het monument. Hij kijkt
twijfelend om zich heen, doet een paar stappen naar links en
dan naar rechts. Ik zie de teleurstelling in zijn ogen. Als van
een kind dat nog niet heeft leren wachten. Hij drentelt het
pad op en af.

Ik kijk naar hem en kan mijn ogen niet van hem afhouden. Er
is geen zon in de lucht, geen maan, het schemert. En toch lijkt
het alsof hij licht heeft meegebracht. Licht dat een doorweekt
hart kan verwarmen, licht dat een somber hoofd kan verhel-

deren. Goddelijk licht.

Mijn moeder is er, ik weet het. Hier vlak bij mij. Ze schuift de wolken open en knikt me toe. Ik herinner me haar angstige woorden na een seance: 'Manfred, de dood zit op je schouders. Je handen dragen een kind.' Ik begreep het niet.

'Nu, Ostheim! Bewijs dat je een man bent en geen haas. Nu!' sist iemand achter mij.

De klank van zijn stem doet me bevriezen. Hennenhofer, mijn redder. Mijn tegenstander.

Ik haal het mes uit mijn zak en mijn hand gaat omhoog. Hennenhofers woorden draven rondjes in mijn hoofd. 'Rosika, mijn geliefde.' Daartussen mijn moeders stem: 'Niet het kind, Manfred, niet het kind.'

Iemand steekt een licht in mij aan. Opeens is alles duidelijk. De man die ik dankbaar moet zijn, blijft sissen als een slang: 'Nu Ostheim, nu!'

Ik draai me naar hem om, wil het mes in zijn borst planten, keer op keer. Ik kan het. Hem doden is niet moeilijk. Ik ben geen haas. Ik ben Manfred Ostheim. Hennenhofer, mijn vijand, moet dood!

Ik val uit, met volle kracht, probeer hem in het hart te raken, maar hij is sterker dan ik en geoefend. Hij klopt me neer met zijn volle vuist. Hij rukt het mes uit mijn handen en het lila buideltje. Hij opent het, leest het briefje dat ik heb geschreven. Ik probeer overeind te komen, maar hij schopt me tegen het hoofd en tussen de benen. Ik richt me terug op, ondanks de pijn. Ik mag me niet laten doen, maar hij duwt mijn gezicht in de koude sneeuw. Alles doet pijn. Hij schopt in mijn lenden. Ik wil me rollen, weg van zijn stampende benen, maar de pijn in mijn borst en in mijn kruis verlamt me. Ik probeer het, het lukt niet, ik hoest bloed op de sneeuw. Donkerrode vlekken. Ik zie hem kijken, hij schopt nog een keer en bekijkt me honend. 'Haas,' sist hij minachtend. Hij trekt de zijden doek van mijn gezicht en geeft een laatste slag tegen mijn hazenlip. Het litteken barst open. Bloed spat op. Zijn haat tegen mijn haat. Het is het einde van de wereld.

Hij pakt mijn groene sjaal op en slaat hem rond zijn gezicht. Te laat besef ik wat hij van plan is. Hij loopt weg van het monument. Ik wil roepen, maar er komt geen klank uit mijn verminkte mond.

Nu staat hij voor Kaspar, het kelderkind, wiens liefde, leven en troon werden afgepakt, maar niet het licht. Ik hoor hem zeggen: 'Ik weet wie je moeder is en je vader. Ik heb alles opgeschreven. Je moeder wacht op je, ze komt je halen. Alles wat je moet weten, zit hierin. Stop het in je binnenzak, het mag niet verloren gaan.'

Weer probeer ik te roepen, de kraaien vliegen op en smoren ieder geluid dat uit mijn mond wil komen. De tijd en de gebeurtenissen stoten me uit hun bestaan.

Het laatste wat ik zie, is hoe Kaspar het buideltje aanneemt, zijn jas opent om het veilig weg te stoppen en dan, onhandig, het buideltje laat vallen. Hennenhofer stoot toe, met het tweesnijdende mes, tussen Kaspars ribben.

Als ik weer bijkom, is er niemand meer te zien. Er zijn alleen mijn bloedvlekken op de sneeuw achter het monument. Als haas ben ik geboren en als haas zal ik sterven. Het is niet erg.

Daar juicht mijn hart tot God.
Ik draag gerust mijn lot.
Zijn Engel brengt ook mij
eerlang aan de overzij.

— *Rhynvis Feith (1753-1824)* —

Emiel liet de bezoekers binnen in de kleine voorkamer waar een vuur brandde. Burgemeester Binder en de dominee waren doorweekt, want buiten was de sneeuw veranderd in natte vlokken die onmiddellijk smolten op hun jassen. Isolde was bang. Als deze twee heren haar met een bezoek vereerden, moest er iets ernstigs aan de hand zijn.

'We willen u op de hoogte houden, fräulein Isolde,' zei de burgemeester. 'Het gaat slechter met de jongen en heer Meyer laat niemand meer toe bij de zieke, buiten ons en de dokter. Maar u moet weten hoe het hem vergaat. U bent zijn beste vriendin, vertrouwde hij ons toe.'

Ze liet hen plaatsnemen bij het vuur en de mannen wreven zich in de handen om de kilte te verdrijven.

'Dokter Heidenreich heeft de wonde een tweede keer onderzocht,' vervolgde de dominee. 'Hij is er veel te laat bijgeroepen, zegt hij nu. Kaspar is met zijn bloedende wonde eerst naar huis gelopen, hij moet ontzettend veel pijn hebben gehad. Zijn hart en zijn lever zijn geraakt. Hij bloedde hoofdzakelijk binnenin, daarom was de diagnose van de dokter onnauwkeurig. Hij werd gestoken tussen de zesde en de zevende rib. Toch is hij thuisgeraakt en zijn enige zorg was niet de verzorging van zijn wonde, maar wel het lila buideltje dat zijn moordenaar hem had gegeven en dat hij had laten vallen in de Hoftuin. Omdat heer Meyer de grootte van de wonde niet kon zien vanwege Kaspars donkerrode colbert, dacht hij aan een kleine messteek, een schampsteek. Kaspar is het hele eind teruggelopen om heer Meyer de plaats te tonen waar hij zijn aanvaller heeft ontmoet. Hij wilde per se het buideltje terugvinden. Zo zou hij weten wie zijn moeder was. Toen heeft hij het bewustzijn verloren. Heer Meyer heeft hem naar huis moeten slepen.'

De burgemeester nam een snuif uit zijn snuifdoos en vervolgde. 'Zoals je weet heeft heer Meyer de buidel gevonden. We hebben ondertussen het briefje gelezen. Er stond in dat hij afkomstig was uit een dorp aan de Beierse grens. Hij ondertekende het met zijn initialen. M.L.O. We weten niet wie het is.'

'Kaspar hield een dagboek bij,' zei de dominee. 'Hij zei dat alleen jij op de hoogte was. Kaspar moet iets hebben geweten, iets hebben gevoeld, en daar moeten we zien achter te komen. In de week van de moordaanslag kwam hij dagelijks naar de godsdienstlessen. Hij geloofde nog steeds niet dat er een God bestond, maar dat wilde hij alleen aan mij kwijt. Hij was heel onrustig, zei hij, daarom wilde hij praten over de hemel en over de dood. Hij kreeg het beurtelings warm en koud. Ik dacht dat het om een aankomende griep of verkoudheid ging, hij is heel gevoelig voor veranderingen in het klimaat en die dagen was het beginnen te sneeuwen.'

'Waar was hij bezorgd over?' vroeg Isolde.

'Hij voelde dat er iemand zijn dood wilde.'

'Ik begrijp het niet. Hoe kan iemand dat voelen?' bromde burgemeester Binder.

'Kaspar voelt veel meer dan andere mensen,' zei Isolde. 'Hij voelt het als er een speld onder de vloermat ligt.'

'Ja, ja, dat verhaal ken ik,' sprak Binder een beetje geprikkeld, 'ik weet dat Kaspar heel gevoelig is voor magnetische krachten. Maar voelen dat iemand zijn dood wenst ...'

Isolde zat op het puntje van haar stoel. Ze was zo opgewonden dat ze niet merkte dat haar vingers tien knopen hadden gestrikt in de lange franjes van het tafelkleed.

'Een gevoel kan ook magnetisch zijn,' zei ze iets te luid. 'Toen ik mijn aanstaande voor het eerst ontmoette tijdens een wandeling aan de Waldsee, werden we als magneten naar elkaar toe gezogen. We wisten allebei in een oogopslag dat we elkaar toebehoorden. Als de liefde zo'n grote magnetische kracht heeft, hoe sterk is de haat dan wel niet? Kaspar hield zielsveel van de man die hem in zijn kooi gevangen hield, maar de man die Kaspar neerstak, haatte hem zo, dat hij in staat was tot moord. En er is nog een reden om bezorgd te zijn. Geruime tijd heeft Kaspar verhalen over zichzelf en zijn dromen geschreven. Iedereen wist het, want het heeft in de krant gestaan. Kort daarna werd hij aangevallen in het geheim gemak.'

Ze zuchtte een paar keer diep om haar verhaal te kunnen vervolgen.

'Daarna heeft hij een tijdje bij de heer von Tucher gewoond en dat was goed. Zowel rechter von Feuerbach als ik wilden dat hij klerk werd. Hij moest zijn eigen leven kunnen leiden, maar dat liep mis toen lord Stanhope er zich mee ging bemoeien. Hij heeft Kaspar op een ziekmakende manier verwend. Hij heeft ervoor gezorgd dat Kaspar bij heer Meyer werd geplaatst. Toen is hij in het geheim opnieuw aan een dagboek begonnen.'

Ze aarzelde even. 'Hij gaf het aan mij. Ik heb het gelezen.'

Binder vulde zijn lange gekromde pijp met tabak en stak ze aan met het vuur uit zijn tondel. Isolde en de dominee keken toe hoe de kamer zich vulde met lichtblauwe dampen.

'Ieder woord staat in mijn geest gebeiteld. Het geheim van Kaspar moet te lezen zijn tussen de regels van het dagboek,' vervolgde ze.

De dominee keek somber in het vuur.

'De dokter zegt dat Kaspar niet lang meer te leven heeft. Hoogstens een paar uur. Daarnet leek hij al niet meer op deze wereld te zijn. Hij ijlde en vroeg steeds maar om "moeder". Heer Meyer dacht dat Kaspar de inwonende grootmoeder bedoelde. Maar toen de oude vrouw aan zijn bed kwam, schudde hij het hoofd en bleef maar herhalen: "Moeder halen. Moeder halen."'

Isolde voelde de tranen prikken en haalde haar zakdoek uit haar tasje. Niemand stond erbij stil dat Kaspar tot de laatste snik hoopte zijn moeder te mogen zien.

'Ik vroeg aan Kaspar of hij nog iets wilde zeggen,' sprak de dominee. 'Hij zei dat hij moe was, en hij vroeg of iedereen hem wilde vergeven. Ik vroeg hem of hij tegenover iemand wrok voelde en hij antwoordde: "Waarom? Niemand heeft me iets aangedaan."'

'Hoe reageerde heer Meyer?' vroeg Isolde.

'Ach, heer Meyer viel me tegen,' zei de dominee. 'Hij riep triomfantelijk: "Zie je wel, ik heb het altijd gezegd. Kaspar hoeft niemand te vergeven, want niemand heeft hem iets aangedaan. Hij is een bedrieger, een leugenaar. Om rustig te kunnen sterven, kiest hij eindelijk voor de waarheid. Het bewijs wordt ons in deze woorden geleverd. Hij heeft het zichzelf aangedaan." Ik schrok van de heftigheid waarmee hij duidelijk wilde maken dat Kaspar niet werd aangevallen.'

Deze woorden wekten woede in Isolde.

'Meyer heeft nooit goed voor Kaspar gezorgd. Hij was ontzettend zelfingenomen en eiste dat Kaspar zich gedroeg als de volmaakte burger. Hij mocht vooral geen gevoelens tonen. Hij speelde voor Schepper. Kaspar mocht nooit Kaspar zijn, maar een afspiegeling van hemzelf: Meyer.'

Isoldes stem sloeg over en haar gezicht werd weer dieprood.

'Hij mag tevreden zijn over zichzelf,' zei ze schamper. 'Heer Binder, ik heb Kaspar vijf jaar gekend. Ik heb diepe en zelfs intieme gesprekken met hem gevoerd, maar nooit heb ik geweten hoe eenzaam hij zich voelde. Zijn dagboek vertelde het me. Ik kon er niet van slapen. Burgemeester, u moet een onderzoek instellen. Ik weet dat rechter von Feuerbach zijn onderzoekingen heeft opgeschreven. Ik heb zijn dochter Henriëtte ontmoet. Een deel van de dossiers over Kaspar liggen in de kelders van het raadhuis.'

'Ik weet niet of er voldoende aanwijzingen zijn om een onderzoek in te stellen,' zei Binder.

'Heer Binder, Henriëtte von Feuerbach was gisteren hier. Ze gaf me deze brief samen met de dringende vraag het onderzoek te openen. Ze is ervan overtuigd dat haar vader werd vermoord.'

Isolde overhandigde de burgemeester de brief en hij las de woorden met zorgrimpels op het voorhoofd.

Hij keek op en knikte. 'Ik ben overtuigd. Ik heb Anselm von Feuerbach goed gekend. Hij was de eerste onderzoeker die vermoedde dat Kaspar geen gewone vondeling was. Hij heeft ervoor gezorgd dat Kaspar na de eerste moordaanslag bewaking kreeg. Hij was een rechtschapen man. Ik mag de woorden van zijn dochter niet in twijfel trekken. Dit gesprek blijft tussen ons. Er mogen niet nog meer doden vallen. Isolde, zorg dat het dagboek niet verloren gaat. Ik kan het nu niet meenemen, want ik ga niet naar het raadhuis. Breng het morgen naar mijn klerk, ik zie hem zo dadelijk. Ik zal je komst aankondigen en hem zeggen dat hij het dagboek in een kluis moet bewaren.'

Nadat de mannen haar huis hadden verlaten, nam Isolde een kleine lunch en haastte zich vervolgens naar het huis van heer Meyer in de Pfarrstrasse. Hopelijk was ze niet te laat.

Het was zes uur in de vooravond, maar er waren nauwelijks mensen op straat. Iedereen zat dicht bij de kachel of bij het open vuur. Isolde haastte zich door de sneeuw. Met de hulp van de dominee was ze toch nog even bij Kaspar toegelaten. Kaspar had niets meer gezegd. Zijn gezicht had een scherpe, gele kleur gehad en de kamer was gevuld geweest met de geur van zure karnemelk.

Ze trok haar wollen omslagdoek nog vaster over haar winterjas, maar de sneeuw maakte haar knooplaarsjes vochtig en de kou trok van onderen naar boven tot in haar schouders.

Toen ze de sleutel in het slot stak, hoorde ze dat haar vader thuis was en aan de klank van zijn stem kon ze horen hoeveel glazen hij had gedronken.

Hij zat aan tafel en genoot hoorbaar van een gebraden kippenvleugel.

'Aha, hier is, hik, mijn dochter. Ga zitten, er is nog kip over.'

Hij boerde luid en dronk van zijn bier.

'Ik heb geen honger,' zei ze zacht.

'Er was hier iemand voor je.'

De ritmeester probeerde met zijn vork een aardappeltje te prikken, maar zijn greep was niet stevig genoeg en het aardappeltje schoot van zijn bord.

'Wie?'

'Een man. Een mooie man! Een, hik, officier of zoiets.'

'Voor mij? Ik ken geen officieren. Hoe zag hij eruit?'

'Zoals ik al zei, een mooie man. Groot en struis, en met een prachtige, donkere knevel. Hij was gestuurd do ... door de burgemeester, zei hij.'

'De burgemeester? Dat kan niet. Hij was hier vanochtend. Hij heeft niets gezegd over een officier. Waarvoor kwam die man?'

'Hij kwam voor het, hik, schrift, zei hij. De klerk van de burgemeester had hem jouw adres gegeven.'

Isolde voelde het bloed onder haar huid bevriezen.

'Welk schrift?'

'Het schrift van die idioot, die Kaspar, hik.'

'En wat heb je gedaan, vader? Je hebt het hem toch niet gegeven?'

Ze hoorde haar eigen stem overslaan.

'Nee, ik heb het, hik, niet gegeven. Ik heb gezegd dat hij het zelf mocht pakken. Dan zijn we eindelijk van die lastpost af.'

Hij dronk zijn glas tot op de bodem leeg en riep Emiel om vers bier.

Isolde schoot overeind en stoof naar haar werktafel waar ze het marokijnen schrift van Kaspar op had gelegd.

Het schrift lag er niet meer.

Het was voorgoed verdwenen, wist ze.

De volgende dag was Kaspar dood.

Drie dagen later stond het bericht in alle kranten.

Er kwam geen enkele reactie van zijn pleegvader, lord Stanhope. Hij was ook niet op de begrafenis van zijn pleegzoon.

Niemand wist waar hij was.

De mensen van Ansbach waren er allemaal. Alleen Isoldes vader, ritmeester von Wessenig, lag thuis op de bank met een kater.

Het was vijf dagen voor Kerstmis.

De kerk was te klein om iedereen binnen te laten. Op het laatste moment was er nog net een man binnengeraakt. Hij was groot en struis gebouwd, droeg een officiersuniform en met zijn donkere knevel kon je hem zeker een aantrekkelijke man noemen. Zijn uniform had hem voorrang gegeven op de gewone burgers.

Wie buitenstond, droeg een kaars en de hulppriester bad met hen de gebeden voor de gestorvenen.

In de zijbeuk van de kerk waren plaatsen voorzien voor de hoogwaardigheidsbekleders. Naast burgemeester Binder zaten zijn vrouw, hoofdcommissaris Hickel, een afgezant van de koning, en provinciegouverneur von Stichaner met zijn gezin.

De dominee sprak de woorden die Isolde dacht en ze was er blij om. Geen gezwets, maar duidelijke taal.

'Het eeuwige zwijgen zal het antwoord zijn op onze vragen.

We zullen nooit het leed kennen dat deze jongen werd aangedaan. Hij kwam bij ons, onwetend over de wereld, onwetend wie zijn familie was. En hij ging van ons heen, onwetend over wie hem zoveel kwaad wilde berokkenen. Hij was maar een paar jaar bij ons, een paar jaar om te weten wat leven was. Met uw hulp, oh Heer, zal de misdaad aan het licht komen en de misdadiger bestraft worden.'

Isolde had de vingers gekruist en gezworen dat ze niet zou wachten op de hulp van de Heer. Kaspar had naar haar gekeken als naar een zuster. In een jaar tijd had hij alles geleerd. Bijna alles ...

Hij kon niet omhoog springen. Ze had het hem voorgedaan en hij deed haar na maar ze had erom moeten lachen. Kaspar sprong als een driejarig kind. Niet loskomend van de grond en met denkbeeldige touwen in zijn vuisten. Bang om te vallen. Bang voor alles wat hij niet kende.

Ook had niemand Kaspar kunnen bijbrengen dat een mens ook slecht kon zijn. Hij had nooit wantrouwen gevoeld voor iemand die zich vriendelijk voordeed, maar het niet was. Hoe kun je een kind voorbereiden op het kwade in de mens? Bij de dominee had hij geleerd dat je de duivel moest vrezen. Die had een gevorkte staart, gloeiende rode ogen en hoorns op zijn kop en hij verraadde zijn aanwezigheid met de geur van zwavel.

Niemand had Kaspar gewaarschuwd voor de glimlach van een mens met duivelse plannen.

Na de dienst werd Kaspar begraven. Het sneeuwde niet meer, maar de aarde die hem zou opnemen was wit. De kleur van de onschuld.
Isolde had samen met de dominee de graftekst ontworpen. Er mocht geen leugen op staan.

Hier rust
Kaspar Hauser
Het raadsel van zijn tijd
Onbekend zijn geboorte
Donker zijn dood

Het schemerde toen men de kist in de grond liet zakken. Omdat ze niet wilde kijken hoe de kist in de grond verdween, had Isolde naar boven gekeken. Pal boven haar hoofd hingen de zon en de volle maan, zij aan zij. Alsof ze toekeken en de belofte uitspraken: nu hij er niet meer is, zullen wij voor het licht zorgen. Twee hemellichamen als broer en zus naast elkaar. Zo waren zij ook geweest.

Nu weet ik
dat die kleine alledaagse dingen
vroegen om een hart vol moed.

— Henri Chapin —

EPILOOG

Een man met een groene sjaal voor zijn gezicht klimt hijgend de laatste rotsige heuvel op. De ijskoude wind bijt in zijn neus en hij ademt moeizaam. Dan staat hij eindelijk waar hij wilde zijn. Van de top kun je langs de ene kant de vallei zien en het smalle rotsige pad dat naar beneden leidt. Straks kan hij terug hetzelfde pad gaan. Als hij dat wil.

Aan de andere kant veegt het overweldigende geraas van de waterval alle andere geluiden weg. De man gaat op het plateau staan en kijkt naar beneden. Hij ziet de diepe, donkere rivier waar hier en daar al stukken ijs op liggen. Maar niet op de plek waar het water neerstort.

Uit zijn schoudertas haalt de man een dikke bundel volgeschreven vellen. Zijn leven. Een voor een laat hij de bladzijden van zijn leven los. Ze vallen niet, maar zweven weg. Hij kan niet zien waar ze neerkomen. De wind speelt ermee. Zo licht is zijn leven. Hij volgt de witte bladen met zijn ogen en ziet de vele wegen in het dal in de verte. Op iedere weg lopen mensen, weet hij.

Daarna haalt de man uit zijn zak een bundel heiligenkaarten en een voor een verscheurt hij de prenten. Ze dwarrelen naar beneden. Het sneeuwt heiligen.

Een prent houdt hij over. Christoffel. De heilige die reizigers begeleidt.

In Backa Palanka vertelt men aan de kinderen dat de reus met de hondenkop, Rebrobus, hier de rivier wilde oversteken, toen een klein kind hem vroeg om hem naar de overkant te dragen. De reus nam het kindje op zijn schouder en stak de rivier over. Het water werd woester en bij iedere stap die de reus zette, woog het kind zwaarder. Het water kwam hem tot voorbij de schouders en bijna verdronk de reus. Hij werd gered door Christus die in de gedaante van een kind naar de overkant wilde. De reus werd gedoopt, verloor zijn lelijkheid en kreeg zijn nieuwe naam: de christusdrager. De heilige Christoffel.

Al sinds eeuwen springen moedige mannen van dit plateau, honderd meter diep, om een flesje wonderwater voor hun geliefde te halen. Zo zouden hun ongeboren kinderen nooit een hondenkop krijgen of een andere lelijke aandoening. In de winter zijn er geen moedige mannen.

Ik zou kunnen springen, denkt de man. Voor altijd verdwijnen. Mijn laatste reis. Het vraagt moed om in het donkere water te verdwijnen.

Ik zou ook de weg terug naar beneden kunnen nemen, denkt hij. Gewoon verdergaan. Het licht volgen. De zon komt op aan de horizon. Straks zal ze hoog staan, pal boven mijn hoofd.

Mijn schaduw zal even niet meer zichtbaar zijn. Het vraagt moed om in het licht te blijven.

Ik heb de keuze.

Ja, die heb ik.

Du, Rose sollst mein Haupt umkränzen:
Dich lieben Venus und ihr Sohn.
Kaum seh ich dich im Busche glänzen,
So wallt mein Blut, so brenn'ich schon.

— Johann Peter Uz, uit Die Rose —

NAWOORD

Dit verhaal is geïnspireerd op de raadsels die Kaspar Hauser achterliet. Kaspar heeft echt bestaan. De enige feiten die als waarheid mogen worden aanvaard, zijn: de lange gevangenschap in een kleine, donkere ruimte, zijn vrijlating op het plein in Neurenberg, een eerste moordpoging en de uiteindelijke moord in Ansbach.

De voorbije twee eeuwen waren er vele hypothesen en complottheorieën over de afkomst van Kaspar. De waarheid is nooit achterhaald.

Er wordt beweerd dat Kaspar ooit een dagboek heeft geschreven, maar dat is nooit gevonden. Het personage van Manfred Ostheim is fictief, maar is wel geïnspireerd op één zin uit de vele onderzoeken: Kaspar Hauser zou toevertrouwd zijn aan majoor Hennenhofer, die zijn opdracht doorschoof naar een ex-militair over wie geen gegevens bekend zijn.

Ik nam de vrijheid om met alle historische puzzelstukjes mijn eigen waarheid te vertellen.

Kristien Dieltiens
September 2011

WOORDENLIJST EN HERKOMST VAN LIEDJES EN GESCHRIFTEN

Ogentroost: volkse benaming voor 'stinkende gouwe', een wild bloempje in velden en langs de bermen. Men maakte er zalf van die een positieve werking op de ogen had.

Groen is gras: dit lied komt oorspronkelijk uit Duitsland maar wordt ook bij ons gezongen bij een kringdans/spel.

Op enen boom een koekoek: ook dit lied is oorspronkelijk Duits.

Paap: een orthodox katholieke priester.

Swolische regiment: het woord 'swolische' is een verbastering van het Franse cheveau-léger en betekent lichte cavalerie.

Wink: het Duitse woord voor wenk, een teken.

Melanchtonschool: Philipp Melanchton is de grondlegger van dit soort onderwijs dat gebaseerd is op de reformatie en de leer van Luther en Calvijn.

Lampetkan: de voorganger van een lavabo: een waterkan en een kom voor de dagelijkse wasbeurt.

Het sprookje van de groene slang en de witte lelie: dit weinig bekende verhaal van Goethe (1749-1832) is net als andere sprookjes gebaseerd op archetypen. Johann Wolfgang von Goethe was niet alleen dichter, romanschrijver, toneelschrijver, filosoof, natuuronderzoeker en staatsman, maar ook vrijmetselaar. Hij schreef het genoemde sprookje op 46-jarige leeftijd in 1795, zes jaar na het begin van de Franse Revolutie. Met zijn vriend Friedrich Schiller had Goethe onder andere de gebeurtenissen rond de Franse Revolutie bestudeerd. Zijn reactie verwerkte hij op een beeldende manier in zijn sprookje over de groene slang en de witte lelie.

Mouches: ook wel des taches-de-beauté genoemd. Het waren zelf aangebrachte schoonheidsvlekken die op specifieke plaatsen werden aangebracht: boven de mondhoeken, de borsten, de kin en de hals. Ze waren erop gericht de aandacht van de mannen te trekken.

Raupenhelm: de typische helm met pluimen die bij het uniform hoorde van het Badense en Beierse leger.

Chabot: een kanten kraagstuk dat afzonderlijk rond de hals kon worden gestrikt. Het bestond vaak uit meerdere lagen kant.

Morganatisch huwelijk of trouwen met de linkerhand: een huwelijk tussen iemand van adel en iemand uit het volk. Alleen de kinderen uit dit huwelijk hadden rechten, niet de partner van volkse afkomst.

Panier: een ijzeren geraamte dat onder de jurk en boven de onderjurk werd gedragen om de heupen heel sterk te verbreden.

Cravat: een zijden doek, meestal wit, die tot hoog onder de kin kwam, gedrapeerd en geknoopt rond de hals. Het is de voorloper van de herendas zoals wij die nu kennen.

Aspic: een gerecht in gelatine. Dat was ook een goede bewaar-methode, want de gelei zorgde voor een vacuümverpakking.

Foie gras: ganzenlever, een specialiteit uit Frankrijk waarbij de ganzen op een brutale manier calorierijke voeding krijgen toegediend. Deze methode is zeer omstreden.

Vlinderhuid: deze huidziekte (Latijns: epidermolysis bullosa) is een erfelijke ziekte die blaren op de huid doet ontstaan. Bij lichte wrijving kan de huid loskomen. In ernstige gevallen kan deze aandoening bij alledaagse aanrakingen, zoals knuffelen of het optillen van het kind, al voldoende zijn om de huid los te laten. In minder ernstige mate ontstaan de blaren alleen na langdurige wrijving van de huid, zoals voetblaren na een lange wandeling.

Trennungslied: een vers, vrij vertaald. Ook wel 'Das lied der Trennung' genoemd of 'Lied der scheiding'. De tekst is van Klamer Eberhard Karl Schmidt (1764-1824) en de muziek werd gecomponeerd door Mozart (1756-1791).

Lazaret: een tijdelijk veldhospitaal als vervanging van een zieken-huis. Vaak gebruikt in oorlogstijd of bij besmettelijke ziekten.

Johann Peter Uz: Duits dichter (1720-1796). Hij overleed in Ans-bach waar ook zijn monument staat.

Voor alle kelderkinderen

Tweede druk (september 2012)

CIP-gegevens: Koninklijke Bibliotheek Albert I
Tekst: Kristien Dieltiens
Illustraties en omslagtekening: Carll Cneut
Vormgeving: Dries Desseyn (Oranje)
Druk: Oranje, Sint-Baafs-Vijve

© 2012 Uitgeverij De Eenhoorn bvba,
Vlasstraat 17, B-8710 Wielsbeke

D/2012/6048/26
NUR 301, 285
ISBN 978-90-5838-766-0 (hardcover)
ISBN 978-90-5838-822-3 (softcover)

Met de steun van het Vlaams Fonds voor de Letteren.
Met de steun van het Nederlands Letterenfonds.
Met de steun van de provincie West-Vlaanderen.

www.eenhoorn.be

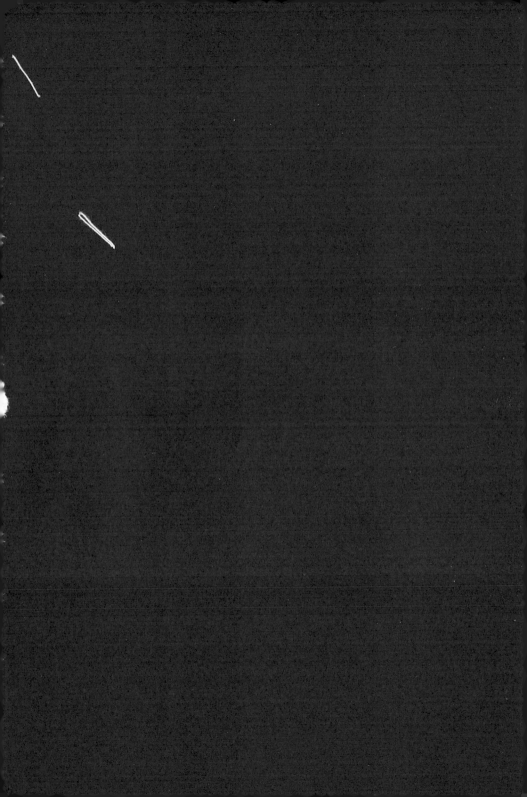